徽州魂之忠烈有道

汪鑫　著

天津出版传媒集团

天津人民出版社

图书在版编目（CIP）数据

徽州魂之忠烈有道 / 汪鑫著. —— 天津：天津人民
出版社,2023.2
ISBN 978-7-201-19176-8

Ⅰ.①徽… Ⅱ.①汪… Ⅲ.①长篇历史小说－中国－
当代 Ⅳ.①I247.5

中国国家版本馆 CIP 数据核字(2023)第 011425 号

徽州魂之忠烈有道
HUIZHOU HUN ZHI ZHONGLIE YOU DAO

出　　版　天津人民出版社
出 版 人　刘　庆
地　　址　天津和平区西康路 35 号康岳大厦
邮政编码　300051
邮购电话　（022）23332469
电子信箱　reader@tjrmcbs.com

责任编辑　霍小青
装帧设计　青年作家网

印　　刷　三河市嵩川印刷有限公司
经　　销　新华书店
开　　本　710 毫米×1000 毫米　1/16
印　　张　20.5
字　　数　305 千字
版次印次　2023 年 2 月第 1 版　　2023 年 2 月第 1 次印刷
定　　价　69.00 元

序言：用文字重现英雄传说

自2008年接触汪华文化到如今"徽州魂"三部曲的第三部《徽州魂之忠烈有道》正式出版，已经有十四年时光了。回想十四年来围绕汪华开展的一系列文化活动，历历在目，感慨万千。汪华是古徽州地区一位家喻户晓的历史名人，在徽州不少乡村都供奉有汪华的忠烈祠、汪王庙、汪公庙等庙祠，四时祭祀，千年不辍。当初，我刚知道这个人物的时候，很是意外，作为一名隋唐历史的爱好者，居然在此之前没听过汪华这个名字，更不要提了解汪华在隋唐历史中拥有很重要的一席之地了，好奇心促使我对他产生了浓厚的兴趣。

随着翻阅徽学专家研究汪华的论文，随着参加汪华文化的各种交流活动，随着亲自踏上徽州那一片土地，感受到当地民众对汪华的虔诚，在得知至今一千四百年来无一本汪华的传记时，作为一名汪氏子孙，我不由得心中暗自嗟叹，同时下定决心——给汪华立传。我希望通过文学作品，让更多的人知道在隋末唐初有一位顶天立地的英雄！

汪华出生于古徽州登源里（今属安徽省绩溪县），在隋末天下大乱之际，他为了保境安民，毅然起兵统领江南的歙州、宣州、杭州、饶州、婺州、睦州等六州，并建吴国称吴王，他实施仁政，百姓安居乐业；大唐初立，为促进华夏大一统，汪华主动放弃王位，率土归唐，被唐高祖李渊封为越国公、上柱国、歙州大都督兼歙州刺史，执掌江南六州军政，配合朝廷主动出兵平定江南其他割据势力；唐太宗李世民登基之后，汪华先后被授予左卫白渠府统领、右卫积福府折冲都尉、忠武大将军、九宫留守，执掌长安禁军二十余年，参辅朝政，他忠君爱国、殚精竭虑、公正廉明，成为贞观之治不可或缺的有功之臣。汪华的为人之道、为官之道、教子之道，值得我们赞叹。

汪华是隋末唐初的英雄，他恪守正道，以国家统一、民族大义、社会稳定、百姓富庶为己任，不计个人得失，鞠躬尽瘁。他不仅是那个时代的英雄，其实也是中华民族数千年来英雄们的缩影。回望历史长河，每个时代都英雄辈出，汪华的故事在他们身上以各种不同版本的形式出现。

英雄，有的彪炳史册、天下皆知，像日月一样照耀着历史时空；有的被隐没在历史的角落，像天上的繁星闪耀着天空，却没能留下名字。每个时代都有，每个民族都有，每个地域都有。

作为文学创作者，我觉得自己有责任用手中的笔去书写他们的故事，用文字去照亮历史的角落，重现这些英雄们的精彩人生，让他们的精神激励着我们为这个新时代而奋斗。

为汪华这样的人物立传，可以说很难，也可以说不难。很难，是因为史书上对他的记载太少，只言片语，无法得知他在某个时间与某个人说过某些话，无法得知他在某些重大历史事件上担任着什么样的角色。说不难，是因为可以借鉴民间的传说，展开想象的翅膀。

我在创作"徽州魂"三部曲时，为了收集素材，翻阅了大量隋唐历史资料和相关人物传记，同时也查阅了大量的徽学书籍、徽州地方志和汪氏宗谱，并多次深入徽州当地的村落、祠堂、遗址，企图从里面找到有关汪华的踪迹，丰富汪华这个人物形象。

为了还原汪华在隋唐时期的历史影响力，我常常拿着汪华的个人年表与隋唐大事记、隋唐帝王将相的个人年表，一一对照，时常思索，为什么这个事情发生时汪华的官职有了变化？汪华被调任新职之后为什么朝廷作出了新的部署？这些与汪华有怎样的关联？汪华在这些事情中扮演着什么角色？起到了什么样的作用？在写到汪华生有九子，在他执掌长安禁军期间，其三子汪达率十万大军镇守西域，他是如何做到让皇帝李世民始终对其高度信任？他在世时，七个儿子已经成年，为何只有三子汪达位居高位，而其他六个儿子只是低级的普通官吏，且在他病逝之后由三子袭越国公爵位，而非长子汪建，查知同时代的朝廷重臣子孙们的结局，这是否就是汪华的深谋远虑？当种种推测符合历史事件发展时，汪华伟大的形象，呼之欲出。

在创作"徽州魂"三部曲过程中，因是小说形式，中间难免在时间和空间上可能进行部分调整，并以艺术的形式加以演义，目的是借描述汪华在建吴称王、率土归唐和执掌禁军的生活片段来反映其保境安民、维护华夏一统的伟大思想。

汪华历来被徽学专家尊称为"古徽州的太阳"，当我走在汪华当年精心治理的徽州土地上时，我觉得汪华更像是现代徽州的魂。他虽然离开我们已经一千四百多年了，但是他伟大的精神遗产却像魂魄一样附在徽州大地上，你可以看不到他，但是你不能没有他。徽州能有今天的发展，有很大一部分是源于汪华当年保江南六州太平、促进中原南迁世家大族与山越族的大融合、大力发展教育和经济的一系列举措。可以说没有汪华就不会有后来璀璨的徽州，没有汪华文化就不会有现在的徽文化。汪华文化是徽文化的重要源头，更是徽文化的灵魂。

汪华归唐后，闲居长安数年，直到贞观二年才被重用。我认为，应该是汪华自己辞官不受，汪华和李世民两人都是为了天下苍生而起兵，即使交流得少，但是心灵应该是相通的。两人犹如两座高峰，只是为了天下百姓，一座高峰宁愿深藏在云雾中，来突出另一座高峰的巍峨。汪华理解李世民在用人时的难处，李世民应该也理解汪华担任高位后的担忧。两人就如知己一样，不需要交流，就都知道该怎么做。

汪华淡泊名利，却又在晚年被重用为九宫留守，而他这次却毫无推辞地接受了。我想他就是为了天下太平，因为李世民要亲率大军征辽，而当时仍有野心勃勃者意图谋取政权，长安暗流涌动，需要他出面来保障大局稳定。我认为，这就是汪华最闪亮的地方，总是在历史最需要他的时候，他不拘小节挺身而出，力挽狂澜，以百姓安居乐业、华夏一统、天下太平为己任。我想，这就是他病逝之后，唐太宗李世民追其谥号为"忠烈"的原因吧。

《徽州魂之忠烈有道》即将付梓，"徽州魂"三部曲终于全部出版，由于本人水平有限，全书尚有不足之处，望能得到大家指点，以待改进。希望"徽州魂"三部曲能抛砖引玉，未来能有更多的文学创作者用文字重现不同时代的英雄传说！

汪鑫

2022年11月22日　北京

目　录

引 言

隋末唐初天下大乱之际，歙州汪华为保境安民，起兵统领江南六州（歙州、宣州、杭州、饶州、婺州、睦州），拥兵十万，建吴国，称吴王，施仁政，百姓安居乐业；武德四年，吴王汪华为促使天下一统，主动率土归唐，被唐高祖封上柱国、越国公，授予歙州大都督，总管江南六州军事，并兼歙州刺史。随后，汪华率领兵马配合朝廷大军，平定江南各割据势力，实现天下统一。为了避免朝廷猜疑，维护江南百姓安宁，汪华决定携带家眷离开自己苦心经营十余年的根本之地，请旨前往长安。

625年，大唐越国公、歙州大都督兼歙州刺史汪华从朝廷请得了进京的圣旨，在大将程富的护送下，带领钱任、稽圭、庞实三位夫人和八名儿女及部分随从，告别了他生活三十八年的歙州大地，踏上了北上长安之路。

第一章　路途凶险

大运河，两岸杨柳青青，微风拂拂，一艘三层船舱的客船经过淮水，进入通济渠，逆水北上。

在舟船往来频繁的大运河上，这艘船并不是特别起眼。因为自隋炀帝征发数百万民工开通了这条纵贯南北的大运河之后，南北交通立即便捷起来，江南的大米、茶叶、丝绸等运往北方，东北的皮毛、人参、木耳等运到南方，商旅的船队浩浩荡荡，其中不乏各种大型货船、客船。但是只要靠近船身仔细观察，就立即能看出端倪，这艘从南方来的船只不仅用料考究，而且做工精致，船身坚固无比，完全就是改装后的战船。

此时正过晌午，甲板上站着一位中年男子，衣裳用料是江南绸缎，雍容华贵，他目光如电，英气逼人。

他，就是大唐越国公、江南六州之主、歙州大都督——汪华。汪华请得进京圣旨之后，于阳春三月，携家眷由杭州走水路，沿着京杭大运河，前往都城长安。

他坐的这艘船，就是杭州官吏按照战船的要求来打造的。从歙州前往长安，虽说走陆路要近一些，但是翻山越岭，路途上太辛苦，根本不适合年幼的儿女们远行。反正，前往长安定居，又无紧急大事，携家带口还是坐船最合适。船体宽大，上下三层，吃住全都在船里。在船上可弹琴击剑读书，比骑马坐轿要舒服自在得多。

因这条大运河，天下大乱，风起云涌十数载。他几次想好好看看这条毁灭一个王朝的运河，看看这个饱受争议的大工程。当他在大运河上度过数十个日夜后，他脑海里浮出，这条运河还能兴盛一个王朝。

一名中年男子从船舱里走了出来，虽然他也只是一副商旅打扮，但是从他整个人的气宇就可断定，这绝对是武艺高超的行军将军。没错，他就是江南六州东营大将军程富，此行他担负着护送的重任。

作为位高权重的大唐越国公，汪华本可以兴师动众地在船只上升起"大唐越国公、歙州大都督"的大旗，沿途官吏定会蜂拥迎接。但是，汪华为人向来低调，一个连吴王宝座都不在乎的人，更不会在乎别人对他的恭维。一来他不想打扰沿途官吏，免得给别人添麻烦；二来他也不想把动静搞得太大，以免被朝廷的一些人，尤其是封德彝之流抓住口实。所以，这艘船一路上比较低调，船上的人都不着官服。

汪华没有回头，他从脚步声就猜出是谁来了，开口说道："如此美景怎么不与我一起好好欣赏呢？"

程富听了，无奈地笑道："这就得问你家那些公子了，都缠着向我学剑，教了一套剑术之后，还要我讲行军打仗的趣事。"

汪华回过头，笑着说："当年他们三叔世荣在歙州时，他们就老黏着，现在遇着你这位东营大将军，岂能放过。"

"三位嫂子哄他们去午睡，还都不愿意，看来你这几个儿子都是行军打仗的料，说起调兵遣将，个个心花怒放。"程富说。

汪华说："小孩子嘛，好奇而已，天下太平，做个田舍翁多好啊。战争只会给百姓带来灾难。"

程富看着前方，叮嘱道："官场复杂，远比战争残酷，长安城内个个都不是吃素的，你可一定要当心啊。"

汪华笑了笑，没有说话，也一并看着前方，目光坚定有力！

在大运河边的李集小镇，五六个人聚集在客栈的一个房间里。

为首的那位，身材高大威猛，孔武有力，旁边几位也都是暗藏利刃，眼神充满杀气。

为首者说："经过多次观察，汪华的船每天清晨和傍晚会停靠码头，有仆人上岸采购食材和取水，根据行船速度，今天傍晚会在这里停靠，到时我们只要派两人乔装成他船上的仆人混进船内，找地方躲藏起来，待半夜大家睡熟后，在船舱各处放火。"

旁边一个人坏笑道："大火一起，即使汪华跳河，没被烧死，他那些臭婆娘和狗崽子也难逃一劫。"

"一定要记住把这个令牌丢在船上。"为首者说完拿出一个令牌，上面刻着两个字——"东宫"。

一群人呵呵大笑，就好像已经看到了船只着火。

原来这是一场嫁祸于人的阴谋。为首者，不是别人，正是当年辅公祐的心腹大将西门君仪。

西门君仪最早与王雄诞结好，跟随杜伏威时，对杜伏威忠心耿耿，但他听传言说其妻子与杜伏威私通，便怀恨在心，寻机报复。待杜伏威前往长安之后，他与辅公祐勾结，响应辅公祐谋逆，间接逼死了杜伏威。辅公祐兵败后，他跟随辅公祐带着仅剩的数十名兵卒逃往武康。结果，辅公祐一行惶惶如丧家之犬，刚逃到武康一处村落，当地一名无赖纠集了一群农夫就把他们抓了起来。而西门君仪当时恰巧到附近打探消息，待回来时，已见辅公祐一众被押进了汪华部将汪天瑶的营帐。

很多人都认为西门君仪战死了，实际上他已经化装潜逃，一直在寻找为辅公祐报仇的机会。周围这几个人，当年就是他的手下，战败后潜逃，躲过了追捕。他通过各种途径找到这些人，一起隐居起来，但又处处留意时局动态。这次获知汪华要进京，他决定利用这次机会置汪华于死地，再嫁祸给朝廷，引发朝廷与江南六州之间的战争；同时也可以加深太子与秦王之间的矛盾，引发朝廷震荡，到时自己再振臂一呼，召集当年旧部起兵，建立自己的王朝。

汪华作为征讨辅公祐的主力军，尤其是在开战之初，牵制了辅公祐的大量兵力，使得辅公祐的势力无法扩展；发起总攻时，又是汪华率领的吴越军最先攻进城。在西门君仪眼中，汪华出兵是辅公祐失败的关键。

西门君仪对旁边的一个年轻人说："你负责安排小船，半夜时分，带领兄弟们一定要悄无声息地分布在大船附近。待大火起时，必定有人跳河，你们就要一个不漏地用弓箭射杀。"

说到这里，他紧握着拳头，狠狠地砸在桌子上："我要让他们一个不留！"

这时，旁边有个中年男子问："将军，要是下船的仆人太少，我们就没法混进去了。"

"已经得到消息，每次下船买东西和取水的仆人有二十来人，他们船上人多，需要不少食物。"西门君仪说。

"万一没有混进去，到了半夜时分，派几名水性好的兄弟潜游到船底，凿穿船底。"另一个小伙子说。

"这个不行，我已经安排人潜到水底察看了。船底包有精钢打造的薄钢板，无法钻开。估计船舱底层的结构，也跟当年攻打萧梁的战船一样，底舱用厚木板隔开，隔板与船舷接合处拼接板材、用铆钉加固，再用木料填塞，密封，一舱破损，其他舱不会受到连累。"西门君仪说道，"汪华此人狡猾无比，平时出兵作战都考虑周全，这次携带妻儿出行，必定是面面俱到，花尽心思。据说他对这艘船的建造非常满意，还升了监造官的职，参与造船的每个人都领到了封赏，并给这艘船起名叫'铁甲'。"

那个年轻人惊叹道："他真是费尽心思，实在可怕。"

"雷虎，你没有参加当年的宜兴之战，汪华为了攻破城池用大型投石器一阵狂轰滥炸，他们不出一兵一卒，就把我们倚重的重要防御砸得稀里哗啦，我们毫无还手之力，无数兄弟阵亡。现在想来还都觉得是噩梦。"一个中年人说。原来刚才说话的年轻人是雷虎，一名副将。

"李将军说得对。攻丹阳城时，他也是用的这招。雷虎和你们几个都是水师，没见过汪华出招。"西门君仪说。那位中年人叫李破符，当年还是一名总管将军。

李破符说："若实在不能跟仆人混上船，到了晚上，我带兄弟划小船利用飞索偷偷爬上船。"

"好。"西门君仪盯着雷虎说，"你们的小船不要刻意在大船附近游荡，要显得很随意，千万不要让船上的哨兵发现异常。"

"将军，这个你放心，我们水师出身的，知道怎么做。你就等着好消息吧。"雷虎信心十足地说。

西门君仪露出满意的微笑。

傍晚，"铁甲"停靠在李集小镇的码头上，一群仆人拿着箩筐和水桶走上码头。李破符一直盯着仆人的一举一动。

"父亲，我和弟弟想到岸上玩会儿。"小汪达带着小汪爽走到汪华身边。

此时，汪华正与三位夫人说事，还没等他说话，钱任就说："达儿，不可这样。这小镇上没什么好玩的，天快黑了，不安全。"

钱任虽然不是汪达的亲生母亲，但是钱任自嫁给汪华之后，二夫人稽圭和三夫人庞实主动让贤，请钱任代替汪华大夫人钱英的位置掌管后院，钱英的三个儿子，汪建、汪璨和汪达自然也都归属在钱任这一房，所以钱任完全担起了母亲的责任。

庞实说："在这里我们人生地不熟的，你们年纪幼小，上岸不安全。"

"娘，我和三哥都这么大了，怎么就不安全呢？你可以陪我们下去走走嘛。"小汪爽说，"我们都在船上待了好多天了呢，都快憋坏了。"

汪华看到两个儿子幼稚的脸蛋，心想，你们才八九岁就敢说长大了。又想起自己也就这么大的时候，父亲过世，与两个弟弟跟着母亲迁居到歙西舅父家。他便耐心地对两个儿子说："现在天下表面上看起来太平，但是还有一些余孽尚未消除，我们要时刻保持警惕。这些小镇码头南来北往的人特别多，人员特别复杂，我们要小心为上。"

作为父亲，汪华觉得保护子女安全成长是应尽的责任和义务。他自己南征北战，图的是什么？还不是天下太平？还不是让天下百姓能享天伦之乐，安安稳稳地过好日子？对于自己，不就是希望自己的子女也能安稳地过日子吗？

小汪达和小汪爽听了后，都嘟着嘴，很不开心地退了出去。

"圭妹，去看看这些小家伙，别让他们偷跑下去了。"汪华对坐在旁边的稽圭说。

"放心，没你的命令，即使他们再顽皮，也不敢乱跑的。"稽圭虽然这么说着，但还是站起来往外走。

程富站在甲板上，看着码头上人来人往。这个小镇太普通了，他也没有什么兴趣下去看看，他帮稽圭盯着这群小家伙，看着他们在甲板上嬉戏。

仆人们陆陆续续上了船，西门君仪安排的两个人穿着与仆人一样的服饰，手里拎着一筐菜走上了船。仆人们是直接从第一层船舱进出的。船夫和仆人都住在第一层。程富站在第三层的甲板上，虽然看到了这些仆人搬着东西进来，但是并没有留意。

第二层船舱的每个窗户纸后面，都有一双眼睛谨慎地盯着靠近"铁甲"的每一个人。这一层住的都是汪华亲自训练出来的卫士，人数虽不多，却个个武艺超群。跟在后面的两个仆人大摇大摆地走进了船舱，他们在这条河上混了好几年了，混进船内抢劫偷窃非常拿手。他们是一对兄弟，哥哥的绰号叫"血蛇"，弟弟的绰号叫"飞鼠"。据说与李破符有亲戚关系。

这些仆人上船时，都扛着东西或者挑着东西，大家都忙着自己手里的活，并没有留意多了两个人。加之天色已暗，不仔细留意，很难发现他们中间多了两个陌生人。

两人上船后，把菜筐往伙房一放，就退了出去，找了个地方藏了起来。

很快，船就开动了。

深夜，大运河上的船只越来越少，小船一般都在天黑时就靠岸过夜，只有大型货船仍然日夜行驶。

"铁甲"里一片寂静，寂静得让人害怕，只有两三个窗户隐隐约约透出弱弱的烛光。

有三艘船只远远跟在后面，一道道冷峻的目光紧盯着"铁甲"。突然，"铁甲"的船舱里有个人举着火把钻了出来，站在甲板上，不停地向四周挥舞。

李破符对身边的雷虎说："得手了。"

雷虎得意地点燃了手里的火把，左右挥舞了一下，他座下的船与另外两艘船立即跟上，靠近"铁甲"。

"表哥，全部搞定了，他们都被蒙药迷倒了。""飞鼠"兴奋地对李破符说。

"飞鼠，你两兄弟立大功了！"李破符边说边借着飞钩跃上了甲板。

雷虎等人也紧跟着李破符一一跃上甲板，十来个人，个个手握尖刀。

"汪华在哪里？"雷虎边说边往里面走。

"就在里面，我哥在看守着，他迷倒之后，我们兄弟俩怕他醒来，又把他绑了起来，还有他那些娘们，都绑在椅子上。""飞鼠"边说边带大家往船舱里走去。

果然。船舱大厅里，一片狼藉，汪华和他的三位夫人都被绑在椅子上，还一副睡得很熟的样子。"血蛇"拿着一把剑站在大厅中央。

"其他人呢？"李破符问。

"都在下面船舱。""血蛇"说。

李破符走到汪华身边，突然仰天长笑。笑过之后，他得意忘形地说："汪华，没想到你也有今天。我终于可以为宜兴之战牺牲的兄弟们报仇了。"

他刚说完，突然绑着汪华的绳子飞向了他的脖子。李破符当年不愧是总管将军，反应迅速，连退两步，躲过绳子，右手立即去拔剑。

但是，他还是慢了一步，他的剑还没拔出来，汪华的剑已经指着他的喉咙了。

同时，汪华的三个夫人也一跃而起，制服了身边的敌人。

这一切来得太突然了。

雷虎面面相觑，握在手里的刀一时不知道该如何是好，但他已经知道中计了。

程富带着卫士冲了进来。

"都把手里的兵器放下。"汪华的口气无法让人抗拒。

李破符显然也被汪华的突然反击震住了，冰冷的剑尖抵着喉咙，让他第一次感觉到与死神如此接近。

这些进入大厅的反贼，惊魂未定地把兵器扔在地上，乖乖地束手就擒。

卫士们熟练地把这些反贼捆绑起来。

而船舱外传来了一阵打斗声，原来已经有卫士悄悄潜入河里，爬上了反贼的船只，正在捕杀企图驾船逃跑的反贼。

其实事件的逆转完全是一个巧合。

原来，快天黑时——

"娘，我想到下面去玩，郑豹不同意。"小汪达气愤地走进船内厅堂对钱任说。

"他们要日夜轮流巡逻，有些卫士需要休息，你跑去折腾，人家还能睡得着吗？"钱任正与两位姐姐说话，听小汪达这么说，就解释道。

"我看不像。我假装退出来躲在旁边听他们说话，好像说什么，赶快找，一定要找到。"小汪达说完，好奇地瞪大眼睛说，"他们是不是发现有小偷了？"

一听到"小偷"两字，钱任不由地与庞实对视了一下。

庞实向小汪达问道："父亲在哪里？"

小汪达更加好奇地说："三娘，不是真的进坏人了吧？父亲与程叔叔在甲板上看两岸的灯火呢。"

"这岸上没几栋房子，有什么可看的？你赶紧把哥哥弟弟都叫到厅堂来，有话跟你们说。"庞实说完站了起来，对钱任和稽圭说，"姐姐、妹妹，你们在这里别出去，我去叫世华过来。"

"汪世华"是汪华归唐之前的名字，率土归唐时为避秦王李世民名讳，改名"汪华"，但是他的几位夫人在家仍称呼其"世华"。

庞实还没走出门，卫队长郑豹走了进来。

郑豹是郑虎的弟弟，虽然比郑虎小十来岁，但是他比郑虎精明，武功也比郑虎高很多。郑虎与汪华从小一起长大，对汪华忠心耿耿，郑豹后来进入军营，作战勇敢，机灵，被汪华发现，见其做事仔细，武功又非常好，就带在身边，作为警卫。汪华建吴称王时，授二弟汪世英为王府总管，任郑豹为王府禁军统领。汪华对郑氏兄弟非常信任，郑虎负责歙州城防，郑豹负责王府禁卫。后来，汪华率土归唐后，为了与朝廷官职统一，改郑豹禁军统领为卫队长。

郑豹一进门看到三位夫人都在，就忙说："启禀三位夫人，我们发现有可疑的人上船，正在搜查。为保障你们的安全，请不要随意走动。"

原来，在仆人们搬运货物上船时，被卫士发现了异常，居然多了两个人。因为每次上下船的时候，卫士都暗自清点了人数，并且对每个人的面貌都牢记于心。

发现异常后，卫士立即把这个情况禀告了郑豹。郑豹不敢大意，立即带卫士下去清点仆人，发现人数没多没少。又让仆人们相互辨认，都相互认识，并没有陌生人。这就奇怪了，上下船时清点的人数为什么不一样呢？

郑豹又仔细检查伙房，发现多了两筐菜，筐虽然与船上用的筐相同，但是把菜倒出来，发现筐底并没有以前做好的标记。

郑豹判定，有人上船了。于是，他立即封锁了通往三层的通道，带队搜查每一个角落。却什么都没发现。

这下，郑豹有些着急了，难道这人去了三层？不可能啊，从一层到三层，必须通过二层的关卡，那个位置一直有人守着的，何况二层与三层之间的楼梯，也有人守卫。

不管如何，三层还是要搜查一下才行，以防万一。于是，他就到三层来请求搜查。

庞实听了郑豹的汇报后，看了下钱任和稽圭，见她俩都点头，就对郑豹说："让若曦带你去每个房间搜一遍，一定要仔细。"

若曦是庞实的贴身丫环，从小就跟她在一起。当年初遇汪华时，就是若曦陪着庞实的。

郑豹跟着若曦离开后，钱任就对自己的贴身丫鬟月影说："你与碧玉赶紧把公子都叫过来，别让他们玩了。"

碧玉是钱英以前的丫环，钱英撒下三个儿子离世后，汪华给碧玉一笔钱让她找个好人家嫁了，但是碧玉不同意，说要留下来照顾三个公子。见碧玉态度坚决、诚恳，汪华也就只有把她留了下来。由于汪华身边一直没有婢女打理生活，于是碧玉也就顺其自然地负责汪华的一些生活起居。

很快，奶妈拉着钱任的女儿合羽进来了，合羽刚三岁，很乖巧，全家都视为掌上明珠。

陆陆续续，小汪建、小汪璨、小汪广、小汪逊、小汪逵和小汪爽都被领了进来，加上之前就在里面的小汪达，人都到齐了。厅堂门口也站了四名卫士守卫。

"娘，真的有坏人在船上吗？"小汪达说完就把挂在墙上的剑取下来，拿在手里。

其他小孩们见状，也纷纷去取墙上的剑。汪华规定他们每天都要读书练剑和学习兵法，这次北上长安，这些小家伙们的兵器也都带上，在船上也不间断练习。

三位夫人见状都笑了，稽圭说："看来我们家童子军都可以上战场了。"

"呵呵，有你们老爹小时候的勇气！"正巧汪华走了进来。

"世华，你知道了？"庞实问。

汪华摆了摆手说："已经知道了，我让程富也去搜查。不信找不出来。"

汪华走到小汪建身边，用手摸了摸他的小脑袋，笑着说："和弟弟们把剑都收起来，两个小毛贼而已，没必要让我们这些小将军们出马。"

小汪建见父亲这么说，与弟弟们纷纷又把剑都挂到墙上去。

"这运河一开，南来北往跑生意的人多，一些绿林好汉把这条河当成了财源之地，潜入船上偷窃是常有的事。"汪华坐下来，慢慢地说，"隋末天下大乱之时，有些人为了生计就开始从事偷窃的勾当，逐渐养成了习惯，现在中原初定，治安尚未加强，这些毛贼管不住自己的手。这次到了长安后，我要向皇帝上奏，加强运河的治安管理，让商贾无安全之忧，才能更好地促进南北商贸畅通和繁荣。"

"世华说得对，见微知著。我们这样谨慎航行都遇到坏人，可想而知那些商贾之人在这运河上要面对多少困难了。"稽圭说。

"不过，这次潜上我们船的不见得真是小毛贼。"汪华漫不经心地说。

"何以见得？"庞实问。

"这条运河上有盗贼横行，不假，这些天我从南来北往的货船上的守卫就可以看出，大家都很小心谨慎。为什么小心谨慎？还不是因为这条道上不安全。"汪华只顾边想边说，"但是，能上我们船的人，一定不是普通的毛贼了。我刚才进来的时候说是毛贼，是为了宽你们的心，尤其是不要让这些小将军们紧张。"

汪华边说边轻松地笑了笑，他的笑很快就感染了厅堂内的每一个人。

汪华接着说："在这河里讨生活的人只要看我们船的结构，都能看得出，我们这里并非商船，也非文官坐的船，而像水师作战的船，不是一般的人能建造得了的。你们想想，敢偷偷混进战船的会是什么人？一般的毛贼敢吗？"

"有道理，常人是看不出'铁甲'与其他船只无异，但运河上偷盗之人见多识广，能看不出来？"庞实点了点头说，"难道不仅仅是为了偷东西？"

汪华点了点头，淡淡地说："没关系，有程富和郑豹在，还怕搞不定吗？

船就这么大，除非他们从窗户逃到河里了。"

说到这里，汪华突然像想起什么一样，向碧玉招了招手，碧玉走了过来，汪华对她轻轻交代几句，碧玉点了点头，就走出了厅堂。

"你说得对，这么搜查都找不到人，不可能是一般的偷窃。"钱任说，"世华，你现在想怎么办？"

"他们既然预谋已久，我们就得陪他们玩玩。"汪华用手轻轻地敲了敲椅子的扶手。

"他们是谁？"钱任问。

汪华淡淡一笑："很快就会知道。"

一个时辰之后。

汪华坐在自己的书房，"铁甲"在建造的时候，特意辟出一间小房间作为汪华的书房，汪华离开歙州时，携带了不少书籍。

"大哥，审出来了，说是李破符让他们来的。"程富走进来说。

"李破符？"汪华在脑海里搜索这个人的印象，"以前没听说过。是什么人？"

"他们说李破符当年跟随辅公祏，是一名将军。"程富说到这里，他又补充说，"我在东营，对辅公祏那边的主要将领还是比较了解的，确实有名将军叫李破符。"

"李破符是怎么找到他们的？"汪华问。

"两人里面哥哥叫'血蛇'，弟弟叫'飞鼠'，与李破符是表兄弟。"程富回答，"他们之前联系得少，只是这一年两家来往频繁，李破符多次在他们面前提到西门大将军。他们推测，这次行动是西门大将军的意思。"

"西门大将军？"汪华想了想说，"辅公祏下面有个西门君仪，听说在逃亡武康的路上被人杀死了，当时上报朝廷的时候，还拿了颗血糊糊的脑袋呢。"

"可能西门君仪根本没死。"程富说，"这次知道了我们的行程，就想弄出点儿动静。"

"想个办法引蛇出洞，若他没死，还真不能让他留在这世上，以免兴风作浪。"汪华说。

"你看这样如何?"程富悄悄地向汪华说了几句,汪华点了点头。

原来,汪华在厅堂里说到窗户时,忽然想起,船上哪里都搜查了,为何没看到人呢?会不会躲在窗户后面?于是他就让碧玉把想法转告郑豹。

果然,郑豹他们在窗户外面逮着了这两个小毛贼。原来他俩发现有人来搜查,就翻过窗户,用铁钩勾着窗户下方,把自己吊在船外面。大晚上的,其他船只从旁边经过也不会发现。

"血蛇"和"飞鼠"的偷盗技术不错,但是打斗不行,没什么武功。他们被发现后,正准备跳河,没想到卫士手脚麻利,迅速揪住他们的头发,像拎小鸡一样拎了上来。

他们没想到自己居然被发现了,又贪生怕死,一阵软硬兼施,就都老实交代了。

原来,"血蛇"和"飞鼠"在上船之时,不仅有火烧"铁甲"的计划,还有用蒙汗药迷倒汪华等人的备选计划。最终,西门君仪认为用药迷倒活捉汪华这个计划更好,这样可以让他亲自手刃仇人。

两人被捕后,为了免死,老老实实地把计划和盘托出,于是汪华就给了两人立功的机会。

稽圭怕两人不能很好地配合,就随手从兜里抓了两粒药丸塞进他们嘴里,说这是毒药,在明天太阳升起之前不吃下解药,就会全身如百蛇吸髓,最后痛苦而死。吓得两人直冒冷汗,一个劲儿地点头说一定会配合演好这场戏的。

于是,就出现了,"飞鼠"举着火把走上甲板,诱使众人上船的一幕。

李破符等人被带到二层船舱审问,碧玉负责指挥仆人收拾大厅,若曦与稽圭的丫鬟映雪去安排公子小姐睡觉。

汪华立在船头,看着天空皎洁的月色,心情难掩兴奋,他对站在身边的庞实说:"庞妹,去把我的剑取来,今晚我要弹剑长歌,笑傲山河。"

"好,那我给你弹琴。"庞实幸福地看着汪华。

"我陪你舞剑。"钱任在远处听见了两人对话，抢着说道。

"太好了，最好也请姐姐在一旁跳舞助兴。"庞实边说边拉着稽圭的手高兴地说。

稽圭大方一笑，说道："只要我们家的国公爷高兴，何乐而不为呢。"

月光下，在"铁甲"三层甲板上。

古筝已出声，霓裳已起舞，双剑已出鞘。

汪华边舞边歌：

点红尘千万

看弱水三千

人醉灯红舞未散

一曲销魂绕宫殿

新安江水影若在

南山奇峰尽开颜

纵横千里战场

运筹长城内外

快马飞驰到天边

只因想你梦缠绵

今生有你

让我内疚万千

看江南繁华

已有多少红颜

恨岁月如白驹过隙

为何不能早日相见

与你相依江边

数鸿雁飞过天边

金戈铁马　气吞如虎

化作一缕青烟

刀光剑影　纵横捭阖

变成你的笑颜

只因今生有你
我愿马放南山
与你一起琴瑟和鸣
只因今生有你
我愿弓箭落满尘灰
与你一起煮茶对弈
只因今生有你
我愿放弃万里江山
与你一起逍遥云里
只因今生有你
我才珍爱万物生灵
一起摘日月为灯
陪伴我们相守终生

······

第二章　防不胜防

"过了前面那个小镇就到长安城了。"汪华对夫人钱任说。

"终于可以见到父亲大人了。"夫人钱任说。

"一别三四年，武德五年的时候跟我回到歙州，如今已经武德八年了。我们合羽的舅舅都已经做父亲了。"汪华爱恋地看着钱任。钱任的弟弟钱琪当年曾率家将护送汪华和钱任等人从长安回歙州。

"是啊。因你军务繁忙，钱琪结婚我们都没有来。"钱任有些歉意地说。

汪华正准备说话，正前方一艘快艇飞驰而来。

钱任眼尖："钱琪！"

说着顺手指去。

果然是钱琪，比当年更魁梧了，他兴奋地远远招手："姐姐、姐夫！"

汪华没想到钱琪跑这么远来迎接他们，高兴地说："钱琪，我和你姐刚说你呢。来得正巧。说曹操，曹操就到。"

很快，快艇靠近"铁甲"，用铁钩勾住"铁甲"，钱琪借着铁钩一跃就到了"铁甲"的甲板上。

"姐姐、姐夫，父亲接到你们到洛阳的消息后，就天天派人在这广通渠上打听，让我来迎接你们。"钱琪刚站稳，就兴高采烈地说。

"让岳父大人劳心了。"汪华客气地说。

"一家人不说两家话，我的合羽小外甥女呢？"钱琪边说边在甲板上左顾右盼。

"合羽在这里呢。"稽圭领着小合羽走上了甲板。

原来，在船舱里休息的稽圭、庞实、程富等人得到消息，都走上了甲板，来见钱琪。

钱琪一一与大家打了招呼，就开始抱着小合羽左亲右亲，喜欢得不得了。小合羽也不认生，居然呵呵地乐。

"钱琪，长安是不是有事？"汪华判断出钱琪跑到长安城五十里之外来迎接他们，肯定还有其他事。

钱琪见汪华问他，就说："我们到船舱里说吧。"

船舱里。

汪华、钱任、稽圭、庞实、程富、钱琪、郑豹。

"看来这位封相真是处处为难我啊。"汪华听完钱琪的介绍后，不由得调侃了一句，不过内心总觉得有什么东西堵着，感觉非常不爽。

"皇帝老儿是什么意思？难道自己没有一点儿主意吗？"程富听了后，抱不平地说，"盖座越国公府有那么难吗？"

"据父亲私下打听，是封德彝跟皇帝说，边外战事未平，中原百废待兴，需要花钱的地方太多，何况原来的吴王府本来就很气派，现在荒废太可惜了。"钱琪说。

原来，李渊接到汪华主动要求进京伴驾的奏折后，非常高兴，觉得汪华很识时务，就下令大兴土木建造越国公府。谁知，中书令封德彝却谏言皇帝把原来杜伏威居住的吴王府改为越国公府赐给汪华。

这个吴王府，最初就是前朝宰相杨素的府邸，杨素在隋文帝时，任内史令，封越国公，至隋炀帝时，官拜司徒，改封楚国公，权倾朝野。因受到隋炀帝猜疑，病重故意不吃药而病逝。其子杨玄感是第一个率兵反叛隋炀帝的朝廷大臣，后兵败而亡，杨素子孙全部被杀。杨素在长安居住的房子，被人视为不祥之物，无人居住，一直荒废着。

李渊在长安登基建立大唐，瓦岗寨首领李密归降，被封为邢国公，李渊曾被李密小视过，故意把这座荒废的杨素府邸改建为邢国公府，赐给李密。李密归降后不久，在手下的煽动下，企图潜出长安召集旧部东山再起，结果被杀。

随后，江淮军首领杜伏威在汪华的军事围攻下，归顺大唐，后被迫前往长安，李渊又把邢国公府稍作修缮，改为吴王府，赐给杜伏威，并赐杜伏威姓李，即李伏威。谁知，辅公祏起兵反叛，李伏威就被李渊赐毒酒而亡。这座府邸再次失去了主人。

两朝三位枭雄都在这座府邸居住，且都没有落个好下场，让人不得不为这房子的新主人担忧。

"可以不要吗？怎么看都觉得不吉利。"稽圭说。

"皇帝赐的，能不要吗？也不敢不要啊。"汪华说。

"父亲忙于军务，一直在外带兵，若最初就知道消息的话，也可以跟皇帝说，现在都已经修缮完工，越国公府的牌匾都已经挂上了。还是皇帝亲笔题写的金匾。"钱琪说。

"管他什么金匾银匾，另外盖座越国公府，有那么难吗？我们自己掏钱盖，难道长安城没块儿空地吗？"程富第一次来长安，人还没到，就遇到这样一档子扫兴的事情，心情非常不爽。

"封德彝老头诡计多端，皇帝、太子和秦王对他是言听计从。他向皇帝提出赐这座房子，不仅仅是他个人的意思，更可以说是皇帝的意思。这座房子不住也得住。"汪华说，"我们刚到长安，就另盖别院，不是不可以，朝中大臣基本上都有两三处豪宅，甚至更多，但是我们现在还不行，必须住进去，否则一大堆参我的奏折立即就会摆在皇帝的御案上。"

"不住是违抗圣旨，住却感觉不吉利，真是进退两难。以后真要多多提防这个封德彝，否则一不小心就被他在背后捅刀子。"钱任说。

"父亲的意思是，你们先搬进去住一两天，再搬到我们城西的院子去，母亲也过去，就说与家人团聚，别人也就无话可说了。"钱琪说。

"父亲这主意不错，若我们搬到将军府住，这么多人，肯定住不下，城西的院子虽然偏了些，但是房子非常大，这也是皇帝当年赏赐给父亲的别院。"钱任一听忙点头赞同。

"是父亲随秦王征讨王世充时，皇帝赏赐的。"钱琪补充说。

汪华有点儿迟疑地说："但这也不是长久之计。不能总住在那里。"

庞实见大家讨论不休，终于说话了："一座房子有什么担心的，只要你忠君爱国，怕什么？我觉得皇帝赐这房子是件好事，时时提醒我们要处处约束自己、正直做人，管束好部下，以免我们重蹈覆辙。"

汪华听庞实这么一说，目光一亮，看了看稽圭和钱任，点了点头说："庞妹说得不无道理。我汪华一身正气，难道还压不住那些邪气？"

程富点了点头："大哥说得没错，但是那房子终究有些不吉利的过去，我们能不住最好不住。"

钱琪也跟着说："能避免就避免，还是按照父亲意思办吧。"

大家正商议着，这时侍卫进来禀报："启禀都督大人，前面来了一艘快艇，说是奉中书令封大人之命，来通报都督大人，封大人率领文武百官在朱雀码头迎接。"

这又让人意外了，封德彝亲自率领百官前来迎接，真是奇了。他到底是唱的哪一出呢？

原来，皇帝李渊接到汪华即将到达长安城的消息，想让太子李建成率文武百官去码头迎接汪华。虽然说，这是大唐开国以来最高的迎接外臣规格，但此时皇帝需要帮太子笼络人心。谁知，皇帝把这想法告诉了封德彝。封德彝听说之后极力反对。

封德彝说："皇帝让太子屈尊迎接进京的外臣，是对外臣的恩赐，但目前时机不对。"

皇帝问："何以见得？"

封德彝解释道："若太子去迎接汪华，一是涨汪华的傲气，让汪华认为自己真是国之栋梁，在外臣之中无人能比；二是降了太子的威严，让汪华认为太子有意拉拢他。太子乃大唐储君，只需在东宫召见汪华，稍加赏赐，就显示了太子的威严，又显示了太子对下臣的关心，汪华必定会感激涕零。"

皇帝听了略加思索，点了点头说："还是封爱卿考虑周全。当前太子与秦王之间小有摩擦，外面也传得风言风语，汪华乃封疆大吏，若太子屈尊去迎接，势必会引起误会，反而会让汪华认为太子在向他示好。"

"皇帝英明。若汪华无兵无权，太子去迎接倒还无所谓，可以说是私人感情深。而汪华执掌江南六州军政，百万民众对其俯首帖耳，六州将士唯其马首是瞻。对其过于恩宠，就会高傲，目空一切；对其过于冷淡，就会失望，暗怀二心。"

皇帝点了点头，说："封卿认为派谁去迎接最合适？"

封德彝见皇帝采纳了他的建议，就接着说："微臣愿当此任。"

皇帝问道："爱卿乃当朝宰相，德高望重，亲自去迎接地方刺史，是不是不太合适？"

"皇上，这非常合适。汪华不仅是地方刺史，更是皇上恩赐的国公，从勋爵上来说，微臣与他平级，都是国公，前去迎接，是显示朝廷大臣之间情谊深厚；从官职上说，微臣身为中书令，迎接上州刺史，也是对地方的关爱，体恤下属的表现。"

不管封德彝怎么解释，皇帝都很喜欢他说的话，加之皇帝李渊本来就是个耳根子软的人，就这样率领百官迎接汪华的重任落在了封德彝的手上。

钱琪一听说封德彝居然亲自来码头迎接，感到很意外，就说："黄鼠狼给鸡拜年，不安好心。"

汪华不由得哈哈大笑，笑得大家面面相觑，随后他说了一句："常言道，不怕真小人，只怕伪君子。你们有必要这么担心吗？千军万马都不怕，难道还怕他背后施小技？不管他是真小人，还是伪君子，我们只要对皇帝忠心不二，有何惧之？"

"我觉得有封德彝这样的人，算是我们的一面镜子，时时处处监督我们，让我们谨慎做人做事。否则在长安城这个王公贵族云集的地方，稍有不慎，就可能酿成大错。"庞实说道。

钱任点了点头，说道："姐姐说得极对，我们时常提醒自己，身边有个封德彝盯着，也会让我们居安思危，防患于未然。"

稽圭也点了点头，虽然都知道这是自我宽慰的话，但是京城的危险，她以前陪汪华来时就已经感受过了，现在要长住长安，能否化险为夷，那就只有看汪华的谋略和上天的眷顾。她还能说什么？只有赞同大家的意见，希望大家别带着悲壮的心情走进这繁华的帝都。

"越国公，一路辛苦了！"

汪华还没走上码头，封德彝就远远地打招呼了。

"封相，您老亲自迎接，真是折杀下官啊，实在是担当不起。"汪华忙向封德彝双手作揖致谢。

"越国公乃当今盖世英雄，替天子牧守江南，本阁能讨到这份差事是一种荣幸。"封德彝兴奋地挽着汪华的手，旁人还以为两人是无话不谈的故友。大唐采用群相制，并没有"宰相"或"丞相"这样的实际官职，而是把三省的长官都俗称为宰相，甚至有时连六部的长官也俗称为宰相。而作为宰相，领衔各阁部，所以一般都自称为本阁。

汪华趁机从袖中掏出一个小盒子，在外人毫无察觉的情况下递到了封德彝的手里，悄声说："这是当年吴主孙权视为至宝的龙虎珠，望封相笑纳。"

封德彝的眼睛立即闪出光亮，这颗珠宝的传说他是早有所闻，笑着说："越国公太客气了，无功不受禄啊。"

他嘴上虽这么说，但是把珠宝盒紧紧攥在手里，并没有往汪华这边推让。这个珠宝的价值不亚于当年汪华进献给尹德妃和张婕好的夜明珠，送给封德彝也是为了以后少被小人在背后使诡计。

汪华客气地说："封相乃皇上肱股之臣，大唐朝廷之栋梁，孝敬您是下官的福气。"

封德彝假装客气了一下，就把盒子塞进了袖子里。

"越国公这么说，若本阁不收，倒显得见外了。"

封德彝边说边把汪华引领到迎接的队伍前，把站在前排的重要官员一一介绍给汪华认识。汪华与各官员一一答礼。

随后，众官吏在封德彝的带领下，陪着汪华和家人前往越国公府。

站在越国公府前，封德彝对汪华说："越国公府是皇上让工部花了半年时间重新翻修的，里面雕梁画栋，气派非凡，一切用具全部安置妥当，丫鬟、杂役也都是精心挑选出来的。"

汪华忙向皇宫的方向拱手作揖："皇恩浩荡，汪华愿为大唐粉身碎骨、万死不辞！"

封德彝笑了笑："越国公忠心可表，是我等之楷模。"

汪华忙谦虚道："封相太抬举下官了。"

封德彝说："皇上说您刚进京，先好好休息几日，等一切安顿好了再去觐见。"

汪华说："谢皇上体恤，明日上朝我等就去觐见。"

封德彝说："越国公和家眷一路上舟车劳顿，我等就送到这里了，过几日再来府上拜访。"

"封相太客气了。改日下官前去贵府拜访。"刚到长安，很多东西都没准备，也不方便接待这些京官，所以汪华也不挽留。

越国公府确实气派，汪华带着钱任等人在府内各处走走看看，熟悉环境。整座越国公府占地面积很大，布局规整、工艺精良、楼阁交错，既有京城王公贵族辉煌富贵的风范，又不失民间清致素雅的风韵。尤其是府内的后花园，古木参天，怪石林立，环山衔水，亭台楼榭，廊回路转，别有一番风景。

若不是因为这座房子之前住过杨素、李密和李伏威，确实是一所令人欣喜的宅子。

杂役们在不停地忙碌着搬运箱子，这些箱子从船上卸下来，再装上马车运到府上的。箱子里面是汪华等人的衣裳、书籍，还有给京城各王公显贵们赠送的礼品。中国是礼尚往来之邦，汪华作为一方刺史，来到京城，自然要多带些礼物去那些亲王府、国公府一一拜访。送的礼物不一定有多么贵重，但是送与不送，情意不一样。俗话说，千里送鹅毛，礼轻情意重。汪华既然决定往后在京城定居，免不了要跟这些人打交道，拿人手短，吃人嘴软，多个说你好话的人总比多个说你坏话的人要好得多。

大有是汪华带来的新管家，比汪华还年长几岁，是原来管家大贵的堂兄弟，也常年跟随大贵在都督府做事。稳重干练，且比大贵机灵。汪华决定来京城长安定居后，大贵要在家侍奉年老的母亲，便主动推荐大有顶替他的位置。这次大有也带着家眷一起跟着来了，他正麻利地指挥着仆役们把不同的箱子搬到不同的房间。

"大哥，这越国公府比歙州的都督府还气派。"程富在府内走了一圈儿，连连称赞。

"那你就在这里住吧，别回歙州了。"汪华开玩笑道。

"那可不行，还是歙州自在。"程富说。

"虽然自在，但不能因此而无约束。"汪华说。

"这个是必须的，看来您这位都督大人对我们这帮在吴越的兄弟还不放心啊。"程富笑着说，"要不都督大人还是回歙州坐镇为好啊。"

"你看看，才说一句，你都回了几句？！我这个都督现在是鞭长莫及，在长安城闲居，比不过你程大将军威风！"汪华也开玩笑道。两人从小长大、一起习武、平寇、南征北战，私下里无所顾忌，无话不谈。

"您既然决定来长安定居了，皇上会给您在朝廷安排一个什么官职呢？"程富好奇地问。

汪华说："你问我，我问谁？暂时还是不要官职为好，京城的关系错综复杂，还是小心为上。"

汪华说到这里看了看程富，开玩笑地说："明天你要与我一起去朝拜天子，要不你替我向皇帝要个大官。"

程富听了忙摆手："一说要进宫见圣上，我都有点儿紧张。"

"瞧你那熊样，曾在千军万马中来去自如，万军之中取上将首级，怎么如此胆小了呢？"汪华打趣道。

"那可不一样。"程富说到这里，见周围无人，就话锋一转，略带神秘地说，"我刚才仔细看了几个杂役，感觉非同一般。"

汪华看了他一眼，意味深长地说："我也看出来了，所以我们的言行更要谨慎。"

程富点了点头，叹了口气说："我能体味到你的无奈。"

汪华淡淡一笑，看了看天空，很有信心地说："这些都只是短暂的，成大事者要能屈能伸。"

程富看着汪华的背影，隐隐约约感觉到，汪华与秦王李世民之间一定有某种约定。

御书房。

李渊把三个儿子叫来商议。

"汪华已经来到长安，是不是得给他在京城安排个什么官职？"

太子李建成说："汪华为上州刺史，官职上属于从三品，既然主动请旨来京定居，可官升一级，授其正三品官职，比如侍中、六部尚书等官职，以显天恩。"

其实，太子故意忽略汪华的另一个身份——执掌军事的歙州大都督，这个属于从二品。

李渊听后点了点头说："汪华文韬武略，尤其是治理江南六州素有声誉，授予尚书之位，未尝不可。"

齐王李元吉见李渊认可了太子的建议，忙说："目前六部尚书之位已满，汪华有治国安邦之才，父皇若授其太子宾客或太子詹事，让其辅佐太子，岂不更好？"

太子宾客和太子詹事也都属于正三品官职。

李渊眼光一亮，心里不由得盘算，元吉说得不错，让汪华归于东宫，不仅能帮建成治国理政，同时也增加了建成对抗秦王的筹码。显然，就汪华的职位安排，建成与元吉早就商议好了。

说到底，皇帝李渊不希望儿子之间为了帝位相互争斗，更不想改变皇储人选，太子建成在各方面还是比较稳重的。

他不由得点了点头，正想应允，旁边的秦王李世民有点儿着急了。汪华威震江南，执掌六州，谁都想把他归于自己麾下。若汪华归于东宫，以汪华的秉性，到时肯定左右为难，会使其陷于不忠不义的地步。

绝对不能让太子的阴谋得逞。但是他又不敢当着皇帝的面，抢着把汪华归于他的天策府，终究汪华身份特殊，从勋爵上说，是国公，从一品；从官职上说，作为执掌军事的歙州大都督，属于从二品；歙州属于上州，作为主政歙州的刺史，属于从三品。他天策府的官员，如长孙无忌、房玄龄等人，在朝廷并没有显赫官爵。此时，明目张胆地与太子争抢汪华，势必会暴露自己。

李世民忙说："儿臣认为此时不适合给汪华任何官职。"

三人一听，都不由得吃惊，这在当朝是从无有过的现象，他们想听听李世民是怎么解释的。

李渊就问："为何不适合呢？"

李世民不慌不忙地说："汪华既是执掌六州军事的歙州都督，又是主政六州的歙州刺史，这是很多人都羡慕的职务，若现在委任其他官职，那么他现在手里的都督和刺史之职，是继续担任，还是委任他人来担任？"

李渊和太子、齐王都没说话，他们想听秦王是如何分析的。

"若继续担任，新委任的朝廷官职若无实际职权，就犹如鸡肋，就体现不了皇恩浩荡，他会感恩戴德吗？若给其尚书之职，他初来长安，虽有治国之才，但之前只是把江南六州治理好，大唐疆域万里，各地风情有异，能否执掌好阁部，还需考虑，终究大唐初建，容不得出现失误。"李世民继续分析道，"若罢免其歙州大都督和歙州刺史，另安排要职，会让汪华乃至歙州官员引起误会，认为是在削弱汪华的实权，引起江南动荡。"

李渊犹豫片刻，点了点头说："世民说得不无道理，考虑得非常周全。"

李世民见父皇采纳了他的建议，则继续说："为了体现皇恩浩荡，让汪华继续遥领歙州大都督和歙州刺史之职，不给其任何朝廷官职，同时跟他说明白，朝廷对他是万分信任的，来长安定居是其个人建议，朝廷非常欢迎，若他想回江南，来去自由，不受限制。这样就可避免出现当年杜伏威被软禁长安的谣言，有利于江南稳定。"

李渊越听越高兴，觉得李世民的建议更加合适，汪华既然把所有的家眷都带到长安来了，岂是想走就能走的？让他遥领江南六州，鞭长莫及，最终还得听朝廷的，待时机成熟，再换心腹去担任其职务，岂不更妥当。

太子见李渊点头认可秦王的建议，也不便强求，他因之前有几件对自己不利的事情，在皇帝面前变得百依百顺，对这个二弟也是客客气气的。

"父皇采了老二的建议，下一步该如何做？"回到东宫后，李建成与李元吉商议。

"汪华确实是一个很好的筹码，据说他与李靖、冯盎的关系非同一般，若把他拉入我们阵营，无疑增加了我们对付老二的实力。"李元吉说。

"现在我们就是缺这种手握兵权执掌一方的地方要员。"李建成道。他说得没错，他手里有一些心腹虽然在外面也执掌一方，但是能力平庸，没有威望，不能一呼百应，都是攀附太子才有了今天的。

"大哥，你说老二是不是自己想把汪华拉到他的阵营？"李元吉问。

"早就听闻他俩关系非同一般，但是现在不能轻易下结论，找个机会试探试探。若不能为我所用，至少也得中立，否则我是不会把他留给老二用的。"李建成的眼神闪出一丝杀气。

李元吉之前收过汪华送的金银财宝，他对汪华的印象不错。

"他来长安必定要来东宫拜见大哥，到时您看看他的表现。"李元吉说。

"有些话我不方便说，你到时跟他直接明说，看他如何答复，若模棱两可，不能效忠我这个太子，就想办法假借老二之手把他除去。"李建成与李世民的斗争已经是明面上的了，他隐隐约约感觉到若自己不主动争取，真的就会被老二夺走他这个太子之位。

"大哥说得对，没有永远的朋友，只有永远的利益，只要让老二掌握了汪华假忠心的证据，他就会痛下杀手。"在权力争斗上，李元吉永远是与太子站在一起的。

封德彝离开越国公府，并没有回到自家的府邸，而是直接进了皇宫。

此时，太子、秦王和齐王已经离开了，皇帝李渊正在批阅奏折，封德彝走了进来。

封德彝正准备行礼，李渊放下手中的朱砂御笔，摆了摆手。

封德彝从袖中掏出汪华刚送给他的龙虎珠递给皇帝，轻轻地说了几句。

李渊把龙虎珠拿在手里，面无表情……

第三章　稽圭失踪

越国公府。

庞实在院里赏花，汪华和程富走了进来。

庞实问道："你们这么快就回来了，没见到皇上吗？"

汪华还在思索着什么，程富见他没有吭声，就回答："见是见着了，皇上好像不怎么热情，也没跟我们说几句话。"

"不应该啊？"庞实觉得有些意外，"按道理，我们远道进京定居，皇上应该很高兴才对，何况昨天还派了宰相来迎接呢。"

汪华开口说道："我觉得有点儿蹊跷，今天朝上并没有别的大事要处理，皇上简单问了两句之后，就说远途奔波，一路辛苦，让我等在家里好好休息，若朝中有事商议，再令人来传旨。"

"是不是宫里有什么事？"庞实见周围无外人，悄悄地问道。

汪华摇了摇头说："不清楚。"

程富更加有些郁闷，第一次到京城见到皇帝，没想到热脸碰到冷屁股，皇上只是问了句，程爱卿一路辛苦了，这次来京城多住一段时间。

除此之外，皇上再没有跟他多说一句话。

庞实见两人心情不好，就劝慰道："别想多了，肯定是他儿子之间又闹什么事了。既然让你在府里歇着，岂不更好，我们就有时间到处走走，我和程富可是第一次来京城的哦。"

汪华见庞实这么说，也不想让自己的心情影响府里的其他人，就对着庞实微微一笑："还是庞妹说得有道理，我们该去拜访谁还是继续去拜访，该去哪里玩还是去哪里玩。"

"刚才散朝时，钱老将军说晚上让我们都去他府上吃饭，他还没见过合羽呢。"程富忽然想起钱九陇老将军散朝出宫时跟汪华说的话。

"钱老将军因跟随太子平定刘黑闼，战功卓著，已被皇上赐封为郇国公，你这个做女婿的早该去贺喜才对。"庞实说道。

汪华点头道："那是自然。上次知道册封时，只是写了贺信，这次我和任妹已经备好了礼物孝敬他老人家。"

程富在一旁说道："今晚去吃饭，说不定还能从钱老将军那里得知一些消息。"

汪华和庞实点了点头。

三人正聊着，钱琪从外面走了进来，奉父亲之命来接大家过府。原来，越国公府门外的卫士认出了他，就直接让他进来了。

钱九陇的将军府，今天热闹非凡，汪华不只是带着钱任和合羽去，而是把稽圭、庞实和儿子们都带了去，程富自然跟着去了。

吃完晚餐之后，大家在厅堂里聊着家长里短，汪华被钱九陇单独请进了书房。

"世华，最近宫里斗争激烈，你初到京城，与两边要注意保持距离，胜负难分，最好是静观其变。"钱九陇说。尽管汪华在率土归唐时，为避秦王李世民的名讳，隐去了"世"字，改汪世华为汪华，但是在家人之间，大家仍称呼他为世华。

汪华明白岳父跟他说的宫里斗争的意思。岳父作为皇帝旧日唐国公府的家将，自一开始跟随李渊在太原起兵，是十足的老臣。皇帝也把他列为辅佐太子的心腹，太子每次出征，钱九陇都归于太子麾下效力。现在朝廷里面有个不成文的划分，只要是皇帝的老臣，都算作太子的人。

岳父让他在太子与秦王两者之间保持距离，也是推测出汪华在这个风口浪尖之际，主动进京是另有隐情，所以私下里对他叮嘱再三。

汪华说："岳丈提醒得对，世华谨记。"

说到这里，汪华则问今天在朝堂之事。

"今日早朝时，皇上为何并不热情？"汪华问。

"这个我也在纳闷，昨日听说你快到京城时，皇上还兴奋地想让太子率领群臣去迎接你。后来是封德彝提议，才改成了他。"钱九陇说。

"难道是宫里有什么事情让皇帝不愉快？"汪华问。

钱九陇摇了摇头说："不太像，太子与秦王虽然斗得厉害，但是在皇上面前都装得很和睦，即使在外面有什么事情，也不会传到皇帝那边去。"

"会不会是封德彝在搞什么鬼？"汪华觉得事情蹊跷，肯定有什么内幕，否则作为镇守一方的地方大臣来京，皇上应该是非常热情的，所以他想弄个明白。

"封德彝有治国之才，皇上对其非常恩宠，虽然你曾说过此人暗中向你使过手腕，但是我们也没有直接抓住把柄。对外人最好不要提及，以免横生枝节。"钱九陇数十年跟随在李渊身边，对李渊忠心耿耿，只要是李渊认可的人和事，他都毫无异议。钱九陇作为一名家将，能成为大唐国公，不仅战功卓著，还有他的为人为官之道，也深得皇上赏识。

钱九陇是皇上恩宠的属下，只要不犯大错，整个人生是安全的。而汪华却不一样，他作为地方诸侯，尤其是曾经雄霸一方自立为王的豪杰，不管如何向朝廷效忠，对于多疑的李渊来说，他总是无法彻底释怀。即使李渊对汪华非常信任和赏识，只要他身边有另外恩宠的臣子挑拨，他还是选择相信身边的人。

钱九陇见汪华没有说话，则补充道："你只要忠君爱国，遵纪守法，其余的就不用担心了，即使有些小插曲，也会化险为夷的。皇帝这个人就是耳根子软，说不定明天又召见你，问寒问暖。"

汪华说："岳丈说得对，世华明白。"

钱九陇说："鉴于当前时局，我提点儿建议，不知是否可行，你不一定要立即回答我，回去考虑后再决定。"

汪华说："世华洗耳恭听，愿意接受岳丈的意见。"

汪华自幼就失去父母，对岳父钱九陇如父亲般尊敬。

钱九陇说："江南六州在大唐的地位举足轻重，你要牢牢抓住，不可轻易易人。这样，将来不管哪边得势，你都无忧。"

汪华点头道："我虽然来京，但没考虑过要把江南六州的军政拱手让人，至少目前还不会这么做。我的想法是，既要遥领六州，又可在朝廷做点儿事情。"

钱九陇说："看来我猜对你的意思了。你是想去六部，还是想去左右卫？"

　　汪华说："这些我都不想去。我说的做点事情，不是来当什么官，而是让江南六州安宁。"

　　钱九陇好奇地看着汪华。

　　汪华解释道："我在歙州时，皇上数次怀疑我，平定辅公祏时，曾一度想让大军南下，是我主动裁军才化解。像我这种曾经割据为王的人，皇上既不放心我在外面节制军政，但又无借口削夺我的兵权，所以最希望抓住对我不利的把柄，也最希望别人能抓住对我不利的把柄。虽然我天高皇帝远地坐镇江南，却背若芒刺。现在来到京城，在他的眼皮底下过日子，他就心里踏实，也不会因几句谗言就对我怎么样。"

　　钱九陇点头称赞："你这想法不错。也确实如此。你来到京城，其实就是给江南六州的百姓带来了更大的安宁，等于用自身的安危来换取六州百姓的安定。但是，六州军政你不能松懈，必须要用信得过的人，不能出现第二个辅公祏。"

　　汪华说："这个请岳丈放心。汪铁佛和汪天瑶都是值得信赖的兄弟。"

　　钱九陇说："那我就放心了。"

　　汪华与家人回到越国公府，他就一直待在书房里，书房里的书都是从歙州运来的。但是他今天并没有心情去翻看这些书籍，而是在书房里来回踱步。

　　岳丈今晚跟他说的话，并不是太清晰，甚至有模棱两可的感觉。现在太子与秦王之间的斗争，作为老臣，尤其是作为皇帝昔日的府臣，将来不管太子和秦王谁胜谁负，对他都不会有什么影响。太子和秦王其实都是他的小主子。

　　而对汪华来说，他已经倾向于秦王，但是如何与太子保持距离，又不得罪太子；既能帮秦王，而又不让人觉察，确实迫在眉睫。京城里，势必有无数双眼睛在盯着他，盯着他歙州大都督和歙州刺史这两个诱人的位置。

　　有些话他不能跟岳丈说得太明白，而有些话钱九陇也不能跟他说得太明白，两人也不知道应该如何向对方说明白。

　　从早朝时皇帝的态度，和晚上岳丈的对话，他隐隐约约感觉到，繁华的长安城其实比战场还要凶险。

但是，不管如何，他必须与太子、秦王正面接触一下。

汪华到太子府时，太子李建成还在宫里，虽然此时已经散朝，但太子还要留在宫里帮助皇帝批阅奏折。皇帝无时无刻不在培养太子，只要不是非常重要的折子，都让太子直接批复。可以说，李渊为了保住这个太子，也是用心良苦。

汪华并没有立即离开，而是一直坐在大厅里边喝茶边等着。

过了好长一段时间，太子还没有回来，这时一个中年人走了进来，此人走到汪华面前施礼道："魏征拜见越国公。"

"魏兄，幸会幸会！"汪华忙站起来回礼。按照级别，汪华可以不站起来还礼的，但是魏征不仅是太子身边的红人，更重要的是此人名气很大，是汪华早就想结识的人物，又比汪华年长。

魏征此人，汪华早有耳闻，曾是瓦岗寨的首领之一，跟随李密归降大唐，并主动请缨成功劝说瓦岗寨大将李世勣投降；随后在黎阳与窦建德作战时，兵败，与李神通、李世勣一起被俘虏，窦建德仰慕其才干，委任其为起居舍人；后在武牢关，李世民击败窦建德，并将其生擒。魏征得以再次入唐。太子李建成用魏征为太子洗马，官级从五品，礼遇甚厚；当年刘黑闼起兵，就是他见太子军功不如秦王，则建议太子去请战立功。太子出征时，又采用他的建议，最终擒斩刘黑闼，平定山东。

"太子在宫里，我已派人去请了，请越国公再稍等片刻。"魏征一直在帮助太子出谋划策，比如鼓动太子上奏把秦王派往外地，比如鼓动太子上奏把秦王天策府的将军调往各兵营效力，等等，每招都釜底抽薪，千方百计地巩固太子的地位。这次他见汪华前来拜见太子，认为这是太子拉拢汪华的极好机会，所以没与人商议，就主动派人去宫里找太子。

"没关系，能在东宫与魏兄聊天，也是一大快事。"汪华有心结交魏征，所以很爽快地邀请魏征坐下来一起说说话。

魏征仰慕汪华威名已久，见此机会，当然欣然接受："承蒙越国公抬爱，魏征愿听教诲。"

汪华哈哈一笑，于是两人很快就天南地北地聊了起来，没想到的是，两人越聊越投机，相见恨晚。

如此同时，整个越国公府的人却急得团团转，如热锅上的蚂蚁。

原来，稽圭带着丫鬟映雪去西市买长安小吃，集市里人山人海，甚至还有西域人、波斯人，稽圭上次来长安时来这里买过好几次东西，可以说是轻车熟路。两人半条街还没走完，就买了一大堆东西了，正当映雪看得兴高采烈时，猛然发现夫人不在身边。起初，映雪还以为稽圭到周围哪家店铺里去了，就站在路边等，谁知，等来等去，都等了一炷香的功夫，还没见夫人稽圭出现。她立马着急起来，赶紧沿着原路返回越国公府，认为两人走散后，夫人独自回府了。

汪华与稽圭上次来长安时，没有带映雪一起来，所以映雪认为，自己都能沿着原路返回到府里，夫人对这里熟悉，必定不会走错，肯定也回到府里了。

映雪回到府里才知道，夫人并没有回来。钱任和庞实都在府里照看孩子们，她们一听到这消息，起初并没有担心，认为稽圭可能还在西市逛，只是让郑豹带几名侍卫去西市寻找。

一个时辰过去了，郑豹回来禀报，没有二夫人的下落。

钱任和庞实觉得不妙。

"姐姐，你在家照看孩子们，我与郑豹他们一起出去寻找，还有不到一个时辰就天黑了，若再不找到圭姐，就危险了。"钱任对庞实说。

"我也去吧。让碧玉他们在家照看孩子。"庞实说。

钱任拉着庞实的手说："你初到长安，对各街市都不熟悉，留在府里照顾孩子，我更放心。"

庞实说："你们抓紧找，圭姐不会武功，一个人在外面很危险。"

钱任点了点头，就与郑豹带着府里的所有侍卫走了出去。突然她有种不安，刚才她想起昨晚在父亲府邸，听父亲说过突厥最近派了不少杀手潜入长安，企图制造混乱。

起初，钱任并没有把这句话当回事，突厥杀手的目标一般都是朝中大臣，尤其是主战派，现在她担心杀手会不会把堂堂国公夫人也作为了目标。

此时，程富正与钱琪从左右卫的兵营回来。

"嫂子，出什么事了？"程富见钱任与郑豹带着近百名侍卫急匆匆地往外走。

"姐，怎么啦？"钱琪见这阵势心想必定出什么事了。

"圭姐不见了，在西市走丢了，郑豹带人找了整个下午，都没见踪影。"钱任焦急地说。

"大哥呢？"程富问。

"去东宫了，我已经让大有去太子府门外候着，世华出来就立即告诉他。"钱任说。

"郑豹，你率领十名侍卫回府，紧闭大门，守卫越国公府，不要让任何陌生人进入。"程富如身处战场，立即调遣人马。

"钱琪，哪座城门靠近西市？"程富问道。

钱琪说："金光门，漕渠从那里穿城而过。"

"好。请你立即前往金光门打听，问守卫是否看见圭姐模样的女子出城。"程富说。随后，钱任又把稽圭出门时的穿着向钱琪描述了一番。

郑豹和钱琪走后，程富对钱任说："嫂子，我们两个率两队人马，以西市为中心，扩大范围一个巷子都不落地地毯式寻找。"

大有看见太子骑马回到太子府，他才知道，原来国公爷一直在里面等太子回来。他焦急地在附近跺脚，看来国公爷一时半会儿是出不来了，这该如何是好？

他又不敢请门口的守卫进去通报，大夫人也只是让他在门口守着，等国公爷出来后再禀告消息。钱任被立为汪华的正室，填补了钱英的位置，所有下人称钱任为大夫人，稽圭为二夫人，庞实为三夫人。

天快黑时，汪华才从太子府走了出来。

"国公爷！"大有忙从对面迎上去。

"大有，你怎么在这里？"汪华一惊。他来太子府时没有带随从。

"二夫人失踪了，大夫人让我来告诉您。"大有焦急地说。

"什么时候的事？"汪华忙问。

"您出门来太子府没多久，二夫人和映雪去西市买小吃，不小心走丢了。"大有说，"映雪回来报信，郑将军带着侍卫找了一圈儿，也没有找到，大夫人就让我来告诉您。"大有说。

"为什么不进来通报我？"汪华有些生气地说。他与稽圭从小青梅竹马，这要是失踪了，岂不让他伤心欲绝。

"大夫人说让我在太子府前候着，等您出来时再告诉您，怕误了您的事。"大有委屈地说。

"赶紧回府。"汪华骑上太子府仆人牵过来的马，翻身就走，把大有甩在后面。

汪华是骑马来太子府的，到太子府的时候，太子府的仆人就把马牵到马厩里去，等汪华出来时，仆人又把马从侧门牵出来。

大有的马就拴在不远处的柳树上，见越国公汪华已经走了，忙骑着马去追。

太子府离越国公府有些距离，一个在皇城的东边，一个在皇城的西边。

汪华回到越国公府，这时天色已暗，府前守卫见汪华回来，赶忙打开大门。

汪华并没有下马，而是问守卫："二夫人回来了吗？"

"禀大都督，二夫人还没有回来，大夫人和程将军带着兄弟去寻找也没有回来。"守卫回答。汪华是歙州大都督，执掌江南六州军事，麾下的将士都称其为大都督。

这时，郑豹从府里跑了出来。

"大都督，二夫人失踪了。大夫人让我带几个兄弟在家守卫，不让外人进入。三夫人在里面陪着公子和小姐。"郑豹说话都有些紧张。他们初来长安，就出了这么大的事情，作为卫队长责任不小。

汪华明白这是钱任为了避免中别人的调虎离山之计，府里还有一群小孩，不能有任何差池，则叮嘱道："不要放松警惕。"

他看了一眼已经跟来的大有，说道："大有，你跟我走。"

汪华说完，也不等大有回答，就打马往西市而去。

钱任和程富带着侍卫已经把西市从南到北，再从北到南，仔细搜查了三遍，连西市周围几条街坊也都找了个底朝天，但是仍然没有见到稽圭的踪迹。

钱琪跑到金光门打听，守城官说没有见到稽圭模样的人外出。他又骑马跑到金光门北边的开远门和南边的延平门，让京城西面三个城门的守卫都仔细盘查出城人员。

当汪华来到西市时，钱任正带着侍卫从群贤坊过来。

"世华。"钱任见到汪华，差点儿哭了出来。当年她跟随父亲南征北战，陷入敌军的包围中，都能稳如泰山，而今日，稽圭的突然失踪，让她有点儿惊慌失措。

"一点儿消息都没有吗？"汪华问。

钱任摇了摇头。

汪华的内心更加不安，但是他强作镇定，对侍卫说："我们再到西市走一圈儿，映雪，你带路，告诉我们，你是在什么位置与夫人走散的。"

映雪在前面带路，很快就到了走散的地方。

此时已经天黑，长安城的西市已经失去了白天的喧闹。京城有规定，东西两市酉时闭市，唯有在过节或者重大庆典时，方可延长到戌时。

映雪与稽圭走散的地方，在白天是人群最密集的闹市口，此时街上没有其他人影。

"映雪，你说，是在什么情况下没看到夫人的？"汪华问。

"老爷，奴婢该死，是奴婢一时大意让夫人走丢了。"映雪哭着说。

"现在哭也没用，也不能怪你，你就说说当时的情况。"汪华说道。

映雪擦了擦眼泪，回忆道："夫人带着我买了一些长安小吃之后，就来到这里，两边都是小摊儿，有卖泥人的，有卖糖果的，有卖布匹的，有卖香囊饰品的，等等，当时我抱着一堆东西，夫人就说，你在这里站着，我去买几个泥人给小姐。"

映雪指着路边的一块儿空地说："那个捏泥人的摊儿，就在这个位置，我记得很清楚，摊子的旁边就是这棵分叉的桂花树。"

汪华走到那棵树前看来看去，对映雪说："你接着说。"

映雪说："因为泥人摊前面的人太多，我怕被别人挤掉我手中的东西，就站到路对面等夫人。"

映雪边说边走到她当时站着的位置。

"我在这里站着，看着夫人在对面泥人摊前挑选好了一个泥人，还把钱递给了摊主。这时，一个人从我面前经过，不小心把我手里的东西撞落在地上，我捡起包裹后，再看对面的摊子，夫人就不见了。"

"当时我还以为夫人到旁边哪家店铺里面去了，就继续站在这里等，谁知等了一炷香的工夫，还是没见夫人出现，我就立即到对面几家布庄去打听，结果店小二都说没见到夫人模样的人进店。我以为可能是我捡东西时，夫人没看到我，就自己回府了，于是我就赶紧沿原路回去，结果夫人没在府里。"

汪华问："你的意思是在你低头捡东西的时候，夫人忽然不见了？"

映雪点了点头说："是的，当时我手里的东西多，包裹被人撞散了，我一个个地捡起来的。"

汪华问："撞你的是什么样的人？"

映雪说："没注意看，那人撞了我就跑了，我没留意，只忙着捡地上的东西，免得被别人踩坏了。"

"这道路并不宽，她既然已经付钱买完东西了，自然会转身看你这边，而你的东西掉在地上，她不过来帮你捡，这不合情理。"汪华思索着。稽圭平时见身边的仆人忙不过来时，也会伸手去帮忙。

这时，侍卫提来了好几个大灯笼，汪华拿了一个过来。他举着灯笼，在映雪说的百步范围内，仔细检查着地面，一步一步地看。

"国公爷，您在找什么？"大有觉得好奇，国公爷看地上干什么？难道二夫人钻到地缝里去了？

"我在找线索。"汪华说。

"你是说圭姐若是被坏人抓走的话，会给我们留下线索？"钱任好奇地问。

"你圭姐虽然没有武功，但是做事非常细心，临危不乱。若她被坏人挟持，肯定会给我们留下线索。"汪华与稽圭从小长大，比谁都要更了解她。

其他人听后，也赶紧打着灯笼在地面上仔细寻找，希望能找到一点儿蛛丝马迹。

忽然，钱任从地上捡起一小块儿碎玉，借着灯光左看右看。

"世华，这像圭姐手镯的碎片，你来看看。"钱任拿着一小指尖大的碎玉对汪华说。

汪华走过来，接过碎玉，仔细看了看，说道："这就是你圭姐手镯的碎片，她戴的极品鸡血玉手镯是我送给她的，整个手镯有一条独特的血丝图纹，是天然形成的。"

他把碎玉握在手里，对周围人说："大家看仔细些，看能否找到摔烂的玉手镯。"

几个侍从甚至都爬在地上仔细看了，大有把路边的下水道都掀开查找。

汪华把映雪叫过来问道："你再仔细想想，当时你手里的东西被人撞到地上时，周围发生了什么事情？"

映雪想了想，突然睁大眼睛，吃惊地说："我想起来了！"

第四章 寻找凶手

映雪突然想起来，她手里的东西被人撞到地上时，有几驾马车经过，她当时正在低头捡东西，还差点儿被马车撞了。

"难道夫人被马车上的人抓走了？"映雪害怕地问。

汪华点了点头，反问道："很有这个可能。否则她一个大活人，怎么会突然消失呢？"

钱任问道："你记得马车的模样吗？"

映雪摇了摇头，说道："具体模样不记得了，好像与普通马车没有两样。当时只顾着捡东西，是几驾马车，驾车人是什么样的，都没有留意。"

"不是一驾马车？"汪华问。

"不是一驾，好像是三驾，也好像是四驾，东西被撞后，散得到处都是，我没有留意。"映雪委屈地说。

汪华说："西市人来人往，常有马车经过，就算同时经过三四驾，也不能表示都是一伙的。但我可以推断，必定是某一驾马车带走了圭妹。"

这时，侍卫过来禀报，没有新的发现。

"要不要去报官？"钱任问汪华。

汪华摇了摇头："暂时别惊动官府，以免横生枝节。"他觉得带走稽圭的人肯定是有针对性的，不可能是盲目下手。在没有掌握线索的情况下，轻易报官，可能会让小事变成大事，也可能会惊动皇上。

"我们先回去吧，看程富和钱琪是否能带来什么消息。"汪华决定先收兵回府，稽圭要么被人挟持已经出城，要么被人关在某间屋子里，这样在街上盲目地寻找没有意义。

钱任不甘心地说："再找找吧。"

"你安排几个人去通知程富和钱琪回府。"汪华对大有说。

大有点了点头，对旁边的几个侍卫说了几句。

汪华带着众人往越国公府走去，他手里紧握着那块儿碎玉。

郑豹带着人一直站在大门外，见汪华骑着马走来，则远远地跑了过去。

"大都督，找到二夫人了吗？"郑豹边问边伸长脖子往汪华后面看。

汪华摇了摇头，从马上下来，问道："你们吃晚餐了吗？"

郑豹觉得奇怪，又不得不回答："都还没吃。"

大都督带着大家都在外面寻找夫人，他们哪里还有心情吃饭，也不敢去吃饭。

汪华对郑豹轻轻地说："你赶紧带着那几个兄弟去吃饭，随后换上便装，悄悄地到西市附近打探，不要错过任何可疑之人。"

郑豹明白了汪华的意思，点了点头。

庞实在府里，听到外面的车马声，知道大家回来了，忙跑出来，一见汪华和钱任失望的表情，就猜着人还没有找到。

走进厅堂，门口站着四名婢女，其中两名各端着一盆清水，另两名手里端着刚从盆里拿出来拧干的手帕，汪华和钱任各自接过手帕擦了擦脸，又在盆里洗了洗手。

两人刚落座，从后堂走进两名婢女，用托盘端着茶水上来，分别端放在汪华和钱任的身边。

汪华喝了一口茶，用手示意了一下，婢女们都退下厅堂。

庞实知道汪华有话要说，则坐到钱任身边，问道："世华，有什么事要我去做？"

庞实总是能与汪华心有灵犀，只要他稍微做个什么动作，庞实就会猜着他有什么吩咐。

汪华把碎玉递给庞实说："这是在圭妹失踪的地方找到的。我猜测，她肯定是突然被人挟持，且不能声张，她就随手把手腕上的玉镯子丢在路上，让我们知道她身处危险之中。"

庞实把碎玉拿在手里仔细看，点了点头说："这确实是圭姐的玉镯子，另外的呢？"

汪华说："西市人来人往的，肯定是有人捡走了，这点儿碎片太小了，路人没有留意，所以被任妹找到了。"

钱任点了点头。

汪华接着说："据映雪回忆，我推断圭妹被人挟持到马车上带走了，是否出城，还不清楚，还得再让钱琪去城门口打听，因为现在出城很严，车里车外都需要检查。不过，出城的把握比较小。歹人为了安全起见，不会驾着马车在京城里跑很远的，所以，我认为圭妹应该在西市附近某个街坊的房间里。"

钱任插话道："为什么你认为不会驾着马车跑很远呢？"

汪华说："歹人是利用人多，浑水摸鱼，抓走圭妹的，他们也怕周围的人觉察到，若在路上跑的时间越久，越容易引起路人的注意，他们会担心被人跟上。肯定会穿过一两个巷子，就把马车拐进了某一处院内。"

庞实和稽圭点了点头。

汪华说："我们刚才大动干戈地在西市附近寻找，歹人肯定一清二楚，只要他们不出院，我们就没法找到。搜查民宅，需要有京师衙门的搜查令；搜查王公贵族的府邸必须有圣旨才行。即使能这样搜查，可能会把歹人逼急，圭妹就有生命危险。所以，我们现在只有暗访，潜入可能的一些院子附近，到了午夜时分，歹人可能会有动静。"

汪华边说边从袖中拿出一块儿丝绸铺在桌上，这是长安城地图。这地图是汪华来长安之前就准备好的，提前熟悉各路线，便于出行。

钱任和庞实围了上来，汪华指着西市附近的几个街坊说："庞妹，今晚你到这几个地方去查查。"并具体对几座房子重重地点了几下。

"我也去。"钱任说。

"不用，她一个人去就行。"汪华说。

"你忙了一天了，就在家等我消息吧。"庞实把地图拿起来叠好，塞进自己的袖子里。

这时，程富和钱琪回来了，显然两人毫无收获。

"姐夫，我们报官吧。让京师衙门的人帮我们寻找。"钱琪说。

汪华摆了摆手说："再等等看。我怕歹人狗急跳墙。若歹人知道她的身份，应该会给我送信，提出交换条件。"

庞实说："整个下午都没有人来，郑豹一直守着大门，也无人来送信。"

汪华说："能在光天化日之下，神不知鬼不觉地把人掳走，非一般的歹人，一定是早有预谋。"

钱任点了点头说："你说得对，歹人肯定知道圭姐的身份。若只是一般的绑匪，大可不必在西市那么热闹的地方去绑走一个大活人。"

汪华说："歹人肯定会派人送信来的。程富，你去通知大门守卫，若有人送信来，务必派人暗中跟踪。"

程富说："放心，我现在就去大门守着，一有消息立即向您禀报。"

汪华又对碧玉叮嘱一遍，要照看好公子和小姐，千万不要出府，注意安全。

太子府。

"汪华的二夫人失踪了？"太子听到这个消息后非常震惊。

"千真万确，我已经打听了，汪华亲自带人在西市一带寻找。"魏征说。

原来，太子府的仆人到西市买东西，看到越国公府的侍卫在寻找，就从熟悉的越国公府仆人那里打听到消息。越国公府有大部分的仆人都是朝廷分配过来的，各王府和国公府内的仆人有些相互认识，他们要么是老乡，要么是亲戚，要么是在办事时相互认识的。

太子府的仆人知道消息后，立即告诉了魏征，魏征立即把这消息告诉了太子。

"汪华是堂堂朝廷国公，谁吃了豹子胆绑架他的夫人？！"太子觉得事情不是看起来那么简单。

魏征说："汪华的二夫人姓稽，以前跟随汪华来过长安，在京城生活了数月，对长安城应该是比较熟悉的。"

太子说："听说汪华除一个夫人之外，其余的几个个个武艺超群，难道这次失踪的真是手无缚鸡之力的这位？"

魏征点了点头说："汪华有四位夫人，发妻钱氏从小在岭南长大，是前朝冼太夫人的义孙女，是当今岭南耿国公冯盎的义妹，文武双全，可惜在守卫歙州的激战中受重伤，不治而亡；二夫人稽氏，其父是南陈太医，稽氏从小跟随父亲学医，精通医学，疑难杂症无所不精，汪华与其青梅竹马；

三夫人庞氏，是能征善战的女将，多次跟随汪华出征；他现在的正室是郇国公钱九陇老将军的女儿钱任。"

太子补充道："钱任曾跟钱将军随我出征过。当年汪华与杜伏威比武争夺钱任时，我还是裁判官。"

魏征点头称是。

"你是让我派人帮他寻找稽氏？"太子问。

"没错。这是千载难逢的好机会，若帮他找回夫人，汪华对太子必定感激不尽。"魏征说。

太子点了点头说："你想得周到，我立即安排东宫左右卫去寻找。"

秦王府。

"尉迟将军，你务必要把稽氏找到，越快越好。"秦王李世民对天策府大将军尉迟敬德说。

"末将遵令。"尉迟敬德领到将令就立即出发。

原来秦王也得到了汪华夫人稽氏失踪的消息。李世民与房玄龄、杜如晦、长孙无忌立即商议，决定派大将尉迟敬德持秦王令到京城各处搜查。

"越国公刚到京城就发生这么大的事情，到底是何人所为呢？"李世民既像是自言自语，又像是问房玄龄等三人。

"会不会是突厥人绑架了稽氏，造成汪华对朝廷的误会，引起吴越兵乱，朝廷出兵讨伐，突厥再乘机南下？"房玄龄说。

"你说的不无道理。汪华初来京城，若夫人失踪，势必会问朝廷要人，而朝廷找不到人，汪华就会记恨在心，随后突厥利用内奸散播谣言，使得朝廷与汪华之间矛盾加深，最终引发战争。"李世民说。

"房兄和杜兄，你们两位今晚去见见越国公，安慰一下。告诉他，我们会尽最大努力寻找夫人的。"李世民说。

"请秦王放心，我俩正有此意，随后就去。"杜如晦说。

"秦王，稽氏失踪会不会跟太子有关？"长孙无忌突然提出了一个新的看法。

"为何这样说？"秦王问。

长孙无忌说："会不会是太子想结好越国公，被越国公拒绝，太子一怒之下绑架了他的夫人作为要挟。"

房玄龄说："越国公今天下午去拜访了太子，在太子府待了一下午。"

长孙无忌说："稽氏是在越国公进入太子府之后失踪的，很有可能越国公之前拒绝了太子的要求，使其怀恨在心。今天下午越国公去拜访太子，只是例行惯例而已。"

秦王觉得长孙无忌分析得也有道理，就说："这种事情，太子不是做不出来的。他曾私下结交尉迟将军，被拒绝后，曾多次派刺客暗杀。"

秦王说的就是前段时间发生的事情。

数月前，由于秦王府多骁将，李建成、李元吉欲收买为己用。因尉迟敬德是李世民的手下大将，所以便先向尉迟敬德下手，他们秘密递信给尉迟敬德，并赠送给他一车金银器物。尉迟敬德却不为所动，坚决拒收。李元吉等人非常忌恨尉迟敬德，便派刺客去暗杀他。尉迟敬德知道他们的阴谋，就打开重重门户，若无其事地睡觉，刺客多次走进他家厅堂，终究不敢走进卧室。于是，李元吉就在李渊面前诬陷尉迟敬德，李渊下令囚禁审讯，准备杀掉他。李世民坚决劝谏才使尉迟敬德获得释放。

秦王接着说："我曾多次提醒越国公，若太子与其结好，让他表面答应。这次进京时，我还亲自修书与他，让他提防。"

长孙无忌说："也可能是太子已经发现越国公在我们阵营，恼羞成怒图谋报复。"

秦王说："现在不管是什么原因，先把人找到再说。房兄、杜兄，你们两个现在就去越国公府。"

直到凌晨，庞实才从外面回来，汪华此时还在书房，送走房玄龄和杜如晦之后，他就一直在书房，思索着到底是谁绑走了稽圭。

突厥人？他感觉不太可能。他们初到长安，突厥卧底可能还不认识他们。那天进城时，稽圭是坐在马车里，路人无法看到她的容貌。是在去西市的路上引起了突厥卧底的注意？也不太像，稽圭出门时的穿着并不显眼，只是平常人家的打扮，最多就是一个富裕人家的夫人，让人难以想象是国公爷家的夫人。在长安城，像稽圭这种打扮的，多如牛毛，为何偏偏要绑架她呢？而且是在人来人往的集市里用计把人绑走的。

汪华在脑海里不停地重现映雪描述的场景。他觉得，路人碰掉映雪手中的东西，肯定是故意为之，目的在于引开映雪的注意；稽圭当时应该是在泥人摊的时候，周围应该就站着假扮顾客的歹人，甚至可能是好几个歹人。映雪的东西掉在地上的时候，马车快速走来，路上的行人纷纷躲避，此时大家的第一反应就是站到路边去，别让马车撞到自己。就在大家顾及自身时，站在稽圭身边的人挟持着她，她肯定还来不及呼喊，也可能是某种原因不敢呼喊，就随手把玉手镯掉在地上，随后她就被推进从身边驶过的马车。

汪华又拿起那一小块儿玉片琢磨，这玉手镯掉在地上，还有一种可能是在稽圭被推进马车时，本能地伸手去抓扶马车厢，结果撞坏了玉手镯。

汪华本来以为庞实会带些消息回来，结果什么都没有。

郑豹带领十几名侍卫还潜伏在几个主要的街道路口，不知等到天亮时能否发现什么。

一直到天亮时，郑豹才带着侍卫回来。

"大都督，昨晚东宫左右卫的人马在西市一带街坊挨门搜查。"郑豹说。

汪华才睡了一个时辰，听说郑豹回来了，立即起床出来。郑豹说的这个消息，他昨晚已经听庞实说了，庞实见到了东宫左右卫，但是并没有去打招呼。

"他们也是在找夫人的？"汪华问。尽管庞实说东宫左右卫也在帮忙找稽圭，他还是要问一下郑豹。

"是的。我们穿着便装在街上，被他们的人拦住了，幸好及时亮明了身份，否则差点被他们包围抓走。"郑豹说，"他们说，也是在奉命寻找夫人，几个人的手里还有夫人的画像。后来我们就跟着他们一个个地挨户搜查，依然没发现夫人的任何踪迹。"

汪华让郑豹下去休息，他坐在椅子上。东宫左右卫是禁军，为了找稽圭，太子把禁军都派了出来，看来并不像长孙无忌猜测的那样。

若真是太子安排人绑架了稽圭，他也没有必要如此兴师动众。更何况自己与太子之间，至少在表面上，关系还是非常友好的。岳丈钱九陇多次跟随太子出征，也是太子很倚重的军方人物，太子大可打感情牌来拉拢他，没有必要做出此等有失威严的事。

所以房玄龄把长孙无忌的想法说出来后，汪华当场就对此表示怀疑。因为太子还没有跟他彻底摊牌，他也没有得罪太子，太子不可能愚蠢到用他夫人作为要挟他的筹码。这样做的结果，只会让汪华更快地与其决裂。

这时钱任走了出来，汪华说："郑豹回来了，没有消息。"

"下一步怎么办？"钱任问。

"你安排人到金银店去打听，看是否有人拿摔断的玉镯子去镶嵌。"汪华说。

钱任说："我怎么就没想到呢，若有人捡到圭姐摔坏的玉手镯，肯定会到金银店去把摔断的部分用金银片包起来，就可以继续使用。"

汪华说："只能是去试试，说不定也有人不识货，捡到之后又扔掉了。"

钱任说："玉镯子摔断在地上，不识货的不会捡，去捡的一定识货。只是看这人会不会立即拿去镶嵌而已。"

汪华说："试试吧。看运气。"

两人正说着，大有从外面走了进来说："国公爷，太子府的魏大人来了。"

"魏征？"汪华有点儿吃惊。

"是的。这是他的名帖。"大有说完把魏征的名帖双手递给汪华。

汪华看了一眼，对大有说："他现在哪里？"

大有说："我已经请魏大人在前堂等候。"

汪华看了一眼钱任说："你吃完早点就去金银店，不用等我。"

说完，汪华就向前堂走去。

魏征正坐在前堂喝茶。太子派了东宫左右卫寻找了一晚上，没有发现稽圭的任何踪迹，一大清早就让魏征前来越国公府慰问汪华，并告诉汪华，东宫会调动一切力量寻找夫人的下落。

魏征也知道此时是太子拉拢汪华的最佳时机，因此连早餐也顾不得吃，就匆匆跑来了。

"魏兄，不知您来，有失远迎，失敬了。"汪华说。

魏征站了起来，说："越国公客气了。魏征是奉太子之命前来告诉越国公，太子昨日听下人禀告得知越国公的二夫人失踪，心急如焚，立即调遣东宫左右卫到各街坊查找，并与贵府侍卫一起搜查了西市一带的民宅，遗憾的是，毫无收获。太子令魏征转告越国公，请勿担心，东宫将调动一切力量帮助越国公找回夫人。"

汪华感激地拉着魏征的手说："请魏兄代汪华感谢太子，太子恩情天高地厚。"

说完，汪华请魏征就座。虽然两人品级相差很远，汪华品级高高在上，但是他对魏征非常客气。汪华尊重的不仅是太子洗马，更是魏征的才能。他还在心里想，这样的人才若归在秦王府那该多好啊。

汪华说："贱内失踪，汪华不敢声张，担心给您们增添麻烦。承蒙太子恩宠，竟然调遣禁军帮忙寻找，汪华真是感激不尽，无以为报。"

"太子说越国公是大唐的上柱国，是朝廷的栋梁，身为储君岂能不为自己的臣子多想想？"魏征说。

汪华恭敬地说："谢太子殿下。"

魏征问："太子让魏征来，是想看看越国公这边有什么新的消息，或者说越国公下一步有什么打算？需要东宫做些什么？"

汪华想了想说："有劳太子费心了。不知魏兄有何高见？"

魏征见汪华问他，也不客气地说出一个字："等！"

"等？"汪华吃惊地看着魏征。

魏征解释道："夫人失踪，肯定是歹人所为。而歹人绑架夫人，肯定是有所图，必定会在今日送来交换的消息。"

汪华点了点头，这想法与他不谋而合。

魏征接着说："只要歹人送出消息，就一定能顺藤摸瓜，找到元凶。"

汪华说："魏兄高见！"

魏征继续说道："越国公可安排人在府外潜伏，若有人来送信，可暗中跟踪。"

汪华问："为何要潜伏？"

魏征说："若歹人狡猾，来送信者必定是无关紧要之人，也可能临时请街上的路人送信过来，而歹人自己在暗中观察。若我们跟踪送信的人，可能失去了跟踪歹人的机会。我们必须明面上派门口的守卫跟踪送信之人，实际上潜伏在府外的人就可观察周围情形，判断出真正的歹人，再暗中跟踪，找到老巢，救出夫人。"

汪华一听，一拍大腿，惊道："魏兄，高人也！您若不说，我差点儿错过真正的歹人了。我立即安排下去。"

汪华说完，就叫来大有，把魏征刚才说的吩咐下去。

第五章　夜遇杀手

午饭时分，越国公府前来了一个乞丐，蓬头散发、衣裳褴褛，赤着双脚，身上还散发着臭味。

还没等他靠近，门口的守卫就凶狠狠地说："滚远点儿！"

乞丐咧着嘴笑着说："军爷，我是来送信的。"

此时程富也站在门口，一听说是送信的，忙问："信在哪里？"

乞丐笑着说："让我送信的那位好汉说，你会赏我十两银子。"

程富想都没想，就从腰带里掏出十两银子递给他。

乞丐拿着银子，嘿嘿笑，说道："看来那位好汉说得没错。"

说完他就把手里的一个黑布袋递给程富："军爷，信就在这里，请您交给这座房子的主人。"

程富接过黑布袋，打开一看，里面有一封信，还有一对耳环。

此时，乞丐高兴地走了，程富赶紧向守卫使了个眼色，暗示他们派人跟上。

程富拿着信和耳环立即往厅堂走去。

"大哥，有消息了。"程富跨进大门就边说边递向汪华。

汪华此时正坐在厅堂里，他一直在等消息。

他不仅在等歹人送来的信，也在等钱琪和钱任的消息。

汪华与魏征已经商议好，为了协调统一，东宫左右卫调遣一部分人马归钱任和钱琪统一指挥，在城内继续搜查稽圭下落。

而秦王府那边，汪华暗中送信告诉秦王李世民，请尉迟敬德将军继续带人暗中查找。

而越国公府这边，就由程富负责在门口守着，等待歹人或送信人出现；郑豹带人就化装成百姓分布在越国公府的周围路口，跟踪歹人。

"谁？"汪华问道。他必定是从谁那里得到了消息，是钱任率领的东宫左右卫，还是秦王府尉迟敬德的？等等。

他站起来接过程富递过来的信封和耳环,打开信一看,写着一行字:"今夜亥时延康客栈天字一号房,一个人来。"

"有个叫花子送来了信,您看看这是嫂子的吗?"程富指着汪华手中的耳环。

汪华端详了一番,说:"好像是她的,但我不能肯定,让映雪过来看看。"

稽圭虽然在穿着上简朴,但是作为一名国公夫人,衣裳首饰还是不少的,汪华平时并没有留意稽圭的每项饰品。

很快,映雪被唤了过来,她每天负责给稽圭梳妆打扮,她一眼就看出来,这是夫人的耳环。

"国公爷,这是夫人的耳环,昨天起床时,是我从梳妆盒拿出来递给夫人的,是夫人自己亲自戴上的。"映雪说。

"延康客栈?"汪华边说边掏出长安地图查看。

"难道在延康坊?"两人找了一遍地图,居然没有看到标明延康客栈,只看到在京兆府的前面有个延康坊,程富满腹疑问。

"找下人来问问。"汪华说。

映雪唤来一个仆役。

仆役进来鞠躬道:"国公爷,请问唤奴仆来有何吩咐?"

汪华问:"你叫什么名字?"

仆役说:"回国公爷,在下马六。"

汪华问:"马六,你知道延康客栈在哪里吗?"

马六回答:"回国公爷,延康客栈就在延康坊,是个小客栈。"

汪华说:"好的,你下去吧。"

马六退下。

"要不要派人把整个客栈包围起来?"程富说。

"不用。圭妹在他们手里,不可造次。"汪华边摆手边说,"不知郑豹有没有找到他们的老巢。"

"等会儿应该就会回来。"程富说,"肯定不会是这个客栈。"

汪华说:"对。不可能是延康客栈,我怀疑这个客栈是个幌子,今晚去时,他们不一定有人在。"

程富问："为什么这么认为？"

汪华说："凭感觉。"

两人正说着，钱任回来了。

"世华，我们找遍了长安城所有的金银店，都没发现圭姐的玉镯子。"钱任进门就说。

"都找了？"汪华问。

"都找了，整个长安城有大小金银店和玉器店一百零八家，我们都找了，也吩咐了掌柜，只要有人来镶嵌玉镯子立即来报。"钱任说。

汪华点了点头，把手中的信递给钱任，说道："歹人派人送来了信。"

钱任接过信后，汪华又说："随信来的还有圭妹的一对耳环，我已经让映雪拿下去了。"

"居然在延康客栈？！"钱任看完信有些吃惊地说，"昨晚我就去过，没有发现可疑的人，随后东宫左右卫又去搜查过。"

汪华说："这应该是他们仅仅用来跟我们接头的地方，圭妹肯定被他们藏在一个更隐蔽的地方。"

钱任说："你今晚去？"

汪华点了点头。

亥时，延康客栈，汪华如约而至。

此时，客栈已经关闭，汪华刚敲了三下门，店小二掌着灯打开了门。

"贵客，今日的客房已满，请到别处去落脚吧。"店小二以为汪华是来住宿的，就先开口了。

"小二哥，我是来找一位朋友的，他住在天字一号房。"汪华客气地跟店小二说。

"哦，这位贵客原来是找天字一号房的啊。"店小二的神色感觉他早就知道汪华要来了。

"是的。"汪华说，"小二哥，请帮忙给我带路吧。"

店小二问："请问贵姓？"

汪华说："免贵姓汪。"

店小二说："那就是你了。"

说着，店小二从衣兜里掏出一个信封，递给汪华，说："天字一号房的客人出去了，让我把这个信封交给你。"

汪华接过信封，打开信纸，借着微弱的灯光一看，上面写着一行字，"明天再约。"

明天再约？什么意思？今晚不见了？

汪华把信叠好放进袖口，正准备离开。

店小二拉着他，说："那个客人说，你得给我十两银子。"

汪华笑了笑，想起上午程富说的送信的乞丐也问他要了十两银子，幸好他有所准备，就掏出银子递给店小二，说一句："多谢小二哥。"

店小二见汪华真给他十两银子，兴奋得连连点头哈腰，不停地说："多谢贵客，多谢贵客，您慢走！"

歹人失约，虽然在他的意料之中，但还是感到意外。汪华离开延康客栈之后，并没有立即翻身上马，而是牵着马在大街上慢慢步行。

圭妹，你在哪里？我该如何才能找到你？汪华越想越担心稽圭的安危，他的脑海里不停地浮现出稽圭的画面。钱英离开之后，汪华曾发誓要保护好自己的女人，不能让她们受一点儿委屈，不能有一丝危险。

寂静的大街上只有他一个人牵着马在孤独地走着。

在刚拐过弯，走到西市南面大街时，一群蒙面黑衣人从两旁的屋檐上一飞而下，把汪华团团围住，都手握明晃晃的圆月弯刀。

汪华冷眼一看，三十六人，厉声喝道："本公乃堂堂大唐越国公、歙州大都督，还不速速滚开！"

汪华的左手紧紧握着湛卢宝剑，右手牵着马。此马并不是他以前的坐骑越影宝马，而是赤风马。

马的寿命只有三十来岁，此时的越影宝马年龄已大，来京时汪华把它留在歙州，请人好生饲养，让它安度晚年。赤风马是汪华来京时，岳丈钱九陇赠送的，是一匹西域宝马，全身披着闪光的赤红细毛，奔跑如风。

为首者喝道："杀得就是你。上！"

说完，三十六个蒙面人一齐举刀向汪华砍来，刀锋犀利有力。汪华一跃上马，一拍马背，赤风马像通灵性一样，长啸一声，抬起前蹄，腾空而起，冲出包围。

汪华并没有离开，赤风马走出十来步，他飞跃下马，湛卢出鞘。

蒙面人刚才一击不中，见汪华跳出了包围圈，立即反扑而来。

湛卢宝剑裹着剑气杀向了蒙面人。

蒙面人虽多，但是汪华跳出圈子后情况就大不一样，离汪华最近的人首当其冲成为击杀的目标。

蒙面人只得改反扑为防守，但是湛卢宝剑挑开了手中的圆月弯刀，直接划在一个人的手腕上。

显然，汪华的出招出乎他们的意料。显然，他们轻视了汪华的武功。

湛卢宝剑从蒙面人手腕上经过，留下的不是一道剑伤，而是带走了一个手掌。

血如泉水喷涌而出，惨叫声让其他蒙面人的剑速明显慢了半拍。

汪华熟练地驭剑右击，右侧的蒙面人挥刀来挡。

"铛——"金属的撞击声，清脆而刺耳。蒙面人的手臂明显地受到重力冲击往后缩。

激战在这皎洁的月色下拉开。

十招过后，汪华感觉到这蒙面杀手从招式上看不是中原人士，算得上是一流杀手，武艺高超，手法老练、配合默契。虽然自己出剑第一招就击伤一个，只能算侥幸，他们的武功比想象中要高。自己势单力薄，必须速战速决，否则于己不利。

汪华气沉丹田，加快出剑的速度，通过刚才的十招，他已经知道了对手的弱点。

天下武功唯快不破，汪华使出的剑招犹如闪电一般迅速和凶猛，再三个回合，湛卢宝剑从一个蒙面人的脖子抹过，又两个回合，湛卢宝剑穿过了一个蒙面人的胸膛，在剑拔出的一瞬间，一股鲜血喷涌而出，血喷在一个扑过来的蒙面人的脸上，这个人的脸上却闪过一道剑光。

六个回合，地上倒下了三名蒙面人，最初那个削去手掌的人退在路边用衣服包扎残手。

显然，余下的三十二个蒙面人遇到了一生中最强劲的对手，他们发疯一般地挥动着手中的圆月弯刀。

汪华沉着应战，近二十年的戎马生涯，他不仅在马背上可以取大将首级如探囊取物，在地上与武林高手切磋技艺，他一样能极致发挥。

汪华，他不仅是横扫千军万马的大将军，也是艺压江湖豪杰的高手。随着三个蒙面人的倒地，他越战越勇，手中的湛卢宝剑犹如闪电般杀向一个个敌人。

五十招过后，地上多了十具尸体。汪华已经感觉到如此斗下去，自己的处境比较危险，即使能杀败敌人，自己估计也难以全身而退，终究对手人多，且武艺非凡。

正在他酣战之际，一个彪悍的身影从外围杀了进来，此人手持单鞭，挥得虎虎生威，边斗边喊：“越国公，我来帮您！”

虽是深夜，但月光明亮，汪华一眼就看出来，原来是秦王府的尉迟敬德。尉迟敬德是秦王的悍将，武艺超群，连自认为武功盖世的齐王都败在他的手下。

尉迟敬德的到来，大大增添了斗志，汪华答话：“多谢尉迟将军！”

两人舞动着手中的兵器，犹如猛虎斗狼群，战斗激烈无比。

长安城，某座府邸的地下室，灯火通明。

稽圭坐在凳子上，看着窗外的两名黑衣人。她并没有被坏人五花大绑，只是被关在这间屋子里限制自由，门口两个时辰换班来盯着她，该到点吃饭时，有人会准时送来，虽是粗茶淡饭，但是总比饿着肚子要强很多。

稽圭被关进这个屋子后，她就仔细看了看四周，这是一个地下室，听进去的人开门就可以判断出，需要通过三道铁门才能到地面上。她没有武功，要逃出去是不可能的，唯一的希望就是汪华能来救走她。她相信汪华一定能救她出去的，她从来就没有怀疑过自己男人的能力。庞妹和任妹应该会照顾好孩子们的，这点她也不担心。她唯一担心的是歹人会以此要挟汪华，让汪华为了救她而违背某些原则。

正当她在想事情的时候，有人进入了地下室，是来换班的。此时外面是白天还是黑夜，她无法知晓。

"黑皮，你们怎么才来啊，我们都困死啦。"值班的两个黑衣人对下来的两人抱怨。稽圭仔细一看，其中一人真的皮肤很黑。

"西门将军被蛇咬伤了，情况危急，来了好几个大夫看，都说没办法。"那个黑皮肤的人说。他的名字真是黑皮，这名字有意思，稽圭都感觉到有点儿滑稽可笑。

"什么时候的事情？"还是刚才抱怨的那个人问道。

黑皮说："就刚不久，西门将军带着大漠杀手去西市，他自己潜伏在一座房子的房梁下，结果不小心被一条毒蛇给咬了。他觉得不对劲儿，就先行回来了，不到一个时辰，脸都变黑了。"

"啊，会不会有生命危险？"原来值班的两人都吃了一惊，异口同声。

刚下来的另一个人说："对面的刘大夫刚才也来看了，说这种蛇稀少，整个长安都没有解毒的药。"

"刘大夫是京城名医，医术不亚于皇宫里的太医，他要是说不能救，就没人能救了。"最先问话的那人说。

"你们自己赶紧上去看看吧。"黑皮说，"他刚来长安没几天就遇到这事情，真够倒霉的。"

那两个人刚准备走，稽圭隔着窗户喊道："等等，我懂医术，治过毒蛇咬过的伤。"

四个人吃了一惊，隔着窗户看着稽圭，黑皮说："你真懂医术？"

稽圭点了点头。

黑皮又说："你可知道是我们为什么把你关在这里的吗？"

稽圭说："你们把我抓来关在这里，自然有你们自己的原因，但是我作为一名大夫，我有义务救治病人。"

黑皮看了看另外三个人，又问稽圭："汪夫人，你不怕把我们的将军治好后，我们再把你杀掉吗？"

稽圭迟疑了一下，说道："等我先救治好你们将军之后，你们再决定吧。"

见稽圭这样回答，黑皮不由得敬佩地对另外三个人说："不愧是汪华的女人，果然厉害。你们在这看着，我上去请示一下老大。"

过了一会儿，黑皮领着一个人走了下来，那个人长得又矮又胖，刚才在下面守着的三个人立即从凳子上站了起来："将军。"

这就是黑皮刚才说的老大。

黑皮走到窗前，对稽圭说："汪夫人，这是我们蒙将军。"

稽圭看着蒙将军没有说话，她是去给他们救人的，不需要她说什么。

蒙将军笑着说："汪夫人，刚才听手下的兄弟说，你会治疗蛇伤？"

稽圭说："我从小在歙州长大，歙州一带多蛇，黑蛇、白蛇、青蛇、花蛇，上百种在歙州山林生活，山里的村民上山砍柴常有被蛇咬伤之事发生，我们仁和药铺对蛇伤医治非常有经验。"

"哦。"蒙将军突然像想起什么一样，慌忙问道："原来你就是汪华那位掌管仁和药铺的夫人？"

歙州的仁和药铺在江南六州无人不知，而掌管仁和药铺的稽圭早已名声在外。

稽圭说："正是。"

蒙将军忙双手施礼道："久仰久仰，多有得罪，在下蒙铁，彭城人氏。"

说完他虎着脸对身边的手下说："赶紧把门打开，请夫人出来。"

旁边一个人赶紧掏出钥匙把门打开，蒙铁亲自走进去请稽圭出来。

"汪夫人，我给您带路，请小心台阶。"蒙铁领着夫人走出了地下室。

这是一个大院落，房间里亮着灯，一大堆人围在床边。

旁边有几个大夫模样的人在边轻声说着话边摇头。

这些人见稽圭走了进来，都带着诧异的眼光。

"汪夫人，请您看看我们的大将军。"蒙铁把稽圭带到床边。

床上躺着的一位身高八尺、五大三粗的彪形大汉，脸色已黑，气如游丝，人已经不省人事了，赤裸的上身插满银针。

稽圭心想，这模样有点儿大将军的样子。她伸出手掰开双眼看了看，又用手在这个所谓的西门将军脖子两侧轻轻试了试脉搏。

"幸好刚才有大夫帮他把伤口的毒血放了一些出来，不然他早就没命了。"稽圭说。

"刚才刘大夫放的，刘大夫说，他只能把伤口附近的毒血放出来，又用银针封住了穴道，以免毒液漫侵，只是那些侵入五脏六腑的已经没办法了，无药去除。"蒙铁说。

稽圭又仔细看了一下银针的位置，对蒙铁说："我要把这些银针全部拔出来，这样封住穴位不是长久之计。"

旁边的几个大夫一听，忙围了过来，其中一个胡须都白了的大夫说："这个夫人，银针拔出，毒液就会在体内流动，说不定一炷香的时辰人就没命了。"

稽圭没有解释，她继续对蒙铁说："我写封信，你派人立即到越国公府去取药。"

"越国公府？夫人的府邸？"蒙铁都以为自己听错了。

稽圭说："是的，我来京时带了一些名贵的治疗蛇伤的药。你们快去快回，他这种情况即使这样用银针封住穴位，最多三个时辰也会没命的。"

蒙铁一听，看着身边的几位大夫，那几个大夫点了点头，显然稽圭说得没错，若不及时救治，这位西门将军最多三个时辰就一命呜呼了。

旁边的一位中年男子刚想说话阻止，被蒙铁摆手制止住了。

蒙铁点了点头，对稽圭说："有劳夫人了。"

旁边的仆人立即把笔墨铺好，稽圭在纸上写了几个药名，递给蒙铁说："到了越国公府对守卫说是二夫人的亲笔信，他们就会放你进去，自然会有人把药给你们。"

"黑皮，你辛苦一趟，速去速回。"蒙铁接过信纸，对站在一旁的黑皮说道。

黑皮正准备走，旁边的那位中年男子说了句："注意尾巴。"

黑皮点了点头走了。

稽圭淡淡一笑，觉得这个中年男子多此一举，凭黑皮的本事能甩掉越国公府人的跟踪？！

她并没有搭理，而是对蒙铁说："安排人熬一碗千年人参汤，等一会儿要用。"

也没等蒙铁点头，她拿起桌上的一包银针走到床边，在病人身上，慢慢地拔出银针，插上银针，每拔出一根银针，就在另外一个位置插上一根银针。

当身上的银针全部换完，稽圭让人把病人扶起来坐好，随后她在病人背后连插三根银针。

"噗——"一大口乌黑乌黑的血从病人嘴里喷出。

稽圭又连插三针，又喷出一大口血。

血量之多，有些吓人，周围几个人都不由得紧张起来，连坐在一旁的那个中年男人也都站了起来，走过来看。

稽圭再连插三针，病人再次喷出一大口血，但是这次喷出的血明显没有最初那么乌黑，已经泛红。

稽圭说："先排出一部分毒，体内还有不少，若一次性都排出，人也就没命了。需要用药物才行。"

越国公府。

"姐姐，快看，圭姐找人送了封信。"钱任激动地拿着信纸走进后院。

"我看看。"庞实接过去一看，是几个药丸的名字，看字迹确实是稽圭的亲笔信。

庞实说："他们有人中了蛇毒，危在旦夕，圭姐的安危暂时不用担心。"

钱任点了点头说："他们肯定指望圭姐救命，被救的人一定是他们非常重要的人物，否则他们不可能犯险来取药。"

庞实说："你说得对，程富去接应世华了，我现在出府，等这人出门后，我就去跟踪他，找到圭姐下落。"

钱任说："我来找姐姐，就是这个意思。"

庞实说："让映雪把药丸给他。"

钱任点了点头，两人分头行动。

黑皮在前厅没等多久，钱任和映雪走了出来。

钱任说："这位壮士，请问我姐姐身体好吗？"

黑皮见钱任对他说话很客气，便也很客气地回答："请夫人放心，那位夫人一切安好。"

钱任说："那就好。这是所需的药丸，希望能救治好你的病人。"

她边说边从映雪手里接过药瓶递给黑皮。

黑皮没想到对方居然这么友善，有点儿内疚地说："谢谢夫人。"

说完，他向钱任双手施礼，向大门走去。

钱任看着黑皮的背影，对映雪说："你去把郑将军请来。"

西市街头。

激战还在继续，只是汪华这边已经完全占了上风。

程富见汪华久久没有回来，就出来寻找，正好在街上遇到了汪华和尉迟敬德力敌众敌。

程富二话不说，拔剑杀了进去。

汪华见程富也来了，高兴地说："你来得正好，他们是大漠杀手，一个不能留！"

这些大漠杀手，有一个响当当的名字，血鹰。他们是职业杀手，只要有人给足价钱，他们就会不惜一切代价去完成任务，即使全部战死也不会退缩。

当然，汪华是后来才知道这些消息的。

他见这些黑衣蒙面人死伤大半、明显处于下风之后，仍然坚持作战，就觉得这些人是嗜血如命的杀手，不能心慈手软，必须斩尽杀绝，否则后患无穷。

虽然说血鹰是一流杀手，但是他们时运不济，今晚遇到了三位身怀绝技的顶级高手。

不多久，地上全都是血鹰的尸体。那个最初被削断手掌的血鹰，是见同伴都一个个丧命之后，自杀身亡的。

"尉迟将军，幸亏你来，否则汪某有性命之忧。"汪华收剑入鞘，对尉迟敬德说。

尉迟敬德说："越国公客气了，举手之劳，何况保护越国公也是秦王安排属下的任务。"

汪华说："请代我感谢秦王。"

程富蹲在地上撕开杀手的面罩，果然是大漠人模样，再仔细看，每个杀手的手腕上都纹着一头滴血的雄鹰。

尉迟敬德说："果然是血鹰，大漠最厉害的杀手组织，总共三十六人，这次倾巢而出对付越国公，不知背后是哪位东家。"

汪华听了不由一惊，问道："我汪华刚到京城才三日，是谁要纠集如此厉害的杀手来对付我？"

尉迟敬德说："一定会查出来的。"

程富问："大哥，你不是去延康客栈了吗？怎么在这里打起来了？"

汪华说："店小二说，那人走了，给了我一封信，说明天再约。我正准备走到西市再返回潜入客栈瞧瞧，没想到在这里就中了埋伏。"

程富自责地说："要是我跟着你来就好了。"

汪华说："我们先回府吧，尉迟将军您辛苦了。"

尉迟敬德说："我回秦王府让人调查一下血鹰的情况，有消息就立即派人禀告越国公。"

汪华拱手说道："有劳。"

两人刚送别了尉迟敬德，越国公府的两名侍卫向这边跑了过来。

越国公府的侍卫都是汪华从歙州带来的，是汪华精选出来的忠勇之士。

"启禀越国公，刚才府里收到一封二夫人的亲笔信，大夫人请越国公立即回府商议。"侍卫跑到跟前，立即禀报。

"好。赶紧走。你去把我的马牵来。"汪华边走边对侍卫说。

第六章　营救稽圭

当汪华一行回到越国公府时，庞实已经回来了，而府内的侍卫也已经集结完毕。

"世华，我已找到圭姐，在修真坊的一座院子内。"庞实边说边打量汪华，吃惊地问，"你身上怎么这么多血？"

汪华笑了笑说："都是别人的。路上遇到几个毛贼，被解决了。"

钱任说："世华，卫队已经集结，我们现在就去救出圭姐。"

程富说："这样过去会不会让对方狗急跳墙，对二嫂不利？"

庞实就把刚才有人持稽圭的亲笔信来取药，她潜入院内看到稽圭救人的前后经过跟汪华简单说了一遍。

汪华思索了一下，说道："先把他们包围。"

庞实和钱任点了点头。

汪华对钱任和郑豹说："你们留一半侍卫在府里，以免中了人家的调虎离山之计。我们这些人去就足够了。"

钱任说："要不要把东宫左右卫也叫去？"

汪华摇了摇头说："最好还是别麻烦他们。"

这时，碧玉从后院拿了一件洗干净的外套送过来，汪华把身上沾满血的衣服脱了下来，碧玉帮他穿上。

"出发！"汪华手一挥，庞实和程富带着侍卫跟着走了出去。

稽圭把黑皮从越国公府带回来的药丸化成水，对蒙铁说："你们扶他起来，把药喂下去。"

蒙铁赶紧双手接过药碗，扶着病人喝下。

稽圭坐在桌边用笔又写了一副药方，对蒙铁说："天亮后，你们按照此药方去抓三副药，每天早上服一副，连服三天，体内的毒素就全部清除了。"

"这些药丸怎么吃？"蒙铁拿着从越国公府取回来的药丸问，刚才只用了一粒，还剩下两粒。

稽圭指着药方说："每天吃汤药前两个时辰，像刚才这样把药丸吃下。"

两人正说着，有人匆匆走了进来，焦急地说："官兵把整个院子包围了。"

整个屋子的人立即骚动起来，那个中年人厉声问黑皮："不是要你注意尾巴吗？"

黑皮紧张地说："先生，我回来时没有发现有人跟踪，都绕了好几圈才进院子的。"

稽圭若无其事地坐在椅子上，蒙铁严肃地对她说："夫人，你这样做会让自己陷入危险的。"

稽圭淡淡一笑，说："绑架朝廷国公夫人，你们不觉得自己更危险吗？"

蒙铁说："我们绑架夫人，并非想伤害您。我们的目标是越国公汪华。"

稽圭听了哈哈大笑，说道："你们想谋害我夫君，不就是等于要我的命吗？我宁愿自己死，也要换取我夫君的平安。"

蒙铁说："夫人对我大将军有救命之恩，我们岂能做不仁不义之事。"

稽圭说："既然如此，你们为何不放我出去。"

蒙铁说："怪蒙某无礼，夫人现在是我们的护身符。"

稽圭说："既然你们的目标是我夫君，我更不会让你们得逞。"

稽圭平静地说道："刚才我已经服下了一份毒药，一个时辰之后若无解药，就会毒发身亡，你们也就失去了我这个人质。"

所有的人大吃一惊，蒙铁冲上来在稽圭身上点了几个穴位，想制止住毒药蔓延。

稽圭淡淡一笑，说道："你认为这有用吗？毒药早已侵入五脏六腑了。"

蒙铁说："夫人请不要开这个玩笑。"

稽圭说："我从来不开玩笑。"

旁边的中年男子向一个大夫使眼色，大夫会意地走过去抓住稽圭的左手把脉。

大夫叹了口气。稽圭真的服下了毒药。

稽圭说："外面全都是官兵，你们是逃不掉的。"

黑皮对蒙铁说："将军，我们杀出去！"

蒙铁伸手制止，继续对稽圭说："夫人真的想鱼死网破？"

稽圭说："想鱼死网破的是你们。"

蒙铁没有说话。

稽圭继续说："其实有一个我们大家都平安无事的办法。"

黑皮焦急地问："什么办法？"

稽圭说："放我出去，以我夫君的仁德，他也不会无情无义的。"

黑皮说："放你出去，官兵就可以杀进来了。"

稽圭说："你认为我们是好杀之徒吗？"

黑皮想起刚才在越国公府时，钱任对他客客气气的态度，他不由得有点儿脸红。再凶残的男人，在柔弱的女子面前，都会理屈词穷。

稽圭接着说："你们可以考虑一下，不过时间不多了。至少，放我出去，你们有一半的希望，若我毒发身亡，你们就无路可逃了。"

这时，外面又有人跑了进来报告："官兵越来越多，围得水泄不通。"

蒙铁："都是些什么人？"

那人说："好像都是羽林军。"

羽林军的战斗力是可以想象的，蒙铁看了看躺在床上的病人，又看了看中年男子。

过了一会儿，中年男子问稽圭："夫人能保证我们安全吗？"

稽圭坐在椅子上淡淡地说："你们的安全取决于你们自己。"

这时，躺在床上的病人发出了咳嗽声，居然自己撑着坐了起来，蒙铁忙走了过去，唤道："大将军，你感觉好点儿了吗？"

病人点了点头，说道："夫人乃神仙转世，君仪再次谢过。"

原来此人居然是西门君仪，当年辅公祐最宠信的得力大将，在辅公祐被擒时，他侥幸逃脱，后来聚集残余势力，企图在大运河上谋害汪华，结果上船的歹人全部被汪华用计擒获，因他在小镇指挥，并没有上船，所以又逃过一劫。

为了报复，西门君仪乘快船先行到达长安，找到丹阳城破后潜入长安的蒙铁等人。汪华等人刚进长安，就被他们盯上了，没过两天，他们就逮到了一个好机会，稽圭上西市买东西时，被他们用计擒获。他们的目的就是要以稽圭为诱饵，吸引汪华出来，再用计除掉汪华，为辅公祐报仇。

那个中年男人是蒙铁的表兄钟一道，与江湖上众多杀手组织都有联系，专门帮一些客人物色杀手。血鹰潜入长安本来有其他活要干的，只是一直没有接到行动的指令，经钟一道推荐，西门君仪花重金请他们先接下刺杀汪华这笔单子，谁知道，血鹰遇到了克星。

稽圭并没有联想到此人就是前段时间在大运河组织刺客谋害他们的幕后人。

稽圭对西门君仪说："救死扶伤是我的责任，我夫君保境安民、忠君爱国，阁下为何要对其不利？我夫君与你有多大的血海深仇？你的所为是为了一泄私怨，还是为了拯救天下苍生？"

西门君仪看着稽圭，没有说话。

稽圭继续说道："我见阁下气宇非凡，定是响当当的汉子，乃英雄豪杰，为何要做如此宵小之事？岂不让天下人笑话？当今大唐天子勤政爱民，百姓拥护，阁下应该为朝廷效力，做英雄该做之事。即使不愿意归顺朝廷，起码也该做个不谋害忠良、不给别人带来危害之人。我看这些朋友，并非恶人，个个心存善念，阁下为何要把这些兄弟带入歧途？"

西门君仪沉思片刻，对稽圭说："夫人之言，君仪茅塞顿开。今日又蒙夫人救我性命，若能平安走出此院，君仪定带众兄弟归隐山林，从此不问世事。"

稽圭点了点头说："我相信阁下言而有信。"

说完，稽圭就向院外走去。

这时，站在一旁的钟一道快步抢到稽圭的前面，挡住了去路，喝道："慢着！不能走！"

"世华，万一他们带着圭姐从地道逃走怎么办？"庞实见汪华久久不下令攻入院落，焦急起来。

"再等等。"汪华说。

"马上就天亮了，他们跑了我们去哪里找？"庞实着急地说，"这个街坊靠近城墙，若有地道通到城外，那就找不到了。"

汪华说："长安城非一般城池所比，城墙不但高大，地基也非常深厚，他们是出不去的。"

"越国公，我们都准备好了，就等您一声令下了。"东宫大将薛万彻对汪华说。

原来汪华从越国公府率侍卫来包围院落时，东宫太子李建成就获知了消息，立即派遣心腹大将薛万彻来援助。

汪华说："再等等。辛苦薛将军了。"

汪华对薛万彻这个人早有耳闻，知其勇猛，也听过薛万彻几次大战的事迹。

薛万彻出身将门，父亲是前朝左御卫大将军薛世雄，隋末为涿郡太守，后来，薛万彻与兄长薛万均随父亲客居幽州，兄弟二人都因武艺出众受到涿郡守将罗艺的赏识，几经辗转，最后归顺大唐。入朝后，薛万均被分配到秦王李世民的府中，而薛万彻被分配到太子李建成的东宫中。李建成知道薛万彻勇猛，将他引为心腹，委其为副护军。

薛万彻知太子有意结交越国公汪华，而自己对汪华仰慕已久，这次太子命其率东宫左右卫前来支援汪华，他欣然领命。

对于汪华来说，支援比不支援要强，至少在声势上让对方丧失了抵抗的幻想。

薛万彻见汪华客气，忙说："太子惦记越国公家眷安危，寝室安宁，命卑将务必协助越国公救出夫人。太子常在我等面前提越国公智勇双全、古今少有，让我等多向越国公请教。"

汪华听这话就知道这是薛万彻在他面前故意念太子的好，让他感恩太子，他则谦虚说道："蒙太子抬爱，汪华愧不敢当。太子仁德乃大唐之福。"

两人正说着话，院门忽然打开，一名黑衣人推开门，探出脑袋，看了一眼众官兵，问道："请问哪位是越国公？"

汪华盯着那人说道："我乃大唐越国公汪华。"

黑衣人说："我家主人有请越国公进屋一叙。"

汪华问："你家主人是谁？我夫人可在里面？"

黑衣人说："越国公进屋后自然就知道我家主人了，还请越国公进屋接出夫人。"

汪华刚迈出一步，薛万彻一手挡在汪华面前："越国公，不可上了歹人的当。"

站在一旁的程富对着黑衣人喝道："快把夫人送出来，否则我让你们鸡犬不留。"

黑衣人不卑不亢地说："我主人说，他相信越国公是不愿意见到玉石俱焚的。"

汪华摆了下手，示意薛万彻不用挡着他，不用担心。

庞实站在一边看着汪华，没有说话，汪华为了稽圭即使是刀山火海也会去的。

汪华提着湛卢剑跟着黑衣人走进了院落。

"世华。"稽圭见汪华真的冒着危险进来救她，很是感动。

汪华向坐在椅子上的稽圭微微一笑。稽圭服毒后，浑身无力，钟一道阻止她出去后，她只得又回到椅子上坐着。

原来，钟一道不同意西门君仪放稽圭出去，江淮军多次败在汪华手下，他想见识见识这位江淮军的克星，是否真有胆量走进他这个布满杀手的院落，是否真的遵守诚信放他们离开长安，他还想知道在外面领兵包围他们的是否真的是汪华，按道理来说，没有人能从血鹰手里活着出来。

"越国公果然名不虚传，血鹰现在哪里？"钟一道见汪华安然无恙地出现在他面前，仍然感到很吃惊。血鹰是大漠最厉害的杀手组织，三十六人围攻汪华，汪华是不可能全身而退的，因此钟一道最初怀疑外面包围他们的根本就不是汪华。

听钟一道这样说，汪华就明白了。

他微微一笑，轻松地说："我在这里，你认为他们会在哪里呢？"

钟一道将信将疑地问道："他们都被你杀死了？"

汪华冷笑一下，把湛卢宝剑在手中一转，潇洒地对钟一道说："幸好我有湛卢宝剑助力！"

他故意隐瞒尉迟敬德和程富帮忙之事，现在不是说的时候，此时最重要的是让对方完全折服，方可救出稽圭。

钟一道瞬间被汪华的霸气所震撼，他说："越国公果然名不虚传，不知夫人承诺的事情，越国公是否遵循？"

汪华进来之前就猜着了他们的意思，则看了眼稽圭，再盯着钟一道说道："我夫人承诺的事情，就等于我汪华承诺的事。"

钟一道说："很好，越国公果然爽快，等我们出城后，一定会让夫人回到越国公身边。"

汪华说："我夫人身中剧毒，应该让我夫人先回府医治，我保证你们的安全。"

钟一道说："我认为这样还是不妥。"

汪华冷笑道："这是最好的方式。信任我汪华的人，就是我的朋友。"

钟一道看了看西门君仪和蒙铁，犹豫了一下，点了点头。

汪华二话没说，走过去扶着稽圭就往外走。

钟一道等人只能看着汪华和稽圭的背影远去。

院外。

庞实和薛万彻、程富等人在院外焦急地等着，见汪华扶着稽圭出来，急忙围了上去。

汪华从怀里掏出一个小药瓶，倒出一粒黑药丸递给稽圭。

稽圭含笑着接过药丸仰头吞下。

汪华说："任妹把你写的药方告诉了我，我就猜着你想干什么，就把解药随身带来。"

稽圭接过庞实递过来的水囊，连喝好几口水，对汪华说："里面那个病人是西门君仪。"

"西门君仪？"周围的人大吃一惊。

稽圭点了点头说："这个可以肯定。"

薛万彻说："越国公，我带兵冲进去！"

他说完就拔出腰上的宝剑，准备指挥东宫左右卫杀进去。

汪华忙用手一把抓住他，说道："薛将军，刚才我在里面已经答应放他们一条生路，不能食言。"

薛万彻说："西门君仪是反贼，放虎归山，后患无穷。"

其实，对于薛万彻来说，若抓住西门君仪就算自己立了一大功，也算为太子立了一大功。岂能让这么好的机会溜掉。

稽圭说："西门君仪身中蛇毒，命在旦夕，是我用药丸把他从鬼门关救了回来。刚才他也说了，只要我们放他出城，他将带着那些兄弟隐居江湖，不再问世事。"

薛万彻说："夫人，西门君仪是江淮军的一员大将，更是反贼辅公祏的左膀右臂，他这次潜入长安城定是有所图谋，我们放其出城，若被皇帝得知，我们不但要受到责罚，而且还会连累太子。"

汪华听薛万彻这么说，觉得事情比自己想象中复杂，这里不是歙州，而是长安，他汪华说的话不一定管用。

他只有对薛万彻说："薛将军说得在理，但是里面到底是谁，只有我们这几个人知道。他们真能改邪归正，岂不更好。"

汪华说到这里，用手指了指周围几个人。卫队离他们有一定距离，听不见他们刚才的谈话。

薛万彻见汪华态度坚决，也不好硬顶着干，犹豫了一下，只得说："全听越国公吩咐。"

汪华说道："多谢薛将军成全，汪华改日到东宫向太子致谢。"

薛万彻说："越国公保重。"

说完，他就率领东宫左右卫撤走。

见薛万彻离开，程富走了过来："大哥，真放了西门君仪？"

汪华点了点头说："他终究也算是一世英豪，城门马上就要开了，让他们走吧。希望他们以后能做大唐的顺民。"

程富又看了看庞实，庞实向他点了点头，他遗憾地说："那我们回府吧。"

汪华扶着稽圭骑上了赤风马向越国公府走去。

院内。

"外面的人马都撤了？"钟一道问蒙铁。

蒙铁说："一个不留，全部撤走了，前后院都没人了。"

钟一道说："汪华果然是个讲信用的人。你立即命令属下乔装打扮分散出城，午时到城外刘家庄会合。"

蒙铁应声出去。

西门君仪对钟一道说："钟先生，院内的那些大夫都在长安城有家小，我们还是别让他们跟着我们奔波了，给他们一些银两，让他们自己去谋生吧。"

钟一道说："大将军请放心，蒙铁都会安排好的。"

西门君仪说："出城后，钟先生有何打算？"

钟一道叹了口气说："天下已定，我等也只有归隐山林了，数年前，我曾到终南山访友，见那里确是神仙住的地方，我心向往之。"

西门君仪说："我戎马半生，如今孑然一身，愿带领这些兄弟跟随先生到终南山过闲云野鹤的日子。"

钟一道说："有大将军作邻居，也不孤独。"

西门君仪仰天大笑，是笑自己找到一个好的隐居地，还是笑自己有个好邻居，更笑自己征战半生将落到如此结局？

汪华一行回到越国公府时，已经天明。

程富正准备回房间休息，汪华叫住他："你认为薛万彻真的就这样放西门君仪出城了吗？"

程富听汪华这么一说，反问道："大哥的意思是？"

汪华说："我感觉薛万彻不会放过此个立功的好机会。"

程富点了点头说："他率兵离开是给大哥您的面子，等我们离开后，他就会再度返回。"

汪华说："你再辛苦一趟，叫上郑豹，一起去看看。"

程富说："没事，我一个人去就行。"

汪华说："不要大意，与东宫的人千万不能有冲突。"

程富点了点头正准备离开，稽圭走了进来。

她把一个小药瓶递给程富："程将军，你把这个送给西门君仪，让他吃完之前那些药，再每日吃一粒这药丸，能帮助他尽快恢复功力。"

程富把药瓶塞进怀里，说："嫂子真是菩萨心肠。"

稽圭说："我对待人也是有选择的，他若改邪归正，我们肯定要帮他。"

程富笑了笑，说："那我先走了。"

看着程富背影，汪华对稽圭说："我突然感觉到西门君仪活不过今天。"

稽圭一惊，问道："为何？"

汪华说："他现在是一块儿肥肉，薛万彻怎么能放过呢？！"

稽圭说："真不希望这样的事情发生。"

汪华拉着稽圭的手说："一切就看天意了，你早点儿去休息吧。"

稽圭柔情地说："你一夜未睡，也得休息会。"

汪华说："等一下我还得再去趟太子府，太子如此热情地派出左右卫来救你，从礼节上说我也得去谢恩。"

碧玉准备了大大的一桶热水，汪华坐在里面泡澡时，居然睡着了。

"国公爷，国公爷。"碧玉一直在门外伺候着，见半个时辰都过去了，而越国公居然还没有出来，不由得在外面敲门。

昨晚与血鹰大战消耗了不少体力，热水一泡，全身放松，汪华无意间就睡着了，听碧玉在外面喊，就应了一声，站起来换上碧玉早就准备好的衣裳。

碧玉虽是汪华的贴身丫环，但是汪华很尊重她，比如洗澡穿衣这样的事情，都是汪华自己来做，从不让碧玉来服侍。

汪华从房间走了出来，碧玉端着一碗莲子羹站在那里。

"国公爷，吃点儿东西。"碧玉恭恭敬敬地把莲子羹端放在桌子上。

汪华坐到桌前，问道："程将军回来了吗？"

碧玉说："刚回来，在前厅。"

汪华三两口把莲子羹喝完，接过丫环递来的手帕，擦了擦嘴，就走了出去。

"大哥，西门君仪被抓，其余人全部被杀。"程富见到汪华就立即说。

"什么时候的事情？"汪华问。

"就我们回府的一会儿，他们重新包围了院子。"程富说。

"速度真快啊。"汪华有点儿吃惊地道。

程富说："我和郑豹赶到时，西门君仪已经被押进了囚车。"

汪华说："东宫左右卫果然厉害，薛万彻是个狠角色。"

程富说："我见事已至此，就没有露面，随后跟着囚车，到了太子府门前，不多久太子就从里面出来，看了看西门君仪，就让左右卫押着，直接进宫了。"

汪华失望地说："这事我们也管不了，看他自己的造化了。"

汪华到了下午才去太子府向太子谢恩，从太子口中得知，西门君仪被押入宫后，皇帝宣布立即处斩。

太子非常高兴，说要感谢越国公，让薛万彻独占此功劳。

汪华后来才知道，薛万彻并没有跟太子说汪华要放走西门君仪，而是说越国公率人离开，把围捕反贼这样的好事留给东宫左右卫。

难怪，汪华在太子府时，太子一个劲儿地要留他一起吃饭，还把魏征和薛万彻都叫来作陪。

饭桌上，太子告诉汪华，突厥军队准备南下了。

数日之后，汪华和程富到岐山拜访当年的歙州刺史王成，王成曾是隋朝歙州刺史，当时汪华在王成手下担任副将。王成对汪华有知遇之恩，汪华是一位知恩图报之人。

他们刚返回长安，大唐与突厥的战争拉开了。

武德八年，即公元625年夏，突厥进攻唐朝的相州等地，代郡都督蔺暮与突厥作战，在新城被突厥击败。皇帝李渊立即派右卫大将军张瑾驻守石岭，李大亮率军奔大谷抵抗突厥入侵。李渊为对付突厥，再次派遣秦王李世民出长安到蒲州屯兵防御突厥南侵。八月，李渊又下诏令安州大都督李靖从潞州道出兵，行军总管任环驻屯太行山，防御突厥。颉利可汗率领十余万大军大掠朔州。张瑾在太谷与突厥军队激战，唐军战败，张瑾逃奔李靖，行军长史温彦博被突厥俘虏。突厥向其打探唐朝的兵粮情况，温彦博拒绝回答，被突厥押往阴山囚禁。突厥又发兵进犯灵武，被灵州都督任城王李道宗击退。突厥进攻绥州后，多路兵马被李世民领兵击败，颉利可汗只得派遣使臣向唐请和退兵。

唐军在秦王的指挥下又迎来了一场胜利，突厥主动与大唐和好，皇帝李渊看着凯旋的次子，内心像打翻了五味瓶，又喜又忧。喜的是次子又一次打败了敌人，巩固了大唐的江山；忧的是次子的威望再一次盖过了太子，两人的矛盾将更加尖锐。

李渊只要想到这个问题，就头痛不已，后来索性就不管了，顺其自然，自己干脆躺在后宫搂着年轻漂亮的妃子亲热。

这位大唐开国之君面对储君的问题，越来越选择逃避的办法了，他认为现在自己身体还健朗，只要自己在，两人还不至于闹到无法无天的地步，在往后的日子，多培养太子的势力，再想办法逐步削弱秦王的权力。

李渊每次抱着这样的想法躺在妃子们的床上，他根本就没有预感到，他的两个儿子都想早点儿结束这场皇权之争！

除了与突厥偶有争战之外，天下基本太平了，随着李渊推行的一系列惠民政策，大唐境内商贸繁荣，尤其是大运河贯通南北，大大带动了南北之间贸易。由于战乱和历史原因，各地在物件的重量和长短上使用不同的标准，在货物交易上带来了很大的不便。

武德八年，即公元625年，九月，为了统一度量衡，李渊命太府寺检查各州，颁发法令规定：长度以北方秬黍中等大的为准，长一黍为分，十分为一寸，十寸为一尺，一尺二寸为大尺，十尺为丈；重量也以秬黍中等大的为准，容一千二百个黍为龠，两龠为一合，十合为一升，十升为一斗，三斗为大斗，十斗为斛。以秬黍中等大的为准，一百黍的重量为一铢，二十四铢为一两，三两为大两，十六两为一斤。

第七章　玄武血雨

"铁佛兄来信说今年江南雨水好，禾苗长势旺盛，颗粒饱满，收成应该比去年还要高。"汪华看完歙州来的信，对郑豹说。

"这是江南百姓的福分，远离战争，大家可以安居乐业。只可惜突厥仍很猖獗，频频南下，苦了北方百姓。"郑豹说。

汪华听后叹了口气，说："突厥不亡，华夏难以安宁。"

郑豹说："自春节一过，北边战事不断，多座城池被攻陷，朝廷出兵多路作战，应接不暇，你已到长安闲居一年了，为何皇帝不下旨让你领兵出征，为其解忧？"

汪华笑着说："自开春以来，我就没有上过朝，不会真把我这个闲人给忘记了吧。"

郑豹说："那倒不是。皇帝真要忘记了您，端午节也不会派人给您送来肉粽。"

汪华说："我是开玩笑说的。现在靖公领兵在外面到处救援，已经忙不过来了，皇帝下旨让齐王统领大军征讨突厥。"

汪华说的靖公，就是安州大都督李靖，"靖公"是人们对其尊称。

"齐王能行吗？"郑豹怀疑地说。

汪华说："听老将军说，本来是由秦王出征的，但是太子推荐了齐王，并把秦王府内大将和精锐兵马全部归于齐王麾下。"

老将军指的就是汪华岳父、大夫人钱任之父钱九陇老将军。

郑豹说："齐王这招够狠，釜底抽薪，让秦王府无兵可用。"

汪华说："现在秦王府不仅是无兵可用，就连房玄龄、杜如晦这些谋士，也被皇帝下旨赶了出去。"

郑豹说："现在长安城到处在传'秦地分野'这天象，皇帝终究还是不信任秦王。"

汪华没有说话，看了看天空的烈日，过了一会儿说道："行动随时会开始，你们要做好准备。"

郑豹说："大都督放心，一切都安排好了，随时等候您的军令。"

汪华点了点头，他似乎已经闻到了血腥味。

这年是武德九年，即公元 626 年。注定是充满杀戮充满血腥的一年。

春节刚过，二月二十八日，突厥铁骑进犯原州。三月十四日，盘踞雕阴弘化一带的梁师都按照之前与突厥的约定，率兵南下入侵，攻陷静难镇；二十三日，突厥进犯灵州；二十九日，突厥进犯凉州。四月九日，突厥进犯朔州；十二日，突厥再犯原州；十五日，突厥进犯泾州；二十日，安州大都督李靖在灵州硖口与突厥颉利可汗大战，并打退突厥军队；二十五日，突厥避开李靖的锋芒，进犯西会州。五月五日，党项人见机也想占点儿便宜，出兵进犯廓州；十一日，突厥进犯秦州；十九日，吐谷浑与党项联军侵犯河州，突厥兵临兰州。

六月一日，出现了一个奇怪的天文现象，太白金星在白天出现于天空正南方的午位，午位又被称为"秦地分野"，按照古人的看法，这是"变天"的象征，是天下动荡或当权者更迭的前兆，将有天大的事情要发生。

起初，大唐天子李渊并没有对这个天象引起重视，因为这时大唐正在纠集多路兵马准备出征讨伐突厥。在太子李建成的推荐下，皇帝李渊同意齐王李元吉代替秦王李世民都督各路军马北征，以抵抗突厥入侵。

李元吉乘机向皇帝请旨，把天策府尉迟敬德、程知节、段志玄和秦琼等大将和精锐的兵士都归于其麾下。

加之数日前太子和齐王向李渊进谗言，下旨把房玄龄、杜如晦等谋士斥逐出秦王府，对秦王李世民进行釜底抽薪。

获得兵权的齐王李元吉志得意满地来到东宫。

太子李建成见事情果然往对自己有利面发展，就对李元吉说："过几天，你出征时，我约老二在昆明池为你饯行，他必定会来，到时一不做，二不休，在帐幕里埋伏刀斧手，一举将其杀死，然后上奏父皇就说他暴病身亡，父皇见木已成舟，即使不相信也无可奈何。我自当让人进言，逼父皇将国家大事交给我处理。尉迟敬德等天策府的将领已归你统领，用计杀之易如反掌。到那时，天下就是你我的了。"

真是隔墙有耳，在太子东宫中担任率更丞主管计时的王晊，是秦王李世民早先安排在太子府的人，他见齐王兴匆匆地来到太子府，就猜着又要与太子商议事情，就找机会靠近太子府的书房，躲在窗外，果然听到了太子与齐王的对话。王晊见事态严重，立即找机会跑到秦王府，把消息亲口告诉了李世民。

李世民听到消息后非常震惊，没想到太子和齐王手握重兵要在光天化日之下杀害他，并且连他那些爱将也不放过。

李世民让王晊回太子府继续打探消息，他立即让人把长孙无忌和尉迟敬德叫来，把情况说了一遍。

此时的秦王府里，只剩下长孙无忌、尉迟敬德、秦叔宝、高士廉和侯君集等心腹，长孙无忌是李世民的妻兄，闻知立即说道："殿下，事态紧急，稍有不慎，我们就将全盘皆输。我们必须先发制人，否则后发制于人。"

李世民叹息道："骨肉相残，是古往今来的大罪恶。本王当然知道祸事即将来临，但还是等祸事发生以后，再举义讨伐他们吧。"

尉迟敬德见李世民仍然不想先发制人，则焦急地说："作为人之常情，有谁舍得去死！现在我们誓死侍奉殿下，这是顺应天道。祸事将至，殿下却仍旧犹豫不决，瞻前顾后。即使殿下把自己看轻，又怎么对得起宗庙社稷呢！如果殿下不肯绝地反击，末将只有逃身荒野草泽，不能留在殿下身边拱手任人宰割！"

长孙无忌见机对秦王说："如果殿下不肯听从尉迟敬德的主张，事情肯定要失败。尉迟敬德等人要离开殿下，微臣也只有跟着他们离开殿下，不能够再侍奉殿下了！"

长孙无忌说着就拉着尉迟敬德向秦王告别。

李世民见他俩真要离开，忙说："你们所说的不无道理，但我的话，也不可全弃。我们都需要慎重地再三考虑一下。"

尉迟敬德见李世民在生死攸关之际还这样说，不知秦王是真下不了决心，还是为了保全自己的声誉在演戏。

他容不得秦王再这样拖延下去了，口气坚决地说："殿下处理事情历来并不如此，不知今日是怎么了？实不相瞒，殿下平时畜养在外的八百多名勇士，我已将他们召入府中，剑拔弩张，箭在弦上，不可不发。事已至此，殿下怎么能够制止得住呢？"

李世民听尉迟敬德这么说，心里不由得赞叹，身边这名爱将不仅骁勇，而且颇具谋略，关键时刻敢先斩后奏，迫使自己破釜沉舟背水一战。

他正准备再说什么，一名侍从进来禀告，李靖和李勣两位大都督已到。

原来，李世民获知太子要对其下手的消息后，立即派心腹去请两位身居军队要职，统领精锐唐军主力的将军前来商议，他想征询一下两位大都督的意见。

两位大都督虽然执掌地方军政，最近因有事都在长安。他们虽然功勋卓越，御兵有方，但对秦王都非常尊敬，都被秦王这个"战神"所折服。

两人接到通知后，立即赶到秦王府。

秦王在偏室召见了两位将军，并把长孙无忌和尉迟敬德的想法说给他们听，随后问道："本王急召两位将军来府，就是想听听你们的意见。"

李靖已年过半百，两鬓已露出不少白发，他听完之后，端着杯子慢慢喝茶，低头不语。

李勣见李靖喝茶，也赶紧端着杯子喝起来。

秦王见两人都不吭声，有点儿生气地说："本王不是请两位将军来这里喝茶的。"

李靖见秦王态度坚决，则说道："此乃国家大事，我等武夫不宜多说，但听命而已。"

李勣也只好表态："这既是国事，又是家事。事关殿下父子兄弟骨肉手足，这大事只能由殿下自己来做决定，我等隶属秦王麾下，自然听从您的调遣。"

这种表态，实际上就等于一种默许。也等于告诉秦王，在关键时刻他们会毫不犹豫地站在自己一边，又恪守武将不干预政事的本分。这种事情，不需要多说，秦王已经明白了他们的意思。

这时已经夜深，汪华正与夫人庞实下棋。

"有什么新的动向？"汪华边捏着棋子边问庞实。

庞实自然知道汪华问何事，她举手落下一子，说道："齐王越发得意忘形，我几次在道路上观察，他更加目空一切了。"

原来，汪华一直安排庞实天天带着丫环在长安城内转悠，不明真相的人以为她只是喜欢逛街游玩，而实际上是在暗中观察东宫、齐王府的动静。庞实是女流之辈，天天在长安城转悠无人注意。

汪华说："他现在手握重兵，秦王已处于劣势，他当然高兴。"

庞实看着汪华意味深长地说："秦王府有大动作。"

汪华没有问，而是等着庞实说出来。

"这两日分批有人化装进入城内，随后都进入了秦王的别院，接头人是尉迟将军。"庞实说。

"多少人？"汪华问。

"都是化整为零进入了，若不仔细观察是根本发现不了的。"庞实说，"不低于五百人吧。我今天发现时，已经进去一批了，具体数目说不清楚。"

汪华把棋子拿在手里把玩，自言自语地说道："这一招是不是太险了？东宫'长林军'就有两千多人，战斗力超强，还有东宫左右卫。"

"你认为这不是秦王的主意？"庞实问。

汪华摇了摇头说："私自调兵进城，一经发现就是谋逆死罪，现在太子和齐王巴不得有整死秦王的证据呢，秦王在战场上敢屡次冒险，在政治上向来比较稳健。"

"太子和齐王每次出行都是重兵护送，秦王这些兵力难道想在半道上截杀？"庞实说到这里，又摇了摇头，说道，"这不可能，一则长林军战斗力强，二则只要有打斗，立即就会引来在城内巡逻的士兵。"

汪华点了点头，猛然想起什么，正准备说话，郑豹匆匆跑了进来。

"大都督，秦王府来人请您过去。"

汪华看了庞实一眼，放下棋子，走了出去。

"越国公，秦王殿下请您去府上有要事相商。"来人边说边拿出一个信物。这是秦王与汪华约定好的，若深夜有紧急事情相商，以信物为凭，以免中了歹人奸计。

汪华看了一眼，说："跟我从后门出去。"

秦王刚送走李靖和李勣，汪华来了。

李世民把情况简单说了一遍，便对汪华说："越国公，本王现在该如何是好？"

汪华对秦王说："殿下既然连死士都已经进城了，还有什么可犹豫的？必须立即行动，以免夜长梦多。"

秦王大吃一惊："越国公是如何知道的？"

汪华说："我夫人庞实在街上发现的，尉迟敬德负责接应。此时，秦王已经没有退路了。"

秦王明白了汪华这句话的另一个含义，既然死士进城都被他夫人发现了，难道就保证不被东宫的人发现？这事情拖延越久，被暴露的机会就越大，到那时就是百口莫辩，死路一条了。

这其实也是汪华向秦王传递的一个信号，既然决定了，那就赶紧去做。

秦王点了点头，此时他彻底下定了决心！

汪华接着说道："臣蒙圣恩执掌江南六州，若参与皇室之事，极为不妥。"

汪华的意思其实也很明白，我支持你举事，但是作为地方军政首脑，我不能参与你们兄弟之间的斗争。

秦王点了点头，他也明白汪华的另一层意思，政变若把地方首脑牵入进来，只会让事情变得更复杂，有可能由此让掌管地方军政的太子亲信也参与进来，那样就会引起朝野动荡。但是，他要的不仅仅是汪华这句话，他有任务需要汪华去完成。

秦王说："我已请靖公和李勣整顿兵马，若有不测，立即进城。举事之时，我想请你护好我的秦王府如何？"

原来秦王要把所有可用兵力都用来举事，府里仅留下手无缚鸡之力的老幼妇孺。汪华二话没说，双手一拱道："愿听候差遣！"

秦王满意地笑了笑，有汪华来守卫秦王府，就等于解决了他的后顾之忧了。

两人接着又聊了几句。随后，汪华离开。

李世民为了确认府里幕僚真的下定了决心，走进密室又故意问长孙无忌等人，说："我与太子是同胞兄弟，为了皇权，难道一定要用武力吗？就没有其他的办法吗？"

长孙无忌摇头说："没有比使用武力再好的办法了。"

高士廉是秦王妃长孙氏的舅父，秦王对其非常尊敬，他见秦王还犹豫不决，则说："齐王凶恶乖张，终究是不愿意事奉自己的兄长的。传闻他私下曾说太子不如他。他与太子谋划作乱就是想利用太子的势力铲除秦王，然后他再设法夺取太子之位。他这人作乱的心思没有满足，假使这两个人如愿以偿了，恐怕天下就不再归大唐所有。以殿下的贤能，捉拿这两个人就如拾取地上的草芥一般容易，怎么能够为了信守匹夫的节操，而忘了国家社稷的大事呢！"

李世民听了没有吭声，高士廉又问道："殿下认为舜是什么样的人呢？"

李世民答道："是圣人。"

高士廉说："假如舜帝在疏通水井的时候没有躲过父亲与弟弟在上面填土的毒手，便化为井中的泥土了；假如他在涂饰粮仓的时候没有逃过父亲和弟弟在下面放火的毒手，便化为粮仓上的灰烬了，怎么还能够让自己恩泽遍及天下，法度流传后世呢！所以，舜帝在遭到父亲用小棒笞打的时候便忍受了，而在遭到大棍笞打的时候便逃走了，这大概是因为舜帝心里所想的是大事啊。"

李世民见身边的人都一致支持武力解决，则命人算卦以卜来测此事吉凶，恰好秦王府的幕僚张公谨从外面火急地赶回来，一把夺过占卜用的龟壳，狠狠地扔在地上，大声说道："占卜是为了决定疑难之事的，如今举事，势在必行，已到毫无犹豫的余地，还占卜做什么？如果占卜的结果是不吉利的，难道就能够停止行动，坐在这里等死吗？"

张公谨原为王世充属下洧州长史，与刺史崔枢一同降唐，任邹州别驾、右武候长史。后在李勣和尉迟敬德等人的推荐下成为秦王府的幕僚。

李世民见大家心意已决，那就必须雷厉风行，绝不犹豫，他立即命令长孙无忌秘密去将房玄龄和杜如晦等人召来议事。

房玄龄与杜如晦虽然被赶出了秦王府，但是并没有离开长安。

长孙无忌匆匆赶到房玄龄的住处，恰好杜如晦也在，两人正在对弈。长孙无忌对两人说："秦王有举事之意，请两位速去府中议事。"

房玄龄不答应回秦王府，说道："陛下敕书的旨意是不允许我们再侍奉秦王殿下的。如果我们现在私下去谒见秦王，肯定要因此获罪而死，因此我们不敢接受秦王的教令！请秦王见谅，我等实在不敢奉命前往。"

长孙无忌大为意外，房、杜两人是主张秦王举事的最积极者，而且又有默契在先，既然秦王派人来召，按说应该会欣然前往。

见房、杜两人确实无意前往，长孙无忌冷笑着走出院门。

看着长孙无忌离开的背影，房玄龄与杜如晦两人会意一笑。

他们当然不会真的不动，这个机会已经等了好几年了，终于看到秦王表态，他们内心是很激动的。为什么他们不立即跟着长孙无忌去秦王府呢？这是房、杜两人在试探秦王是否真的痛下决心，若真的痛下决心，一定会再次派人来请的。若不痛下决心，即使跟着长孙无忌过去，又有什么意义呢？说白了，这是房玄龄与杜如晦在使激将法。

果然，秦王李世民听了长孙无忌带回来的话，勃然大怒，对尉迟敬德说："房玄龄、杜如晦难道要背叛我吗？"

他摘下佩剑交给尉迟敬德道："你再去一趟，如果他们果真不肯前来，你就拿他们人头回来见我。"

尉迟敬德拿着秦王的宝剑，跟着长孙无忌走进房玄龄的住所，郑重地把秦王已经下定决心要举事告知了房玄龄。

房玄龄又见尉迟敬德手里提着秦王的宝剑，就知道秦王这次是真的下定决心了，就与杜如晦换上道士的服装，跟着长孙无忌一道赶往秦王府。为了避免被人发现，尉迟敬德则经由别的道路赶回秦王府。

秦王与房玄龄、杜如晦、尉迟敬德、长孙无忌等人，在密室里整整商谈了一夜，为举事制订了完整的计划。

六月初三己未日，太白金星再次在白天出现在天空正南方的午位。精通天文历算的傅奕秘密上奏道："金星出现在秦地的分野上，这是秦王应当拥有天下的征兆。"

李渊将傅奕的密奏给秦王李世民看。

李世民乘机秘密上奏父皇，告发李建成和李元吉与后宫的嫔妃淫乱，说道："儿臣丝毫没有对不起皇兄和皇弟，现在他们却打算杀死儿臣，这简直就像要替王世充和窦建德报仇。如今我快要含冤而死，永远地离开父皇，魂魄归于黄泉，如果见到王世充诸贼，实在感到羞耻！"

李渊望着李世民，惊讶不已，回答道："明天朕就审问此事，你应该及早前来参见朕。"

张婕妤暗中得知了李世民密奏的大意，急忙派人告诉李建成。李建成将李元吉召来商议此事，李元吉说："我们应当管好东宫和齐王府中的士兵，托称有病不去上朝，以便观察形势。"

李建成道："宫中的军队防备已很严密了，我与皇弟应当入朝参见，亲自打听消息。"

于是二人决定先入大内皇宫逼皇帝表态。不料，在宫城北门玄武门执行禁卫总领常何本是太子亲信，却早已被李世民策反，因此宫中卫队已经倒向秦王。李建成和李元吉却不知内情，还以为宫中卫队都还是自己人。

这一夜，秦王府里显得紧张而又忙碌，明天就是个好机会。秦王与房玄龄、杜如晦、尉迟敬德、长孙无忌等人，再一次详尽地商量举事的每个细节，检查每一处可能出现的纰漏。

同时，秦王派心腹通知汪华率越国公府的卫队前来守卫秦王府，并通知李靖和李勣整顿兵马在长安城外随后听候调遣。

六月初四庚申日，拂晓时分，战神李世民身穿戎装，率领长孙无忌、尉迟敬德、程知节、秦琼、侯君集、张公谨、段志玄、屈突通等十多名心腹骁将和挑选出的七十名精锐骑士出发了！

人多不好隐藏，李世民把八百名勇士留在外面，用来应付长林军。

在玄武门守卫统领常何的帮助下，李世民率众进入了玄武门内，在临湖殿附近一片茂密的树林中，将人马隐蔽起来。

玄武门是宫城北面的唯一大门，东宫处于宫城东面稍微偏北的位置，而齐王府则与东宫毗邻。太子李建成与齐王李元吉，两人不管是去宫城前面的两仪殿，还是去宫城后苑的池海，玄武门都是必走之门。

把举事地点选在玄武门，这是李世民经过周密思考的。内廷安危实际上就系于玄武门。只要控制了玄武门，就可以控制内廷；只要控制了内廷，就可以控制皇帝；只要控制了皇帝，就可以控制朝廷；只要控制了朝廷，就可以控制整个国家。李世民在数年前就为自己布好了棋子，表面上与太子结好的玄武门守卫统领常何是太子的人，实际上早就投靠了秦王。

辰时头刻光景，此时天已经放亮，远远传来马蹄声，李世民和将士们按耐着内心的激动，像猎人一样盯着玄武门前的那条大道。

太子和齐王带领着卫队不紧不慢地来到了玄武门。

常何忙跑上前道："启禀太子和齐王，圣上有旨，今日只谈家事，卫队不可入内。"

常何表面上是太子的人，所以太子相信他说的话。更何况之前也常有不允许卫队进宫的事情发生。

太子和齐王对视了一眼，就对卫队说："你们就在门外等候。"

说完，太子就与齐王一起走进了玄武门。

谁知，两人刚走过玄武门没多远，常何就下令关闭城门。

李建成往回看了一眼，也没说什么，认为父皇耻于让淫乱后宫之事外传。他怎么也没有想到，昨晚还在父皇面前告他淫乱后宫的李世民，居然敢在皇宫禁苑内埋下伏兵。

太子和齐王骑在马上，并肩而行，边走边说着话，在经过一片树林时，太子李建成无意中发现树林下的草坪有被众多马匹踏过的痕迹。

太子指着草坪吃惊地对齐王说："元吉，你看！"

李元吉见马蹄踏过的痕迹，再看附近，居然清净得一个人都没有，立即感觉不妙，他惊呼道："大哥，有埋伏，快跑！"

李元吉说完就掉转马头，向玄武门外奔去，太子也立即掉转马头，两人准备向东穿过玄武门逃离禁苑。

李世民见两人要逃跑，立即从树林里冲了出来，大声呼喊："大哥，别跑，父皇在殿里等着您呢。"

太子和齐王哪里顾得上搭理秦王，策马狂奔，边跑边呼喊。

李世民立即骑马去追，藏在树林的将士们也跟着冲了出来。

李元吉见李世民紧紧追来，边跑边反身张弓搭箭射去，但由于心急，连射三次，居然都没射中。李元吉也是久经沙场的统帅，单打独斗，在武功上要高于李世民，但他此时心慌意乱，并没有射出改变历史的三箭。

李世民的箭术百步穿杨，曾威震三军，他躲过李元吉的箭之后，麻利地搭弓瞄准惊慌失措的太子李建成，利箭像长了眼睛一样，滴溜溜地钉在太子的后背。太子穿的是朝服，没有铠甲护身，秦王的利箭带着多年的委屈和仇恨，射进了太子的后背，箭簇从胸前穿出，太子惨叫一声，从马上掉了下来，当场气绝身亡。

尉迟敬德带领骑兵相继赶到，他身边的将士用箭射中了李元吉，李元吉跌下马来，慌忙爬了起来，向树林里跑去。可就在此时，李世民的坐骑受到了惊吓，居然带着李世民疯狂地奔入路旁的树林，李世民又被林中的树枝挂住，从马上摔下来，倒在地上，一时爬不起来。

李元吉迅速赶到，夺过弓来，准备勒死李世民，就在千钧一发之际，尉迟敬德跃马奔来，大声喝道："逆贼大胆！"

李元吉见是尉迟敬德，知道自己不是对手，便顾不上李世民，拔腿就跑。李世民这才捡回一条命。

尉迟敬德一边拍马猛追，一边连射数箭。李元吉接连中箭，摔倒在地，但他挣扎着爬起来，摇摇晃晃地继续往前走时，尉迟敬德赶了上来，手起刀落，一道残忍的弧线，一刀就削掉了他的脑袋。

玄武门外的长林军已经听到了门内的打斗声，听见太子在呼救。

护送太子李建成来禁苑的翊卫车骑将军冯立得知情况，立即率军攻打城门，企图攻破城门进去救援太子。同时通知副护军薛万彻、屈直府左车骑谢叔方率领全部长林军两千人，急驰赶到玄武门。此时他们并不知道太子和齐王已死，只想杀进禁苑去救援太子和齐王。

而把守玄武门的张公谨也不清楚内廷情况，只得死守玄武门，在城楼上不断地往下射箭，阻止长林军破门而入。若城门攻破，李世民等人肯定活不了，这场政变就必然归于失败，所有参与者连同他们的家人都会丧命。

眼看城门即将被攻破之际，高士廉和长孙顺德带着隐藏在芳林门一带的八百勇士及时杀了过来。

长林军作为太子手中第一精锐，实力绝不在天策军之下。两军奋战，长林军想杀入宫内救援太子和齐王，与天策军展开殊死拼杀。战场局势陷于胶着。

薛万彻见秦王的卫士都来增援了，那么秦王府此时防备必定薄弱，则让冯立和谢叔方留下来继续攻城，而他带领三百将士转而奔向秦王府，并扬言要把秦王府杀个鸡犬不留。

秦王府离玄武门也不是很远，薛万彻领着三百名将士像风一般地扑来。

薛万彻决定在秦王府大开杀戒，这是围魏救赵的良计，只要玄武门的秦王兵力分心，冯立等人就有机会杀进禁苑。

刚踏上秦王府前面的那条街，薛万彻就远远地看到秦王府前有一支小队人马。

汪华！

薛万彻看清楚骑在马上的领头人，正是歙州大都督、越国公汪华，后面站着七八十名士兵，原来都是越国公府的卫队。

汪华接到秦王的通知后，按计划率领越国公府的卫队来守卫秦王府。

"越国公，难道您也想与秦王一起谋反吗？"薛万彻见汪华挡着他的去路，毫不客气地说。

"薛将军，作为外臣你我都不应该参与太子与秦王之间的争斗，你何必要伤及无辜呢？"汪华劝道。

薛万彻二话没说，从腰中抽出宝剑，斩钉截铁地说道："越国公，我敬您是英雄，请让开，否则别怪我不客气。"

越国公卫队虽然厉害，但此时要与同样一等一的长林军决战，胜负难分，何况长林军的人马数倍于越国公卫队。

立在汪华两侧的庞实和郑豹不约而同地亮出了兵器，他们已经做好了决战的准备。

薛万彻右手举剑一挥，三百长林军像猛虎一样扑了出去。

"弓弩手！"汪华一声令喝，藏在后面的三十名弓弩手一齐向长林军射去利箭。

越国公卫队是由汪华在歙州时精心训练出来的，个个都有百步穿杨的本领，弩箭经过改良后，不仅便于携带，也具有弓箭无法比拟的杀伤力。

三十支弩箭精准地射进了冲在前面的长林军身上，但是并没有因此而让长林军停下向前奔杀的脚步。

"放！"另一拨弩箭跟着射了出去。

弩箭不同于弓箭，射程远，长林军还没冲几步，就已经倒在了血泊中。

汪华不愿意让自己的卫士做无谓的牺牲，他不争强好胜，不让卫士们冲上去与长林军厮杀。对他来说，他现在的首要任务就是保护好秦王府，而不是去杀掉东宫多少兵马。

"盾牌手，上！"薛万彻见机不妙，立即命令士兵手持盾牌冲在前面。长林军每十个人就有五个携带有盾牌，不仅进攻厉害，防御也非常不错！

长林军手持盾牌蜂拥扑来，汪华手握湛卢往前一指："杀！"

瞬间，两军厮杀成一片，虽然长林军攻势凶猛，但是汪华卫队也战斗力超强，不甘示弱，英勇奋战，没有往后退一步！

而薛万彻手握长枪杀到汪华面前，两人打了起来！

薛万彻不愧是一员猛将，与汪华连战三十回合。汪华知薛万彻是不可多得的将才，有爱惜之意，所以并没有使出杀招，只是与其拖延时间。

果然，半盏茶的功夫，尉迟敬德提着李建成和李元吉的首级远远奔来，一路高声大喊："太子和齐王谋反已被斩杀！"

原来，围攻玄武门的冯立等人见太子和齐王被杀，顿时心灰意冷，全无战心，丢盔弃甲，落荒而逃。李世民听说薛万彻领兵杀往秦王府，大吃一惊，担心汪华手里的兵马太少抵挡不了薛万彻的进攻，便立即让尉迟敬德拎着太子和齐王的首级赶到秦王府去支援。

尉迟敬德举着两人的首级大喊，长林军见大势已去，纷纷溃散。

正在秦王府前与越国公卫队拼杀的薛万彻，见已无回天之力，长叹一声，只得带领士兵向城外逃去。

第八章　秦王继位

此时的李渊正坐在凉亭休息，早朝时没有等来三个儿子对质，大臣们也无本可奏，就干脆领着一班老臣到海池划船，划了一会儿，见三个儿子还没来，就准备到凉亭边休息边等。

谁知道，李渊并没有等来自己的三个儿子，等到的却是领着一队人马身披铠甲手握长矛的尉迟敬德。

原来，尉迟敬德拿着李建成和李元吉的首级跑了一圈儿，见东宫和齐王府的兵马基本都逃散了，就回到李世民身边，禀报情况。

见局势已经稳住，李世民一把抓着尉迟敬德的手说："尉迟将军，还请你速入宫护驾！"

护驾？！尉迟敬德是何等聪明之人，他从李世民那双充满杀机的目光里已经读懂了意思。

此时的李世民还不知道该如何面对自己的父皇，唯有让凶神恶煞的尉迟敬德进宫，明为护驾防止意外，实际上谁都知道，是想借助尉迟敬德的威名逼父皇接受既定事实，若父皇执意定他李世民谋反，那就让尉迟敬德来处理吧。

见尉迟敬德浑身是血，充满杀气，李渊惊恐道："爱卿到此做什么？"

尉迟敬德瞪着虎眼环视了一番皇帝身边的老臣，径直走到李渊面前，微微屈膝，朗声答道："太子和齐王犯上作乱，图谋不轨，秦王已起兵诛杀了他们。殿下担心惊动陛下，特派臣等入宫护驾。"

李渊以为自己听错了，惊得"噌"地站了起来，厉声问道："你说什么？"

尉迟敬德再次答道："太子和齐王作乱，已经被秦王诛杀。"

众人惊呆了。李渊颓然地跌坐在椅子上，他双目紧闭，悲伤的眼泪瞬间涌了出来，这是他万万想不到的局面，也是他万万不愿意接受的局面。没想到为了这个皇帝宝座，他的儿子们之间相互残杀，他们可都是同胞亲兄弟啊。李渊伤心得说不出一句话，他也恨不得自己也这样死去算了。

过了半晌，他缓缓回过神来，伤心地看着周围老臣，眼泪纵横地向裴寂等人问道："不料今天竟然会出现这种事情，你们认为应当怎么办呢？"

裴寂是太子李建成的支持者，此时见秦王得势，又见尉迟敬德在侧，不敢乱说，只得低头不语。

封德彝本就是老狐狸，此时也一言不发。

萧瑀一直暗中支持李世民，见事已至此，便道："建成和元吉本来就没有参与举义兵反抗隋朝的谋略，又没有为天下立下功劳。他们嫉妒秦王功劳大、威望高，便一起策划奸邪的阴谋。现在，秦王已经声讨并诛杀了他们，秦王功盖华夏，天下归心，陛下如果能够决定立他为太子，将国家大事委托于他，就不会再生事端了。"

在萧瑀口里，已经没有太子和齐王了，而是直呼其名。

陈叔达也与李世民结好，立即附和。裴寂和封德彝等人也只得在一旁点头。

李渊也只能这样做，没有别的选择，只得点头说道："好！这正是朕素来的心愿啊。"

为了不伤及无辜，也为了让东宫和齐王府的部分士兵不要做无谓的抵抗，尉迟敬德请求李渊颁布亲笔敕令，命令各军一律接受秦王的处置。

李渊听从了他的建议，又颁布诏书赦免天下，叛逆的罪名只加给李建成和李元吉二人，对其余的党羽，一概不加追究。

李世民终于要去面对他最不敢面对的人了。

李渊派使者在玄武门找到了他，说皇帝要召见他。李世民看着玄武门内外满地的死尸，表情十分奇怪，十分复杂。

李渊带着怨恨坐在殿内等着李世民的到来，他要看看这个双手沾满兄弟鲜血的人是如何面对他的。

但是，当李世民走进他的视线之内，瞬间，内心变成了自责和懊悔。如果自己当初果断采取措施，就不会有今天兄弟相残的悲剧。他恨李世民的残忍无情，但他又理解李世民心中的痛楚和无奈。大唐未来的重担除了给他，还能给谁，即使他是一位杀兄屠弟的可恨之人，自己又能怎么办呢？！

李世民终于走到了他的面前。四目相对，充满着无奈和悲痛。李世民再也抑制不住痛苦的心情，猛地扑在李渊的怀中，放声大哭。

李渊不由地想起李世民的生母窦皇后，嫡生的四个儿子当中，现在就剩下这一个了。李渊的眼泪也喷涌而出。

父子两人抱头痛哭，只是哭的内容大不一样。李世民哭的是，自己一生将声誉看得比性命都重要，想不到如今却为了皇位而杀害自己的兄弟，尤其是亲手射死了自己的哥哥，真不知世人如何看待自己，后人又将如何评价自己。李渊哭的是，自己非但不能杀了李世民为李建成和李元吉报仇，反而还要亲手将这个凶手扶上皇帝宝座，还要向世人去证明李世民做的一切都是对的！

越国公府。

稽圭正在给受伤的士兵进行包扎，在秦王府前与长林军作战时，越国公卫队死伤十余人，若不是尉迟敬德及时赶到，估计双方死伤更多。长林军是李建成的精锐，战斗力超强。越国公卫队是汪华在歙州精选出来的卫士，在人数明显占劣势的情况下，能抵挡住长林军的疯狂进攻实属不易。

"郑豹，你立即通知歙州，让汪铁佛厚待殉国士兵家属。"

汪华从营房里走出来对身边的卫队长郑豹说。

"我随后造册请您签章。"郑豹说。

汪华内疚地说："他们跟随我远离故里，不能侍奉亲人，现在为了江山社稷而英勇献身，我们要替代他们照顾好他们的亲人，不能让他们伤心之后又寒心。"

郑豹点了点头，说道："请大都督放心，我会安排好的。"

两人正说着，钱任从外面匆匆赶了回来。汪华率兵从秦王府回来后，就让钱任到外面去打探情况。

"世华，秦王带兵包围了东宫和齐王府，把府内的所有人全部抓了起来，当场把太子和齐王的一群儿子全部杀了。"

政变是上午发生的事情，钱任此时还没有改变对太子和齐王的称呼。

汪华一听，当场震惊，皇帝不是颁布诏书罪名只加给李建成和李元吉吗？其他人等一律赦免，秦王这样做也太残忍了。

此时，汪华才知道自己根本就不了解李世民。

原来，李世民见完李渊之后，立即带领兵马杀向东宫和齐王府，他要斩草除根！既然事情已经发生了，那就做得更狠点儿，不要给以后留下任何隐患！

李建成的儿子安陆王李承道、河东王李承德、武安王李承训、汝南王李承明、钜鹿王李承义，李元吉的儿子梁郡王李承业、渔阳王李承鸾、普安王李承奖、江夏王李承裕、义阳王李承度等幼儿都被残忍杀害。

齐王妃杨氏美貌惊艳，历来与秦王妃长孙氏交好，她曾多次劝谏齐王李元吉不要与秦王争斗，查封齐王府时，她被单独带走，她将成为李世民的女人。

"据说秦王还想将府内其他人等全部杀掉，是尉迟将军出面阻止，才停止了杀戮。"钱任接着说。

汪华听后没有说话，默默地向厅堂走去。

他支持秦王成为大唐之主，他也支持秦王用武力夺取政权，但是他无法接受秦王对年幼的小孩举起屠刀。斩草除根，永绝后患？难道你英武神勇的李世民还怕这些小孩将来夺你的江山？难道你担心自己的子孙没能力守住江山？或许你是对的，或许是我太善良了。

汪华走进厅堂，厅堂北方正中悬挂着一幅画像，这是当朝天子李渊的画像。画像栩栩如生，出自当朝绘画高手阎立本之手。

去年汪华刚进长安时，封德彝向皇帝谏言把杜伏威当年住过的吴王府改为越国公府。

因为此座宅子之前几任主人都未善终，被视为不祥之宅，汪华本不想住，但这是皇帝所赐不能推辞。

在稽圭出事被营救回来的第二天，汪华忽然想到，天下之大，有谁大过天子权威？若用天子像来镇此宅，没有比这更好的了。

于是，汪华立即上了一道奏折，说自己初来长安身体不适，不能参与朝事，但又希望能天天仰慕天威，望皇帝能赐其一幅画像，他悬挂厅堂，全家老小日日参拜，以沐天恩。

李渊接到这奏折时，觉得很新奇，但又觉得这不是什么大事，也算是做臣子的一片忠心吧。李渊就把阎立本为其新作的一幅画像赐给汪华。

从此，汪华就把越国公府的正厅腾空，专门用来悬挂天子画像，每天早上与家人、卫士参拜。

此时，汪华来到李渊画像前，深深地跪了下去。

这几天，汪华一直把自己关在书房里，他约束卫队严禁离开越国公府半步，只让钱任一人在外面探知消息。钱任久居长安，父亲又是朝廷老臣，没有比她更合适的人选了。

钱任天天带回新消息。

李渊被迫下敕绝了李建成和李元吉属籍，把李建成和李元吉这两个李姓支系从皇家谱系上彻底除名，即剥夺了他们作为李唐皇室子孙的资格。这在以宗法制度为核心架构的封建社会，这可谓是最严厉的惩罚。

魏征被绑后，一向欣赏其才华的秦王亲自为他松绑，以礼相待，被委任为詹事主薄。

政变的第二天，农历六月初五，走投无路的冯立、谢叔方、薛万彻等人只得回来自首。长安的太子党势力被扫荡一空。

农历六月初七，李渊册封秦王李世民为皇太子，又颁布诏书："从今天起，军政诸事，无论大小，委托太子全权裁决，然后再报告给朕。"

农历六月十一日，李渊任命政变功臣宇文士及为太子詹事，长孙无忌与杜如晦为左庶子，高士廉与房玄龄为右庶子，尉迟敬德为左卫率，程知节为右卫率，秦王府旧臣虞世南为中舍人，褚亮为舍人，姚思廉为太子洗马，论及政变的功劳，以长孙无忌和尉迟敬德为第一，分别赐绢一万匹。李渊还特别嘉奖尉迟敬德，慰劳他说："爱卿对于国家来说有安定社稷的功劳。"并把齐王府的金银布帛器物全部赏赐给了尉迟敬德。

因汪华之前与李世民有约定，他不参与政变，仅是守卫秦王府安危，所以他与陈兵城外的李靖、李勣一样，都没被列入政变功臣，所以李世民上奏的请赏折子里没有汪华的名字。

李世民被册封为太子之后，并没有搬入原来的太子府，而是仍然住在秦王府，秦王府也就变成了东宫。

东宫的客人络绎不绝，一些之前没有站队的官吏都争先恐后地来东宫拜见新太子，向新太子效忠。当然，来的这些官吏除了个别有幸能得到太子接见，大部分的接待工作都是房玄龄和杜如晦在做。

而越国公府内，汪华不是读书就是写字，就连教儿子习剑之事他都不管，由郑豹指导。

庞实怕汪华一个人天天待在书房里闷坏了，就走进去跟他说："世华，你要不要也去一下东宫？秦王被册立为太子，至今你除了上了一份奏折道贺，还没有任何表示呢。"

汪华正在抄写《金刚经》，这是东晋十六国时期后秦鸠摩罗什译的经书，自来到长安，他每日都要在空闲之余读一段经书，抄一段经文。此时他听庞实这样说，就放下手中的笔，说道："太子心里有数，何必要去凑热闹呢？他现在既要处理朝政，协调好老臣与亲信的关系，又要防止外地李建成党羽的反叛。"

李建成和李元吉已经在皇室宗谱上除名，现在朝野都直呼其名。

"还有人反？不是都已经回来自首了吗？"庞实有些惊讶地问。

"回来自首的是李建成和李元吉在长安的亲信，这些年来不少执掌一方的都督、刺史都拜在李建成门下，得罪过新太子。此时他们内心非常恐慌，若有不轨之徒煽风点火，他们可能狗急跳墙起兵造反。"汪华说。

庞实问："冯立、薛万彻等人还在玄武门杀了新太子的几名部将，自首后不也都不计前嫌，委以官爵了吗？"

汪华说："这些人虽是李建成的亲信，但是他们并没有真正统领一方兵马或执掌一方政务，身份无轻无重，即使委以官爵也不大不小，新太子这样做就是彰显他的仁德，目的是让长安城外的李建成党羽安下心来，保障地方百姓安宁。"

庞实点了点头，汪华问她："天策府猛将如云，人才济济，在朝廷却无官职，即使是这次皇帝下旨奖赏了房玄龄、尉迟敬德等人，但是并没有恩及到所有人。新太子难道真的让那些李建成党羽继续执掌地方军政？难道真的让自己的旧部担任一些虚职，让他们久居无足轻重的位置？"

庞实听明白了汪华的话，她说："太子既要防止李建成党羽谋反，又要顺利地把自己的人换上去。这样既让自己的亲信感激太子恩德，又能让自己的政令顺利地上通下达。"

汪华说："地方军政关系到国家的安危，是国家的基础，只有让自己的亲信执掌，才能高枕无忧。何况李建成那些门下才智平庸，哪里有治国安邦之才？太子亲信，文能治国、武能安邦，珍珠不会久藏于泥沙之中。"

两人的聊天，虽然没有说得很直白，但是都已经说得很明白。庞实也明白了汪华不去东宫的原因。让江南六州安定，就是对新太子最好的交代。作为率卫队保障秦王府安危的人，还有必要再去表忠心，做多此一举的事情吗？汪华与太子相识这么长时间，两人之间还需要多说一句话吗？

太子李世民一直在防备着山东等地的李建成党羽谋反，特意让皇帝李渊任命能征善战的屈突通为陕东道行台左仆射，镇守洛阳。

自玄武门政变之后，皇室里有一个人如热锅上的蚂蚁，急得团团转，生怕李世民来找他麻烦。这个人就是镇守一方的庐江王、幽州大都督李瑷。

李瑷是李渊的堂侄，当年与赵郡王李孝恭一起率兵讨伐萧铣，未立尺寸之功，缺乏担任统帅的才能。但是李渊对其照顾有加，先让其为山南东道行台右仆射、后又改任幽州大都督。

李瑷是李建成的死党，他之所以要投到李建成的门下，无非是看中了李建成的太子身份，觉得他一定会当上皇帝，自己将来也就会获得享受不尽的荣华富贵。谁知千算万算，不如天算，玄武门政变，李建成被杀，李世民成了大唐储君。李瑷曾对李世民不敬，此时他天天烧高香，希望李世民不要找他，能放他一马。

幽州是大唐的战略要地，李世民坐上储君位置之后，立即给这位老兄去信，让李瑷到长安来，说要召见他。其实李世民并没有想这么快把他拿下，而是想敲打敲打他，让他识时务，在合适的时候能主动把幽州大都督这个位置让贤。

谁知，李瑷接到信后，就像接到了催命符，觉得去长安就是死路一条，李世民肯定不会放过他的。于是，他就与自己的女婿王君廓商议。

王君廓，大业末年在晋南起兵，初投靠李密瓦岗军，因不受重用，后归顺李渊，文武双全，有勇有谋，是难得的人才，也是李世民最宠爱的大将之一。在平定王世充、窦建德、刘黑闼等势力的战役中，立下汗马功劳，因功被封为右武卫将军，进爵彭国公，奉命镇守幽州。武德八年，突厥入侵，他在幽州大破突厥，俘斩二千人，获马五千匹。李渊大喜，征召他入朝，赐其御马，并让他在殿上骑马而出，又赐锦袍金带，让其辅佐幽州大都督李瑗。李瑗知王君廓是难得的人才，为与其结好，还把自己的女儿嫁给他了。

王君廓这人虽然有勇有谋，但为人狡猾多诈，他听闻李瑗大祸临头，立即把此事看作自己升官发财的天赐良机。

他劝李瑗说："千万不能去长安，去就等于自投罗网，你以前对太子不恭，他必定会找你算账。"

李瑗本来就不想去长安，听王君廓这样一说，就更加坚定了自己的想法。就问道："那我该怎么办？"

王君廓说："怕什么？杀掉使者，起兵勤王。前太子不少部将都雄踞一方，你只要说接到皇帝密旨诛杀李世民，其他人等为了自保，必定会跟随你起兵。"

李瑗本来就非常信任这个女婿，自己又没有主见，现在听王君廓这样提议，觉得没有更好的办法了。于是就立即扣押了使者，准备起兵。

六月二十五日，李瑗调兵遣将准备造反，并把大小事务均交由女婿王君廓处理。谁知，李瑗有部将觉得王君廓不可靠，提议把兵权交由幽州刺史王诜。王君廓担心阴谋败露，立即带兵斩杀了幽州刺史王诜。

王君廓提着王诜的脑袋对士兵说："李瑗和王诜要造反，囚禁了皇帝使者，我现在已经斩杀了王诜，你们是跟着李瑗遭受灭族之灾，还是跟着我一起获取荣华富贵？"

这些士兵本来就有不少是王君廓的人，见王诜被杀，立即高呼，愿意跟随他去讨伐逆贼。

于是，王君廓领着人马进入了幽州城，到此时李瑗才发现自己被女婿出卖了。李瑷知道自己不是王君廓的对手，只得带领数百名士兵出逃，结果在城外被王君廓的兵马追上。李瑷身边那些士兵本来就畏惧王君廓，见大势已去，或投降，或逃跑。

最后，只剩下李瑷一个人，王君廓当场将其杀死，传首长安。王君廓向太子李世民禀报了幽州平叛的整个过程，而自己暗中煽动李瑷反叛之事，自然只字不提。

七月，王君廓以诛杀李瑷之功，被朝廷任命为左领军大将军，兼幽州大都督，加封左光禄大夫，实封食邑一千三百户，还将李瑷家人全部赏赐给他为奴。

事情还没完。正如汪华所预料的一样，李建成的党羽多人因"谋反"的罪名被杀掉。其中就包括益州行台兵部尚书韦云起与其弟韦庆俭、韦庆嗣等人。

还有些隐藏在民间的李建成和李元吉的党羽，朝廷虽然多次下赦免令，但是这些人还是十分担心，不敢出来。一些唯利是图的小人就抢着告发检举他们，甚至添油加醋，好邀功请赏。一时之间，长安之外的李建成和李元吉党羽人人自危，甚至真有势力准备揭竿而起。

这天，魏征奉太子李世民之命，来到越国公府看望汪华。李世民自玄武门政变之后，除了册封太子那天在朝堂上见到汪华，两人已多日不见。

李世民是何等聪明的人，他已经猜着汪华深居府内的原因。这位越国公自归唐时，改"汪世华"为"汪华"，避其"李世民"名讳，就已经站在了李世民的队列中。玄武门政变，李世民把自己的全家老小都托付给汪华保护，也等于向汪华表白，李世民对他充分信任。

最近各地不时传来有小股势力谋反，唯独江南和岭南太平。这都是汪华的功劳。虽然自己没有跟他说，但汪华知道怎么去做。对于自己的江南根本之地，他只要一道都督令，就可让一切稳定下来；对于岭南，他与岭南之主、耿国公冯盎关系匪浅，只需修书一封，冯盎便知道如何做好。

李世民近日听说汪华身体不适，就让魏征过去看看。

"自李瑗被斩杀之后，息太子党羽人人自危，太子数次颁布赦令，只要出来自首就一律委以重任，但至今为止仍有不少隐藏在民间，且以山东为最。"

汪华把魏征请进侧厅，两人刚寒暄了几句，魏征就开门见山地说。

常人现在对李建成一般都是直呼其名了，但魏征原是李建成的旧臣，在言语上他对李建成仍很尊重，称"息太子"。

汪华说："这些隐藏在民间的党羽不出来就表示对新太子不信任，也是对朝廷颁布的赦免令不信任，这样下去迟早会变成社会隐患，但放任争相抓捕，人人自危，只会让社会更加动荡。"

魏征问："越国公有何高见？"

汪华淡淡一笑，说道："魏兄是息太子最信任的人，现在又被新太子重用，你与那些隐藏在民间的人多有交往，若魏兄亲自出面招抚，还有谁不相信呢？"

魏征犹豫道："他们对赦令都不信任，能信任我吗？现在有些人为了奖赏，在想尽办法收集他们的证据，检举他们。即使我出面，也保不了他们啊。"

汪华说："你保不了，太子保得了，只要太子下令严禁检举即可。太子新立，平息动乱，安定政局，关系到百姓对朝廷的态度。"

魏征听明白了，他好像一下子释怀了，笑着说："越国公一句话，让魏征茅塞顿开。"

汪华摆了摆手，说道："天下安定，我们自己才会过得舒服啊。"

魏征说道："越国公虽说是为了自己过得舒服，其实你想到最多的就是让天下百姓过得舒服。"

汪华笑了笑，魏征懂他。魏征虽然是带着李世民的赦令来看望汪华的，实际上他也知道汪华哪里来的病，只是不想在这个节骨眼儿上抛头露面而已。他汪华已位居国公，执掌六州，还需要去邀功请赏吗？汪华已经看淡了名利。

魏征从越国公府出来，直接去了东宫，向李世民禀告了汪华的想法。

李世民听了，觉得汪华说得非常有道理，说道："越国公提醒得对，仅朝廷颁布赦令这点措施，并不足以稳定全国局势。有些地方，朝廷的赦令形同一纸空文。"

魏征说："越国公说，请殿下立即颁布赦令，与李建成、李元吉和李瑗有牵连的人，一律不准揭发检举，既往不咎，并对违令检举者治以重罪。同时，派出使者分赴各地，严格履行朝廷赦令，有敢违抗者，严惩不贷，以示诚意。仁至义尽之后，如仍有反叛者，则坚决镇压。那时，殿下将有理有节，无愧于天下。"

李世民说："就依越国公所言，你在山东一带颇有人望，就委任你为山东宣慰使，便宜行事，即日前往。"

魏征说："魏征不辱王命。另外，尚有一事，请殿下裁决，原太子中允王珪及韦挺、杜淹，因杨文干反叛之事无罪遭贬。此三人皆治世之能臣，望殿下不计前嫌，召回并予以重用。"

太子看着魏征欣慰地笑了，说道："不瞒你说，我已派人去宣召王、杜等人还朝了。杜如晦已多次向我提到要他这位叔父回长安。"

杜淹乃杜如晦叔父，曾在隋朝为官，担任御史中丞，后效力于王世充，授为吏部尚书。投降唐朝后，被李世民引为天策府兵曹参军，文学馆学士。杨文干事件中受到牵连，被流放巂州。

随后，李世民又派房玄龄、杜如晦、宇文士及等，分赴陇西、河南等地，善加抚慰，到处宣谕朝廷和新太子的宽容政策。经过一个月的全国各地奔走，终于使李建成和李元吉的旧势力彻底瓦解，几乎所有的昔日党羽全部自首归顺。各地政局迅速平稳下来，就连那些小股的反叛也再没有发生过。

八月初八，大唐开国君主李渊正式宣布退位，太子李世民继承大统。

李渊虽然年事已高，但从不糊涂，他清醒地意识到，属于自己的时代已经过去了，主动禅位，体面地下台，是眼下的最佳选择。这样做，不仅能保住自己的荣华富贵，也能保住他的后宫嫔妃和心腹近臣的人身安全，而且还能保证大唐权力的平稳过渡，保证朝廷和地方不再发生动荡。更重要的是，能够确保他与李世民之间和睦的关系，显示出自己对李世民执政的认可。

八月初九，甲子日。长安显德殿，一代战神李世民在群臣的瞩目之下，登上了他向往已久的皇帝宝座！他正式成为大唐帝国的主宰！这一年，他二十八周岁。

同日，新皇宣布，大赦天下，关内地区以及蒲州、芮州、虞州、泰州、陕州、鼎州六地免除租调两年，其余各地免除徭役一年；尊父皇为太上皇，仍居于皇宫禁苑之内，寝殿、仆婢一应不变，起居饮食一切生活待遇任父皇自定；此年年号仍称武德，从次年正月初一起，改元贞观；册封太子妃长孙氏为皇后；立长子李承乾为太子，次子李泰为魏王。

第九章　惊天命案

大唐新天子登基，一片新气象。

李世民对朝廷的人事安排做了重大调整，任命原秦王府护军秦叔宝为左卫大将军，程知节为右卫大将军，尉迟敬德为右武侯大将军。任命高士廉为侍中，房玄龄为中书令，萧瑀为左仆射，长孙无忌为吏部尚书，杜如晦为兵部尚书，宇文士及为中书令，封德彝为右仆射，又以原天策府兵曹参军杜淹为御史大夫，中书舍人颜师古、刘林甫为中书侍郎，左卫副率侯君集为左卫将军，左虞侯段志玄为骁卫将军，副护军薛万彻为右领军将军，右内副率张公谨为右武侯将军，右监门率长孙安业为右监门将军，右内副率李客师为领左右军将军。

这天，越国公汪华正在书房习字，管家大有来报说赵郡王来了。

赵郡王，李孝恭。汪华立即放下手中的笔，心想莫非有什么大事发生？

李孝恭为大唐开国元勋，灭萧梁，破辅公祐，平定江南，厥功甚伟。汪华与他多有接触，两人无话不谈，引为至交。

隋灭乱起，李氏家族除李世民带兵纵横天下，宗室中只有李孝恭一人能独当一面，并立有大功。也正因如此，李孝恭遭到了宗室里面无能之辈的嫉妒，于是有人诬告他手握重兵，坐镇江南，有不臣之心。皇帝李渊就召其回京，罢免了其扬州大都督之职，派有关部门对其调查，因实在找不到谋反的证据，只得赦免其罪，改为宗正卿，掌管皇族事务。因李渊说自己是道教李耳的后裔，定道教为大唐国教，所以，宗正卿除了管理皇族、宗族、外戚的谱牒、守护皇族陵庙，还管理道士、僧侣。

宗正卿这个官职地位不低，但是跟当年掌管大唐半壁江山的扬州大都督相比，是有明显区别的。李孝恭经过一番起落之后，对功利已经看淡，于是常与道士僧侣为友，煮茶论经，过得很逍遥。

汪华与赵郡王李孝恭差不多是同时来长安的，两人只是偶尔在一起下棋，不谈国事。自玄武门政变之后，两人只在朝堂之上见过两次面。一次是册封秦王李世民为太子，二是新皇登基。

赵郡王忽然来访，有何要事呢？

赵郡王已经在偏室等着了。按规矩，汪华是应该到大门口迎接的，因两人关系近，大有就直接请他到偏室。

汪华走进偏室时，赵郡王正饶有兴致地欣赏花架上的一盆兰花。

见赵郡王的神色，汪华放心了。

"王爷今日突袭，让世华措手不及啊。"汪华开玩笑道。两人关系近，见面也就免了俗套。

"本王领兵从来没有突袭过，唯越国公常玩这招啊。"显然赵郡王李孝恭心情特别好，也打趣道。

汪华猜着李孝恭今日必有喜事，就笑着说："王爷有何大喜之事要告知在下呢？"

李孝恭说："越国公智谋超群，你可猜一猜。"

汪华哈哈一笑："我可不是能掐会算的大师啊。不过，在下愿意一试。"

李孝恭说："好。"

汪华盯着赵郡王，故意从上到下打量一番，说道："王爷即将外出赴任，执掌一方。"

李孝恭一听，说道："越国公果然厉害。你是怎么看出来的？"

汪华微微一笑，说道："相由心生。王爷被人诬陷回到长安，虽有惊无险，表面言笑坦然面对，但内心依旧乌云笼罩。现在新皇登基，再受重用，定然豁然开朗。"

李孝恭说："知我者，越国公也。"

随后，李孝恭又问："要不你再猜猜是去哪里就任？"

汪华想了一下，伸手往西边指了指，说："凉州。"

李孝恭大吃一惊，反问道："为什么呢？"

汪华说："现在西边不太平，靖公已经领兵西进。而王爷与靖公在平南时是最佳搭档，凉州是我朝西北重镇，也是我大唐兵马横扫西域的重要后勤保障，朝廷上下没有比王爷更合适的人选了。"

靖公，是人们对李靖的尊称。

李孝恭点了点头，钦佩道："人说越国公不仅武功盖世，而且也能掐会算，再次让本王领教了。"

汪华打趣道："王爷真会开玩笑。上次你愁眉苦脸地在我府上喝闷酒时，我就劝过您，皇帝必定还会起用您的。"

李孝恭说："此皇帝非彼皇帝也。"

汪华笑了。是的，现在是新皇帝登基了。

看来人逢喜事精神爽，赵郡王心情格外好，每句话都带着乐趣。

李孝恭走到椅子上坐下，喝了一口茶，说道："越国公，我有一句话不知当讲不当讲？"

汪华也坐到椅子上，但没有喝茶，只是含笑地看着赵郡王，说道："王爷客气了，但说无妨。在下洗耳恭听。"

赵郡王见汪华非常有诚意，就看了看站在门口等着端茶倒水的仆人。汪华会意，摆了摆手，仆人立即把门关上。室内仅留下汪华和李孝恭两人。

"皇帝登基以来，大力起用山东士族，有打破关陇贵族门阀独霸朝堂的局面。目前两边势力都在暗中使劲儿，大有制对方于死地的架势。"

赵郡王见汪华在认真听，就接着说："越国公久居长安，遥领歙州大都督一职，不是长久之计，可趁机请旨辞京回去。"

汪华听明白赵郡王的意思了，赵郡王是担心两边有人窥视歙州大都督之位。

歙州大都督执掌吴越六州军事，尤其是杭州、宣州乃富庶之地，更是令人眼红。汪华久居长安，若有人借此向皇帝上奏，在朝廷授予虚职，而夺去其大都督实职给自己人，是有可能发生的。新帝登基，正在慢慢着手替换各地的都督和刺史。

赵郡王既担心汪华的大都督职位被人当一块儿大肥肉盯着，也担心汪华在朝廷担任一个无关轻重的职务，埋没了一世才华。而指望新皇在当前形势下授予汪华更高的实职，估计是不可能的。官职越高，官位越少，盯着的人越多。尤其是目前朝廷有不少老臣树大根深，关系盘综错杂。一个人若没有根基，没有自己庞大的人脉资源，即使身居要职也难以顺利开展工作。

过了半晌，汪华才说道："谢谢赵郡王的关爱，此事容我三思。"

李孝恭说："我懂你的心思，你好好思量。"

汪华没有点头，而是慢慢地喝了一口茶。他不是不想回歙州，那里的一草一木都印在他的脑海里。若皇帝真想让他回去，不需要他请旨，也会下旨让他带着家眷回去的。就跟赵郡王一样，皇帝要起用他，不需要他上奏，皇帝自然会召见他，重用他。

最近，汪华也一直在想，或许皇帝正在寻找某一个机会。

汪华刚送走李孝恭，钱琪来到府上，带来了一个好消息，尉迟敬德将军领兵在泾阳与突厥军队打了一场恶战，生擒敌军将领阿史德乌没啜，并且斩杀突厥骑兵一千余人。

"尉迟将军真是长了我大唐威风！"汪华听后热血沸腾。

"是啊，姐夫，我听到消息后就立即跑来告诉你。"钱琪说。

原来，东突厥颉利可汗见大唐权力变更，新帝忙于处理内部矛盾，加之盘踞雕阴一带的梁师都劝其南下，于是发兵十余万人，南下攻进泾州，而后一路挺进到武功，长安受到威胁。皇帝李世民果断派出能征善战的爱将尉迟敬德，作为泾州道行军总管，集结兵马反攻。

这是李世民登基以来的第一场战争，意义非凡。尉迟敬德勇不可当，不负众望，在兵力悬殊的情况下，硬是把装备精良、兵马强壮、善于骑射的突厥军队打败了。

越国公汪华看似每天闲在府上看书习字，实际上他每天都在关注朝廷内外的大事。突厥一直对中原虎视眈眈，不高兴时带兵过来抢夺一番，高兴时也带兵过来烧杀一阵，反正是把大唐当作一块儿大肥肉，想什么时候来咬一口就什么时候来咬一口，从来不遵守双方签订的盟约。

整个大唐武德年间不仅处于内外交困的征战中，还需要实施仁政发展各地经济以保障百姓生活。大唐的统治者一直保持着清醒的头脑，突厥要的只是钱财，而内乱要的是大唐江山。所以，统治者对突厥的所作所为一直容忍着，争取把更多精力用在肃清中原、恢复经济、争取民心上。

汪华想起当年与昔日秦王当今天子的李世民在丹阳夜话的场景，他认为皇帝很快就要对突厥动手了。

"不过，我们仍然不能放松警惕，突厥兵马十万之众，尉迟将军只是击败了其先锋部队。泾阳离长安城仅四十里路程，你们右武卫必须做好死守长安城的准备，突厥大军随时会来。"汪华说。

"现在整个长安城戒严了，严禁突厥奸细混入城内。"钱琪说，"姐夫，我来除了告诉你好消息，更有一件大事告诉你。"

汪华见钱琪一脸严肃的样子，就问："什么事情？"

钱琪说道："突利可汗也带有十万大军前来，目前共有二十万大军杀向长安。"

汪华听后为之一震，突利可汗是始毕可汗之子，与其叔父颉利可汗不和，这次居然也领兵前来，确实出乎意料，更何况突利可汗当年还与李世民结为异姓兄弟呢。目前长安兵力空虚，又无领兵大将，根本无力抵挡突厥大军，从外地调兵救援已经来不及了。

过了一会儿，汪华说出了四个字："只能智取。"

钱琪问："如何智取？"

汪华来长安后，钱琪常向其请教兵法，遇到问题常来听听这位姐夫的意见，长进了很多。而汪华也乐意与这位小舅子探讨，不能亲自领兵作战，纸上谈兵莫尚不可。

汪华说："渭河是长安城的屏障，必须在此处设疑兵让突厥军队不敢轻易渡河，同时派出使者与突利可汗动之以情晓之以理，让其撤兵。只要他的兵马撤退，颉利可汗就更不敢轻易过来。"

钱琪说："突利可汗与颉利可汗因继承东突厥大可汗的事情，两人素来不和，颉利可汗虽然为东突厥大可汗，但小可汗突利从不卖他的账，是无法调动突利麾下兵马的。这次突利为何甘愿率兵前来支援呢？"

汪华说："颉利与突利的矛盾在于大可汗之位，但掠夺大唐美女、粮草、珠宝是突厥人的本性，突利若在此时不率兵前来抢夺，会引起属下不满。若颉利满载而归，突利势必会众叛亲离。"

钱琪说："若是这样的话，突利岂会空手而归？"

汪华说："突利为什么在突厥部落受到推崇，就是因为他这人很重感情，为人诚实守信。若皇帝亲自出面与其谈兄弟之情，再许诺以金银财宝，突利不会不退兵的。而颉利见突利满载而归，自己就不敢轻易过河作战。一是害怕损兵折将，失去自己与突利斗争的筹码；二是同样让他得到金银财宝，他岂会愚蠢到不知道见好就收的道理？"

钱琪听了，叹了口气说："又是给金银财宝，突厥就是一匹喂不饱的狼。"

汪华理解钱琪的心情，他用坚定的目光看着窗外，说道："当年汉高祖向匈奴求和，换来了汉武帝的马踏漠北、封狼居胥。"

钱琪走后，汪华继续在书房看书，他看书比较杂乱，不仅有佛经，也有老子之学、孔孟之说，还有历朝史官杂记、野史。虽然太上皇在位时采纳太史丞傅奕请除佛法建议，下诏京城保留佛寺三所，道观二所，各州各留一所，其余都废除，除少部分僧、尼、道士、女冠，需修炼精深的僧道，可迁到大寺观，供给衣食，其他的则令还俗，返归故里。不仅是汪华，朝中大臣绝大多数都极力反对，但圣意难违，无可奈何。

傅奕前后七次上疏皇帝李渊，痛言佛教蛊惑人心，盘剥民财，消耗国库等弊端，请求减少僧尼。李渊征询太子建成的意见，建成上疏为佛道辩护。李渊又将傅奕的上疏交付群臣议论，大臣中大多偏袒佛道，只有太仆卿张道源支持傅奕的看法，而萧瑀则当面与傅奕争论。

傅奕指斥佛教不讲君臣父子之义，对君不忠，对父不孝；游手游食，不从事生产；剃发易服，逃避赋役；剥削百姓，割截国贮；讲妖书邪法，恐吓愚夫，骗取钱物。百姓通识者少，不察根由，信其诈语。乃追既往罪过，虚求将来的幸福。遂使人愚迷，妄求功德，不畏科禁，触犯法律。其身陷刑纲，还在狱中礼佛，口诵佛经，以图免其罪。

傅奕把佛教批得一无是处，而正中李渊心思，大唐初立，需要休养生息、鼓励百姓勤于农耕，以望能提高国家税赋。而大量青壮年男女为避战乱，或为避赋税，纷纷踏入空门，还需要国家出资供养，对于刚刚立国，而又内外战事不断，需要大量钱财和粮食的朝廷来说，确实压力重重。所以，不管傅奕出于什么目的，对于当权者来说，只要能为国家增加劳力、增加税赋，能发展生产，就足够了。

当众臣上疏为佛法辩护之时，汪华也拟好了奏章，但是等他准备上疏之时，他突然明白了，佛法在传播中遇到挫折或阻碍，也是有因果的，佛法之事岂是人力所能改变的，或许这次请除佛法，会对佛法在后世的发展提供更好的条件，让更多的人认识到佛法的宏大。

在儒释道三教之中，相互辩论争高下，是没有任何意义的，三教不仅有自己的特征，也有相通之处，要修身齐家治国平天下，唯有儒释道兼容并蓄方可万物至上至美。儒学是人世的学问，以做人治世为目的，便以"格物、致知、诚意、正心、修身、齐家、治国、平天下"为己任。至于学佛修道也离不开人世间，而且这是做人立身处世的基础，但是没有佛家的慈悲心肠是不能容物的。"有容德乃大，无欲性则刚"。至于道家讲清净无为，宁静致远，多智术少理论，没有道家的智慧，很难制服一些给百姓带来祸害的歹人，他们从无为中显现有为，利于逆取，所以人们说："开国以道，治国由儒。"这些都是"世间法"，而佛家是要出世的，要了脱生死，超凡入圣。所谓三教合一，是指要有佛家的慈悲，用道家的智术和儒家的伦理，才不会走入歧途。

汪华看完一本书，正准备到后院花园去活动一下筋骨，大有急匆匆地跑了进来。

"国公爷，出大事了！"

大有从来没有这么慌乱过，说话声都在颤抖，步伐凌乱。

"什么事情？"汪华刚迈出书房，觉得一定有什么大事发生了，忙停下脚步。

"三公子出事了！"大有紧张地说。

汪华的心"咯噔"一下，不由地悬了起来，达儿怎么啦？作为指挥过千军万马的越国公，汪华遇事总是临危不乱，而唯独在儿女身上却处处呵护，生怕有任何闪失。

钱任、稽圭和庞实等人见大有急匆匆地跑向汪华的书房，也赶紧围了过来。

大有喘了口气，紧张地说道："三公子把封言德打死了。"

"什么？"汪华不敢相信自己的耳朵，达儿才十岁，怎么能打死人呢？

大有哆哆嗦嗦地说道："三公子在校场用箭射死了封言德。"

"封言德是谁？"钱任抢在汪华前面问道。

汪华深呼了一口气，稳定了一下情绪，一字一句地说道："封德彝的小儿子。"

大有在一旁使劲地点头，证明汪华说得没错。

"啊！"钱任、稽圭和庞实异口同声，惊讶之极。

封德彝贵为大唐宰相，本来就处处针对汪华，现在汪华的儿子居然把他的儿子一箭射死，这真是结下世仇了。

封德彝妻妾成群，生有多个女儿，到了年近半百才得长子封言道，次年又得次子封言德。封德彝把两个儿子当心肝宝贝一样看护，也把两个儿子视为封氏家族新的希望。武德八年，封德彝就向朝廷请旨，让年仅十岁的长子封言道袭其爵密国公，位于从一品，食邑三千户。而小儿子封言德虽然尚未封赏，但封德彝心里早有计划，他一直在等合适时机向新君请旨。

"你仔细把过程说说。"汪华看着大有。

大有低着头把当时的情况仔细说了一遍。

李世民登基之后，为了建立强大军队开创大唐盛世，下令在长安的七品之上官员子孙凡十周岁以上者都要集中到校场操练，从小就要培养出将帅之才！李世民是非常具有战略眼光的一代圣君，他的这一措施让大唐在近百年之内所向披靡、无人敢敌。

汪华的五个儿子，长子建、次子璨、三子达、四子广和五子逊均已年满十周岁，所以全都被召到校场操练，习十八般武艺，学排兵布阵。

秦琼因当年南征北战时身体多次负有重伤，久病缠身，不便再领兵出征，于是李世民登基之后，授予其左武卫大将军，并兼任这些王孙公子操练的总教头。秦琼为人忠义、有志节，智勇双全，尉迟敬德都曾败在其手下，所以李世民选秦琼担任总教头，无人不服，王爷国公们也都乐意让自己的子孙得到秦琼的指点。

汪华也不例外，一来自己没有这么多闲工夫教儿子们学武，郑豹他们的武功虽然很高，但是跟秦琼比，那真是天壤之别。二来自己对儿子们的管教终究不够严格，加之几个夫人总是心疼儿子们，怕习武累坏身体，皇帝出了这个主意，真是合了他的心意。儿子们听说要去校场操练，个个兴高采烈，那里小伙伴多，比天天关在越国公府里要好玩得多。谁知道，这操练还不到半个月时间，居然出了这么大的事情。这该如何是好？

原来，在校场操练时，教头魏礼把这些弟子们都分成两组对练，碰巧汪达与封言道比试。封言道继承了他父亲封德彝的特点，文质彬彬，喜好读书写字，对刀枪棍棒不感兴趣，虽然比汪达年长一岁，但个头还没汪达高，武功自然与身有神力的汪达没法比。两人刚切磋一个回合，封言道就被汪达摔在地上，但这小子有骨气，立即爬起来，结果又被摔。

教头魏礼对所有来习武的王孙公子都一视同仁，见此情况并没有立即让两人停止比试。但在一旁的封言德可不一样了，他从小脾气火暴，性格怪异，三四岁就开始习武，虽只有九岁，但身手不错，封德彝让他跟着来练习，此时他正在校场观看大家操练。封言德见哥哥被汪达连摔几次，就冲过来要与汪达打架，两人刚交手，幸好被魏礼跑过来阻止，但封言德怀恨在心。在操练休息之时，封言德居然跑到汪达背后狠狠地踹了他一脚，当场把毫无防备的汪达踹倒在地上，被所有人都看到了。汪建和汪璨跑过来扶起汪达，汪广和汪逊要去打封言德，结果被汪达叫住了。

此时，教头们都到屋子里去喝茶休息，这些坐在凉亭走廊上打闹的事情并没有引起教头们的注意，而作为总教头的秦琼被皇帝李世民召进宫里去商议突厥之事，并没有在校场。

汪达拍了拍衣裳上的灰尘，走到封言德面前说道，背后偷袭不是爷们儿，有本事我俩就单挑。封言德二话没说就同意了，两人就打了起来，尽管封言德学了些功夫，但与汪达比还是差了些，不到十个回合就被汪达打倒在地。几个年龄大一些的小孩忙让他们住手。没想到，封言德从地上爬起来之后，跑到兵器架前面取出一把弓箭就要射汪达，幸亏汪达躲闪得快，没有被射中。汪达到处躲，封言德拿着弓箭到处追，刚才制止他俩打斗的大孩子跑过来阻止，没想到恼羞成怒的封言德居然用箭射他们，一个小王爷的胳膊被射了一箭。

事情闹大了，教头魏礼跑了出来，另外几个教头也纷纷跑了出来。但封言德显然是不射中汪达就不罢手的样子，他的箭囊里有十几支箭，而校场周围躲闪的地方并不多。汪建、汪璨、汪广和汪逊见兄弟有难，忙追着封言德，想制止他，可失去理智的封言德转身拿着弓箭对着他们射去，情况非常危险，汪建幸亏躲闪得快，否则也会被射伤。而就在封言德转身射汪建的时候，汪达跑到了另一个兵器架前，他顺手取出弓箭，趁封言德向他跑来之时，一箭射了过去。就这一箭，不偏不倚，正中封言德胸口，封言德当场倒地身亡。

听完大有的介绍，汪华缓缓松了口气，这是自卫，不是恶意杀人，达儿有救。他问道："你和郑豹是在外面候着的，对院内的事情怎么知道得这么清楚？"

大有说："这是出事之后，我和郑将军一起进去，是大公子亲口跟我说的。教头魏礼已经把三公子抓起来了，把另外四个公子也扣留起来，说是五个公子一起杀害了封言德。"

"五个都抓起来了？"三位夫人一听，更慌张了。

"大公子他们碰都没碰封言德，即使扣留起来，应该也不会有什么事，大伙都看得清楚。只是三公子射死了人，那都是大伙瞧得清清楚楚的啊。"大有焦急地说，"校场已经派人去宫里禀告翼国公，又派人去刑部报案。郑豹他们在校场不让魏礼他们把人带走，让我赶紧回来找国公爷去救公子。"

翼国公就是秦琼。武德三年，秦琼跟随李世民打败宋金刚，招降尉迟敬德，立功最多，被李渊封为上柱国；同年，他又跟随李世民征讨王世充和窦建德，并担任先锋率领几十名骑兵冲锋陷阵，所向披靡，战后获封翼国公。李渊曾当着三军的面对秦琼说："你立下许多大功，我的肉都可以割下来给你食用。"

"儿子们都这么小，怎么能让他们带走，这不把他们都吓坏了。刑部更不能去，他们都听封德彝的。"钱任焦急地说，"不行，世华，我陪你一起去救儿子们。"

"我也要去！"

"我也要去！"

稽圭和庞实争先恐后地说道。身为尚书右仆射的封德彝是刑部的直接领导，进了刑部就真的麻烦了。

汪华此时已经冷静了下来，他向众人摆了一下手，说道："我和任妹去校场，你们在家不要着急，有什么事情，我会让大有回来告诉你们。"

汪华说完就抬腿往外走，钱任和大有跟在后面。稽圭和庞实两人急得直跺脚，但又只得听从汪华的安排。

汪达等人操练的校场就是当年汪华与杜伏威比武夺亲的地方，在长安城内，离皇宫并不远，这里平时是御林军操练的地方，不同于城外能容纳数万将士操作的大练武场。

此时整个校场都围满了人，封府家里的卫队也嚷着要杀了汪达五兄弟为他们公子报仇。教头魏礼为了撇开自己管教失误的责任，让一干手下押送汪达兄弟五人去刑部。魏礼虽然只是个小小的教头，但他对大唐朝廷王爷国公都了如指掌，封言德是宰相尚书右仆射大人封德彝的公子，汪达只是地方都督汪华的公子，两人的身份没法比。自古以来，官大一级压死人。

郑豹是越国公府的卫队长，此时的重任就是保护五位公子的安危，他坚决不让魏礼等人带走汪达五兄弟，他说要么皇帝来，要么国公爷来，否则谁也不能把五位公子带走。

两队人马，剑拔弩张。

此时的汪达虽然已经射死了封言德，但是他并不害怕，他认为封言德该杀，若自己不杀了封言德，就会被封言德所杀。

正闹得不可开交之际，秦琼来了，他刚从宫里出来就遇到校场的人来报信，听说出了人命，就风风火火地快马奔来。

封府管家封富贵见秦琼来了，忙跑上去哭泣说："秦将军，你可要为我家小公子做主啊，一定要杀了汪达这小子为我家小公子报仇！"

秦琼并没有去理会封富贵的话，他在来的路上已经从送信人口里得知了情况，封言德虽然有错，但错不至死，汪达虽然有理，但不应该杀人。没想到自己今天上午不在校场，就出了这么大的事情，幸亏是皇帝召见，否则自己也难逃其责。

秦琼扫视了一下人群，厉声喝道："把汪达兄弟五人全部关押到校场偏房，我将奏请圣上，为封小公子讨回公道，没有皇帝圣旨谁也不能将他们带走。"

魏礼见大将军这么说，立即把汪达五兄弟押进偏房关起来，门口站着数十名兵卒看守。郑豹赶紧也带着几名侍卫跑到偏房门口守着，生怕封府的人来伤人。

秦琼见过郑豹几次面，认识他，见郑豹站在偏房门口，也就没去搭理，而是转身安慰封富贵。

"封管家，我刚知道这事，还不清楚具体情况，你别着急，我已经安排人去请宰相大人了，汪家五个小子我都已经关押起来，朝廷一定会秉公执法。"

原来，秦琼怕把事情闹得更大，故意把汪达五兄弟关押到偏房去，免得封德彝来了对汪达五兄弟不利，如果不保护好汪达五兄弟，又闹出人命，对整个大唐都是危机。现在正是突厥南下，国难当头，皇帝要的就是君臣团结、朝廷与地方和谐，所以他不能有半点儿马虎。

封富贵见秦琼一上来就把汪达五兄弟关押起来，并派人看守，合情合理，只得点头。

秦琼看了看封言德的尸首，对封富贵说："赶紧抬到大厅去，拿块儿布盖上。"

校场有一个忠勇厅，是用来给将帅们休息的地方，皇帝来检阅军队时，也会到忠勇厅小憩一下。

封德彝和家人坐着轿子赶到校场时，汪华和钱任也骑马赶到。汪华刚想向封德彝问安，封德彝看都不看他一眼就往大厅里走去。汪华只得向秦琼双手抱拳算是施礼了。

汪华进校场时就远远看到郑豹带着侍卫守在偏房，就猜测汪达他们关在里面，没有被带走，暂时放心了。

封言道守在弟弟封言德的尸体旁，封德彝迈进大厅，三步并着两步走到尸体旁，一声"德儿——"就哭晕在地上。

封言德是封德彝小妾马氏生的，但封德彝的正室杨氏把他视为己出，两个妇道人家伤心地跟着封德彝哭晕过去。杨氏出身弘农杨氏，是前朝楚国公杨素堂妹。弘农杨氏，即华阴杨氏，是杨姓郡望，自西汉至隋唐，人才辈出，家族显赫。

秦琼见三人都哭晕过去，赶紧叫人把他们扶到椅子上，封言道爬到封德彝腿上大哭。这时刑部的人也来了。

大厅一片混乱，汪华看到一个十二三岁的小孩胳膊上扎个白布，鲜血都把白布染红了，心想，这应该就是大有说的被封言德射伤的小王爷。

李渊登基之后，不少李家宗族子弟被封王，汪华对这小王爷未曾见面，并不眼熟。

封德彝醒了过来，汪华并没有立即上前安慰，而是忽然很惊讶地问旁边受伤的小王爷："这位小王爷，你怎么受伤了？也是汪达伤着你的？"

这小王爷如何受伤，汪华早就听大有说了，显然他是故意当着这么多人面前问的。

"越国公，在下是柴哲威，不是小王爷，家父乃左卫大将军姓柴名讳绍，先母乃平阳昭公主。"被汪华认错的柴哲威朗声回答，"我这臂是封言德射伤的。"

柴绍出身于将门，自幼便矫捷有勇力，以抑强扶弱而闻名。少年时，便当了隋炀帝长子元德太子的千牛备身。唐国公李渊见柴绍是难得的人才，便将三女儿，即后来的平阳昭公主，嫁给了他。平阳昭公主，就是平阳公主，是一个真正的巾帼英雄，也是中国古代第一位统领千军万马为自己父亲建立帝业的公主，才识胆略丝毫不逊色于她的兄弟们，她当年率领的"娘子军"威名远播，连名将屈突通都曾数次败在她手下。武德六年，平阳公主因病逝世，被其父皇李渊赐谥号"昭"，所以后人尊称其为平阳昭公主，她是大唐王朝第一位死后有谥号的公主，也是中国封建史上唯一一个由军队为她举殡的女子。柴哲威是平阳公主的长子，爱屋及乌，李渊对这个外孙是格外疼爱，赐其亲王服饰，新皇帝李世民从小与平阳公主亲近，所以对这个外甥也非常喜爱。

听到柴哲威这样回答，汪华的心又宽了一半，封言德刚才箭伤了当今皇帝疼爱的外甥。

人在什么时候都是自私的，只要不是关乎民族大义国家兴亡，首先考虑的肯定是保护自己的利益，如今封言德已经死了，对于汪华来说，让自己的五个儿子，尤其是汪达多甩脱一些责任，少受责罚，才是他最关心的事情。封德彝现在杀光越国公府的心都有，自己没有必要跑到他面前乞求他放自己的儿子汪达一条生路。

秦琼这时才发现柴哲威受了箭伤，立即对身边的魏礼喝道："柴公子受伤这么严重怎么不送到宫里叫太医医治？你有几个脑袋够砍？"

秦琼平素为人和蔼，今日遇到这么麻烦的事情，难免不找个人发一通火的。

魏礼忙吓得低头说："柴公子自己不愿意。"

柴哲威大大咧咧地说："秦将军，你不要责怪他，这是皮外伤不碍事，我自己包扎一下就行。"

"不行不行。"秦琼忙说，"流了这么多血还说不碍事，快去宫里医治吧，不然太上皇和皇上都要治臣的罪了。"

汪华见势，也忙劝柴哲威："柴公子，赶紧进宫找御医吧，要是不及时抹药消炎，很危险的。"

汪华不敢说得太夸张，免得封德彝觉得自己是故意夸大其词。

封德彝听到柴哲威的箭伤是自己儿子封言德所伤，一时错愕，他看着跪在他身边的封言道，多么希望封言道说一句"不是的"，却看到的是封言道点头证实。

一路上家仆并没有跟他提起，没想到自己儿子差点儿杀害了皇亲国戚。只得垂着脑袋有一声没一声地叫着"德儿啊，我的德儿啊。"心里却在想着要让汪华万劫不复。

汪华见此情形只得走到封德彝身边，深深作揖，诚意地说道："封相，请节哀，我汪华是明事理的人，愿把此事禀告皇帝，定要把前因后果调查清楚，还言德公子一个公道。"

汪华说得不亢不卑，也合情合理，在这个时候不能向封德彝低头认错，否则就真是自己理亏了。事情在没有正式裁断之前，他必须维护自己的利益，否则稍有不慎就会给自己、给儿子、给整个家族带来灾难。何况，这一切都是封言德有错在先。

封德彝猛地站起来，狠狠地一拳头向汪华打去，汪华习惯性地伸手去挡。在汪华的手伸到半路上时，他的头脑告诉了他，停止，让他来打。

封德彝的拳头砸在汪华的鼻梁上，这拳头充满了他的丧子之痛，充满了他对汪华的仇恨，虽然他只是一个毫无武功的文臣，但是他这一拳头的力量可真不小。

瞬间，汪华的鼻孔流出了鲜血。

"封相！别冲动！"秦琼冲过来拦住了封德彝，"您伤着越国公了！"

"汪华！汪华！"封德彝指着汪华恨得咬牙切齿，他本来只是想打一拳发泄一下心中的痛苦，没想到，站在他面前武功盖世的汪华居然毫无躲闪，自己刚才失去理智的拳头居然把他的鼻子都打出了鲜血。他恨，他恨汪华太有心计！

汪华与他一样都是国公爷，在爵位上是平起平坐，虽然自己儿子被他儿子所杀，但自己当着这么多人的面把汪华打伤，这要是传出去，他汪华倒变成了吃亏的人了。可是，自己不动手打人，又怎么发泄自己失去爱子的悲痛呢？！

"爹！"封言道哭喊道，"您不要再闹了！"

封德彝的正室和小妾看到封德彝把汪华打出血，而汪华居然动都不动，一下子都惊呆了。

这时，钱任从外面走了进来，原来她走进校场之后，并没有跟着汪华来大厅，而是直接去了偏房，隔着窗户告诉关在屋子里的五个孩儿，要他们别担心，他们的父亲会救他们的。

钱任是沙场征战过的巾帼英雄，父亲是皇帝太原起兵的府臣，见到汪华被打，立即大喝道："这是大唐的校场，难道真要在这里打打杀杀吗？封相，你是有身份的人，令公子之事，我们也很痛心，但一切都有大唐的法律来裁决！而不是你尚书右仆射凭个人感情来决定！"

秦琼见钱任这般说道，觉得有理，他也不希望事情在他这里闹得不可开交，忙说："汪夫人说得对，封相，大家都冷静下来，禀告皇帝，由圣上和大唐法律来裁决！"

　　看来，得把两家人分开，搅合在这里只会更乱，于是秦琼对汪华说："越国公，你和夫人到西厢房去休息片刻，我陪封相和封夫人到东厢房休息，刑部的兄弟，请你们就在这大厅看护着，大家都别离开校场，等皇上旨意。"

　　说完，秦琼就自行扶着封相向东厢房走去。

　　钱任掏出一帕手绢，小心地给汪华擦干净鼻血，两人在兵卒的引导下，向西厢房走去。

第十章　化险为夷

不到一个时辰，杜如晦作为钦差大臣来到了校场。皇帝李世民已经知道了事情原委，原来教头魏礼请人去禀告秦琼时，校场里面已经有人偷偷把消息送进宫里了。

李世民对校场这些王孙公子的操练很是关心，这些人将来都是国家的栋梁，再过几年，这些将相之后，个个都是指挥千军万马的将军，大唐的疆域还需要这些年轻人继续去开拓。如何培养，在培养过程中，哪些小孩更上进，他要时时掌握情况。除了从秦琼那里得到消息，他还需要另外渠道的消息。

李世民小心地在各个环节布下他认为总有会用得着的棋子，即使这个棋子几年、十几年，甚至几十年都不用，但是只要有用，他就会精心去布置。就如他与父亲率领唐军刚走进长安城一样，他就在兄长的东宫安排了自己的人，在父亲的皇宫安排了自己的人。玄武政变前夕，就是因为安排在东宫的人提前告诉他消息，所以他决定提前动手；就是因为玄武门的守将是他早就暗中结交的人，所以能把东宫的长林军拒之门外。

这次，也是一样，他只是想了解这些未来小将军们的操练情况而已，以便他在以后委任将帅时，能更清楚地了解他们的底细。没想到，才短短十来天的时间，居然就出了这么大的事情。外有强敌入侵，内有反贼余孽暗中兴风作浪，现在居然连朝廷大臣之间都出现了人命关天的大事，他需要谨慎处理，否则会影响大唐基业。

房玄龄和杜如晦是李世民处理朝政的左膀右臂，但所起到的作用却是不一样的。房玄龄擅长给李世民出主意，但是同一个问题，他出的主意很多，李世民也不知道采用哪个好，于是这时候杜如晦将房玄龄的主意加以分析，选出一个最适用的办法，让李世民采用。房玄龄帮李世民出主意，杜如晦帮李世民拿定主意，李世民称之为"房谋杜断"。

汪华这次真是大祸临头了，封德彝的势力谁都不能低估，看来只有身为天子的李世民才能帮他了。

汪达箭射封言德的事情前因后果都已经一清二楚，而如何作出裁决则需要杜如晦这样的人来拿主意才行。既要让封德彝心服口服，又要让汪华心甘情愿。

现在当机立断，不是最好的时候，终究封德彝正陷入丧子之痛，即使把越国公府满门抄斩，也不会让封德彝满意。更何况，汪达只是个十岁的小孩，危难之际作出自卫的措施，即使自卫过当，但也罪不至死。

李世民权衡再三，觉得只有杜如晦最合适出来办这个事。杜如晦此时身为兵部尚书，他有权直接处理校场里的事情。因为校场属于军营，也归属于兵部，他作为兵部尚书可以全权处理校场里发生的一切事情。

杜如晦来了，带着一班人马，在大厅里，把今日在校场操作的王孙公子一个个叫来，让他们把看到的听到的事情的前前后后都一五一十地用笔记下来，并且让这些王孙公子一个个都签字画押。随后他又让校场当值的教头也都把所见所闻都写来下，签字画押。

杜如晦把这些事情都办完之后，再到东厢房去见封德彝。

封德彝是太上皇的宠臣，在朝廷上呼风唤雨，杜如晦和房玄龄这些秦王府的文臣武将早就看他不顺眼了，封德彝和萧禹一干老臣做事瞻前顾后，完全跟不上新皇帝的宏大理想。皇帝李世民也私下与杜如晦和房玄龄商议，准备尽快让这些老臣挪出位子给年轻人。

杜如晦来到校场时，秦琼就知道了，按道理他应该马上到大厅去参见自己的上司，但鉴于两人都是秦王府旧人，来往密切，也就免了俗套。他还是留在东厢房陪着封德彝，悉心劝慰。

"封相，下官向您请安。"杜如晦刚跨进东厢房门槛，就向封德彝作揖问安。

见是杜如晦来，封德彝很意外。

他忙站起来向杜如晦回礼："杜大人，犬子之事请你要为我做主啊！"

封德彝当年虽然在李渊、李建成、李世民三者之间游刃有余，但是现在是李世民一个人的天下了，而这个李世民倚重哪些人，封德彝心里是有数的。自己虽然是尚书右仆射，但是自己在皇帝面前说话的分量是没法跟杜如晦比的。

杜如晦来处理这件事，说明皇帝对此事的重视程度，他自信自己在皇帝面前比外臣汪华要有分量得多。

杜如晦上前两步，扶封德彝坐下，说道："皇帝已经知晓此事，特让我来调查原委，一再嘱咐要秉公执法，绝不姑息。"

封德彝听了连连点头："有皇帝这句话，老臣就放心了，绝不能让汪达那几个小子逍遥法外，还有汪华也要承担管教无方的责任！"

杜如晦心里在想，你自己儿子做了什么事情，你还不清楚？但他表面上却连连点头说道："封相和夫人们先回府准备，我马上安排人送言德公子回府。"

"汪华他们怎么办？"封德彝问道。

杜如晦说："我已经从皇帝那里请旨，调御林军把整个越国公府看守起来，不让任何人出入。汪华与其儿子们，我会依法处置。"

说到这里，杜如晦又补充一句："请封相放心，我一定会给言德公子一个公正的交代。"

杜如晦说的话滴水不漏，不偏不倚，就看对方如何理解了。

封德彝抓着杜如晦的手，犹如抓住一根救命稻草一样，感动地说："有劳杜大人了。"

说完，他在两位夫人和长子封言道的搀扶下离开了东厢房。

越国公府。

大门外除了有郑豹亲自带领的侍卫队守卫，还有一支御林军手持刀枪。

合羽轩，汪华的书房，用自己爱女合羽的名字起的。

汪建、汪璨、汪达、汪广、汪逊，五兄弟一字排开，规规矩矩地站在汪华面前。

"父亲，我错了！"汪达低着头说，声音很低。

汪华盯着他，很不客气地说："你错在哪里？"

这是他第一次用这么严厉的口吻跟儿子们说话，这次事件朝廷裁决只要稍有不公，整个越国公府真的会被满门抄斩。

封德彝家族显赫，在朝廷上下关系盘根错节，门徒遍天下，势力非常庞大，他本人历经隋文帝、隋炀帝、宇文化及、李渊到当今天子李世民，长袖善舞，能屹立不倒，位极人臣，既有过人之才能，也有过人之关系网。当今皇帝虽然想大量起用新人，但是为了朝局稳定，还不得不让他位居宰相之位。而如今，居然把他的爱子杀害了，封德彝门徒必定会使劲儿地向皇帝上折子要求严惩汪华和他的儿子们。儿子们年幼，首当其冲的责任就是汪华，只要汪华一倒，整个越国公府就倒，整个江南六州跟他有关联的地方官吏和将士们也都要受到牵连。说不定那些人指不定还会翻出什么陈年旧事往他身上套。

"我不应该把封言德射死。"汪达小声地说。

"封言德有错吗？"汪华问。

"他挑衅我，并用弓箭追杀我。"汪达说。

"他为什么挑衅你？"汪华问。

"切磋武艺时我数次把他哥哥封言道打败，他为帮他哥哥而与我动手，但也被我打败。"汪达说。

"谁让你们切磋武艺的？"汪华问。

"是教头魏礼将军安排的操练。切磋武艺，找出自己的不足，取长补短，这是操练时必修环节。"汪达说。

"封言德用弓箭追杀你时，为何不呼救？"汪华问。

"我呼救，柴哲威、李崇义、程处嗣、程处亮、尉迟宝琳等人都上前来阻止，但是封言德并不听劝，反而向他们射箭，还把柴哲威射伤。我若再不出手的话，可能还有另外人会受伤。"汪达解释道。

柴哲威是右卫大将军柴绍与平阳公主之子，李崇义是赵郡王李孝恭长子，程处嗣和程处亮是右武卫大将军程知节的两个儿子，尉迟宝琳的父亲是尉迟敬德。这些小孩都已经年过十岁，均在校场操练。

汪华听完汪达的回答，就问长子汪建："建儿，你是长兄，你说三弟做的是对还是错？"

汪建看了看汪达，小声地说："我觉得三弟做得没错，如果三弟不制止封言德，那么另外的人不仅仅是受伤，也可能会丧命。"

汪华看着汪建说："哦，真是兄弟连心啊，达儿都把人给射死了，居然还没错？！封言德射伤柴哲威是事实，他可能还会射死人，那只是你们的推测，一个没有依据的推测而已。"

"不！"汪建的声音明显比刚才响亮了很多，他解释道，"封言德仗着自己父亲是宰相，在校场操练时常常横行霸道，不仅不听从教头训练，而且还常常欺负别人。他对每一个人都吆三喝四，只要有人稍不如他意，他就动手打人。李崇义是小王爷，为人老实本分，他封言德当着大伙的面扇了他两巴掌。"

李崇义是赵郡王李孝恭的长子，汪华见过这个小孩儿几次面，身材单薄，为人老实，尤其是赵郡王被召回长安夺去官职审查的那段时间，对他儿子李崇义的打击不小，小小年纪就知道说话做事要非常谨慎。

汪华感到很吃惊，没想到，校场里居然还有这样的事情发生，便问道："小王爷就这样任凭封言德欺负？"

"封德彝是宰相大人，谁敢惹他儿子？小王爷本来就是老实人，王爷自己都忌封德彝三分呢。"汪璨插嘴道。

汪华听到这话不由得无奈，汪璨说得没错，即使是现在已经复出身居凉州大都督的赵郡王，也得让封德彝三分，何况十几天前，赵郡王仅是一个毫无实权被朝廷冷落多时的王爷而已。赵郡王不敢得罪宰相大人，小王爷自然也不敢得罪宰相家的公子。

想到这里，汪华不由得挺了一下身板，封言德敢欺负汪达，就是以为我汪华不敢得罪他老子封德彝！封言德敢在校场吆三喝四，就是以为那些小孩的父亲都不敢得罪他老子封德彝！那好！汪华来试试！

他站起来拍了拍汪达的肩膀，对五个儿子说道："以后不管谁问你们校场的事情，都要像刚才这样回答，不要有半丝犹豫，要理直气壮。"

说到这里，汪华看着五个儿子，故意把声音提高问道："知道吗？"

五个儿子一齐挺着胸膛回答："知道！"

汪华满意地笑了笑，说道："好！你们就安心玩耍吧！这事为父会解决好的!"

说完，他还不等儿子们点头，摆了摆手，示意他们出去玩耍。

汪达他们见父亲那充满自信的笑，他们的心情瞬间变好了，嬉笑着挤出了合羽轩。

御书房。

李世民与房玄龄看着墙上的地图，上面画满了行军路线，两人低声讨论着。

杜如晦拿着几本折子走了进来，他正想向李世民行君臣之礼，李世民摆手道："免了。情况如何？"

"这是几个小王爷和公子的证词，请陛下过目。"杜如晦说完，把手里的几本折子递给李世民。这些就是刚才杜如晦在校场让那些王孙公子们写出来的证词，并且上面都有他们的签字画押。杜如晦挑出了几份说得比较详细的带了过来。

杜如晦并不知道皇帝早就在校场安插了耳目。

李世民接过来快速扫了几眼，跟他得到的消息一样，问道："杜兄准备如何处置此事？"

李世民对这些近臣都非常尊重，私底下都以兄称之。

"臣以为，此事宜缓不宜急，当前突厥南下，朝廷应以稳定为主，全心应对外敌。"杜如晦回答道。显然他早就有了打算，不然不会这么快就回答的。

"你说来听听。"李世民脸上看不出什么表情，继续问道。

杜如晦说："就凭手里这几份证词，封德彝必定哑口无言。汪达虽然自卫过当，但是依照法律，严判也就是取消勋爵、罢黜官职、罚以重金。而他是未成年人，朝廷尚未授予其勋爵、也尚无官职，最多也就是罚其父亲越国公一年的俸禄而已。可是，这样的处罚，封德彝岂会甘心？他必定会联合各部官吏向陛下上书，请求用汪华五个儿子为他儿子抵命，甚至抄灭整个越国公府。现在外敌入侵，陛下有心思管这事吗？"

李世民见杜如晦反问他，冷哼一声，没有说话。

杜如晦接着继续说："陛下您肯定左右为难，一是外敌入侵，突厥来势凶猛，他们南下叫嚣要攻进长安；二是封德彝是当朝宰相，位高权重，三省六部里的官吏不少都是他的门生，如不处理得让他满意，估计下面会有怨言，会影响朝政；三是汪华是朝廷有功之臣，未成年小孩有罪若殃及无辜，恐怕会涉及地方州郡的稳定。"

李世民看了看杜如晦，说道："汪华是明事理之人，敢以此而作乱？"

杜如晦说："他不会，但不保证一些别有用心之人用此来做文章。"

李世民看了看杜如晦，又看了眼房玄龄，点了点头。显然，他们三个人心里都在担心某些人会作乱。

见杜如晦的话还没说完，李世民让他继续说："你继续分析来听听。"

"只要把突厥赶走，陛下就不怕他们折腾了。"杜如晦说。

李世民明白杜如晦的意思，这是自己登基以来第一次面对外部强敌，很多人都用眼睛盯着他，看他如何化危为安。如果突厥真进了长安，他这个皇帝位置也坐不稳了；如果突厥败走，那么某些有二心的人也会老实下来，皇帝的权威就会更加至高无上。

"请陛下同时下两道旨，一道是安慰封德彝，赏赐一些钱财，让他厚葬封言德；另一道就是责备汪华教子无方，让其闭门思过。等突厥退了之后，臣再来判决此案。"杜如晦说。

李世民听了点了点头，就对房玄龄和杜如晦说："你们两个拟好就行。"

说完，他又走到地图前面，对杜如晦说："在你去校场的时候，前线来报，突厥二十万大军居然绕过了窦建德在泾阳的防线，向长安扑来。"

"啊？！"杜如晦惊得下巴都快掉了，泾阳离长安也就四五十里路程，长安的兵力只有区区数万，精兵都被窦建德带到泾阳去了。

杜如晦惊讶的不仅是突厥绕道赶往长安，更惊讶皇帝竟然毫无大敌来临的紧张。

"如今我们城里可用兵力不到一万，并非精锐之师，若迎战二十万突厥骑兵，则必败无疑。"李世民说，"这是长安城，不同于武牢关。"

房玄龄和杜如晦站在李世民旁边听着。

"自太原起兵以来，我们每年都向突厥纳贡，十余年来从未断过，这次举大军来长安，无非就是见朕刚登基，根基未稳，想来给我一个下马威。"李世民说，"虽然我大唐还不具备反攻他们的能力，但我们也得让他们知难而退，停止这种无休止地骚扰边境的行为。"

说到这里，李世民一拳头砸在地图上，咬牙说道："待我国力恢复，兵强马壮之时，定当横扫大漠，封狼居胥！"

越国公府。

"任妹，刚才钱琪过来说突厥已经屯兵渭河了。"汪华走进钱任的房间。

"这么快？！尉迟将军不是已经在泾阳打了胜仗吗？"钱任吃惊的问。

"颉利和突利带兵绕过泾阳而来，有二十万大军。"汪华说。

颉利和突利是突厥的两位可汗。突利与颉利是叔侄关系，突利是颉利的侄子。突利可汗是始毕可汗的嫡子，颉利可汗和始毕可汗都是启民可汗之子。突利又被称为小可汗，与叔父颉利可汗不和，而与李世民曾是结拜兄弟。

"长安城就这么点儿兵力怎么抵挡得住？"钱任说。

汪华坐到钱任旁边，说道："长安城池坚固，不是一天两天能攻下来的，这个倒不用担心，何况尉迟将军必定从泾阳率军前来。只是这样被突厥人围攻都城，对大唐来说就是耻辱，对皇帝来说也是耻辱，以后大唐皇帝在臣民面前有何尊严？更会让有不臣之心的人兴风作浪。"

"那怎么办？"钱任说。

"我在想，我们应该为朝廷做点儿事了，也算是为我们达儿将功赎罪。"汪华说。

钱任点了点头："达儿这次确实太鲁莽了，打人家几顿都没关系，犯不着夺了人家性命。你说怎么做？"

汪华说："我要进宫，一是向皇帝认错，教子无方，二是请皇帝给我将功赎罪的机会。"

钱任站了起来，目光坚定地看着窗外，说道："无论如何我们都要保护好儿子！"

汪华也跟着站了起来，点了点头。

汪华写了个折子请门外的御林军送到宫里去，他必须等到皇帝御批才能走出越国公府，但是，直到天黑都没等到传他入宫的消息。

此时，渭水河畔，二十万突厥大军已经安营扎寨，颉利可汗派心腹大将执失思力为特使进长安见李世民了。

执失思力是东突厥执失部酋长，有勇有谋，颉利可汗让他进去长安探察防卫实情和掌握李世民的真实想法。

李世民得知颉利居然派特使进长安谈判，便明白了颉利的心思，立即召见。

执失思力趾高气昂地走进大殿，也不向李世民行礼，用藐视的眼神看了看站在两旁的大唐文臣武将，便大肆鼓吹说："颉利可汗与突利可汗两人率领着百万大军，现在已经驻扎在渭水河畔，准备进入长安与陛下您在这里喝酒。"

李世民冷冷一笑，心想，执失思力你算什么东西，我李世民不是吓大的，如果向他示弱的话，颉利就会更加嚣张。

他盯着执失思力上下打量，突然斥责道："执失思力，你可听好了。朕与你们的可汗当年约定讲和通好，前后赠给你们金银布帛，多得无法计算。你们的可汗独自背弃盟约，率领兵马深入唐境，朕可没有对不起你们的地方！你们怎么能够完全忘记朕对你们的巨大恩惠，自夸兵强马壮！今天朕就把你杀死，看颉利能奈我何？"

李世民猛地站了起来，大声喝道："来人，把他拖出去砍了！"

执失思力瞬间懵了，他进城来时想好了一大堆吓唬李世民的话，没想到这个皇帝居然一言不合，直接要砍脑袋。

两名御林军从外面走进大殿，逮着执失思力就要往外走。

"慢！"执失思力立即服软了，用恳求的语气对李世民说，"皇帝陛下，微臣乃戎狄荒蛮之人，不懂礼数，不善言辞，请宽恕！"

可见欺弱怕强是人的本性，执失思力作为突厥执失部落的酋长仗着突厥大军自以为能恐吓这位刚登基不久的皇帝，没想到这个虽然年轻但久经战场的天子根本就不吃他这一套，上来就要砍他的脑袋。这脑袋要真是被砍掉，那自己可就白死了，颉利可汗不会视他作为英雄，反而会认为他办事不力，活该被杀。自己一死，那么执力部落就落在别人手里了，自己的妻妾儿女也都会被别人奴役。当想到这里时，当个人的利益瞬间占据上风时，这个曾经在草原上威风凛凛的酋长立即变成了软蛋，乞求能留下自己一条性命。

李世民喝道："如果不杀你，颉利不就认为朕怕他了么？"

执失思力跪在地上，惶恐道："陛下有好生之德，若能赦免微臣罪过，微臣愿向可汗进言，突厥与大唐停止战争，和平共处，亲如兄弟！"

他为了保命，现在是什么承诺都敢说了。

萧瑀和封德彝两名宰相见皇帝动真格的了，也忙出列请求皇帝赦免执失思力的无礼。

萧瑀说："皇上，请息怒，自古以来两军交战不斩来使，执失思力乃戎狄之人，不懂中原礼节，有情可原。"

作为尚书右仆射的封德彝在这长安危急之时，家里发生再大的事情，也得出来为朝廷分忧。所以，在突厥屯兵渭水河畔时，皇帝就召他进宫了，一是安慰他，二是商议退敌之计。

封德彝说："皇上，突厥境内男女老少人口才百万，执失思力嘴里的百万大军是不切实际的臆想，他们南下的先锋部队在泾阳已经被尉迟将军劫灭。他们绕道前来，难道就不怕我们尉迟将军的十万精兵从背后袭击？我们长安城池坚固，岂是他们几日可以攻破的？不如，我们留他一条性命，让他亲眼看看我们是如何让他们溃不成军的！"

这时秦琼也出列说话："皇上，我们姑且放他一条生路，当年在武牢关陛下率三千将士就击溃窦建德十万大军，今日我长安拥有精兵十万，再加上尉迟将军麾下十万大军，我们让突厥有去无回。"

执失思力听说长安还有十万大军，一下子对自己之前获知长安兵力不足一万的情况真实性表示了怀疑。他是听过李世民武牢关大战的战绩，又见秦琼一身武将打扮，心里不由得嘀咕，原来长安城里还有领兵作战的大将啊！执失思力是突厥人，读书少，想问题比较简单，在谋略方面肯定不如大唐这些文臣武将。

李世民见大家为执失思力求情，便说："死罪可免，活罪难逃。如果朕现在就放你回去，突厥认为我害怕你们，就会更加肆意侵凌，那就先将你囚禁起来，以观后效。"

执失思力听说不杀他，感激地叩头谢恩。

于是，李世民下令把他暂时关到门下省，找间屋子看押起来。因执失思力是突厥使者，是颉利的心腹大将，也不便把他关押在牢狱里。李世民也不想因小失大，犯不着真斩杀执失思力而失去与突厥和好的可能。

深夜，御书房。

李世民急匆匆地把长孙无忌宣进宫。长孙无忌既是李世民的妻兄，也是当朝吏部尚书，是皇帝最信得过的谋臣。

"无忌兄，突利率大军在离颉利二十里之外扎营，他们终究还是相互猜忌，朕想请你去一趟突利大营。"长孙无忌刚进门，还没行君臣之礼，李世民就开口说道。

李世民不在乎这些虚套的礼节。

显然，长孙无忌的这个身份也是最合适代表皇帝去见突利。

长孙无忌毫不犹豫地问道："陛下要臣什么时候动身？"

"马上！"李世民边说边从书案上拿出一封信递给长孙无忌，"这是朕写给突利的亲笔信，当年朕与他在雁门关外结拜为兄弟，对他的为人是很了解的，他退兵对双方都有利。"

长孙无忌明白皇帝的意思，突利可汗南下是被逼的，颉利一直提防他，也一直打压他，想在突厥削弱突利的影响力，如果跟随颉利南下的大军满载而归，那么突利的部下就会有怨言，他为了维系自己的势力不被颉利破坏，不得不南下。突利不想得罪李世民，也不想与颉利闹得不愉快。现在突利把大军驻扎在离颉利二十里之远，而两军之间又不往来，看来他们之间的矛盾并没有缓解。

李世民想让长孙无忌去说服突利退兵。

"何人陪臣同行？"长孙无忌很纳闷，不可能是自己孤身一人前往吧。

"钱琪将军。"李世民说，"他已经在殿外等你。"

长孙无忌把信藏入怀中，就匆匆往外走去。

钱琪陪着长孙无忌快马加鞭走进了突利的营帐，直到东方既白才匆匆离开。

他们的举动早就被颉利可汗安插在突利里面的人发现了，并且也很快把消息送给了颉利。

看到长孙无忌与突利的交谈，钱琪不由得佩服姐夫之前的分析，当时汪华就认为突厥南下不可强攻只能智取，鉴于颉利和突利两人不和，利用突利与皇帝的交情，向突利许诺丰厚金银财宝让其满载而归，颉利失去帮手，也就不敢攻打长安城了。

这次长孙无忌代表皇帝与突利谈判的就是北归的条件。

突利本来就不想与大唐开战，这次既然能不战而获得很多钱财粮食，当然非常乐意，便立即答应了条件。

长孙无忌回到宫里向皇帝转达了谈判情况，就到门下省与各宰相一起准备给突利的钱财粮食。大唐采取的是群相制，并没有宰相这一具体官职，凡六部以上主官都可以称为宰相。

被关押在门下省的执失思力虽然失去了人身自由，但是他关押的房间就在群相们议事的旁边。这是李世民提前有意安排的。

执失思力清清楚楚地听见大唐这些宰相们在商量长孙无忌从突利那边回来的事情。

中书令房玄龄说："突利这次回草原必定势力大增，颉利将无力与其抗衡了。"

侍中高士廉接着说："突利与我们联手，将来必定是草原上的霸主。颉利的时代即将过去。"

兵部尚书杜如晦说："李靖将军和李勣将军已经分别率领五万精兵潜行回京，三日之内就会赶到，程知节、段志玄、张亮、侯君集、薛万彻等将军也都从各地率大军赶回。"

左仆射萧瑀说："我们大唐向来与突厥交好，陛下念在多年的情分上并不想让双方大战。颉利可汗这次不知是听了谁的教唆居然率大军南下，若真要一意孤行与我军大战，我们各路大军一到就可立即向颉利军队发起总攻，让他们无法北归。"

关押在隔壁的执失思力听到这些大唐重臣商议之事，不由得冒出一身冷汗。原来李世民早就做好了防备，这要是他们的大军赶回了长安，失去突利可汗兵马援助的颉利可汗大军势必会损失惨重。得想个办法把消息尽快送出去让颉利可汗知道才行。

第十一章　步步为营

颉利得知突利暗中与长孙无忌往来的消息之后，担心事情有变，便立即派人宣突利到他的营帐来见面。谁知突利并没有把他叔父颉利可汗的使者放在眼里，一句话不去，就拒绝了。

颉利担心突利真的撤兵，那么自己就必定会陷入被动。从草原上来的十万骑兵带的口粮只够三日食用，都是走到哪里抢到哪里。自先锋部队在泾阳被尉迟敬德打败之后，大唐官吏已经让沿途各乡各村百姓把粮食都藏了起来，他们一路过来都没有找到什么粮草。若突利突然率兵北归，而自己又被唐军牵制在这里的话，即使不战死也会被饿死。所以，一定不能让突利走。

"报！"颉利正想派人再去传唤突利时，探子从外面匆匆来报。

"说！"颉利坐在高高的虎皮大椅上。

"启禀可汗，发现尉迟敬德率领唐军已从泾阳出发往这边开来。"探子说道。

"尉迟敬德？"颉利手里把玩着一把小弯刀，双眼像狼一样令人生畏，"多少兵马？"

"三万左右。"探子说。

颉利听了之后，不屑一顾地说道："三万兵马还想跟我二十万大军拼？！找死！"

探子补充说道："不过，他们的行军速度非常缓慢，不像是急于作战的样子。"

"尉迟敬德是长安城小皇帝最忠诚的大将，如今我大军只要渡过渭水就能踏平长安，他举动为何如此怪异呢？"颉利正在纳闷的时候，潜入长安的探子走了进来。

"启禀可汗，执失思力将军被小皇帝关押起来了！"探子急忙禀告。

"岂有此理！"颉利听说派往长安城打探虚实的心腹大将居然被李世民

关押起来，不由得火冒三丈，右手握着小弯刀狠狠地插在几案上。

执失思力是孤身一人进入长安城的，颉利本以为李世民会吓得对执失思力好酒好菜地客客气气招待，没想到居然把他关押起来了，这个李世民够狠。

探子接着说："听说思力将军刚上殿还没说几句话，小皇帝便大发雷霆下令让御林军把思力将军拖出去砍头，是萧瑀和封德彝出面说两军交战不斩来使，小皇帝才免夺思力将军性命。"

颉利听到探子这么说，他内心有些毛躁了，难道长安城里的这个小皇帝真的不怕这二十万突厥大军？

不，准确地说应该是十万大军。突利肯定跟长安城的小皇帝私下里达成了什么协议？！

颉利一直防着这个亲侄子，不仅要防着突利的势力扩大，也要保证自己的势力不要被削弱，否则自己削弱就等于对方壮大。草原上只有强者才是王！

"你们都下去吧！"颉利把手一挥就让两名探子出去，他一屁股坐在虎皮大椅上，在盘算着下一步该如何做。

突然，颉利对外吼道："来人，请突利来我营帐，就说我生病了，有重要军情与他商议。"

一名使者接到命令立即骑马向突利营地飞快跑去。

汪华终于接到进宫面圣的圣旨了。

此时已近午时，李世民在御书房等着他。

汪华在太监的引导下走进御书房。

"罪臣汪华拜见皇上，皇上万岁！"汪华说完就准备跪拜，李世民一个箭步走上去扶住他。

隋唐时期，臣民向天子行礼一般都是鞠躬作揖，每日早朝皇帝坐在龙椅上，接受的也是大臣们的鞠躬，而不是跪拜。只有在重大赏赐谢恩时才行跪谢之礼，也只有犯了重罪才下跪谢罪和请求宽恕或赦免。君臣之间相对平等。

汪华这么隆重地准备向皇帝行跪拜之礼，还不就是因为自己的儿子汪达射杀了右仆射封德彝的儿子封言德吗。

"汪兄，校场事情的前因后果朕已经知晓，不必为此伤神。"李世民以兄长的名义称呼汪华，就是为了显得亲切，让汪华不要因为校场之事而背负压力。

"罪臣教子无方，愿意承担一切责罚。"汪华诚恳地说道。

"这事杜兄会公平裁决的。"李世民说的杜兄就是指兵部尚书杜如晦。

两人分别落座之后，李世民不等汪华开口说话，就说道："你在折子里提的意见很好，跟靖公如出一辙。"

靖公就是李靖。原来李靖也向皇帝上了折子提议以议和为主。

汪华说："臣以为，突厥兵马强壮，是有备而来，只可智取，不可硬战。但我们又不能向其示弱，要让他们知道我们是不怕打仗，只是不想伤害双方多年的感情而已。"

李世民点了点头说："靖公的意见与你一样，他也认为两虎相争必有一伤，突厥要的只是我们的钱财而不是我们的江山，与其耗费财力开战，不如给他们一些钱财满足他们的贪欲，让他们北归给我们几年太平日子，等我们处理完内部事情，腾出双手再去收拾他们。"

李世民接着说："尉迟将军在泾阳一战已经打出了我们大唐的威风，但这不足以震住突厥大军，只有让颉利感到真正的危险，他才能接受和平谈判。目前真正能救援长安的只有尉迟敬德在泾阳的三万兵马，其余各路兵马若要赶回长安，朕担心地方上有些人会变。"

李世民是担心某几个握有兵马的地方势力会趁朝廷兵马调走之际起兵谋逆。汪华也能掌握大概情况，知道皇帝是指哪些人会变。对于李世民来说，这些人迟早会变，但他在登基之初，还是希望以稳定为主，对一些人的行为，只要不太出格，能忍则忍，揣着明白装糊涂，一切都等腾出手再来收拾。

汪华说："陛下希望臣做点儿什么？"

李世民说："朕需要你设一道疑兵，虚张声势，让颉利不敢轻举妄动。"

说完，李世民把汪华领到地图前，指着渭河北岸下游几处山丘说："今夜你领一千兵马潜行渡河到这一带隐藏起来，但又要被他们无意之中获知这个消息。"

说到这里，李世民又看了看汪华，汪华明白了皇帝的意思，皇帝要让颉利认为救援长安的大军已经悄悄回来了，只坐等开战了。

汪华问道："陛下需要我伪装成多少兵吗？"

李世民伸出手掌，非常干脆地说："五万！"

汪华毫不犹豫地点了点头，让一千兵马伪装成五万，确实有点儿难度，不过当前刚入秋季，树林茂盛易于掩护。

李世民满意地笑了笑，补充道："不过给你的这一千兵马是老弱残兵，现在还没回长安。"

汪华疑惑地看着皇帝。

李世民解释道："朕已让淮安王从武功领兵两千回城，这两千人战斗力弱，只是做做样子，在天黑时进城，再悄然出城又进城，制造有万人进城的假象，然后你带领其中一千兵马潜行出城驻扎在这里，连夜搭建营帐，继续制造假象。"

听到皇帝这么一说，汪华不由得笑了，李世民在前朝曾用此计救过困在雁门关的隋炀帝，没想到现在居然又要用这招来救自己。

大业十一年四月，隋炀帝杨广巡视北方边塞，突然遭到突厥始毕可汗数十万骑兵的袭击，被困雁门关。危在旦夕之际，年仅十六岁的李世民前来救驾，他故作隋军各地援军源源不断赶来的架势，实际上是白天进城晚上出城，再白天进城晚上出城，大张旗鼓，制造出隋军兵马众多的虚假场景，把始毕可汗数十万骑兵吓得不战而逃。

始毕可汗就是颉利可汗的兄长、突利可汗的父亲。

李世民见汪华笑，自己也不由得笑了起来，现在又要用这招来耍始毕可汗的兄弟和儿子。

武功县离长安城只有一日路程，原来那里驻扎着一支精兵，但为了经略西北，把兵马都调遣到凉州去了。仅留下两千老弱残兵由淮安王李神通统领。

淮安王李神通是李世民的族叔，是大唐开国皇帝李渊的堂兄弟，与李渊关系非常好。李渊在太原举义时，他起兵响应，李渊登基称帝之后，先后授予李神通为右翊卫大将军、山东道安抚大使、河北行台左仆射、左武卫大将军等重要职务。身为皇室的李神通虽然官职显赫，但本人并无智勇双全之能，当年与窦建德作战时兵败被俘，后来又被刘黑闼大败，损失惨重。不过，李神通多次在李世民麾下效力，与李世民关系亲密，在李世民与李建成的多年暗斗中，他多次站出来帮助李世民。

李世民获知颉利率突厥大军绕过泾阳前往长安之时，立即令李神通前往武功调兵。

汪华说："这个不难，我会安排妥当，不过我要陛下给我派一名副将。"

李世民问："你想要谁？"

"钱琪。"汪华说。

"可以。"李世民满口答应。

汪华见李世民把给他的任务已经交代完，便问他："陛下准备下一步如何做？"

李世民说："你们今晚布置得当，朕明日就去渭河与颉利面谈。"

汪华看着李世民，问道："陛下准备孤身前往？"

李世民笑了笑，汪华言中了。

汪华说："突厥向来毫无诚信，陛下不带兵马护驾，若颉利不计后果而鲁莽行事，则后果不堪设想。"

李世民说："这方面朕也考虑过。明日朕带数名文官陪同即可，你们越不出面，朕就越安全。"

汪华明白李世民的意思，皇帝要从头到尾唱空城计，把武将都隐藏起来，而又让颉利暗中得知，给颉利造成他附近潜伏有大批唐军的假象，使他不敢轻举妄动。

皇帝仅带数名文官随行，要的就是这种不把突厥二十万大军放在眼里的气势。

打仗，打的就是气势！

"明日，吏部长孙无忌负责与突利沟通，把答应给他的钱财全部落实；左武卫大将军秦琼和淮安王李神通负责京城防卫；朕带宇文士及、封德彝、高士廉和房玄龄前往渭河之滨，留萧瑀和杜如晦坐镇长安。"李世民补充道，"汪兄认为这样安排如何？"

汪华思考了一下，说道："颉利此人骁勇，传闻曾在草原上徒手斗败群狼，突厥勇士之中无人是其对手，陛下与他单独商谈，需多加谨慎，以防不测。臣建议陛下还是带几名武艺高强之人跟随，以防万一。"

李世民听完汪华的话，说道："尉迟敬德武艺高超，但他不适合出面。汪兄是陪朕去的最好人选，但这支兵马没有你统领也就无法唱好这场戏。"

李世民边说边用手指了指地图上刚才安排汪华在渭水北岸下游布疑兵的几座小山。

随后，李世民叹了口气，说道："目前没有看起来文弱彬彬，实际上武艺超群的合适人选。"

现在的李世民身为九五之尊，大唐的主宰，不再像当年驰骋战场的秦王了，那时的秦王可以孤身杀入敌军阵中大声呼喊"我是秦王李世民，我是秦王李世民"，吸引追击他的敌人进入早已设好的伏击圈。而现在他的安危关系到大唐的江山社稷，不可有任何差池了。

汪华见李世民亲口说出没有合适人选，便说道："臣向陛下推荐两人。"

"何人？"李世民问道。

"贱内钱氏和庞氏，自小习武，与臣成亲之后，又常得到臣的指点，若她们两人联手不在臣之下。"汪华说。

李世民刹那间两眼一亮，猛然想起，笑着说道："汪兄不说我还差点儿忘了越国公府里还有两位巾帼英雄。钱氏乃钱九陇老将军之女，当年还随朕多次出征，智勇双全；听说庞氏也曾随汪兄多次征战，当年湖州兵变，还是庞氏出奇兵平定叛乱，了不起啊。"

汪华见皇帝夸两位夫人，忙谦虚道："陛下过奖了，贱内钱氏和庞氏虽然曾领兵征战，略有功绩，但与臣成亲之后，臣让她俩把精力用于照顾家庭，保护子女安全，并要求她俩练习短剑，增强近身搏斗，这几年来进步不小。"

汪华当年在歙州，虽为江南六州之主，但是也要防备那些被其战败的而又留有余孽的对手暗中报仇向他子女下手，所以他让两位擅长武艺的夫人钱任和庞实加强近身搏斗。战争上指挥千军万马攻城略地，与手持刀剑勇博刺客杀手，完全是两种不同的状态。

"让他们着男装打扮，以尚书都事的身份随行。"李世民想了想说道，尚书都事是一种低级官职，一般隶属七品，主要工作就是掌管各部文书。这种官职虽然地位不高，但是参与的事情不少。

"谢皇上！"汪华感动地说。皇帝把自己安危交给钱任和庞实，这是对汪华最大的信任。

越国公府。

"你们两个这次任务非常艰巨，无论如何要保卫皇上安危。"汪华回到府上就把三位夫人都叫到自己书房，说了让钱任和庞实陪同皇帝前往渭河与颉利见面的任务。

钱任和庞实两人吃惊不小，对视了一眼，钱任说："既然皇帝这么信任我们，我们即使粉身碎骨也会保障皇帝的安全。"

庞实说："万一颉利不计后果命令大军向我们冲杀过来怎么办？我们再有本事，他们只要上来数百兵马就能把我们围得水泄不通。"

汪华说："如果真要出现这种情况，那你们要拼死杀出重围，把皇帝护送出来。"

说到这里，汪华话锋一转，接着说："希望这种情况不要发生！"

稽圭听到汪华这么说，心里不由得扑通扑通，她抓住钱任和庞实的手，依依不舍地说："两位妹妹一定要平安回来。"

钱任笑了笑说："姐姐不要多想，皇帝他都不怕，我们还怕什么？"

庞实说："我们福大命大，姐姐不用担心。我和任妹妹一定会护卫好皇帝平安归来，不仅要给我们越国公长脸面，也是让皇帝知道我们越国府人人都忠心耿耿，能在关键时候为国家为朝廷排忧解难。"

汪华和钱任、稽圭听了庞实这么说，不约而同地点了点头。越国公府的那几个未成年的孩子将来也会为国家为朝廷效力，在关键时刻都会挺身而出，为国家排忧解难！

汪华插话道："刚才从宫里回来时，我去了左卫大营见了钱琪，他说那些老弱残兵基本都是兵油子，打仗时冲得最慢，撤退时跑得最快，有功劳就去抢，有困难就躲。他建议我从府中卫队里抽一半人过去，分别管理各小队，不然一夜之间要伪装成五万兵马的营地是很难做到的。"

"都带去也没关系，反正现在我们越国公府有皇帝的御林军把守，鸟都飞不进，很安全。郑豹跟着去，你多个帮手更好。"稽圭很爽快地抢先说。

"带六十人过去，有钱琪做我的副将就可以了。郑豹是卫队长，还是让他带领其余人等留在府里，我心里也踏实些。"汪华说。

深夜，长安城的延兴门有一支兵马悄悄地出城，钱琪作为先锋官走在最前面，汪华作为这支兵马的指挥官骑着马走在队伍的中间。

长安城内，某处将军府邸。

"汪华已经出城了，不知道皇帝派他出去干什么。"一个瘦个子将军说，三十来岁。

"管他干啥，明天只要皇帝出城，我们就砸开越国公府的门，冲进去杀他个鸡犬不留。"一个大胡子将军说，看起来身材非常魁梧，五十岁上下，满脸杀气。

"现在是我们向主子效忠的时候，要报仇雪恨，让越国公府鸡犬不留！"另一个独眼矮个子说。

"汪华那两个娘们儿武功厉害，你们不要与她们单打独斗，一定要群起而攻之，血洗之后立即出城逃往幽州。"大胡子将军说，"我会在那边给你们安排好的。"

"请独孤将军放心。"瘦个子和独眼矮子一起回答。

渭河北岸，颉利大营。

"什么？长孙无忌亲自押送钱粮送进突利大营？"颉利听到探子探知的消息，暴跳如雷。

"亲眼所见，前后一共三百车。"探子说，"他们从光化门出城，沿着树林悄声押送，到了河岸，突利亲自出营迎接。整个过程非常隐蔽谨慎，若不是小人的兄弟在突利大营担任百夫长，小人也无法靠近他们。"

探子说完，又从怀里掏出一个小布袋，双手捧着递给颉利，说道："这是他们在验收粮草时，小人趁他们不注意偷抓的一把米。"

颉利接过布袋，这是一小撮谷米，他掏出一小把放在手掌上端详："这么精制的米粒，也只有中原才有。突利吃的是馕，喝的是马奶。"

颉利生气地把手上的谷米扔到地上。

"这个李世民到底想玩什么花样？看来明日得给他一点儿教训！"颉利气呼呼地站起来，"命令全军明日辰时渡河！"

辰时，渭河北岸。

颉利大营。

十万突厥骑兵已经完成集结，准备在颉利可汗的一声令下借助便桥渡过渭河，攻打长安！

"报——"

颉利站在大军前方，正准备开始热血沸腾的战前训话，一名探子飞马来报！

"启禀大汗，在下游二十里处发现大量唐军踪迹。"探子说道。

"具体在什么位置？"颉利突感意外地问道。

"渭河北岸牛角山。"探子说。

"多少兵马？"颉利问道。

"五六万。"探子说。

颉利忙看向身边的一名将军，显然两人都很意外，李世民的援军已经来了？！

"尉迟敬德现在在什么位置？"颉利大声问道。

另外一名将军打马过来回答："尉迟敬德已经渡过泾河，现在离我大营约二十里路程。"

颉利正想再问，又一名探子快马飞奔而来。

"报——"探子在颉利一丈远的地方停下，"启禀大汗，昨晚长安城有数万兵马进入，李世民带领数名随从已经出城！"

"报——"还没等颉利说话，远处一名使者飞马奔来，是派往突利大营的使者。

"启禀大汗，突利可汗说希望我们的兵马先行渡河，他率大军随后就赶到长安城下与我军会合。"使者说道。

离颉利不远的一匹马背上坐着一名老者，谋士打扮，他是颉利非常信任的近臣谋士阿史那思真，与颉利可汗同属于突厥贵族阿史那氏。

阿史那思真接连听到数次军情之后，立即打马走到颉利身旁。

"大汗，情况有变，应谨慎。"阿史那思真说道。

颉利没有说话，阿史那思真问长安来的探子："李世民要去哪里？哪些随从？"

"往渭河方向而来，只有六名随从，封德彝、房玄龄等人，均便衣轻骑。"探子回答。

阿史那思真再问使者："突利的军队完成集结了吗？"

使者说："没有。昨晚大汗命小人前往突利可汗的大营时，他就把小人关在一个营帐里面，直到今天早上才告诉小人。整个大营完全没有要出征的迹象。"

阿史那思真听完之后，对颉利说："大汗，这可能是李世民的一个阴谋。"

颉利可汗问道："怎么解释？"

阿史那思真说："李世民有战神之称，若无必胜把握，他岂敢冒险而来？当年他曾数次以自身作诱饵，把敌军引入自己设计的包围圈。"

颉利骑在马上环顾四周，最后问阿史那思真，问道："他在这周围已经布下了圈套？"

阿史那思真分析道："长安城池坚固，大汗认为几日可以攻下？"

"我从来没有考虑去攻打长安城的，到这里来，就是吓唬吓唬这个小皇帝，他太不懂规矩了，登基都这么久了也不向我草原进献财礼，我得教训他。"颉利瞪着大眼睛说。

阿史那思真问道："长安城里到处都是金银财宝，大汗为何不攻进去夺取呢？反而要他们进献的那么一点点礼物？"

阿史那思真边说边用手做了个比较的姿势。

颉利苦笑一下，说道："你刚才不是说了吗？长安城池坚固，易守难攻。

当年李渊夺取长安靠的是内应。我们突厥人擅长长途奔袭和骑射，并无攻取城池的经验。我们率大军来到这里，让小皇帝有内忧外患，他为了自己的江山社稷，就会对我们毕恭毕敬，向我们进贡比往年多很多的钱财、粮食和美女！"

"大汗既然不想攻城，也没有把握攻下长安城，为何还要渡河呢？"阿史那思真说，"渡河到南岸有没有考虑返回到北岸？"

颉利说："不返回北岸，我怎么回草原？渡河就是为了兵临城下，给小皇帝点儿颜色瞧瞧，他派人与突利勾结，送钱粮过去，却把我派去的执失思力给关押起来，这是摆明要与我作对！"

阿史那思真说："大汗认为尉迟敬德的大军和潜伏在牛角山的唐军会轻易让我们返回北岸吗？渭河不是草原，即使是汗血宝马也不能一跃而过啊。攻不下长安城，断了我们回草原的退路，后果将是什么？"

颉利听到阿史那思真这样说，不由得有点儿犹豫起来，没想到阿史那思真又接着说："大汗觉得突利会跟着我们渡河吗？他拿了长安的钱财会再跟着我们去攻打城池？"

"突利，这个白眼狼！他勾结小皇帝，就是希望我与唐军大战，折兵损将。"颉利瞪着大眼吼道，突利若在他面前，他恨不得抽一鞭子。

"大汗英明，突利向来野心勃勃，一直寻找机会取而代之。他与李世民在十几年前就结成异姓兄弟，这是人人皆知之事。这次他倾巢而出，率大军随大汗南下，是另有阴谋！"阿史那思真分析道。

"他想与唐军联手对付我？"颉利盯着阿史那思真反问。

阿史那思真没有正面回答，而是说了一句："大汗比我更了解他。"

颉利正想再说什么，远处一名百夫长飞马而来："启禀大汗，大唐皇帝李世民派使者传话，请大汗到便桥叙旧。"

便桥其实就是搭建在渭河上简易的木桥，便于两岸往来。渭河在长安境内搭建有数十座这样的桥。突厥兵马绕过泾阳南下时，曾有大臣提议烧毁便桥，阻断突厥渡河。但是李世民果断拒绝，烧断便桥等于向敌方示弱了。何况，渭河不同于黄河，即使没有便桥，也不难渡过。

第十二章　千钧一发

长安城某将军府邸。

"两位将军大胆行动吧，没想到汪华的两个会武功的娘们儿都已经跟随皇帝出城了。真是天赐良机！"被称为独孤将军的大胡子兴奋地对瘦个子和独眼龙说。他叫独孤云，是右骁卫的将军。

瘦个子和独眼龙异口同声地说："一切准备妥当，就等将军下令。"

独孤将军满意地大手一挥："行动！"

越国公府大门紧闭，最外围由御林军把守，三步一岗五步一哨，前门后院都防卫森严，不让任何人靠近越国公府。里面一层是越国公府的卫队，明显比前日人数少了，与御林军把守的位置只相差三步远。

这时，太阳刚刚出来，越国公府前的整条街道并没有几个行人。忽然，一队人马从远处走来，从着装上看，属于右骁卫。瘦个子和独眼龙都是将军打扮，骑在马上，威风凛凛。

唐初沿袭隋朝军制，设置十二卫四府，合称十六卫府或十六府，大家习惯上也称十六卫。其十二卫为：左右卫、左右骁卫、左右武卫、左右屯卫、左右候卫和左右御卫；四府为：左右备身府和左右监门府。十二卫统府兵、宿卫京城；四府不统府兵，左右备身府负责侍卫皇帝；左右监门府分掌宫殿门禁。

御林军归属于左右备身府，与右骁卫的人并无往来，见右骁卫人马众多往越国公府走来，御林军的一名兵卒上前几步，伸手横举大刀，刀在刀鞘之中，喝道："前方乃越国公府邸，无皇帝圣旨，任何人均不可靠近。"

瘦个子从怀里掏出一卷黄绢举过头顶，朗声说道："奉圣旨押送越国公老少人等前往兵部会审。"

御林军兵卒忙把大刀挂在腰上，双手向上做接圣旨状。

瘦个子冷笑一声，把圣旨塞入怀中，说道："请这位兄弟让开。"

御林军兵卒挡在前面，严肃地说："请把圣旨给我呈给统领过目。"

旁边的独眼龙冷笑着说："皇帝圣旨是你们想看就看的吗？我们是右骁卫，还看不出来吗？立即闪开。"

御林军兵卒说道："对不起，我们统领不亲眼见圣旨，是不会放你们进去的。"

瘦个子左顾右盼，见越国公府门前的守卫并不多，对独眼龙说道："别跟他废话，往里冲！"

独眼龙把手一挥："兄弟们，冲进去！"

瞬间，跟在后面的两百右骁卫向越国公府杀去。

守卫在越国公府前门的御林军和越国公府卫队立即拔刀阻挡，但兵力悬殊，御林军和卫队守在前门的人员加起来还不够三十人。

瘦个子率领的右骁卫显然是采取快速作战原则，二话不说，边杀边往前冲，个个下手凶狠。

越国公府，府内。

"队长，外面数百名右骁卫的人要冲进来，已经在外面与我们的人打起来了。"一名卫士匆匆跑去禀告卫队长郑豹。

郑豹拿起案上的剑，就往外走："我去看看。"

郑豹隔着大门的小孔看到外面厮杀的场面，对卫士说："立即通知守卫后院的兄弟，提高警惕，不要从后院放进任何一个人。"

随后他又对身边的一名卫士说："赶紧去把值夜班刚睡觉的兄弟叫起来，大门一定要顶死。"

旁边一名卫士对郑豹说："队长，我们不冲出去帮他们吗？"

"你猪脑子啊？！我们里面就二十个人，冲出去也打不过。这门一开，他们就进来了。现在我们就是死也要把这门给顶住，不能让他们进来。"

郑豹边说边抱着一根大横柱顶着门，接着说："快去禀报夫人，让她带公子和小姐找地方藏起来。"

"郑队长，出什么事了？"郑豹刚说完话，越国公府的管家大有跑了过来，"外面怎么那么吵闹？"

"管家，你来得正好，有数百名人要冲进府，在外面打起来了，你快通知夫人带着公子小姐藏起来。快去！如果没有援军，这门也顶不了多久。"郑豹焦急地说。

"那可如何是好。国公爷都没在府上。"大有听说有人要冲府，撒着腿就去找夫人稽圭了。

渭河北岸。

"把他给我抓起来。"颉利对身边的百夫长说，"我要用他的使者换我们的执失思力。"

"慢！"阿史那思真忙阻止，"大汗，不可！"

颉利疑惑地盯着阿史那思真，等他解释。

阿史那思真说："李世民派来的使者肯定不是高官显贵，而我们执失思力将军是大汗最得力的战将，李世民会答应交换吗？我们先听听使者怎么说的吧。"

不等颉利可汗说话，阿史那思真对那名副将说："你传他过来。"

很快，李世民的使者过来了。

来的不是别人，正是越国公汪华的三夫人庞实，只见庞实女扮男装，一副文质彬彬的样子，随身未带任何兵器，而实际上庞实使用的金丝软鞭藏在怀里难以察觉。

"大唐天子特使尚书都事庞实参见颉利可汗。"庞实骑在马上向颉利行礼问好。

颉利可汗没有搭理庞实，而是直接问旁边的阿史那思真："尚书都事是多大的官职？"

阿史那思真嘲笑地说："七品芝麻官。"

颉利可汗一听仰天大笑，随后盯着庞实问："你们小皇帝有何话想说？"

庞实朗声说道："大唐天子约颉利可汗于便桥一叙，是战是和，全凭可汗一念。"

颉利可汗见庞实口气不小，冷笑道："何时见面？"

"现在！"庞实回道。

颉利看了一眼阿史那思真，见阿史那思真点头，便说："好！"

颉利艺高人胆大，打马就走，阿史那思摩忙向后一招手，十万突厥兵骑马立即一起前行。

百步之外就是河岸，颉利大军列阵在渭河北岸，声势浩大。

只见李世民身穿金黄色龙衣，跨在名驹什伐赤上，一副天下唯我独尊的样子。

庞实骑马回到李世民身后，对其说了几句，李世民冲着河对岸的颉利可汗高呼："对面可是颉利可汗？！"

"正是！对面可是大唐天子？！"颉利见李世民立在桥头面对他十万雄师毫无畏惧，不由得暗自惊叹。

"颉利，你是草原的王者，为何不与你的子民们在一起享受天伦之乐？你带领大军来到长安有何企图？你我两邦是结交多年的兄弟，自前朝隋文帝到我父皇，你我两邦都订立盟约，互不侵犯，你草率起兵南下，如此不守承诺，将来如何统领将士，如何统御子民？"李世民张口就开始谴责颉利可汗的过错，没容颉利半点儿思考。

"我朝按时向贵邦送去钱财、粮食和美女，使得你与将士们都得到最大限度的享乐，而这次，你难道是被什么东西蒙蔽了良心了吗？你起兵南下，让十万将士远离故土、远离自己的父母妻儿，跟着你一路上风餐露宿，难道就是为了满足你个人的私欲吗？"李世民咄咄逼人，语气非常坚硬。

颉利可汗见李世民态度强硬，一副不怕与他撕破脸皮的样子，心里更加没底了。

正在他理屈词穷的时候，几路探子同时飞马来报。

"启禀大汗，尉迟敬德的部队已经向我军开来！"

"启禀大汗，牛角山一带唐军有出营迹象，兵马众多！"

"启禀大汗，长安城楼上旗帜招展，城门紧闭，严阵以待！"

颉利问另一名探子："突利那边什么情况？"

"启禀大汗，突利可汗大营毫无迹象！"探子回报。

探子的声音虽然不是很大，但是前面几排的突厥将士却听得清清楚楚，队伍不由得变得有点儿骚乱。看来这些骁勇善战的草原勇士也不希望自己做无谓的牺牲。其实这些人的想法很简单，有钱财美女就一窝蜂去抢，要送命的事情还是能躲则躲，活着享受钱财和美女才是他们真正想要的，谁也不愿意牺牲自己性命，让别人去享受。

阿史那思真对着颉利低声说了几句，颉利挺直身板，冲着河对岸朗声道："陛下飞登九五，颉利闻之倍感激动，特率大军前来给陛下道贺！颉利昨日已派使者执失思力进宫拜见陛下说明来意。"

颉利的语气瞬间变得诚恳，李世民顺势给他一个台阶："执失思力不尊大唐礼仪，已被朕关押起来，准备送给可汗处置！"

执失思力果然被李世民关押起来了，颉利对获得的其他消息也深信不疑了。

颉利说："执失思力不懂礼仪，请陛下念在他身处漠北未读诗书，赦免其过错。"

"既然可汗为其求情，朕就赦其无罪，明日让其回到可汗身边。"李世民大方地说。

"谢陛下！"颉利的气焰完全变了。因为他明白了自己的处境。

"可汗，能否与朕在便桥上细说几句？"李世民胸有成竹地问道。

"好！"颉利说完就打马走上便桥。

李世民骑马走了上去，两人站在便桥中央，相互微微一笑。

越国公府。

不到一刻钟的时间，越国公府门口便出现了十几具尸体，有御林军，有卫队，也有右骁卫。

这支右骁卫分工明确，除了打斗，专门有几十个人负责砸门。御林军和卫队虽然勇猛抵挡，终究是寡不敌众，很快就处于劣势。而越国公府的后门也在厮杀，被围得水泄不通，无法逃出。

"夫人，快带公子和小姐藏起来，大门很快就要被砸开了。"郑豹见稽圭带着汪建、汪璨等公子和合羽小姐居然都站在正厅门口看着卫队们抵挡府门。

"不！我要与你们在一起！越国公府的人都不是孬种！建儿、璨儿带领弟弟们去帮郑队长，把门给顶死喽！"稽圭虽然不懂武艺，但有胆识、有主见。她知道，这个时候她就是越国公府的主心骨，她必须镇定，她必须鼓励卫士们把大门守住。若这扇大门被敌人闯入，她和儿女们不管躲在越国公府的哪个角落，也都会被他们找出来，整个越国公府都将鸡犬不留。

她是母亲，她要让儿女们学到这种坚强和临危不乱！

外面的撞击声越来越大，碗口大的门栓都已经开裂，汪建和兄弟们一齐抬着一根粗壮的木柱顶着大门。

撞击声一阵阵传来，越国公府内的每一个人都不由得暗自心惊胆战。

管家大有搬来一把椅子，稽圭坐在上面，搂着合羽。她的身后分别站着丫环和仆人，他们也都手拿兵器。

外面的打斗声此起彼伏。

渭河便桥。

李世民与颉利在便桥上说了些什么，没人知道，他们的声音很低，有意不让两岸的部属听见。不过从两人时而发出爽朗的笑声可以得知，两个差点儿兵刃相见的人现在已经是好朋友了。

李世民不仅能用战争让对方臣服，也会用钱财让对方退让。世上没有永远的朋友，只有永远的利益！所有的人都是围着利益奔波的。

勾践用十年隐忍换来春秋霸主，汉高祖用白马之围换来汉初的休养生息和若干年后的封狼居胥，李世民为了将来横扫漠北，可以装聋作哑地容忍颉利的所作所为。

两人正聊得开心，远处一行大雁由北向南飞来。

颉利笑着对李世民说："久闻陛下善骑射，能否送我一只天上的大雁做顿午餐呢？"

李世民明白颉利的心思，自己的战绩颉利早已听说，只是这位狂妄自大的可汗想见识真伪而已。

李世民笑着说："大唐与突厥是兄弟之邦，朕与可汗也是兄弟，不如朕送可汗一只大雁，可汗也送朕一只大雁，如何？"

"陛下这个主意不错。"颉利连连赞同，对着北岸喝道，"拿弓箭来！"

李世民骑在马上对着南岸上的钱任招了招手，钱任立即把皇帝常用的弓箭送了上来，递给皇帝之后，自己骑马站在不远处，盯着颉利的一举一动，她得保卫皇帝的安全。

此时，一名突厥将军把弓箭递给颉利，也骑马站在不远处。

"颉利可汗，咱俩一起吧！"李世民说完搭箭拉弓。

"嗖——"

"嗖——"

两人的箭都精准地射中了大雁的腹部，两只大雁掉在了北岸。

"陛下好箭法！"颉利觉得这个小皇帝果真有些本领。

"可汗好箭法！"李世民也夸了颉利一句。

北岸的突厥将士一齐欢呼着。

颉利旁边的将军见自己的可汗与李世民打了个平手，他并没有领悟到两人要打成平手的真正含义，他自负自己是草原上的第一射手，便对李世民说："卑将自小喜骑射，可否向陛下献丑。"

李世民一听，就觉得这小子不服气，便看了颉利一眼，笑着说："听说可汗身边有一名神射手，可是这位将军？"

颉利见自己部属主动比试，也不好推辞，便说："正是这位拔也将军！"

拔也见自己可汗没有反对，便拉弓射箭。

"嗖——"

弓箭像长了眼睛一样，穿过了两只大雁的胸膛。

一箭双雁！真是神射手！

北岸上一片欢呼！

"拔也将军果然名不虚传！"李世民也不由得称赞他。大雁本来是排着一字飞行，但李世民和颉利射杀两雁之后，天空的雁阵已经乱了，而拔也却能一箭双雁，非常难得。

拔也自负地笑了笑，觉得自己给可汗长了脸面。

钱任见拔也一副得意扬扬的样子，便打马上前一步，对颉利说："下官乃大唐尚书都事，官居七品，虽从事文书抄写，但也略懂骑射，想向大汗献丑，望允准。"

李世民正想着如何压压拔也的气焰，见钱任一副胸有成竹的样子请旨射箭，心里高兴，钱任曾在他麾下效力，他知道钱任的能力，加之后来又得到汪华的调教，射术应该更上一层楼。

颉利一看，一个七品芝麻官的文弱书生也要来比箭，真不知天高地厚，便说："都事大人也有此雅兴，我乐意得很。"

李世民见钱任满眼自信，便故意说："试试吧，你们这些读书人平时训练得少，别让可汗笑话了。"

钱任对李世民说："臣想请十羽利箭，望陛下恩准。"

李世民不明白钱任葫芦里卖的什么药，便说："准予！"

钱任得到李世民口谕，二话没说，对着天上飞行的大雁拉弓射箭。此时大雁已快飞过便桥。

"嗖——"利箭飞出，从尾雁的身边擦过，掉下了一根羽毛。

"哈哈哈——"北岸上瞬间一阵嘲笑。

李世民不由得捏了一把冷汗。

钱任表情凝重，再次拉弓射箭，利箭还是与尾雁擦身而过，又掉下一根羽毛。

尾雁受到了惊吓，转身往回飞。

"哈哈哈——"北岸的嘲笑声越来越高，拔也不由得露出轻蔑的表情。

钱任又射出了第三支箭，尾雁又掉下来一根羽毛。

三箭都没中，北岸上的突厥将士都笑得快直不起腰了。

颉利看着李世民，一脸疑惑的样子。

第四箭射出，尾雁惊慌失措又掉下来一根羽毛。

第五箭射出，尾雁又转向南飞，掉下来一根羽毛。

北岸上的笑声忽然停了下来。李世民终于明白钱任要十支箭的缘由了。

第六支箭，尾雁掉下第六根羽毛。

第七支箭，尾雁掉下第七根羽毛。

第八支箭，尾雁掉下第八根羽毛。

北岸上突厥兵马异常安静，大家都伸长脖子看着天上的大雁。

颉利和拔也不由得暗自吃惊。

第九支箭，尾雁掉下第九根羽毛。

第十支箭已在弦上。

"陛下，要大雁生还是死？"钱任在问李世民时，箭已经对准了在空中飞晕头的尾雁。

"生！"李世民的话刚出口。

"嗖——"

第十根羽毛落了下来。

过了半晌，北岸上陡然响起惊破云霄的欢呼声。

"苍天之下，陛下说让谁生，谁就一定生；陛下说让谁死，谁就必定死！苍天之下的生与死，都由陛下决定！"钱任手持弓箭，大声说道。

钱任的声音穿透云霄，北岸上的突厥将士不由得向后退了三步，一名文质彬彬的七品都事居然有如此射技，大唐不可小觑。

这时，骑马站在便桥南头的庞实，见势振臂一挥："大唐万岁！大唐天子万岁！"

瞬间，远处战鼓雷鸣，似有千军万马杀来！长安城楼上旌旗高展！

颉利猛然醒悟，把手中的长鞭举向天空，高呼："大唐万岁！大唐天子万岁！"

突厥将士立即跟着颉利可汗高呼："大唐万岁！大唐天子万岁！"

长安城内。

越国公府的大门在无数次的凶猛撞击之下，被撞开了！

门外的御林军和卫士全部英勇牺牲，右骁卫蜂拥杀了进来！

"杀！"

郑豹握着长剑向右骁卫杀去，他的后面跟着十来个卫士！他们要拼死阻止敌人走向夫人和公子。

大家都杀红了眼，郑豹和卫士们以一敌十，鲜血四溅。

稽圭站了起来，把合羽放在椅子上，双眼盯着台阶下的厮杀，用沉重的声音喝道："汪华的儿子们，举起你们手中的剑！"

汪建、汪璨、汪达和其他几个兄弟，不管大小，都双手握着宝剑，挺着胸膛，勇敢地盯着一步一步向他们杀来的右骁卫！

稽圭从大有手里接过一把长刀，握在手中，只要右骁卫踏上台阶，她就带领儿子们与他们拼杀！她的心在流泪，汪华，对不起，我保护不了儿子们，但我不会让他们丢了汪家的脸！

又有卫士倒下了，但更多的右骁卫倒下，越国公的卫士们已经没有退路，他们必须阻止这些人踏上台阶！

郑豹受伤了，手臂被刀划出了长长的口子，鲜血糊了整个袖子，但他依然殊死拼杀！

右骁卫见台阶难以杀进，开始有人从侧面往上爬。几名仆人拿着刀剑一通砍杀，把最先爬上来的砍了下去。

顶不住了！又有卫士倒下了！

稽圭彻底绝望了！

正当她准备命令儿子们跟她一起去拼杀时，大门外突然响起了更大的拼杀声！

是救兵！

中郎将常何率领左武卫赶来，从越国公府前后同时救援！

左武卫战斗力强，把右骁卫杀得措手不及！

常何之前是玄武门守将，是李世民发动玄武门政变成功的关键性人物。李世民登基之后，他因功而升为中郎将，在十二卫中很有威名，右骁卫见他亲自带兵前来，纷纷丢盔弃甲，连瘦个子和独眼龙也暗自大叫不妙。

不一会儿，右骁卫非死即降，瘦个子被郑豹一剑刺死，独眼龙害怕被俘自杀身亡。

"中郎将常何救援来迟，让夫人和公子受惊了！"战斗已经结束，常何走上台阶向稽圭施礼。

此时的稽圭手里还握着大刀，她把刀递给大有，深深地还了一礼："多谢常将军及时赶到救援，越国公府上上下下永生不忘常将军的救命之恩。"

常何说："夫人客气了，常某是奉皇帝旨意暗中保护越国公府，只是没想到对方来的人太多，等我调遣左武卫赶来时，已经牺牲了这么多兄弟。"

稽圭忙说："谢皇帝隆恩！"

常何见汪建兄弟们个个仍然手握长剑，不由得惊叹，便对稽圭说："请夫人和公子们到屋里休息，这里交给常某和郑队长就行。"

稽圭再施一礼："常将军辛苦了！"

说完，她牵着合羽，带着汪建兄弟们一起向厅堂走去。

第十三章　临危受命

两个月后。

此时的长安城已进入了冬季，寒风吹在脸上犹如刀割一样。

"姐夫，今年冬天来得早，又特别冷。你这个在江南长大的人，能住习惯吗？"

越国公府庭院里，钱琪正陪着汪华站在廊道上看着院里的树木。

"在歙州，这个时候只需要穿一件衣服。"汪华说，"来了这两年，也习惯了。想回去估计难了。"

钱琪说："皇帝还没批你的折子？"

汪华淡淡地说："杳无音信。"

"封德彝暗中鼓动一干大臣上书要皇帝严办你，父亲大人从宫里得到消息，除了朝中的一些老臣，也有各地方刺史，这些人都与封德彝过往密切，听说连太上皇也找皇帝说话了。"钱琪有点儿担心地说。

"看来我这两个月告病在家没去上朝，封德彝抓住了好机会啊。达儿终究是杀了人，不管是自卫还是自卫过当，这个罪是大是小，只有凭皇帝来裁决了。"汪华也有点儿忧心忡忡。这官场与战场还真不一样啊，尤其是当今大唐朝廷，个个都是乱世里面拼杀出来的高手。

钱琪说："就算有罪，我们也将功赎罪了，便桥之盟，若没有我们的疑兵，若没有我姐的神射，怎能吓退颉利？不夸张地说，我们立的是挽救社稷的大功。更何况，我们越国公府还遭人袭击，差点儿被人血洗，朝廷至今还没给我们处理结果呢，这算怎么回事啊？堂堂的朝廷钦封的国公爷，居然被人这样欺负。"

汪华淡淡地说："或许皇帝有他的安排。"

说到这里，汪华不由得又回想起两个月前右骁卫攻打越国公府时的场景，脊背发寒，若不是常何率领左武卫及时赶到，后果真是不堪设想啊。

御书房。

封德彝跪在地上痛哭流涕："皇上，您一定要为老臣主持公道啊。汪达射杀言德，至今已经两个多月，却毫无处置结果，老臣全府上下都在悲痛之中。"

李世民坐在椅子上，手里翻着奏折，瞟了一眼跪在地上的封德彝，说道："这案子不是已经交给杜如晦去办了吗？"

封德彝说："老臣已经问过杜相好几回了，他说还在调查中。皇上，这案子非常明显啊，那么多人见证，连他汪达自己都承认是用弓箭射杀言德的，还有什么可以调查？"

"案子的前因后果都清清楚楚，人证物证都在，但是杜如晦一直没有递折子上来。"显然李世民是不想再提这个事情，想打个马虎眼就糊弄过去。

"皇上，杜如晦私下与汪华走得近，老臣担心他有包庇之嫌。"看来封德彝这次是下定决心要李世民处理这件事情了。

"封相认为应该如何处理汪华？"李世民问道。

"杀人偿命天经地义，汪达射杀封言德就得以命抵命；汪华作为汪达的父亲对儿子管教不严，应剥夺官职爵位一同问斩；汪建、汪璨等人作为汪达同谋，应打入大牢。"封德彝咬牙切齿地说道。

李世民冷冷一笑，问道："还有吗？"

封德彝抬头看了李世民，他没明白皇帝的意思。

李世民盯着他，过了半晌，一字一句地说："是不是应该把越国公府满门抄斩才能解你心头之恨？"

封德彝忙低头说："老臣不敢！老臣只需要按大唐法律公平处置！"

"按大唐法律公平处置？！"李世民站了起来，看着跪在地上的封德彝说，"你眼里有大唐法律吗？"

封德彝叩头道："老臣不敢！老臣不敢！"

李世民顺手一推，把书案上的奏折全都扫到地上说："这些都是要杀汪华父子的奏折，是什么人上的书，你不想知道吗？对，你其实早就知道。这些人与你什么关系？朕难道是瞎子不成？"

李世民指着封德彝说："你知道这算什么行为吗？你们这是在逼朕，是逼朕去杀掉汪华！大唐的法律就是这样被你们拿来玩耍的吗？"

封德彝没想到皇帝居然对他发这么大的火，他来之前想了一百种场景，没有想到皇帝居然直接对他发火，一点儿都不顾及他两朝元老的身份。封德彝不由得感觉情况不妙。

封德彝跪在地上，他不敢回话。他越来越觉得这个年轻的皇帝不是他所能看懂的了。

"封德彝，你是不是今天一定逼朕给你一个答复？"李世民边说边从书案上翻出一个册子，摔在地上，"你自己看看，你做的好事！"

封德彝慌忙爬过去把册子捡起来。

显然，李世民已经控制不住自己的情绪了，他指着封德彝手里的册子说："右骁卫独孤豪居然私调兵马围攻越国公府，是你举荐他担任右骁卫副统领！私调兵马是什么后果你知道吗？灭九族！"

"你不要跟我狡辩你与独孤豪没有任何关系，你只是赏识他的军事才能！"李世民盯着封德彝说着，"朕让汪华带兵出城的消息是你告诉他的，钱任和庞实陪朕一起去便桥见颉利的消息也是你送出去的。还需要朕把你与独孤豪之间的事情再多说一些吗？"

封德彝不敢狡辩，看来皇帝对独孤豪的事情已经调查得清清楚楚了。

李世民气愤地来回走了几步，又回坐到椅子上，看到两鬓发白的封德彝，又有点儿于心不忍，叹了口气说："很快就过年了，朕本来想让你过个安生年，过去的事情就过去算了，朕不想去追究。明年就是贞观，朕希望天下百姓都能看到我们大唐朝廷君臣同心。现在既然事已至此，朕就给你一个明确答复。"

李世民拿起一本奏折，对封德彝说："这本是杜如晦对整个案件的调查结果，你拿回去看吧。上面有很多王孙公子的签字证明你儿子封言德在校场的一言一行。"

说完他把奏折扔到封德彝面前。接着，他又拿起一本奏折，说道："这是汪华的请罪书，并请辞歙州都督和歙州刺史之职。他能扪心自问，而你为何偏要咄咄逼人？"

封德彝瞬间明白，在皇帝内心里，他不如汪华重要。

"你年纪也大了，以后不用来上朝了，回家好好休息，朝廷之事就交给房玄龄他们处理吧。"李世民说完站起来，头也不回就走了。

当太监把封德彝扶了起来，他还感觉恍惚，完了，他封德彝彻底完了。

封德彝回到家一病不起，李世民为了彰显天子仁爱，还数次派人前往府上看望他的病情。可是，不出数月，封德彝就病逝了，享年六十岁。李世民念其当年辅佐朝政随驾征讨功勋显赫，则追赠其司空，赐谥号"明"。

越国公府，合羽轩。

无官一身轻的汪华坐在书案前看书，合羽走了进来。

"爹，舅舅来了，娘请您去厅堂说话。"合羽边说边过来拽汪华的衣裳。

"舅舅来了！太好了！走，爹爹现在就去。"汪华听说钱琪来了，很是兴奋，钱琪这次刚从外面征战回来。

汪华牵着合羽的手走进厅堂。钱任、稽圭和庞实都在听钱琪讲战场上的事情。

"钱琪，这么快就回来了？罗艺这么不经打吗？"汪华还没坐下就问。

"他是众叛亲离，一战下来就败了，他抛下妻儿还想逃往突厥，结果在半路上被部将杀了，首级都已经传到长安了。"钱琪说。

原来，贞观元年刚一开春，天节将军、燕郡王李艺据泾州起兵反叛朝廷。武德三年，即公元620年，统辖幽、营二州，成为东北地区一大割据势力的罗艺奉表归唐，被大唐皇帝李渊下诏封他为燕王，赐姓李氏，从此，罗艺改名为李艺，为唐立下大功。五年前李艺发兵帮助太子李建成讨伐刘黑闼后入朝。在长安，李艺恃功，对人非常傲慢，秦王李世民的部下到他的兵营，李艺无故殴打他们，李渊大怒，将李艺关入狱中，不久又将他释放。李世民即位后，李艺非常害怕。曹州一巫师李五戒劝李艺造反。李艺假称接到密敕，令他发兵入朝。李艺引兵到豳州，豳州治中赵慈皓出城拜见李艺，李艺遂占据豳州。李世民令吏部尚书长孙无忌为行军总管讨伐之。赵慈皓听说唐兵将至，便与统军杨岌秘密商量算计李艺，但被李艺发觉。李艺将慈皓囚禁，杨岌在城外知道不妙，带兵攻打李艺，在唐军不断增援的情况下，豳州被攻破，李艺兵败。他抛下妻儿，准备投奔突厥，半途被其部将杀死，将首级送往长安。结果还连累他兄弟、利州都督李寿也被诛。钱琪这次就是随行军总管长孙无忌出征讨伐李艺。

"真是府中方一日，世上已千年。"汪华自嘲地说，"自从辞去官职，现在朝廷里发生什么大事一点儿都不知道啊。"

钱任插嘴对钱琪说："你姐夫现在天天窝在书房看书写字，连大门都没迈出过一步，现在开春了，让他带儿子们到郊外走走，他都不去。要不是你来啊，外面就是天塌下来他也不知道。"

钱琪听了笑了笑说："姐夫谨慎一点儿也是对的。现在朝廷时局还看不清楚，爹爹给我来信，也让我提醒姐夫，一个字'等'。"

钱任听了与庞实、稽圭对视了一下，有些失望。

汪华淡淡一笑，问道："岳父大人在眉州生活得习惯吗？"

钱琪说："他没说，我在信中也没问。他南征北战这么多年，到哪里都适应生活。这次他初到地方担任父母官，不同于行军打仗，还得适应一段时间。"

原来，年初，朝廷就下旨任郇国公钱九陇为眉州刺史，刚去赴任才一个多月。

"最近皇帝会有大动作，一些朝中老臣为了自保，以年事已高为由，纷纷请辞官职回家养老，皇帝二话不说都批准了，随后起用了大批新人。"钱琪说，"姐夫迟早会被皇帝起用的。"

汪华说："大唐群英荟萃，能否起用我，我无所谓，正好可以教建儿璨儿他们兄弟读读书，官场比战场还要凶险。天下太平，我们更应该让自己过过太平日子。"

钱任听了笑了笑说："既然如此，你就向皇帝请旨回歙州老家，游山玩水，好不自在。"

汪华摆了摆手说："现在还不能回。歙州刚刚换上新刺史，汪铁佛汪天瑶程富他们见天下太平了，都已辞去官职在家过清闲日子，如果我回去，大家聚在一起，三天两头一起吃饭喝酒，新刺史会如何去想？朝廷知道这些消息，估计有些人又会做文章啊。"

庞实听了不高兴地说："这也不行，那也不行。这些都是你自己想多了吧，几个平民百姓在一起聚聚，还能把天给掀翻？"

汪华笑而不答。小心驶得万年船。

钱琪见汪华不好解释，便说道："姐夫考虑得很周详，这世上有一拨那样的人，总是喜欢踩在别人的身上往上爬，他们把寻找别人的缺点，打倒对方，作为他们升官发财的契机！"

他接着说："前段时间，尉迟将军在酒桌上闹事，被皇上当场喝住，并且让他在家写悔过书！尉迟将军是什么人？对皇帝可是有救命之恩的大将军，就因为在酒桌上耍酒疯，用言语讥讽任城王李道宗，动手打了人，被皇帝劈头盖脸地训得趴在地上磕头。你们出去打听一下，尉迟将军现在老实多了，连酒都不敢喝了，上朝都低头哈腰，散朝回家也大门不出二门不迈，不再像以前那样吆三喝四、呼朋唤友了。"

"这么大的事情，我们怎么没听说啊？"汪华吃了一惊，这可是件大事啊。

钱琪听了笑着问："姐夫，你有几个月没出越国公府大门了？有几个月没有朝廷大臣踏进你这大门了？"

汪华说："自去年我向皇帝递折子请辞官职之后，就没出门了，也谢绝大臣们来府上看望。"

钱琪说："那不就得了。朝廷发生的事情太多了。"

钱任插嘴说："所以说嘛，让你没事就过来跟我们说说话。你姐夫自己不出去，也不让我们和儿子们出去。我们就跟聋子没区别，外面什么事情都不知道。"

汪华问道："尉迟将军到底是什么情况？"

钱琪就把当时的情况介绍了一下。

一天，皇帝大摆酒宴，邀请群臣，席间，尉迟敬德见到任城王李道宗的席位在他之上，认为自己功劳在李道宗之上，便言语讥讽道："你有什么功劳，配坐在我的上席？"任城王李道宗主动要求与他换席位，并向他做解释说这是朝廷的安排。尉迟敬德不听解释，挥拳打向李道宗，李道宗猝不及防，一只眼睛几乎被打瞎。幸巧皇帝赶到，否则酒宴不知道要乱成什么样子。皇帝非常生气，训诫尉迟恭："朕读《汉书》，发现汉高祖的功臣能够保全自己的很少，心里常常责怪高祖。到了登基以后，一直想保全功臣，让他们子孙平安。但是你做了高官之后不断触犯国法，才明白韩信、彭越遭到杀戮，不是汉高祖的过失。治理国家的重要事情，只有奖赏与处罚。分外的恩惠，不能给得太多，要严格要求自己，别做后悔不及的事。"尉迟敬德也明白自己做得太过分了，忙磕头谢罪，从此开始处处约束自己的行为。

汪华听了之后，说道："这件事对于尉迟将军来说是好事，皇帝及早地给他敲响警钟，以免他得意忘形真犯了不可饶恕的过错，否则到时为时已晚了。"

钱琪说："我分析，尉迟将军这次闹事，其实是各方势力在试探皇帝的底线，大家想知道皇帝是重用新人还是宠用新人？是重用能人还是宠用当年天策府的旧臣？"

汪华听了点了点头，说道："你分析得有道理，皇帝正好利用这次酒宴，让大家明白一个道理，皇帝是大唐的皇帝，而不是天策府的皇帝。"

钱琪说："现在朝局暗中风起云涌，稍有不慎就会酿成大祸，皇帝刚刚并省全国的州县，将全国分为十道，取消了总管府，每道各辖若干州，而道只是监察机构而非正式行政机构，长乐王李幼良因皇帝这举措夺取了他的权力而心生怨恨，便带兵侵掠当地百姓，并且私自与羌胡互市。有人奏其有不轨之心，皇帝已下旨赐其自尽。"

"长乐王赐死是什么时候的事情？"汪华吃惊不小，堂堂大唐宗室王爷就这样被赐死，确实令人意外。

全国分为十道，汪华是知道的，他接到了朝廷颁发的文书，歙州、饶州、杭州、宣州、婺州和睦州都归属江南道。全国十道即关内道、河南道、河东道、河北道、山南道、陇右道、淮南道、江南道、剑南道、岭南道。江南道以辖境在长江之南而得名，东临海，西抵蜀，南极岭，北带江，领润、常、苏、湖、杭、睦、歙、婺、越、台、括、建、福、宣、饶、抚、虔、洪、吉、袁、郴、江、鄂、岳、潭、衡、永、道、邵、朗、澧、辰、巫、施、思、南、黔、费、夷、溱、播、珍等州。

"就前几天发生的事情。"钱琪说，"我也是今天上午才知道这消息。"

"皇帝既要安抚臣民，又要杀人立威。"庞实在旁边说道。

汪华若有所思地说："训斥功高盖世的心腹大将，是为了让那些自诩立有大功的臣子们要懂得收敛；赐死宗室王爷，是告诉那些以血脉宗亲而跻身王室贵族的人不要目无法纪；灭掉雄霸一方的封疆大吏，更是彰显朝廷稳定天下的果断！加上去年便桥会盟，不费一兵一卒就退了二十万突厥铁骑。古往今来，有哪位帝王有当今天子之雄才？！"

钱琪点了点头说："父亲私下也是这样跟我说的。"

冬去春来，转眼就进入了贞观二年。

这天，李世民散朝之后回到御书房，房玄龄、杜如晦、魏征、长孙无忌等四人跟了进去。

李世民说："现在突厥政衰，颉利与突利之间矛盾激化，西突厥统叶护可汗欲向我朝请求和亲，而东突厥颉利可汗欲加阻止，两者时有兵革之争。该到收拾梁师都的时候了。"

房玄龄说："陛下，梁师都虽然盘踞朔方十余年，但他是依靠突厥撑腰才嚣张到今日。现在突厥无暇顾及我朝，正是出兵横扫朔方之时。"

"虽然突厥暂时无暇顾及朔方，但我们也不能轻视了梁师都，终究他在那里经营了十余年，据探子来报，梁师都一直在加强朔方城池修建，城池高大坚固，易守难攻。"长孙无忌说。

"朔方是卡在朕身上的一根刺，每每想起，令朕寝食难安。"李世民说，"朔方是突厥南下的门户，只有夺取这座门户，将来我们不仅能阻挡突厥铁骑南下，也可北上纵横漠北。"

"陛下所言极是，只是我们要攻打朔方，必须选一名优秀将领来统领白渠府拱卫京城，让长安城固若金汤，能抵住南下袭击的任何一支敌军。"魏征说道。

"今天让你们过来，就是讨论白渠府统领的人员，魏爱卿说得没错，白渠府不仅担任整个长安城防卫，因其驻地位于长安城北的白渠中游，还有担任抵御北方敌人南下之重任。"李世民说，"自大唐开国以来，常年对外征战，长安城的宿卫均由十六卫负责，突厥多次南下逼近长安城，十六卫左右推卸责任，也无人承担真正责任，也始终没有让白渠府发挥真正的禁卫作用。若想高枕无忧长治久安，必须尽快委任一员智勇双全、忠一不二的大将军来统领才行。"

这时，身为兵部尚书的杜如晦说话了："陛下英明，白渠府归属于左卫，已换多任统领，均不满意。之前我们的重心是平定四方，并没有重视白渠府，既然现在我们要经略朔方，就不得不重视白渠府的地位了。"

"杜爱卿，你是兵部尚书，你认为谁最合适？"李世民问道。

"陛下，我朝人才济济，要选一个行军总管轻而易举，但找一个最合适担任白渠府统领的却难之又难。"杜如晦有点儿为难地说。

"你这话等于没说。"李世民面有不悦地说。

房玄龄见状忙解围道："陛下，杜相的意思是最合适的人选难找，而不是找不到。"

李世民说道："白渠府统领不仅要文韬武略，而且对大唐、对朕必须忠心不二。白渠府统领这个军职虽然不高，但在大唐军队中的地位非常特殊，他掌握的是大唐精锐之师，拱卫的是都城安危。"

站在一旁的魏征终于开口说话了，他说道："陛下，臣刚才想起一个人，堪当大任。我想杜相心里其实早就有了人选，只是一直不敢说出来。"

李世民听了，不由得笑道："哦，什么人不敢说？"

房玄龄见皇帝笑了，说道："陛下，我们不如玩个游戏如何？我们在场的每一个人都把自己认为最合适的人选写在纸上。然后大家说出各自的理由，陛下再来定夺。"

李世民一听，觉得这样很有意思，便说："别写在纸上了，就写在每个人手掌上，朕也写一个，大家一起举荐。"

杜如晦见皇帝刚才是故意生气，也就笑着说："看来陛下心里也早就有人选了。"

李世民笑了笑，把笔递给杜如晦，说："还是请我们的兵部尚书先写吧！"

杜如晦忙推辞，说道："还是陛下先写。"

李世民听了也不客气，用笔蘸了点墨，说："朕先写了，你们别偷看。"

说完，他就拿着笔转过身，伸出手掌，在上面写了一个字。

随后，杜如晦、房玄龄、长孙无忌、魏征，先后在自己手心上写下一个字。

"看看你们都推荐了谁。"李世民把手握在胸前，问大家。

既然都已经写下了名字，也就不论先后了，房玄龄伸开手掌，是一个"越"字。

"越国公汪华。"他补充道。

杜如晦、长孙无忌和魏征三人不由得笑了起来，都一齐把手掌伸开，杜如晦的手掌也是个"越"字，长孙无忌的手掌是个"汪"，魏征手里是个"汪"字。

李世民看了哈哈大笑，说道："原来你们早就商量好，难怪一个个都不肯说。"

长孙无忌解释道："陛下，我们四个真没有商量过，朝中文武群臣对汪华的才能都是很知晓的，只是陛下去年处置封言德的案子时，在朝堂之上说，既然汪华请辞歙州都督，那就让兵部收回他的印信，这辈子就让他待在家里好好教育他的那几个儿子。身为兵部尚书的杜相岂敢违抗您的旨意奏请汪华出任统领呢？！"

李世民忽然想起自己当时刚把封德彝赶回家，为了安抚封德彝的那些党羽，确实是在朝堂之上当着文武百官的面说过这样的话。

他有点儿愧疚地对杜如晦说："真是差点儿误会我们的杜大人了啊，不要往心里去，朕也是开个玩笑。"

杜如晦忙说："臣不敢。臣等还想看看陛下写的是谁呢？"

李世民笑而不语，伸出手掌，"汪"！

五个人不约而同地哈哈大笑起来！

第十四章 执掌禁军

"国公爷，国公爷！"郑豹风风火火地往厅堂跑来，边走边喊。

汪华正在厅堂与钱任说话，见郑豹一点儿规矩都不懂，就说道："什么事，大呼小叫的，成何体统！"

郑豹也不理会汪华的训斥，笑着说："国公爷，钦差大臣来了！"

"谁？"汪华感到很意外，问道。

"兵部尚书杜如晦大人！"郑豹回答，他猜肯定是朝廷要起用国公爷了，不然不会派堂堂的兵部尚书作为钦差大臣来传旨。

"快！开中门！请！"汪华边说边赶紧整理了一下衣服。

"大有，快去请夫人和公子出来接旨。"钱任对杵在一旁的管家大有说道。庞实、稽圭和儿子们都在后花园玩耍呢。

越国公府已经一年多没外人上门了，汪华也在这个府上闲居了一年多，哪儿也没去。

一听圣旨到了，大家争先恐后地赶到大厅堂来。

越国公府的大门大开，杜如晦在数名随从的陪同下，双手捧着圣旨踏进大门，走进越国公府的大厅堂。这个大厅堂就是当年汪华为镇宅而悬挂有李渊画像的厅堂，而汪华与家人聚会都是在旁边的侧厅。

杜如晦立在李渊画像前面，面向南方，看着跪在地上接旨的越国公府上上下下，念道：

奉天承运，皇帝诏曰：

越国公汪华，秉文经武，夙著款诚，屡立奇功，委之戎旅，特授予左卫白渠府统领，参掌禁兵，便宜行事。钦此！

贞观二年四月五日

汪华接旨谢恩之后，请杜如晦上座喝茶。

其余人等先后退了出去，整过厅堂就留下汪华与杜如晦两人。汪华与他关系匪浅，所以少了一些客套。

"杜相，皇帝怎么忽然召我为白渠府统领？白渠府掌管的是大唐禁军，精锐之师啊。"汪华对皇帝这个决议有点儿意外，这统领之职以前多次都是由皇室成员担任，而他作为一个外臣，确实有点儿忐忑。

"越国公，你任白渠府统领不仅是皇帝的意思，也是我与房相他们的意思。当今天子雄才伟略，将干一番惊天动地之伟业，而作为关系长安城安危的白渠府，必须要有一名文韬武略而又忠心耿耿的大将军掌管。您算是临危受命啊！"杜如晦接着就把前天在御书房的事情简单地说给汪华听。

汪华听了忙感激地说："谢谢各位大人抬爱，只是这白渠府地位特殊，我怕难以胜任。"

杜如晦摆手说道："越国公不用自谦，你的才能我们都是有目共睹的，你虽闲居长安数年，但你对皇帝、对大唐的忠诚，大家都是心里有数的。武德九年玄武门之变，皇帝临时召你守卫秦王府，把全家老小的性命都交给你；便桥之盟，皇帝让你布疑兵，又让两位夫人随行护驾，既是看中你的能力，也是看中你的忠诚。若不是当年您的钱夫人神射，怎能震撼突厥铁骑，让他们仓皇北归？！"

汪华见杜如晦都这么说了，也就不好意思再自谦了。

于是，他说道："请皇上和杜相放心，汪华一定不会辜负众望！"

杜如晦说："越国公，左卫是大唐十六卫中最精锐的军队，而白渠府又是左卫里面最精锐的禁军，兵营位于长安城北面，既要担负抵御外敌入侵长安的重任，也要负责长安城内的安危，同时还有驰援东都洛阳的责任。皇帝的御林军属于内禁，白渠府属于外禁，整个长安城和皇宫的安危全系在这两支军队之手。御林军是由皇帝亲自统领，而白渠府现在就交给越国公了！"

汪华忙说："汪华定当尽心尽力当好差！"

见杜如晦喝完一口茶，汪华问道："杜相，朝廷最近是不是准备对外大规模用兵？"

杜如晦听汪华这么一问，没有说话，微笑着盯着汪华，说道："房相常说越国公料事如神，今天姑且请越国公猜猜皇帝准备打哪里？"

汪华笑着摆手道："杜相，取笑了。我是连猜带蒙，有时只是凑巧而已。这两年我在府里大门不出二门不迈，不知道天下到底怎样，都成睁眼瞎了。"

杜如晦说："有位左卫将军常登门，天下诸事越国公早已了如指掌了。说说看，姑且你我之间算是说笑吧。"

汪华说："那我来猜一下。去年幽州都督王君廓谋反被杀，岭南冯盎遣子入朝，回纥大败颉利可汗，这三件事连在一起，就使大唐境内基本无忧。虽然突厥政权日衰，但出兵攻打颉利暂不是时机，那么一直悬在长安上方这头野狼就得打掉。"

汪华边说边用手指沾茶水在桌子上画了个草图，随后在长安的上方与突厥之间的地方点了一点。

杜如晦听了略显意外，讨伐梁师都的议题仅限于出入御书房的几个人，而汪华居然不动声色地就察觉出来了，不得不令人惊叹，但想想汪华以前对天下走势的准确分析，也就觉得应是意料之中了。

"看来很多话我就不需要向越国公交代了，你知道怎么去做。"杜如晦欣喜地说。

汪华说："赴汤蹈火，在所不辞。"

于是，两人又随便聊了一会儿其他事情，杜如晦就告别了。

唐初沿袭隋朝军制，设置十二卫四府，俗称十六卫。十六卫分别置上将军各一人，从二品；大将军各一人，正三品；将军各二人，从三品。十六卫遥领天下数百个军府，居中御外，卫戍京师，是府兵和禁军的合一。但是，十六卫大将军对天下军府只是"遥领"，并不具备真正的战时指挥权。战时，则由皇帝临时派行军大元帅为最高指挥官。

军府、地方州县长官、十六卫和行军大元帅互相制约，没有人能够单独控制军队。这样一来，虽然天下府兵驻地分散，仍然是皇帝能够直接控制的中央军队！

"皇帝准备讨伐梁师都？"钱任问。

汪华刚送走杜如晦，钱任和庞实、稽圭等人从后堂走了出来。

汪华看了看她们三人，说道："你们偷听讲话了？"

"没有啊，我们在后面陪儿子们玩呢。"钱任说。庞实和稽圭也纷纷点头证明钱任所说。

汪华拿起摆放在案头上的圣旨，又看了一下，说道："想起来了，前段时间跟你们聊天时说起，皇帝什么时候重视白渠府统领之职，就表示他准备对梁师都动手了。"

钱任说："目前朝廷的外禁主要是由整个左卫负责，而白渠府一直没有真正起到全权负责长安外禁的重任。重视白渠府，就表示左卫麾下其他兵力将做外调。"

庞实插话道："皇帝是不想让长安再次重演兵临城下便桥会盟的情况。左卫曾与梁师都交战数次，对梁师都军队非常了解，是当前讨伐梁师都最合适的选择。"

稽圭也说话了："既然皇帝和杜相、房相他们都让你来担此重任，也是经过深思熟虑的。"

正说着，钱琪来了，他已经知道了汪华被朝廷委任为白渠府统领的消息了，特来道贺，同时把他掌握的白渠府的一些情况告诉汪华，便于他去执掌时能心里有数。

三日之后，汪华准备就绪，带着郑豹和冯智戴到白渠府赴任。

因军营不能带家眷，三位夫人和儿女都留在城内越国公府。冯智戴是岭南冯盎的长子，去年因岭南多战，冯盎领兵镇压，但为消除朝廷对他的戒备，特请旨让自己的长子冯智戴前往长安居住。当年在讨伐辅公祏时，汪华与冯智戴多有接触，对他的智勇甚是欣赏。冯智戴年轻有为，到了长安，皇帝并没有为其安排事务，他每天跟汪华一样窝在府里，把自己当成了朝廷的人质看待。汪华因长夫人钱英与冯盎是义兄妹的关系，所以与冯盎交情匪浅，加之自己这次赴任白渠府军务繁忙，正需要得力助手，于是就向皇帝请旨要了冯智戴。

汪华到了白渠府的第一件事就是整顿军务，郑豹和冯智戴是非常优秀的副将，按照汪华的要求很快就使白渠府一万兵马的军容军纪焕然一新。随后，汪华又要求他俩带领白渠府将士日夜操练。

汪华不仅能亲自领兵攻城略地，还能做到如何让麾下将军的能力发挥到极致。御百万兵，不如御百名将。长安城的防卫由于汪华的到来，得到了周密的布置。

这日，汪华正在白渠府营帐里面看书，郑豹匆匆跑了进来。

"统领大人，出事了。轻骑校尉张三宝在春明门带兵扣押了户部车队，并打伤了一名官员。"郑豹焦急地说。

"户部什么车队？"汪华问道。

"黄金。"郑豹说，"从东都洛阳押送过来的。"

汪华立即觉得事情蹊跷，从东都洛阳押送黄金居然没有动用左右卫，而仅是户部的车队，这有点儿不合理。

"他们有朝廷的文书吗？"汪华问道。

"所有的文书都齐全，从洛阳到长安所有的通关文牒也都有。"郑豹说。

汪华把手中的书放到书案上，站了起来，问道："既然文书齐全，为什么要扣押他们？"

郑豹解释道："押送车队的是一名身居四品的尚书中司侍郎曹仁务大人，张三宝提出检查车队，他不配合，并出言讥讽，说他们的车队从来没有人敢拦截检查的。"

"除了手持皇帝圣旨，任何人的车队都要检查，即使是皇室车队也不例外。"汪华说，"我们有权扣押车队，但出手伤人就太不对了啊。"

"张三宝的脾气火爆，说要扣押车队，曹仁务带人来抢，结果两边就打了起来，张三宝拔刀把曹仁务的手臂砍伤。"郑豹说，"幸好，冯智戴及时赶来制止，否则后果更严重。"

汪华问道："曹仁务现在哪里？"

"与黄金一起都被扣押在东门的营房。"郑豹说。

"你出去吧，不要告诉外人已经向我禀告了此事。"汪华觉得事情不可能是表面看起来这么简单，便对郑豹说，"户部会派人找我的，你们按照规矩办就行，不用担心。"

郑豹还是不放心，张三宝打伤的可是四品官员，这事情要是闹大了，不好收场。

汪华摆了摆手，没有说话。郑豹只得退了出去。

汪华手里有一本皇室和六部的名录，这是长孙无忌给他的，里面详细记载着居住在长安城五品以上官员的背景资料。

曹仁务的父亲曹贵曾给太上皇李渊做过马夫，当时李渊还是唐国公，曹贵为人憨厚，擅长养马，深受爱马的李渊赏识。李渊当上皇帝之后，曹贵被授予四品散官，可惜不到半年就病故了。李渊为了表示对曹贵的恩宠，就对曹仁务也格外照顾，仅三四年时间，就让曹仁务官居户部尚书中司侍郎，掌管着大唐户部银库。曹仁务属于典型的官二代，并且是靠着太上皇这棵大树。

轻骑校尉张三宝的家世也不简单，父亲张虚戊曾是李渊唐国公府的侍卫，也跟随李渊太原起兵，后在攻打长安城时被流箭射死，据说当时李渊亲自脱下自己的披风盖在张虚戊的身上对其厚葬，并对张家也很照顾。

按理来说，张三宝与曹仁务两人的父亲都是太上皇的旧人，且都受太上皇宠信，两家关系应该很好，张三宝与曹仁务也应该相互熟悉，为何突然为了进城检查而动了干戈呢？事情可能不是表面上看到的这么简单。

汪华在脑海里盘算着这个事情，决定探探究竟。

户部尚书此时正是长孙皇后的舅父高士廉，他也刚上任才一两个月，他正调遣各州郡重新进行田地和人口登记，这是一项工作量非常大的事情，掌握了各地田地和人口数目就能更好地颁布赋税。他正在户部衙门办公，就有人走来匆匆禀告，说白渠府扣押了他们户部押送的黄金和所有押送黄金的人。

"汪华怎么搞的？连户部都不放在眼里？！"高士廉听了汇报，心里很不爽，扣押自己户部的黄金和官员，这不是摆明打他高士廉的耳光吗？问道，"他们现在哪里？"

"都扣押在白渠府东门营房！"属下禀告。

"备马，赶紧去白渠府找汪华。"高士廉说完就往外走，这批黄金是从洛阳铸钱局新铸出来的，是用来给兵部筹集粮草的，岂能耽搁。

曹仁务的伤口已经包扎好了，刚开始还大呼小叫地说要告白渠府，结果冯智戴对着他耳边轻轻说了句："小心我说你私通突厥，直接把你杀掉，你命都没了，还敢嚣张不？"

曹仁务也听说过冯智戴的事情，对这种在战场上杀人不眨眼的将军，他还是有点儿害怕人家玩真的，所以立马就老实了。

张三宝被人带进了汪华营帐。

还没等汪华说话，张三宝"扑通"跪在地上，请求道："统领大人，您一定要仔细查查曹仁务，他形迹可疑，另有阴谋！"

"他怎么形迹可疑了？他会有什么阴谋？把你知道的都说来听听。"汪华觉得张三宝必定掌握着曹仁务某些不可告人的秘密，否则他不至于鲁莽到要动手去伤害曹仁务。

张三宝看了看周围站着的兵卒，没有说话。汪华明白了他的意思，就摆手示意营帐里的兵卒都出去，只留下他与张三宝两人。

于是，张三宝一五一十地把他掌握的曹仁务的事情说了出来。

原来张三宝的父亲张虚戊与曹仁务的父亲曹贵不仅都属于太上皇李渊在太原的旧人，两人还是把兄弟，两家关系不错，曹贵当年还想让曹仁务娶张三宝的姐姐为妻，虽然张虚戊认为曹仁务好酒贪玩，委婉地拒绝了这门亲事，但这并没有影响两家之间的关系，年长张三宝十岁的曹仁务还偶尔来找张三宝喝酒，两家家眷常相互串门。可是自曹仁务担任户部中司侍郎之后，张三宝就开始感觉他慢慢地变了。首先是曹仁务换了大宅子，有次喝酒无意中又听说他在老家买了数百亩地，纳了几个小妾。前几日，他有个小妾来张三宝家串门，与张三宝妻子聊天时无意中说曹仁务越来越出息了，给几个小妾的娘家都买了地。张三宝从妻子口里听到这消息之后，就觉得奇怪，曹仁务的俸禄加上朝廷对官员的赏赐，根本就不够他这么开销的啊。于是，张三宝就开始留意曹仁务。谁知道，昨天张三宝妻子从曹府串门回来，说听到曹仁务的两个小妾在私下讨论这次老爷从洛阳回来肯定又会赚不少钱，两人商量一起去西市买玉镯子。

张三宝听了以后就纳闷了，曹仁务往返长安与洛阳，办的都是公差，怎么就能赚不少钱呢？钱从哪里来？曹仁务的身份，也不会有地方官吏给他送什么贵重财宝。难道他每次从洛阳押送黄金回长安的时候，私带了什么东西而从中获利？

张三宝一直感恩朝廷对张家的恩荣，一心想着如何报答朝廷。现如今大唐刚立十余年，他不忍一些不法之徒中饱私囊而危害国家利益，即使这个人是自己的亲兄弟，也都不行。

这次曹仁务回长安城时，正好赶上张三宝在春明门当值，负责守卫的白渠府兵卒按照惯例查看了文书和随便开了一箱检查之后，正准备放行，张三宝走了过来，他想仔细检查一下。谁知道曹仁务见张三宝要把他们的车辆带到营房仔细检查，就急了，觉得张三宝是在故意找茬儿，就说不同意。曹仁务越不同意，张三宝就越想查看个究竟。于是，两人在营房里顶了起来，谁知道，曹仁务说着说着就说张三宝就是个傻子、榆木脑子。张三宝被说急了，就命令兵卒把黄金全部搬出来检查，而曹仁务偏偏不同意，并说向来没有这个规定，还说张三宝没有权力这样检查。在推搡中曹仁务抢过旁边兵卒的刀要砍张三宝，反而被张三宝拔刀砍伤，若不是冯智戴碰巧赶来，估计真要出人命了。

"你为什么就一定认为他押送的黄金有问题呢？"汪华问道。

张三宝说："凭直觉。"

"直觉？！"汪华听了觉得有点儿无奈地笑了，"你仅仅凭直觉，就与朝廷四品官员发生了争执，差点儿伤了人命。"

"属下知罪！"张三宝低着头说，"但是，统领大人，曹仁务真的有问题，我不是嫉妒他有钱，过得比我好，而是觉得他那么多钱确实来得不明不白。"

"他这么有钱财，难道别的同僚不知道？监察御史不知道？"汪华见张三宝一副憨憨的样子，真是想生气都没法生。

"他在老家买田地都是偷偷买的，别人还真不知道。"张三宝又嘟囔了一句。

汪华只得耐心说道："如果你刚才说的事情属实，那么这个曹仁务确实有问题，确实从某些地方搞到了不少钱财，但是他岂敢在运给兵部的黄金上做文章呢？你这样一闹，不仅抓不到他的任何把柄，反而会打草惊蛇。

你自己却会因刀伤四品朝廷命官而面临被革职查办。"

"只要抓住朝廷的蛀虫，我就是丢掉性命都不怕。"张三宝居然把曹仁务说成蛀虫，一副大义凛然的样子。

汪华也在脑海里盘算着，曹仁务极力阻止张三宝检查黄金，说明黄金确实有问题。如果不坐实曹仁务有问题，那么张三宝就会被兵部以军法处置，也可能会被户部送到刑部去按律定罪。他相信张三宝说的没错，曹仁务有问题。

他正准备亲自去东门营房查看时，高士廉骑着马匆匆赶来，正在营地外。白渠府是军事重地，外人若不持白渠府腰牌是进不来的。汪华得到通报之后，亲自到营地外迎接高士廉。

"汪统领，我户部的车队为何被你们白渠府的人马扣押？"高士廉见到汪华连招呼都没打，就直接兴师问罪。自己刚掌管户部还没多久，户部的四品官员就被白渠府的人打伤，这样下去整个长安城的人岂不都要小看户部了？

"高相，我刚得知此事，正准备去东门营房察看究竟。"张三宝以待罪之人被五花大绑跟在汪华后面，汪华也不能说自己还不知道此事。

"那都是从东都洛阳押送过来给兵部的粮饷，你们岂能当作儿戏，想翻看就翻看呢？听说还要全部搬出来一个一个地看，这不是笑话吗？你们白渠府的人都无聊到这个地步了吗？"高士廉觉得白渠府这次太不给他面子了，他也没必要给汪华面子，说话的语气特别硬。

事情没有彻底调查清楚之前，汪华也不便与高士廉解释太多，终究自己属下伤了对方的人，汪华只得说："高相，我们到了东门营房之后再说对错吧。"

高士廉见汪华这样说话，伤人者张三宝又被捆绑起来了，他也只得跟着汪华去东门营房察看究竟。

高士廉年轻时很有器量，对文史典籍也有所涉猎，与司隶大夫薛道衡、起居舍人崔祖浚是忘年之交，因此得到公卿的赞许。但他认为自己是北齐宗室，不宜广交名流，于是隐居在终南山，闭门谢客。隋炀帝大业年间，高士廉出任知礼郎。大业五年，高士廉因妹夫长孙晟病逝，便将妹妹高氏接回家中，并厚待外甥长孙无忌、外甥女长孙氏。后来，高士廉发现李渊次子李世民才华出众，便将外甥女长孙氏嫁给他，这就是后来的长孙皇后。

武德九年，李世民与太子李建成矛盾加剧，高士廉与长孙无忌、侯君集等人日夜劝谏李世民，欲诛杀李建成与齐王李元吉。后来，高士廉配合李世民发动玄武门之变。李世民被立为太子后，任命高士廉为太子右庶子。

高士廉不仅是当今皇后的舅父，而且他本人确实能力非凡，汪华对其很是推崇，所以对他刚才的言语并不在意。

东门营房就在春光门附近，白渠府在长安城东南西北四个方位都布置有营房，作为白渠府兵卒临时休息之用。

曹仁务被关押在东门营房，冯智戴盯着摆在地上的十个大箱子左看右看，没看出有什么异样，又看着堆在桌子上的黄金，还是没看出什么异样。原来，冯智戴把一箱黄金全部搬出来摆在案桌上。每块黄金二十两，一箱五十块，每箱一千两，十箱黄金正好是一万两。

汪华和高士廉走进东门营房，冯智戴向两人禀告了他所见到的事情经过，随后说："黄金都检查了，没有任何问题。会不会是张三宝与曹仁务有什么个人恩怨？"

此时，张三宝被郑豹押在营房外面，并不知道冯智戴在里面说了些什么。汪华对冯智戴办事还是很放心的，见冯智戴都说没有查出什么问题，也觉得张三宝这次太鲁莽，打草惊蛇了。按照张三宝叙述的话，曹仁务肯定通过押送黄金这趟差事赚了钱，只是他到底是如何赚钱的呢？

汪华边思索边看着桌上的黄金，他拿起一块儿看了一眼，黄金上面有几行字，上面写着"20两 洛阳铸宝局"。

李世民当年是秦王时，因战功赫赫，李渊赐其一座建在洛阳的铸钱炉。李世民登基之后，把归属于秦王府的铸钱炉升格为洛阳铸宝局，与长安铸宝局一并归属于户部。洛阳铸宝局有一套工艺精湛的黄金冶炼设备，所以河北一带的金矿开采出来的矿石都送到洛阳冶炼成高纯度的黄金。

"汪统领，我还得赶紧回户部办差呢。"高士廉见汪华在黄金箱前面走来走去，就暗示他，赶紧放人吧，没时间跟你这样耗着。

汪华看了看高士廉，不好意思地笑了笑，说道："高相，是我属下办事不力，我定当严惩。"

汪华说完，对冯智戴说："赶紧请曹大人出来，把黄金装箱，你亲自护送到户部去。"

曹仁务手臂包扎着纱布，从另一间房子走了过来，正想说话，高士廉向他摆了摆手。

高士廉觉得曹仁务与张三宝之间肯定有什么瓜葛，否则不可能把事情闹得怎么大。此时还不是讨论谁对谁错的时候，带走人拿走黄金才是重点。见汪华爽快地放人放货，高士廉堵在心里的气也就消了一大截。

还没等高士廉说话，汪华对身边的兵卒命令道："张三宝无理取闹砍伤四品官员，立即送入兵部大牢听候处置。"

"汪统领秉公执法，高某就先告辞了。"高士廉见冯智戴已经把黄金装箱，则准备离开。

"汪某管教不力，改日登门道歉。"汪华说完就示意冯智戴押送黄金与高士廉一起去户部。

送走高士廉，汪华对郑豹说："陪我走走吧。"

郑豹猜着汪华此时心情不好，白渠府得罪了户部，只怕以后会有麻烦。

郑豹跟着汪华在城里慢慢走着，才走了不到三百步，见几个人正在争吵，其中一个愤愤地说道："你卖荔枝缺斤少两，难道不应该退钱吗？"

另一个人估计是卖家，也不服气地说："大伙评评理，这个人买了荔枝回家，过了大半天再拎过来说我给他少称了三两，这不是讹诈我吗？你可知道今年的荔枝有多贵啊。"

"你就是缺斤少两了，你要是不把多收的钱退给我，我去报官。"买荔枝的人理直气壮地说。

"你去报啊，谁怕谁啊。"卖家也语气硬得很。

听到这里，汪华像猛然想起来什么一样，对郑豹说："快，立即带兵追上冯智戴，把黄金扣下。"

郑豹被汪华这突如其来的反应吓了一跳，一愣一愣地还没不知道怎么回事。

"快去！扣下黄金！"汪华边说边往营房跑去。

郑豹紧跟在后面。

到了营房，汪华翻身上马就往户部方向奔去，郑豹忙点了十几名兵卒骑马跟着。

"高相，请留步！"汪华快马追上高士廉的车队。

"汪统领，有什么事情吗？"高士廉骑在马上问道。

而此时，曹仁务显得特别紧张。

"高相，可以借一步说话吗？"汪华翻身下马走到高士廉身边，高士廉也只得下马。

汪华轻声问道："高相，朝廷规定黄金冶炼成金块儿的火耗是多少？"

高士廉疑惑地看着汪华回答道："朝廷规定纯黄金冶炼成金块儿火耗不得超过半半成。"

汪华问道："半半成是什么意思？"

这是朝廷新规定的一种说法，不是户部的人不一定知道，高士廉耐心解释道："十两黄金的半成是五钱，半半成就是两钱半。"

汪华听懂了意思，指着远处车队上的装黄金的箱子问道："比如这里面的金块是二十两，除去火耗，实际重量只有十九两五钱，对吗？"

高士廉说道："没错，实际重量必须控制在十九两五钱以上，但是对外仍以二十两黄金的等价流通。"

汪华又问道："高大人，黄金运回户部之后，你们有没有一一过称核对重量？"

高士廉见汪华问得稀奇，说道："这黄金是洛阳铸宝局冶炼出来的，在出库之前都一一称过重量，上面都刻有洛阳铸宝局的图文，黄金运到户部钱库，只需要清点数量就行，这么多黄金，有谁会一一过称称重呢。"

听到高士廉这么说，汪华彻底明白了，他的预感没错。

"高相，这黄金你暂时不能运到户部钱库去入账，我需要重新核查。"汪华说。

"汪统领，你们白渠府管得也太宽了吧，这可是给兵部的军饷。你们白渠府负责宿卫长安城的安全就行，这事你就别操心了。"高士廉听说又要扣押黄金，真的生气了。

"高相请不要误会，这些黄金我们不带回白渠府，可以仍然放在户部，但是需有我们白渠府的将士看守。"汪华解释道。

"我户部钱库有人把守，难道害怕飞走不成？"高士廉不同意。

汪华见围观的人越来越多，只好对郑豹耳语几句，很快，郑豹就从旁边的店铺借来一把小称。

汪华接过小称，郑豹安排兵卒背对着汪华和高士廉把两人围起来，不让外面的人看到里面在做什么。

汪华打开箱子，从里面拿出一块儿黄金，仔细地称给高士廉看，高士廉瞪大眼睛清楚地看到秤星，十八两。

"十八两？！"高士廉轻轻地惊讶道。

汪华不作声，又拿起一块儿再称，十八两一钱。一连称了五块黄金，重量都在十八两到十八两三钱之间，居然没有一块儿是十九两的，更别说十九两五钱。

高士廉瞬间明白了什么，忙对汪华感激地说："汪统领，你救了我命啊。这要是送到兵部，被发现重量有误，我可要担大责任，掉脑袋啊。"

两人又轻轻说了几句，高士廉对外说："把曹仁务绑起来！"

围观的百姓没看清楚到底怎么回事，就见兵卒把骑在马上的曹仁务拖下马，五花大绑。随后，白渠府兵卒押着车队往户部走去。

回到户部，高士廉立即突审曹仁务，而曹仁务见事情败露，为免皮肉之苦，一五一十地全交代了。

原来，他到了户部第二年就发现了钱库漏洞，他管理户部钱库，常往来洛阳与长安。于是，他通过关系把自己的姐夫马征远弄到函谷关驿站担任驿丞，又把驿站后院地下室进行改造，私下备好熔炉和模具。

他每次从洛阳押送黄金落宿函谷关驿站时，就把押送的人员全部灌醉，再让马征远把黄金倒入熔炉，再按照模具重新铸出十八两的黄金。每块儿黄金，除去损耗，他们能得半两。一趟下来他们能从中获取数百两黄金。以这次为例，一万两黄金，有五百块儿，他们就从中得到黄金二百五十两。

武德年间朝廷规定，一枚铜币为一文，一百文为一钱，十钱为一两银子，十两银子为一两金子。

当时的朝廷四品官员的年俸在五十两银子左右，也就是才五两黄金而已。曹仁务跑一趟洛阳就能从朝廷钱库里面偷出数百两黄金，真是令人不敢想象。

高士廉觉得事情严重，又为了减少自己的失察之责，立即起草奏章向皇帝一一陈述案件来龙去脉。

三天后，冯智戴率领白渠府兵卒和同长安京兆尹衙役查抄了函谷关驿站，抓捕了驿丞马征远。

随后，朝廷下旨，曹仁务和马征远罪大恶极，抄家灭族。高士廉犯有失察之责，免去户部尚书之职，贬为安州都督。张三宝升五品云骑将军，继续在白渠府效力。

长安城外，十里长亭。

汪华端起酒杯对高士廉说："山高路远，高大人一路保重！"

高士廉也端起酒杯说道："感谢汪统领在皇帝面前为高某说情。"

汪华说："高大人掌管户部时间短，很多事务尚未捋清，何罪之过。只是皇帝要整顿朝野，高大人是他的至亲之人，暂且拿你做个样子给大家看看，过不多久皇帝又会召你回京的。"

高士廉感激地说："汪统领好意，高某记在心里。后会有期！"

数月后。

大唐正式出兵讨伐梁师都了，李世民委任右卫大将军柴绍为行军总管，殿中少监薛万均为行军先锋，以左右卫兵马为主力，共率大军五万向朔方出发！

梁师都是夏州朔方本地人，世代为当地豪族，他本人曾在前朝为鹰扬府郎将。大业末年，被免官归乡，于是交结党徒起为盗贼，后占据朔方郡造反，自称大丞相，并与突厥结盟。攻占雕阴、弘化、延安等郡之后，于是即皇帝位，国号为梁。

武德元年，即公元618年，梁师都进犯灵州，被唐军打败。

武德二年，梁师都再次进犯灵州，被唐军击退，随后又与突厥联合南下，骚扰五原、延州、太原和幽州等地。

武德年间，梁师都多次勾结突厥颉利可汗，教唆其南下，因此突厥连年进犯，以致深入内地，兵临渭桥。

因此，在朝廷准备用兵灭掉梁师都之前，已经派遣使者去招降梁师都，结果被梁师都一番羞辱。于是，朝廷多次派遣小股骑兵践踏梁师都的庄稼，使得梁师都的军队失去与唐军长期对垒的决心。同时，朝廷又派人到梁师都身边施行反间计，使得梁师都君臣相猜，许多人先后降唐。

随后，大唐委任柴绍统领兵马正式征伐梁师都，梁师都和突厥援军被多次击败，被围困于朔方。最终，朔方城中粮尽，梁师都的堂弟梁洛仁杀死梁师都，献城投降。唐以朔方置夏州。

第十五章　汪达出征

时光荏苒，转眼就到了贞观九年，汪华执掌白渠府已近八年，长安城在他勤勉精密的防卫下固若金汤。皇帝李世民可以专心经略八方，推动大唐王朝走上了高峰，呈现出举世夺目的贞观盛世。

在这八年间，有几件大事值得记录：

贞观三年，李世民派李靖、李勣出兵与薛延陀可汗夷男等夹攻东突厥颉利；年仅十二岁的松赞干布在他叔父论科耳和宰相尚囊等亲信的大臣拥戴下，登上赞普宝座，成为吐蕃王朝第三十三任赞普。

贞观四年，李靖大败颉利于阴山，颉利被擒，东突厥亡国。颉利被押送至京，李世民为彰显仁义，赐其田宅，并授右卫大将军；大唐声誉海外，日本为学习大唐文化，派出遣唐使；一代名相杜如晦病逝；李世民下旨赦免汪达当年射杀封言德罪行，配左卫勋府，准其前往白渠府军营跟随汪华历练。

贞观五年，李世民赐汪华长子汪建配左卫勋府；汪华三夫人庞实生八子汪俊；因冯盎击败叛乱的罗窦洞獠有功，李世民对其大加赏赐，并授冯盎的长子冯智戴为左武卫将军；为避长安酷暑，李世民下令修缮位于长安城西北三百多里远的仁寿宫，并改名为九成宫，又称九宫，作为皇帝和后宫的避暑离宫。

贞观六年，焉耆王突骑支派使节到唐进贡，高昌痛恨突骑支，派兵袭击焉耆，大肆掠夺；铁勒十五部之一的契苾部落酋长契苾何力率所部六千余家到沙州向大唐朝廷归降，李世民令其居住在甘、凉之间，并授契苾何力为左领军将军。

贞观七年，直太史李淳风造浑天黄道仪，观测天体位置和运动。

贞观八年，颉利可汗卒，追赠归义王；李世民为给太上皇李渊避暑，在龙首原修建夏宫永安宫，后改名大明宫。

贞观八年六月，李世民以左骁卫大将军段志玄为西海道行军总管，以左骁卫将军樊兴为赤水道行军总管，带领边境部队及契苾、党项人马进攻吐谷浑。九月，吐谷浑又进犯凉州。李世民大怒，下诏大举征讨吐谷浑，以李靖为西海道行军大总管，节度诸军，兵部尚书侯君集为积石道行军总管、刑部尚书任城王李道宗为鄯善道行军总管、凉州都督李大亮为且末道行军总管、岷州都督李道彦为赤水道行军总管、利州刺史高甑生为盐泽道行军总管，以及突厥、契苾的兵马分道出击吐谷浑。

"父亲，捷报！"汪建手拿信函兴奋地走进汪华营帐，汪璨跟在后面。

"达儿又打胜仗了！"年已半百的汪华，蓄着美须，接过信函看都没看就说道。这信函是与随大军报送朝廷的捷报一起带回长安的。

"是啊。三弟在李靖大元帅麾下率兵配合任城王李道宗在库山大败吐谷浑，随后率五千精骑为先锋，在牛心堆和赤水源两次击败吐谷浑可汗伏允主力，伏允向西逃亡，大军正一路追赶！"汪建激动地一口气把汪达西征的情况说给父亲听。

"不错，不错！"汪华边看信函边点头不已，"达儿越来越有出息了！"

"父亲，看了三弟的信，我热血沸腾，恨不得也马上驰骋疆场！"汪璨在旁激动地说。

汪华把信收起来，摆了摆手，说道："大唐将帅如云，新秀也如雨后春笋，这几年战争锻炼出不少年轻小将。南征北战、攻城略地、开疆辟土，把机会交给他们吧。为父戎马半生，就是希望你们兄弟能过太平日子。"

"父亲，我们兄弟，空有一身本领，不能报效朝廷，岂不可惜？"汪建说道。

"你们在白渠府效力就是为朝廷效力啊！"汪华对两个儿子笑着说，"宿卫京城是头等大事，现在长安城是天下诸国向往之地，万国来朝，群贤毕至，保障都城安全，皇帝就能更踏实地治国理政。"

"我们还是觉得带兵打仗好玩啊。"汪建嘀咕道。

"打仗可不是好玩啊。其实，谁愿意打仗呢？皇帝不喜欢，常胜将军靖公不喜欢，为父也不喜欢。"汪华语重心长地说，"打仗其实就是拼人命，朝廷打的所有仗，都是为了天下太平！"

汪建和汪璨不说话，但是心里还是不太乐意父亲把他们留在身边，他们也希望自己能像三弟汪达那样驰骋疆场攻城略地。

汪华装作没察觉出两人的心思，四子广、五子逊、六子逵、七子爽，都十七八岁了，个个文韬武略，天天嚷着要出征作战，他都一一回绝了，他有他的难言之隐，以后会找机会跟他们说清楚的。

思绪回到了一年前——

汪华正在城内越国公府休息。

自冯智戴迁左武卫将军之后，汪华就让长子汪建、次子汪璨和三子汪达到白渠府历练，三个儿子办事认真，不管是操练兵卒还是巡视城防，都令汪华满意，李世民数次驾临白渠府检阅将士和抽查城防，都赞不绝口。现在有三个儿子在白渠府，他相对轻松了很多，回越国公府住的时间也相对多了些。

汪华带着爱女合羽与三岁的八子汪俊在后院花园嬉戏，郑豹急匆匆地跑了过来。

"大统领，三公子夺得先锋印了！"

"先锋印？！"汪华看着郑豹，他都怀疑自己听错了。

"三公子刚刚在校场比武，勇冠三军，夺得了征西先锋大将军！"郑豹补充道。

汪华内心不由得一愣，这事躲来躲去还是没有躲过啊。

吐谷浑多次犯唐边境，李世民决定举大军征伐彻底解决西北之患。于是起用年事已高、在家休养的李靖为征西大元帅，统领各路兵马。同时发出征贤令，挂出先锋印，在长安校场举行大比武，选拔征西先锋将军。

此次征西先锋将军至关重要，需率领先锋精骑提前三日开拔，直入吐谷浑境内，击败吐谷浑驻扎在境边的守军，攻占关隘，派遣多路探子获取情报，为大军西进扫清障碍。

校场上，不少王孙公子、文武官员子弟、郡县豪杰纷纷前来比武。汪华的七个儿子，也摩拳擦掌地要去比武，都被汪华一一喝住。汪华有自己的苦衷，他的想法也得到三位夫人的支持。七个儿子见父母都反对，也就老实了，或在白渠府规规矩矩地当差，或在越国公府踏踏实实地读书。

校场大比武的第十天，右卫大将军柴绍的长子柴哲威脱颖而出，一连三天，无人能敌。整个比武时间是十二天，谁知到了第十二天上午，一名来自幽州的梅者仕少年在台上与柴哲威大战三百回合，居然取胜了！柴哲威的武功大家有目共睹，当年在校场习武之时，长安城的王孙公子、文武官员子弟无人不服。

汪达这几天老老实实地待在白渠府驻地，连去城内巡逻的事情都交给汪建和汪璨，汪华也嘱咐让他镇守大统领营帐，哪儿也不要去。汪华对汪建和汪璨比较放心，唯独对汪达不放心，这小子心野。而汪达呢，虽然心野，但父命难违，父亲不让他参加比武，他也就没关心校场里的事情，谁赢谁输，他都不想听，每当白渠府的将士聚在一起讨论昨天谁被打败了，今天谁又赢了，他就一个人郁闷地躲到一边生闷气，他就不明白父母为什么反对他们兄弟几个出征作战。

没想到，梅者仕上台打败柴哲威的消息被汪建带回了驻地，汪建把梅者仕一个劲儿地夸，从拳脚、刀枪到骑射，都兴高采烈地说了一遍，同时也为柴哲威可惜，真没想到大唐境内还有如此人才。汪达本来对此事不感兴趣，但是听说柴哲威被一个陌生少年打败，内心不由得充满好奇。柴哲威与他关系匪浅，两人在校场练武时认识，当年封言德追射汪达，是柴哲威为救他而负伤。后来两人常在一起切磋武艺，谈论兵法，汪达对柴哲威的武功是一清二楚，两人各有所长，汪达天生神力，要略胜柴哲威。

汪达听汪建说完校场比武的情况之后，决定要去会会这个梅者仕。他趁大家不注意，骑马出营直奔校场。

校场人山人海，汪达走近一看，见一名身高八尺、满脸黝黑的少年坐在上面，穿着一身黑衣裳，全身充满一股霸气。

名将程知节的儿子程处嗣和程处亮、尉迟敬德的儿子尉迟宝琳、房玄龄的儿子房遗直和房遗爱、杜如晦的儿子杜构和杜荷、李孝恭的儿子李崇义、秦琼的儿子秦怀道等王爷国公子弟年长的或年幼的都围在校场看热闹。

汪达一到校场就被大伙儿拉住，你一言我一语地鼓动汪达上台比武，并且说我们校场练武的子弟就看你的了，你再不上去，大伙儿真是丢尽脸面了。

汪达看到昔日这些校场兄弟们都鼓动他上去，头脑一发热，父亲的嘱咐早就被抛到九霄云外了，一跃就上台挑战了。

此时，离比武夺印只差一个时辰就结束了，坐在椅子上的梅者仕打败柴哲威之后，整个下午无人再上台挑战，眼看先锋将军非他莫属，偏在这个节骨眼儿上，蹦出来一位与自己年纪相仿的白衣少年。

校场周围等着看热闹的人，等了一下午终于见又有人上台了，便一起喝彩。

汪达这两年到白渠府效力，经常带领将士巡视城防，长安城内上至朝廷王公大臣、下至商旅走卒，没有不认识他的，尤其是数年前汪达射杀封言德轰动朝野，越国公的三公子早就声名远播。坐在考官台上的正是李靖、秦琼、侯君集、李道宗、房玄龄，他们见汪达上台挑战，不由得微微一笑。

郑豹正带着白渠府将士负责校场的防卫，见汪达站在台上，他吓得双脚发软，内心不由得念道，惹事了，惹事了，国公爷一再嘱咐要我郑豹盯着三公子的，没想到他还真来了。

郑豹在内心还没嘀咕完，汪达已经与梅者仕打了起来。夺先锋印比武分三步，第一是比拳脚，第二是比兵器，第三是比骑射，如果在第一环节取胜，就不用再比下一个环节。两人真是龙争虎斗，在台上赤手空拳打了一百多回合都没有分出胜负，台下围观者连连喝彩；接着两人分别从兵器架上取了兵器继续打，汪达持剑，梅者仕握刀，两人又大战了五十回合；随后，两人一起飞身上马。原来，比赛之人的坐骑都被牵到比武台下面，马背上有比赛专用的弓箭。

汪达和梅者仕骑在各自的马上，背道而驰，百步开外，两人一齐勒马转身向对方驰去，搭弓射箭。两人都是狠角色，三箭齐发，直向对方的头、胸、马三个方位射去。

说时迟那时快，汪达双脚在马镫上一蹬，整个人离开马背腾空再向梅者仕射出一箭，直插梅者仕额头。梅者仕手握强弓，舞散了汪达前三箭，却没想到汪达速度之快超乎想象，居然在空中又射出一箭，躲闪不及被射中。所幸，这是比武专用弓箭，箭头被取，裹上布条，并不伤人。但汪达天生神力，虽然只使出五成力道，但还是在梅者仕额头上留下了伤口。

整个校场瞬间沸腾了，比武台上的五名考官也看得真切，不由得都相视而笑。

夺取先锋印的比武大赛正式结束，汪达从李靖手里接过先锋将军印！

郑豹见了，来不及去找汪达说话，对身边的副将交代几句，就急匆匆地跑到越国公府报信。

"国公爷，现在该怎么办？"郑豹问道。

汪华叹口气说道："木已成舟，能怎么办？顺其自然吧。"

合羽见父亲心情不好，便不明白地问道："父亲，三哥做了先锋将军，你为何反而不高兴呢？"

汪华抚摸着合羽的脑袋，微笑着问道："合羽，你希望三哥天天陪你在家玩，还是希望一年两年都见不到三哥的面呢？"

合羽说："我当然希望三哥天天陪我玩，他还常带我去西市买好吃的，带我去灞上骑马，要是一年两年都见不到他，我还真舍不得呢。不过，三哥去征讨吐谷浑，是为了西北百姓免受践踏，他是英雄，我应该支持他！"

郑豹见合羽说得情真意切，笑着说："小姐长大了，懂得民族大义。"

"父亲和母亲不是常这样教导我们的吗？"合羽一本正经地说。

汪华看着合羽说道："你们都长大懂事了，为父高兴啊。走，告诉你母亲去。"

说完，汪华一手牵着合羽，一手牵着小汪俊，往前院走去。

数日后，汪达率五千铁骑为征西先锋先行开拔。

临行前，汪达向家人辞行，汪华当着越国公府上下众人的面，把自己用了近三十年的湛卢宝剑递给汪达，说道："为父本希望你们兄弟做个平常人，过平常日子，既然你选择了驰骋疆场，建功立业，我和你母亲、兄弟都支持你！大道理从小就跟你说了很多，小道理说了也没用。这把湛卢宝剑陪伴为父近三十载，今日就送给你，让它见证你的铁血人生！"

汪达手捧湛卢宝剑，跪在地上，说道："达儿明白父母对子女的一片苦心，湛卢宝剑如父相伴，达儿会时时铭记父母教诲，为国立功，为家争光！"

说完，他分别向汪华、钱任、稽圭、庞实叩头而别，又向兄长弟弟们

——拥抱。

他拉着舍不得他离开而快流出眼泪的合羽说："妹妹，吐谷浑有一种宝马叫龙种，哥哥这次去给你弄一匹回来，到时我们去灞上赛马！"

合羽破涕为笑，说道："三哥，我们拉钩！"

汪达和合羽两个小手指钩着，拇指相对，一起说道："拉钩上吊，一百年不许变！"

"父亲，父亲。"汪建的话把汪华从思绪中拉回。

他把汪达的信折叠起来，放到书案上，说道："你们母亲近日临产，我明日回府里陪她几天，白渠府的军务就交给你们两兄弟，有事要多与郑豹商量。"

"父亲，您放心吧。我们两兄弟在白渠府已经三年多了，还有啥不明白的？"汪建说。

"长安的商旅日益增多，外国使节频繁来朝，谨慎为宜。"汪华嘱咐道。

"父亲，您放心就是。"汪璨也说道，"六弟七弟都跟我说了好几次要来白渠府，您要是觉得我们人手不够，把他们几个都叫来。"

汪华听了忙摆手："千万不可。"

汪璨问道："这有什么啊？自家兄弟做事放心。"

"若不是皇帝亲自跟我说，冯智戴走了，你叫几个儿子出来帮衬着，我也会把你们两个跟你们四弟、五弟一样送到六部去作文书。"汪华说。

"四弟在吏部，五弟在礼部，他们说成天抄文书，太无趣了。"汪璨说，"还是我与大哥在军营舒畅。"

汪华招了招手，自己先行坐下，汪建和汪璨也跟着坐下。

汪华耐心说道："有些事情是可为可不为的。朝廷要想正常运转，在各个方面都需要有人去做事，缺一不可。做大事是为朝廷效力，做小事也是为朝廷效力，若小事做不好，大事就难成。就好比我们白渠府将士，需要我这个统领，需要你们这样的校尉，也需要布防巡逻的兵卒。如果没有这些兵卒，统领和校尉本事再大，也没法宿卫整个长安城。"

汪建和汪璨点了点头。

汪华接着说："你们在白渠府都三年多了，为父想过段时间跟房相说一下，把你们两个也都安排到六部去，你们年轻就得多历练历练。"

"父亲，我和二弟都离开，这白渠府谁帮衬您？"汪建问道。

"建儿糊涂，难道朝廷无良将？"汪华说道。

汪建的脸不由得一红，知道自己说错话了。

汪华接着说："白渠府执掌着长安禁军，将领必须定期更换，以免守城将军长期担任一职见太平无事而松懈。"

汪建和汪璨点了点头，父亲说得没错。

"再过一两年，我向皇帝请旨，带上你们母亲和弟弟妹妹回歙州老家过清闲日子。"汪华说。

"父亲正当壮年，回歙州养老岂不可惜？"汪璨说道。

"天下一统，四海升平，夫复何求？"汪华很满足地说。

父子三人正说着话，宫里内侍匆匆来报，太上皇驾崩了！

汪华立即令汪建、汪璨会同郑豹加强都城防卫，以防生变，自己赶紧随内侍匆匆入宫。

贞观九年，即公元 635 年，农历五月，大唐开国皇帝李渊因病驾崩于垂拱前殿，享年七十一岁，葬于献陵，庙号高祖，史称唐高祖。

汪华忙了三天三夜才出宫，太上皇驾崩，各地的皇室贵族大臣都将进京祭奠，长安的治安容不得半点儿疏忽，而这些重任都将压在白渠府身上。

立在宫门外的越国公府管家大有见汪华走了出来，忙跑过去，焦急地说："国公爷，快回府，大夫人不行了！"

汪华忙问："大夫人怎么啦？"

大有说："大夫人难产，小孩没保住，大人不停流血，止不住，二夫人和大夫都无能为力，都快不行了。"

汪华翻身上马喝道："你怎么不早进宫通报？"

大有立在马下，说道："国公爷，我也是刚到。您快回府，还能与大夫人说句话。"

"驾——"汪华扬鞭疾驰而去，大有被甩在原地，直到汪华走出百步之外，才恍惚过来，忙骑上马跟去。

骑在马上的汪华恨不得插翅飞到钱任身边，他第一次感觉到从宫里到越国公府的路原来这么长。

他脑海里不由得浮现出钱任与他在一起的难忘时光，两人第一次在歙州总管府前相见，钱任陪他出征对决王雄诞，两人在新安江边一起看夕阳，等等。

汪华冲进了钱任的房间，稽圭、庞实、合羽和丫鬟都守在里面。

"父亲。"合羽见汪华回来，走上去一把抱着他，哭了。

汪华抚摸着合羽脑袋，拉着她走到床边。

"任妹，我回来了！"汪华握着她的手说道。

钱任微微睁开眼睛，用微弱的声音说："世华，对不起，我要先走了。"

"不！任妹，你不能走，你不能走。"男儿有泪不轻弹，但是汪华的眼泪流了出来。

钱任看了稽圭和庞实一眼，说道："儿女们就交给你和两位姐姐了。"

稽圭和庞实也走过来握着她的手。

钱任抽出手抚摸着女儿的脸蛋，恋恋不舍地说道："乖女儿，以后要多听父亲和二娘、三娘的话。"

合羽趴在钱任身边泣不成声。

……

钱任永远地离开了汪华，离开了合羽，离开了这个世界。

第十六章　防患未然

李靖统帅各路大军继续进击吐谷浑，连战告捷。李大亮部于蜀浑山击败吐谷浑军，获其名王二十人；执失思力部也在居茹川击败吐谷浑军；唐军乘胜进军，经过积石山河源，一直打到吐谷浑最西边境的且末；契苾何力部追击伏允可汗，破其牙帐，杀数千人，缴获牛羊二十多万头，并俘虏了其妻子。

伏允可汗率一千多骑兵逃到碛中，已到了山穷水尽的地步，部下纷纷离散。不久，伏允可汗为部下所杀。其长子大宁王慕容顺杀死天柱王，率众降唐。李靖率军经过了两个月的浴血奋战，攻灭了吐谷浑，并向京师告捷。唐朝为了控制吐谷浑旧境，封慕容顺为西平郡王、趉故吕乌甘豆可汗，并留下李大亮协助防守，其余大军即日班师回朝！

"父亲，三弟已过麦积，不日就回到长安了。"汪建兴奋地跑进汪华营帐报信。

"你三弟这次西征没有丢我们汪家的脸，靖公给我来信数次夸赞你三弟，尤其是他作为先锋率军直入伏允可汗牙帐，配合契苾何力将军彻底击垮吐谷浑，吓得伏允可汗仅带上千余人逃走；接着又是他率领精骑，一路追击伏允可汗，迫使无路可逃的吐谷浑将领杀死伏允可汗向唐军投降。"汪华很欣慰地说。

"三弟回来，我得让他仔细讲讲西征的事，讲他三天三夜。"汪建说。

"大哥，三天三夜哪能讲完，要他讲个八天八夜。"汪璨从外面走了进来，显然他刚才已经听到了汪建的说话。

"没错，到时让他跟兄弟们都说说。"汪华也高兴地说，"建儿，你明天回府，让大有安排人把达儿的房间收拾好，还有他喜欢吃的荔枝和枇杷都得提前准备好。"

"放心吧，父亲，您平常总让我们兄弟别急别急，瞧您自己，比我们都急。"汪建故意打趣道，"高州的荔枝，歙州的枇杷，二娘早就安排好了。"

汪璨插话道："三弟从吐谷浑王城伏俟城班师的时候，二娘就跟郑豹说了，让冯智戴帮忙挑选高州最好的荔枝送来；还给三叔去信，挑选歙州三潭最好的枇杷送来。"

汪华满意道："那就好，那就好。"

"你怎么这么早就回营，有什么事吗？"汪建突然问汪璨。

"当然有事，而且是大事。"汪璨说，"早上发现一个奇怪现象，后来我仔细跟踪，发现一件大事。"

"什么事？你仔细说说。"汪华问道。

汪璨说："昨晚下了一夜的雨，城内多处路面积水，我在巡查城防时，发现有位商人下马时动作蹊跷，唯恐自己的鞋子沾着水。我好奇就与郑豹说起这事，没想到郑豹说前天下雨时，那个院前的其他人也是这样，生怕鞋子沾水。他们的鞋子并不是新的，为什么那么害怕沾水弄湿呢？我找来张三宝乔装到附近打探。你们猜怎么着？"

"怎么啦？"汪建问。

汪璨说："那个院子是一个羌族商人三年前买的，做马匹生意，党项马很受大家喜欢，他住在长安城的时间并不多，只有最近十来天突然每天都有人进进出出。我又亲自去打探，发现越来越可疑，他们是羌族人，却是汉人打扮，进入院内却很安静，并不喧闹。"

汪建插嘴道："这有什么稀奇的？突厥人、日本遣唐使、高丽人到了长安都喜欢穿汉服，他们之前喝了酒就喜欢在大街上咿咿呀呀地唱歌，学了汉礼之后，现在不都规规矩矩？！"

汪华一直没说话，听他们两兄弟说。

汪璨说："要是在平时，我还真不会在意，但是我们唐军不是刚与党项打了一仗嘛。所以，我立即回来禀告父亲，要不要增加人手盯住？"

汪华点了点头，说道："璨儿这个消息很重要。党项是羌族的一支。我们唐军西征时，羌族诸部曾担心被我唐军吞并，与吐谷浑结盟，是靖公与其晓以大义才归顺我朝。我们征西大军攻灭吐谷浑之后，赤水道行军总管李道彦在回师途中私自率军袭击党项首领拓跋赤，劫掠其牛羊数千头，盐泽道行军总管高甑生也乘机率军攻伐。虽然靖公惩罚了李道彦和高甑生，并向羌族诸部致歉，从中斡旋，估计也难消党项人之恨。"

"父亲分析得对，我就是这样想的。羌族向来好战，尤其以党项人为首，他们岂肯善罢甘休？"汪璨说。

汪建听了，也不由得吃了一惊，说道："他们见唐军兵马众多不敢惹，就派人来长安图谋不轨？"

汪璨点了点头说："很有这个可能。大军班师回朝，皇帝要出城亲自迎接，王公大臣都要随驾，这万一出现丝毫差池，后果不堪设想。"

"璨儿考虑周全，我们就得防患于未然。"汪华不由得站了起来，"你们两个立即派人继续留意那羌人院落，暗中跟踪所有进出院落的人。"

"得令！"汪建和汪璨立即出营布置。

汪璨说的羌族商人的院落就在西市延寿坊，靠近皇宫。长安城是周边诸国众人仰慕的都城，每天人来人往，各地特产都汇集到这里。长安城的东市和西市是繁华的商业区，这里最为热闹。

这座位于延寿坊的小院，外观并没有什么稀罕，与平常人家的院落并无二致，但是院子里面却大不一样，别有洞天。

一名中年商人打扮的人进了院子，仆人立即把大门关上，商人直接向后院走去。

后院有数名仆人正在取土堆积成小山包。

商人进了后院的房间，里面有一个老头迎了上来。

"怎么才来啊？"老头问。

中年商人看了看周围，见屋内没有其他人，便说："将军，我来时发现城门盘查得更严了，街上巡逻的兵卒增加了，好像还有暗哨。"

原来这两人都是党项首领拓跋赤的部将，老头是千夫长拓跋胥，中年商人是百夫长拓跋潜。拓跋赤被唐军袭击，虽然得到李靖安抚，但他认为这是唐军故意唱的双簧戏，于是心生怨恨，派遣拓跋胥和拓跋潜带领百多名部落兵卒乔装成商旅，在这个院落主人拓跋隐的安排下，分批潜入长安城，图谋惊天之事。

"李靖老头率大军很快就要回长安了，增加布防，也是情理之中。"拓跋胥说道。

"我总感觉有点儿不对劲儿，还是小心为好。今晚跟张启他们说一声，运东西进来一定要谨慎。"拓跋潜说。

拓跋胥听了点了点头，赞同道："小心驶得万年船，我和他们说一下。"

"刚才察看了朱雀大街上的那几家铺子，位置很合适，尤其是明月楼，站在三层楼上，可以清楚地看到大街上人群的一举一动，而又不容易被人发现，只需安排弓弩手，必定一击即中。"拓跋潜说。

"那地方我去看过，到时由你亲自负责，你是我们党项的神射手。"拓跋胥说。

"没问题。"拓跋潜应允。

白渠府。

"国公爷，已经查清楚了。"郑豹向汪华禀报情报。

"你仔细说说。"汪华说。

"大公子负责城门驻军，二公子负责城内巡防，张三宝负责城门盘查，我负责暗访。经过我们四人两天的消息汇总，已经判断出是党项人准备在皇帝出城迎接靖公班师回朝时，在朱雀大街进行刺杀行动。"郑豹说。

"根据兵部的消息，靖公将在七日内回到长安城，皇帝将率王公大臣出城迎接，自明德门至朱雀门的整条朱雀大街两边布防左右卫，两侧店铺也由雍州府派遣衙役为暗哨。"汪华说，"党项人想刺杀，这比登天还难。"

"他们可能不是简单的刺杀。左右卫个个都是高手，皇帝身边的御林军更是个个功夫了得，刺客即使是天下一等一的高手，也会立即被我们迅速拿下。"郑豹说。

"弓箭？弓弩？"汪华反问道，接着又摇头，认为这个也不太可能。

"弓箭的速度慢，杀伤力不强，要想一箭致命，这样的机会很小。"郑豹也推测道。

"弓弩速度快，射程远，如果躲在周围店铺里发射，可能会造成伤害。"汪华边分析边说，"不过，这种机会也几乎不可能。所有沿街店铺都有暗哨，刺客只要稍微有所动作，就会被布置的暗哨发现。党项人既然费尽心思来长安，必定有我们意想不到的手段。"

郑豹听了点了点头，说道："国公爷说得对，为了探明真相，我决定潜入他们的院落去查看一下。"

汪华摆了摆手说："暂时不要打草惊蛇，党项人能如此胆大妄为，长安城内必定有内应，我们务必要一网打尽。"

郑豹遗憾地说："他们在城外的房子没进去查看，城内的房子也不能进去，要掌握情况必定很困难。"

汪华说："你查到的城外那房子必定是他们的重要联络点，且布防肯定非常严密，若我们一不小心，就会被他们发现，不仅不能做到一网打尽，而且还为此促使他们改变行动方案。"

郑豹说："这两天感觉他们比之前更谨慎了。他们背后的大鱼到底能不能出来呢？"

"放心，越临近日期，他们会越紧张。为了万无一失，他们的相关人员必定会加快与各方面联系。人多了，事情多了，马脚就容易露出来了。"汪华说道。

"那我继续暗访，把他们每个人住的地方和路线都掌握清楚。"郑豹说。

汪华点了点头。

汪璨负责整个都城的巡查，明面上与平时并没有两样，但是很快又发现了新情况，这些分别从各个城门进来的党项人都很留意自己的鞋子。作为平常人，走路显然并不会太关心自己鞋子，这些党项人，却总是有意无意地低头看鞋，而离开延寿坊院落却又轻松自如。

鞋子里面必定有秘密！张三宝几次提议在城门盘查，都被汪华否决，认为只要掌握他们所有人的动静就行。

明月楼已经被汪建布下了暗哨，也发现可疑之人多次到三楼踩点。这家酒楼在长安街很有名气，老板背景深厚，传闻就是淮安王李神通爱妾的哥哥吕植所开，酒楼装饰奢华，是王公大臣、外国使节常来饮酒作乐的好地方。

　　淮安王李神通是唐高祖李渊堂弟，唐高祖建立唐朝，任命李神通为右翊卫大将军，封永康王，不久改封淮安王，任山东道安抚大使，后来又升任左武卫大将军。李世民即位后，拜任开府仪同三司，赐封食邑五百户，于贞观四年病逝。

　　李神通虽然在战场上多有败绩，但依仗唐高祖李渊对其宠信，并不影响他加官进爵。这次征西的岷州都督、赤水道行军总管李道彦就是其长子。

　　明月楼就是仗着这样的背景，在长安城生意红火。拓跋胥选中明月楼作为伏击点之一，主要是酒楼老板吕植与延寿坊院落的主人关系很好，常在一起喝酒。延寿坊院落主人并不清楚拓跋胥等人的阴谋，就把这个空闲的院落借给了拓跋胥住。

　　拓跋胥确定明月楼之后，提前跟吕植谈好，大军凯旋之日，他花高价包下明月楼，说要在三楼观看盛况。当然，这些消息，很快就被郑豹安排的人获知。

　　"父亲，您看，这是什么？"汪璨拿着一只鞋子走了进来。

　　"一只鞋子有什么稀奇吗？"汪华正在营帐里面处理公务，看了看汪璨手里的鞋子，反问道。

　　汪璨说："别小看这只鞋子，大有文章。为了得到这只鞋子，我安排一名兵卒冒充酒鬼在街上撞上党项人，故意争吵打架，两人厮打滚在地上，乘机踢掉党项人的鞋子，让另一名乔装成看客的人捡走。"

　　汪华听了，笑了笑说："真够折腾的，没被别人察觉？"

　　汪璨说："察觉不出来，打架掉了鞋子，很正常，街上那么多人，谁知道鞋子被一脚踢到什么地方去了？"

　　汪璨说完，就从鞋子里面掏出鞋垫放在书案上，说道："这就是他们天天偷运的东西。"

　　看起来是鞋垫，但是这鞋垫比常人的鞋垫要厚很多。更何况，现在天气炎热，普通百姓用鞋垫的也少。这么厚的鞋垫穿在脚下难道不出汗？

　　汪华用手拨开汪璨他们划开的口子，里面都是黑色的粉末。

　　"这是炼丹用的火药。"汪华说，"是用硫磺、硝石、黑炭等易燃物做成的。"

"我与大哥看了，也觉得是火药。这种东西非常少，他们是怎么得到的？"汪璨说。

"那些炼制长生不老丹的道士能弄到这些东西。"汪华说，"这是朝廷禁止带入城内的，只要碰上一点儿火星，立马燃烧，火力很猛。"

汪璨说："我记得曾有几座道观因炼丹而着火被烧。"

汪华说："炼丹炉都能被炸裂，爆炸声巨大。"

"明白了。他们选中明月楼和周围几个铺子，就是想用这个火药作为武器，制造爆炸，趁乱刺杀。"汪璨说。

汪华用手指挑了一点儿火药粉末放在手指上，细细观察，说道："如果把这东西跟飞针放在一起，然后包裹起来，点燃之后，发生爆炸，飞针就会飞出，周围的人还能活命吗？"

汪璨一听，吓了一跳，说道："父亲，真有这个可能吗？若真如你所说，那么火药可以制成致命武器，武功再高的人都难以躲闪。"

"有可能的。"汪华说，"虽然用火药制成的武器没有用过，但他们既然大量偷运进城，则说明他们一定找到了制成武器的方法。"

说到这里，汪华看着汪璨说："你继续仔细盯着他们动静，有情况再告诉我。"

汪璨走后，汪华想了想，觉得这个事情必须提前告诉皇帝，于是匆匆出营进宫去了。

汪璨很快又得到一个消息，他安排白渠府将士例行检查，沿着整个延寿坊一个个院落进去转一圈儿，顺便跟院里的主人说几句话，嘱咐几句注意防火防盗，家里有没有亲戚在借宿，盘问几句就离开了。这种例行公务的检查，对于长住长安城的平民百姓来说是太正常了。每逢重大盛事，宿卫长安城的白渠府将士就要会同雍州府衙役深入每个店铺、院落进行检查，防止有可疑人或意外事件发生。当年李世民登基大典时，就在长安城的民居里面抓捕到十余名李建成亲卫，他们在玄武门政变时逃出了长安城，等风声过了又潜入城内，企图在李世民登基之时，潜入宫中刺杀。

汪璨亲自带队进入院落，拓跋胥说自己是商人，出示了在雍州府办好的文牒。汪璨装模作样地翻看了一遍，嘱咐了几句，还夸赞院内的花漂亮。

回到白渠府，汪璨把院落布局画了出来，对大家说："根据我们以前的图纸对比，拓跋胥入住院落之后，在里面新增加了一个小山包，上面种上了花草。我认为这个地方可疑。"

郑豹说："我几次想靠近院落打探他们在做什么，发现他们在周围也布有暗哨，只要靠近就会被他们发现。"

张三宝说："这个山包的土哪里来的？可没有见他们从外面运过土石，难道他们新挖了地下室？"

"要是放地下室，我们突袭的话，就很危险。万一我们人进去了，他们鱼死网破，点燃火药怎么办？整个院子都会炸掉，进去的人都会没命。"郑豹说，"必须想个两全其美的办法才行。"

汪璨说："火药最怕的就是水，看这几日的天气是难得有雨。"

"还有三天征西大军就要回城了，这该如何是好？"张三宝愁眉苦脸的样子。

三个人正讨论着，汪建回来了，他带来了一个好消息。

原来，汪建通过身边的一个兵卒接触到了常年看守院落的老头，从老头的话里得知，他们并没有挖地下室，而是把东西埋在山包里，上面铺上花草。每天埋藏一次，把花铺在上面。

"消息可靠吗？"汪璨听完之后问道。

"绝对可靠。这个兵卒与那个守院的老人是一个村的。"汪建说。

郑豹沉思了一下，点了点头说："老人的话可信。火药的杀伤力大家都知道，拓跋胥把火药藏在地下，而自己睡在上面，能踏实吗？所以，他为了安全，埋在后院的花草下面，一是为了万一走火引起爆炸，二是防止官兵检查时找不到证据。谁会想到去挖地三尺呢？"

"既然这样，我们就无后顾之忧了，立即禀告父亲，让他老人家定夺。"汪璨说。

众人异口同声赞成。

汪华听完汪建的汇报之后，立即部署了抓捕行动。

深夜，汪建和张三宝带领一千兵马悄悄出城，直奔城外党项人接头的村落，已经摸清情况，村里暂住有百余名党项人，是火药中转站，党项人通过高价从各处道观收购过来火药送到这里，再每天安排数人带入城内。

黎明时刻，此时整个长安城都在睡梦中，街上还没有行人，郑豹悄悄带兵包围了明月楼和周围数家店铺，这里就有党项人的内应。

汪璨先派人拔掉小院周围拓跋胥的暗哨，趁着朦胧的晨曦，冲进了小院。拓跋胥和拓跋潜正在睡梦中，被外面的脚步声惊醒，正准备起床，白渠府的将士已经冲进了房间。

挖开山包，大大小小居然有三四十个油布包裹，撕开油布，里面是牛皮包着圆形皮囊，皮囊有一根半尺长的引线，皮囊里面裹着的就是火药和铁蒺藜。

皇宫。

"皇上，这就是拓跋胥企图谋逆的武器，把火药和铁蒺藜装在皮囊里面，只要点火，杀伤力无人能挡。"汪华向李世民说道。

李世民已经知道了事情的整个过程，幸亏汪华提前侦破了此案，否则自己会命丧朱雀大街。

他对汪华说："李道彦和高甑生不遵军令，袭击党项，夺人财物，差点儿让朕都丢了性命。"

汪华说："党项本有意与我朝结好，李道彦和高甑生擅自挑起事端，只怕又有战事要起。"

李世民说："更可恶的是，李道彦和高甑生八百里送来奏折，说靖公手握兵权貌视朝廷，有谋逆之心。朕居然信了他们的话，还派人去查问了！"

汪华听了，不由得脊梁发凉，忙说道："皇上英明，靖公为大唐戎马一生，呕心沥血，淡泊名利，绝无二心。去年他就以足疾为由辞官回家，这次征西还是皇帝亲自登门请其再度挂帅的。"

李世民说："查问一下也无妨。樊兴也上书说他有谋反之心。"

汪华听李世民这么一说，就明白皇帝对李靖终究还是不放心，李道彦是皇室、高甑生是秦王府的旧臣，樊兴属于高祖太原起兵时的老臣。但汪华还是想帮李靖说句话："臣记得靖公辞官时言辞恳切，皇上还派遣中书侍郎岑文本带话给他，说他身处富贵而能知足，识大体，让他成为一代楷模。皇上特颁下诏书，为其加授特进，赐物千段，赏乘马两匹。"

李世民见汪华为李靖说话，便说："真金不怕火炼。希望他是被冤枉的。"

随后，李世民下旨斩首拓跋胥和拓跋潜，其余人等一律按律押入大牢。

因党项人在长安城这样一折腾，加之后来又没查出李靖有不二之心，李世民一怒之下，把李道彦和高甑生以诬告罪流放边地。

第十七章　邂逅恋约

汪达回到越国公府才知道母亲钱任已经离世数月，汪华对他说，你在外面作战，不想分了你的心，你母亲走时还念叨着你的名字。

钱任虽然不是汪达的亲生母亲，但是钱任对汪达视为己出；而兄妹之间，也只有汪达与钱任亲生的女儿合羽最玩得来。汪达抱着合羽泪如雨下。

汪达在家里守孝七七四十九天之后，就天天陪着合羽到处玩耍。

合羽骑着汪达从吐谷浑带回来送给她的龙种名驹，终于开心地笑了。

"三哥，前面新开了家糖葫芦店，特别好吃，有好多口味，还有橘子做的。"合羽骑在马背上用手指着前方。

"好呢。三哥给你去买，每种口味都买一串。"汪达给合羽牵着马。

"三哥真好！我们要快点儿去，那个老头每天就卖那么一点点，去晚了都没有。"合羽高兴地说。

"好呢。"汪达说完就用力拉了一下马缰绳，快步走到糖葫芦店门口。

这是一家小店，糖葫芦都插在门口的草垛上，种类还真多，有山楂、葡萄、橘子、海棠果、山药等，行人看着都流口水。

"真好，还没有卖光。"合羽边说边让汪达扶她下马。

"店家，这些糖葫芦多少钱？我都买了。"汪达笑呵呵地对卖糖葫芦的老人说。

老人看了汪达一眼，很抱歉地说："这位公子，要买糖葫芦请明天再来。这些都已经被人买下了。"

合羽一听被别人买了，立即泄了气，用商量的口气对老人说："老人家，那人全部都买了吗？能不能分我一点儿啊？我和哥哥一人一串就行。"

"这位小姐，实在不好意思，看你面熟，也是常客。有生意不是我不做，而确实是客人全部买下了，钱已经给我了，糖葫芦暂时放在这里，他们到街上买完东西就回来取。"老人解释道。

汪达说："老人家，你生意这么好，每天怎么不多做一些卖啊？"

老人说:"这位公子,我也想多卖多赚点儿钱,但是这糖葫芦从选水果到熬制糖浆都非常费神费力,我年纪大了,如果做多了就怕口感掌握不好。"

"老人家是实在人。那你明天一定要给我每样都留一串,我过来取。"汪达说完就掏钱递给老人。

老人双手接过钱,说道:"一共是六种,每串一文钱,给我六文钱就行。"

合羽嘟着嘴巴,不高兴地说:"那人真坏,全部都买了,一点儿都没给我留。"

汪达故意打趣道:"全部买下的是坏人,我们刚才也想全部买下来呢。看来我与合羽妹妹也要变成坏人了。"

合羽听了破涕为笑。

汪达安慰道:"我们再到前面走走,说不定还有更好吃的小吃呢。"

"好的。三哥,扶我上马!"合羽立即转忧为喜,要骑马。

"好呢!汪家大小姐,请上马!"汪达边说边扶着合羽骑上马。

"小姐,快来,这里的捏糖人真好看。"一个丫环拉着她家小姐往人群中挤。

"如意,你小心点儿,别把我买的蜜饯弄丢了。"这位看起来十五六岁的小姐叮嘱道。

"没事,放心,您看,我拿得稳稳的。"丫环如意调皮地边说边举起左手的蜜饯盒子给小姐看。俩人挤进人群,这不是普通的捏糖人,只见一个中年男子在表演捏糖人,其实并不是用手在捏,而是用手托着一个小勺子,勺子里面盛有糖浆。顾客说给我来匹马,这男子就用勺子立即在案板上画出一匹用糖做成的马;顾客说给我来个漂亮的姑娘,这男子手中的勺子一动,案板上很快就出现一个栩栩如生的漂亮姑娘。这个中年男子的手法赢得观众连连叫好,大家都争着买他的糖人。

"如意,你让他捏一个骑马打仗的将军。"小姐对着丫环耳边悄悄地说。

"小姐,你自己说。"丫环明白了小姐的意思,故意拒绝。

小姐脸不由得一红,故作生气的样子,说道:"快说,小心我回去罚你三天不吃饭。"

"饶了我吧，小姐，我说还不行嘛。"如意一副很害怕的样子。

"老板，给我捏一个骑着大马威风凛凛的将军。"如意边说边从腰里掏出一文钱递给那个捏糖人的中年男子。

中年男子接过钱，爽快地说："好勒，这位小姐，稍等片刻，马上就给你捏出一名英俊帅气、骑着大马、威风八面的小将军！"

丫环如意说："我不要小将军，我要大将军。"

中年男子笑着说："好嘞，大将军大元帅！"

如意又嬉皮笑脸地对着小姐耳朵说："小姐，要不要再在旁边写上征西先锋将军汪达几个字。"

小姐一听，满脸通红，伸手掐如意的腰说："你这死妮子，回去撕烂你的嘴，罚你三天不吃饭。"

如意嘻嘻哈哈一躲开，忽然眼睛睁得好大，指着小姐背后，说："小姐，快看，他来啦！"

小姐又要伸手去掐，佯嗔道："你又诳我！"

如意见小姐不相信，焦急地说："是真的。小姐。他走过来了。"

小姐见如意一副紧张的样子，不像是演戏，小心翼翼地转过身去。

首先映入眼帘的是骑在马上的合羽，而牵马的正是令她怦然心动的越国公三公子、征西先锋将军汪达。

她脑海里正在飞快运转，猜想马上这位小姐与汪达是什么关系时，只听合羽在马上说："三哥，我也要捏糖人，我要捏只小兔子。"

"好勒。哥哥扶你下来。你想要几个，三哥给你买几个，只要我合羽妹妹喜欢。"汪达边说边扶合羽下马。

汪达并没有注意到，在人群中，捏糖人的摊子前正有一双羞涩的眼睛看着他。即使他注意到这位漂亮的小姐，他也不认识。

原来是越国公府的千金小姐，他的亲妹妹。小姐见汪达向她走过来，越发紧张了。

"小姐，你紧张啥，他又不认识你。"显然丫环如意已经看出小姐的心情了。

听到丫环提醒，小姐猛然想起，汪达确实还不认识自己。

这时，汪达拉着合羽也挤进了人群。

"这个骑马的将军好威风啊。我要！"两人刚挤到摊子前，糖人已经捏好了，看到栩栩如生的骑马将军，合羽就嚷着要买。

"这是我家小姐买的。"如意万万没想到合羽一上来就要买这个糖人。

"这位小妹妹喜欢的话，姐姐送给你。"小姐看着合羽可爱的样子，爱屋及乌了。而站在一旁的汪达在看到这位小姐的一瞬间，小心脏不由自主地怦然一动。

"真的吗？谢谢姐姐了。不过，我不能要别人的东西，我可以让他给我捏个与你一模一样的。"合羽说。

合羽虽然年纪小，但是很懂事，别人的东西怎能随便要呢？！

如意见小姐要送糖人给合羽，立即明白了意思，只是自己不便插话。她从中年男人手里接过糖人，递给合羽，说道："你喜欢的话，送给你。我们再让老板捏一个就行。"

合羽用手拽了拽汪达，她不知道如何拒绝人家。汪达回过神来，微笑着对那位小姐说："谢谢这位小姐。"

说完他又对合羽说："合羽，快谢谢姐姐。三哥买一份再送给她就行。"

如意高兴地说："三公子考虑得真周全……"

刚说到这里，丫环如意发现自己说漏嘴了。

"你认识我三哥？"合羽反问道。

如意果然机智，她立即反应过来，补充一句："三公子校场夺印，长安城无人不识？"

汪达谦虚道："过奖了。长安群英荟萃，汪达只是侥幸而已。"

周围的人听说汪达就是那位校场夺印、征讨吐谷浑所向披靡的征西先锋将军，都不停夸赞。

如意这才意识到自己说的话让周围人听到了。四人等中年人再做好一个糖人之后，匆匆离开。

"这位小姐言行举止非平常人家，不知贵府在哪里？汪达冒昧询问芳名，便于称呼。"四个人走出人群，合羽也不骑马了，牵着这位小姐的手，另一只手里分别拿着捏糖人，两人显得非常亲切投缘。而汪达牵着马与他们并排走着。

"民女玉瑶，家住城东，有幸认识三公子。"玉瑶边回答边含情脉脉地向汪达施礼。

"汪达见过玉瑶小姐。"汪达向玉瑶回礼。

"玉瑶姐姐，我叫合羽，我们以后可以经常一起逛街吗？"合羽难得上街，这次又碰巧上街遇到一位对她这么好的姐姐，非常高兴。

"合羽妹妹很少上街玩吗？"玉瑶问道。

"家父家母都说我太小，不让我出来，偶尔出来，也没有三哥陪我出来自由自在。"合羽说。

汪达在旁边插话道："她一上街就跟疯了一般，不到天黑不回家。"

如意听了呵呵笑，说道："三公子，你知道吗，我家小姐也这样呢，每次上街要从东市逛到西市，再从西市逛到东市，不到天黑也不回家。被老爷骂了，过几天又溜出来。"

"令尊真好，只是骂骂而已，而我就不同，想溜出来都溜不出。"合羽很羡慕地说。

玉瑶不由得笑了起来，说道："妹妹年纪尚小，长安城街上三教九流各色人等混杂，不太安全。"

合羽走过来拉着汪达的手说："那以后三哥别去打仗了，天天在家陪我逛街如何？"

汪达笑着说："好的，我最喜欢陪合羽逛街了。"

合羽高兴地说："三哥真好！"

合羽又走过去拉着玉瑶的手说："姐姐，以后我们出来玩时，也叫上你，我们大伙儿一起玩，我也想去东市看看，我还没去过呢。"

玉瑶高兴地说："那太好了！我喜欢与妹妹一起玩。"

如意插上一句话："合羽小姐，东市那边还有江湖杂耍，观看的人人山人海。"

"真的吗？太好玩了。我现在就要去。"合羽一听还有杂耍，兴奋得不得了，她边说边看着汪达，一副乞求的眼神。

汪达好久没有见合羽这么高兴了，看了看天边的夕阳，说道："太阳要落山了，东市离这边远，我们明日再去。"

"明日真的陪我去？"合羽瞪着大眼睛问道。

"三哥什么时候骗过你？"汪达说。

"玉瑶姐姐明日去吗？"合羽见三哥真的答应带她去东市，又问玉瑶，她喜欢与玉瑶在一起。

玉瑶看了一眼汪达，见汪达正看着她，一副期望一起同行的眼神，她点了点头，说道："好的。明日巳时，我们在东市南门等你。"

"玉瑶姐姐真好，跟三哥一样好。"合羽终究是个小孩子，童心未泯，高兴得活蹦乱跳。

这时，如意见到远处有人向她招手，就靠近玉瑶说了一句，玉瑶看了一眼远处的那人，就对汪达说："天色渐晚，家仆已催我回家了。"

汪达见远处那仆人后面跟着一辆马车，便说："那我们明日再会。"

玉瑶点了点头，脸不由得又红了。

合羽正玩得高兴，见玉瑶要回家，只有依依不舍地向玉瑶告别。

玉瑶刚走了两步，又走了回来，拉着合羽的手说："妹妹喜欢吃糖葫芦吗？姐姐刚才买了很多糖葫芦，分一些给你，要吗？"

合羽一听，瞪大了眼睛，都差点儿以为自己听错了，问道："姐姐买的是上面路口老人卖的糖葫芦吗？"

玉瑶点了点头，说道："正是。妹妹也爱吃他家的糖葫芦？"

合羽一把抱着玉瑶，咯咯笑了，说道："我刚才与三哥去买，那老人说已经被客人全部买下了，原来这位客人就是姐姐啊。"

四个人不由得都笑了起来。

四人又重新走到糖葫芦店铺，玉瑶让老人家把糖葫芦分成两份分别包好，送了一份给合羽，于是就上了马车回家了。

合羽见玉瑶回去了，瞬间觉得也不好玩了，也说要回家。

坐在马车上，玉瑶看着手上的糖人呆呆出神。

"郡主，是不是在想汪达公子啊？"如意看出了玉瑶的心思，坐在一旁故意取笑道。

"你这个死妮子，今晚回去罚你不让吃饭。"玉瑶嘴上虽这么说着，心里却乐滋滋的。

原来玉瑶是皇族宗室郡主，父亲是淮阳王、左骁卫大将军李道明，她是家中长女。那次校场比武，她正好跟着父亲在一旁观看，一下子就被比武场上的汪达给迷住。自那以后，就天天让如意私下打听汪达和越国公府的各种情况。

李道明是唐高祖李渊的堂侄，其兄李道玄在李渊登基之时就封为淮阳王，在攻打窦建德时立有大功，先后任千牛卫大将军、洛州总管、河北道行军总管，可惜在征讨刘黑闼时孤军作战而兵败被杀，年仅十九岁，被追封为壮王，因无子嗣，便由其弟李道明嗣袭淮阳王。

李道玄十五岁就追随李世民南征北战，骁勇善战，屡战屡胜，军事才能被公认为在皇族宗室里面仅次于李世民。李道明虽然嗣袭淮阳王，又官至左骁卫大将军，但能力与其兄长李道玄无法相比，可是他在朝廷踏踏实实做人做事，多次主动出面协助皇帝李世民调解皇室成员的各种矛盾，也深得李世民喜欢。

越国公汪华的一切过往，淮阳王李道明掌握得一清二楚，也非常赞赏汪华的能力和处世之道。女儿玉瑶每每问起越国公的事情，他知无不言、言无不尽。越国公汪华执掌着长安禁军，王公大臣、黎民百姓都想对汪华的情况了解一二，他倒没有想到自己的掌上明珠对越国公三公子一见倾心。

马车在淮阳王府大门口停下，两名早就等候在门口的丫环，赶忙迎了上去帮着拿马车上的东西。

刘妈妈是玉瑶郡主的奶娘，她见公主回来了，便迎了上去，略带责怪地说："郡主在外面玩得太久，王爷又生气了。"

玉瑶郡主靠近刘妈妈，兴奋地说道："刘妈妈，你知道我在西市遇到谁了吗？"

"谁？"刘妈妈见郡主满面春风，很是好奇。

"汪达。"玉瑶郡主一副害羞的样子，说完就窜进自己房间。

郡主对汪达暗生爱慕只有刘妈妈与贴身丫环如意知道，这是她们三个人的小秘密。

刘妈妈一愣，低声问如意："你们今天遇到汪达了？"

如意激动地说："是啊。我们还一起说话逛街呢。"

看如意的表情，比郡主还激动。

"仔细说给我听听。"刘妈妈更加好奇了。

如意一把把刘妈妈拽到一旁，把今天的事情一五一十地说了一遍，听得刘妈妈喜上眉梢，不停地说："这就是缘分啊，真是缘分啊。"

刘妈妈听完之后，走进玉瑶房间，只见玉瑶把糖人插在桌子上，撑着双腮看着，还时不时露出微笑，便故意打趣道："这可不得了，郡主刚跟那人分别，就又犯上相思了。"

玉瑶也没看刘妈妈一眼，盯着糖人说："这是我第一次这么近与他说话，他看我的眼神，好像都要把我融化一样。刘妈妈，你说他是不是也喜欢我？"

刘妈妈说道："郡主才貌绝美，是长安城第一美女，汪达肯定见一眼就喜欢。"

听到刘妈妈这样说，玉瑶站起来，对刘妈妈说："我约好与他明天在东市见面，刘妈妈，你说我穿哪件衣裳更好？"

刘妈妈是过来人，见郡主这副模样，都忍不住笑，她忙说："郡主别急，今天回来好好休息，明早起床时，我让如意给你打扮得漂漂亮亮的。"

说到这里，刘妈妈又说："郡主明天又要出去玩，只怕王爷不肯。今天郡主出去玩时，王爷就已经骂了我一通，下午问郡主回来没有，都问了好几次。"

"我都这么大了，有什么担心的。不是还有如意和刘叔他们跟着嘛。"玉瑶听说不让她出去玩，就很不乐意地说。刘叔就是刘妈妈的丈夫，刘妈妈不姓刘。

"街上人太杂，万一出了什么差池，我和你刘叔都担当不起。"刘妈妈小心地解释道。

"那我不管，明天我是一定要去的。都跟他约好了。"玉瑶说。

刘妈妈耐心地说："我也想让郡主去见汪达公子，只是王爷那里，还得你自己亲自去说了。"

玉瑶站起来就往门外走。

"郡主，你要去哪里？"刘妈妈跟在后面追问。

"你不用跟着来，我去找父王。"玉瑶头也不回地走了。

合羽回到家里，高兴劲儿还没散，拉着稽圭和庞实讲她在街上遇到玉瑶的事情，说这个姐姐真好，还送了我这么多糖葫芦。

稽圭和庞实见合羽这几天有汪达陪她出去玩，已经走出了失去母亲的悲伤，也跟着开心。至于，合羽说的玉瑶姑娘，什么身份背景，她俩也没打听，反正只要合羽开心就行，有汪达陪着她出去玩，也没必要有什么担心。更何况，长安城里里外外到处都是白渠府将士，有个什么事情，只要呼喊一声，立即就有兵卒围过来了。

汪达征西回来之后，兵部也没有给他安排什么公务，正好在家可以陪陪两位母亲和妹妹合羽。

自钱任离世之后，汪建和汪璨都到刑部去做文书了，汪华请皇帝从皇室里面委任两三位年轻小将到白渠府，结果李世民说你家老六、老七也长大了，就让他们到白渠府帮衬你吧。汪华想拒绝，结果皇帝说就这样吧，有你一家子守城，我睡得踏实。于是六子汪逊和七子汪爽进了白渠府。

汪逊和汪爽从小在哥哥们的熏陶下成长，个个年少老成，做事稳重。而作为汪逊的母亲稽圭，和作为汪爽的母亲庞实，见自己的儿子一个个长成，能跟随父亲为朝廷效力，也感到非常欣慰。于是两位做母亲的，主要心思就是照顾合羽和小汪俊了。

第十八章 两情相悦

"玉瑶，回来了，快到父王这边来。"李道明正在书房写字，见女儿回来了，还没等玉瑶说话，自己放下笔先开口了。女儿上街玩时，他每次都不放心，说晚回来就要家教处罚，等等。但是只要女儿出现在他面前，他之前说过的话就全都忘记了。他把这个女儿当作自己的心肝宝贝一样宠着。

"父王，我给您买了好吃的糖葫芦。"玉瑶边说边把糖葫芦递上。

李道明接过糖葫芦放在嘴里轻轻咬了一口，连连夸赞："真甜，真好吃。"

"父王喜欢的话，女儿天天去给您买。"玉瑶见父亲称赞，兴奋地说。

"买糖葫芦这事怎么能让我们家郡主出马呢？让下人们去买就行。"李道明边说边拉玉瑶坐下，"最近朝廷在西北打仗，而西北又有不少商旅到长安来做生意，他们是好是坏，有时候也察觉不出来，你要少出门，父王担心你。"

玉瑶见父王惦记她的安危，也明白父王对自己的一片苦心，便点头说："父王说的，女儿记住了。"

"那就好，那就好。"李道明见女儿乖巧听话，心情非常高兴，便接着说，"今天我进宫时遇到皇后，皇后说很喜欢你，说你琴弹得好，舞跳得好，让你多到宫里走走，与她说说话。"

玉瑶听说皇后都夸她，便说："过几天我带弟弟一起进宫去见皇后。"

李道明觉得女儿真听话，还知道带上弟弟去见皇后，虽然他不追求什么高官厚禄，但是他追求的是家人平安幸福。他李道明也有文武之才，也可提兵攻一城夺一池，但是每每想起骁勇善战而英年早逝的兄长李道玄，想起平定大唐半壁江山而被高祖皇帝猜忌严查审问差点儿问罪的河间王李孝恭，李道明更希望自己像父亲河南王李赞那样，终生不问朝政，平平淡淡无忧无虑度过一生。

他不知道怎么再夸女儿，只得拿起手里的糖葫芦又咬了一口，说："这种橘子做的糖葫芦，父王还是第一次吃。"

玉瑶见父王高兴，就开始提自己的条件了，她走到李道明身边，拉着他的手撒娇地说："父王，明天可以再准许我出去玩一会儿吗？"

李道明本来以为自己三言两语已经说服了女儿不外出逛街，没想到，话音刚落，女儿居然又提出要外出的要求。

淮阳王李道明说："今天刚出去玩了，能不能在家休息几天，过几天父王陪你出去玩如何？陪你去灞上骑马。"

玉瑶不高兴地说："不行。好父王，就让我明天出去一次如何？"

李道明好奇地问："难道女儿有什么秘密瞒着父王？你说一个令父王无法拒绝的理由，父王就一定答应你明天出去玩。"

"明天东市有杂耍，有猴子骑马，有大象跳舞，有狮子钻火圈儿。"玉瑶眼珠子一转就说了出来。

李道明摇了摇头，说："这种杂耍东市天天有，不在乎明天一天。你以前也去看过好几次。"

玉瑶说："那不一样，听说这次表演是从西域来的，只表演几天，就去洛阳了。"

李道明还是摇了摇头，说道："那就后天去，或者大后天去。"

玉瑶拉着李道明撒娇："父王，您就让我去吧。"

李道明狡黠地对玉瑶说："我家女儿有真正的理由没有告诉父王哦。"

玉瑶一愣，瞬间明白了父王的话，肯定是刘叔说了今天在西市遇到汪达的事情了。她红着脸，低着头，知道父王已经看出了她的心思，害羞得不知道说什么好。

李道明呵呵一笑，说道："刚才我让刘叔和如意都到这里来了。"

玉瑶更加害羞了，她拉着李道明的手摇摆着说："父王，您太坏了，我每次出去您都要打听。"

李道明笑着说："汪达英雄少年，父王也很喜欢。"

父王全明白了，玉瑶双脸通红。

其实，李道明早就看出了女儿玉瑶的心思。自那次校场比武夺先锋印，见到汪达之后，女儿整个人都变了，以前从来不关心王公大臣的事情，回到家之后，却总是有意无意地向他打听越国公府。李道明是过来人，能不明白什么意思嘛。他见汪达确实是难得少年，其父亲又是大唐越国公，执掌禁军，深受皇帝信任，家世好，两家门当户对。所以女儿表面上无意之中的打听各方事宜，他也乐意和盘托出，把汪华当年保境安民、统领六州、建吴称王、征讨江南、率土归唐等一一告诉玉瑶，汪华有几位夫人有几位子女，也都一一告诉了女儿。李道明很欣赏汪华的为官之道。

"父王让我去好不好？"玉瑶只有撒娇这一招了。

"好啦好啦。刚才父王是跟你开玩笑的。去玩吧，早点儿回家。"李道明笑着说。

"真的？！"玉瑶没想到父王答应得这么突然，都有点儿怀疑自己听错了呢。

李道明点了点头说："难道你希望父王刚才说的是假的？"

玉瑶一把搂着李道明撒娇道："父王真好！"

李道明会心一笑："我家玉瑶长大了！"

合羽昨晚激动了一夜，她从来没去东市玩过。越国公府位于长安城西边，离西市不是太远，所以家人只是偶尔带她去西市看看热闹。长安城是中国历史上规模最宏伟的都城，隋朝时期建立的大兴城成为当时世界之最，占地面积达到八十多平方千米；唐王朝建立之后，又在龙首原新修了大明宫，长安城整体规模更加宏大。东市和西市位于长安城东西两端，两地之间相隔十多里地。

合羽早早就起床了，想让三哥早点儿陪她去，来到汪达房间时，仆人告诉她，三公子早就起床了，到后花园练剑去了。

到了后花园，合羽发现三哥汪达与其他哥哥们都在练剑。大哥汪建、二哥汪璨、四哥汪广、五哥汪逊四人都在六部衙门当差，住在家里。而六哥汪逵和七哥汪爽刚进白渠府，住在军营，一般都是十几天才回一次家，回来也就是小坐一下，或吃顿饭，又匆匆离开了。

合羽站在屋檐下看着五个哥哥龙腾虎跃，打心里高兴，一家人在一起真好。想到这里，不由得又想起病逝的母亲，想起小时候母亲在这后花园跟她捉迷藏，眼泪禁不住流了出来。

"小姐，你怎么啦？"丫环香菱见小姐忽然流泪，慌了手脚。

合羽发现自己失态了，用手擦了擦眼角，故意笑了笑说："没有啊。风吹的。"

两人的对话，引起了汪建他们注意，都一起收剑在手，走过来问。

"妹妹，怎么啦？"大哥汪建问道。

"大哥，没事。刚才看到哥哥们在一起练剑，我高兴呢。"合羽笑着说。

"没事就好。你这个懒丫头，平时都是睡到很晚才起床，今天怎么这么早啊。"汪建故意取笑她。他们很爱护这个妹妹，都当心肝宝贝宠着。

汪建说完之后，大家哈哈大笑。

"今天三哥要陪我去东市，那里有杂耍，有大象跳舞、猴子骑马、狮子钻火圈，太好玩了，我兴奋得睡不着。"合羽终究是小孩子，童心可掬。

"这么好啊。你看了回来一定要说给我们听。"汪璨说。

其实他们早就去看过了，在长安城住了十多年，除了皇宫，哪个地方都走了好几遍。尤其是汪建和汪璨在白渠府当差的时候，长安城哪个地方有好玩的能不一清二楚吗？

大家正闹着，有仆人过来说早点准备好了，两位夫人已经在等公子和小姐过去。

于是，兄妹们收拾一下，去西厢房吃早餐了。

稽圭和庞实见汪达又要带合羽出去玩耍，只叮嘱了几句早点儿回来，也就随他们去了，两姐妹就去后院带小汪俊玩耍去了。

汪建、汪璨、汪广、汪逊都要去六部衙门值班，所以就与汪达、合羽一起出门。

因东市较远，汪达和合羽两人就各骑一匹马。合羽骑的就是汪达带回来的吐谷浑龙种宝驹。龙种宝驹是吐谷浑的特产宝马，世上少有，征西大军打败吐谷浑之后，汪达立有大功，合羽骑的这匹就是征西大元帅李靖特意奖赏给汪达的。汪达也就兑现了出征前赠送合羽龙种宝驹的诺言。可能是家世遗传，合羽从小就喜欢马，五六岁时就嚷着要父亲汪华抱着她骑马玩。十岁时就在灞上与哥哥们一起骑马比赛射箭。汪华曾经苦笑着说，本想养个绣花抚琴的千金小姐，这样下去就会变成跟她母亲一样的巾帼英雄了。钱任反问，我这样不好吗？汪华说，好是好，天下太平了，还是在家绣绣花弹弹琴更好。钱任后来觉得女孩子还得要有个女孩子样，喜欢骑马可以，终究大唐是个多民族国家，男女都流行骑射，但不能舞枪弄棒，要多看看书，做点儿女红。其实，说白了，身为父亲的汪华对女儿特别宠爱，怕她舞枪弄棒太辛苦。

汪达和合羽到了东市南门发现玉瑶和如意早就到了。

为了隐瞒身份，如意在外面仍然称呼玉瑶为小姐。

汪达与玉瑶对视的眼神都要把对方融化，两人还没说话，合羽就走了过来拉着玉瑶的手问长问短。

李道明和两名侍卫身着便装在人群中远远看着。早上，玉瑶带着如意出门之后，他就立即换上便装带着侍卫尾随而来。虽然他对越国公汪华很了解，对汪达也多方打听了，但是他还是想跟着暗中观察观察。

东市的繁华与西市的热闹果然是各有千秋，两市由于地域位置不同，所形成的商业气氛也略有区别。东市更靠近三大内（西内太极宫、东内大明宫、南内兴庆宫）、周围坊里多皇室贵族和达官显贵第宅，因此市中经营的商品，多是上等奢侈品，以满足皇室贵族和达官显贵的需要。而西市周围相对来说平民百姓住宅多些，市场经营的商品，多是衣、烛、饼、药等日常生活品。也正因为这样，东市反而没有西市的喧闹，西市各个档口都有挤满商人经营，街边路口也都摆摊设点。于是，那些表演杂耍的只有跑到东市找场地，那边王公大臣的子女对这样的事物更加好奇。

玉瑶常来东市，对东市的各个店铺都很熟悉，拉着合羽跑上跑下，一会儿买这个好吃的，一会买那个好吃的，而汪达跟在后面付账，如意跟在后面拎东西。四个人有说有笑，嘻嘻哈哈，好不开心。

长安城一片太平繁华，而西北刚刚被唐军打败而向朝廷臣服的吐谷浑正在发生一场政变。

原来在开皇十七年，公元597年，吐谷浑内乱，可汗世伏被杀，其弟伏允继位，号为步萨钵可汗。伏允依照吐谷浑习俗娶兄嫂光化公主为妻，光化公主本为隋朝宗室女，在开皇十六年时为和亲而远嫁吐谷浑可汗世伏。此后，吐谷浑年年朝贡不绝。但伏允常打听隋朝的情报，隋文帝非常厌恶。隋炀帝即位后，伏允派使者和高昌、突厥一起向隋朝朝贡。隋朝大臣裴矩出使西域回来，建议隋炀帝控制西域，首先要消灭吐谷浑。这时，伏允和光化公主的儿子慕容顺正出使隋朝，便被隋炀帝扣留。大业四年，裴矩指使铁勒攻击吐谷浑，伏允大败，来到隋朝的西平郡（今青海省乐都），隋炀帝派安德王杨雄出浇河，宇文述出西平接应。伏允恐惧宇文述兵强，率众西逃，宇文述引兵追击，攻克曼头、赤水二城，斩首三千余，虏获吐谷浑贵族二百，百姓四千。伏允南奔雪山，其故地东西四千里，南北二千里，皆为隋朝所占有。大业五年，伏允想重返故地，五月，隋炀帝亲征吐谷浑，伏允败走，隋朝在吐谷浑故地设置西海、河源、鄯善、且末等郡，封慕容顺为可汗，其大宝王尼洛周为辅。可是，慕容顺刚到达西平郡，尼洛周被部下所杀，慕容顺不果而还。之后，大业十一年，隋朝大乱，陷入崩溃局面，伏允趁机恢复了吐谷浑汗国，另立太子。唐朝建立后，唐高祖李渊联合伏允夹击河西的李轨。作为回报，唐高祖将从江都逃回的慕容顺送归吐谷浑，但并没有受到伏允待见。武德五年之后，伏允听信天柱王的建议，屡次侵犯唐朝西部边境，持续了将近十年。李世民登基之后，剪除了东突厥，终于腾出双手令大军西征吐谷浑。

唐军击败吐谷浑之后，吐谷浑可汗慕容伏允自杀，其子慕容顺斩杀天柱王，自立为可汗，投降唐朝，大唐皇帝李世民册封慕容顺为西平郡王、趉故吕乌甘豆可汗。征西大军班师回朝时，李世民忧虑慕容顺不能服众，便命凉州都督李大亮领精兵数千为其声援。可惜好景不长，因吐谷浑甘豆可汗慕容顺曾在隋、唐两朝为人质，各部落首领以此为耻，众人不附，最后在外出时被部下所杀。

慕容顺被杀之后，慕容顺的儿子燕王诺曷钵继位，此时诺曷钵尚是十二三岁的小孩，手无寸兵，是典型的傀儡，各部落首领和权贵为争权打得不可开交，吐谷浑陷入内乱。为保西北安宁，李世民只得派兵助诺曷钵平定内乱。

越国公府。

庞实正在后院教小汪俊写字，稽圭从外面兴匆匆地走过来。

"姐姐，什么事情这么高兴？"庞实主动站起来迎上稽圭。

汪华身边现在就她们两位夫人了，两人感情胜似姐妹。

稽圭说："郑豹刚才回府了，已经打听清楚了。"

"真的？是谁家的？"庞实急忙问道。

原来，她两人见汪达最近半个月天天带着合羽外出，而合羽每次回来总是提起玉瑶姐姐。起初，两人并没有太在意，认为只是萍水相逢而已，但没几天就发现汪达不一样了。她俩都是过来人，能看不出来吗？这事情还没眉目，也不便告诉汪华，她俩便找来郑豹，让他私下去打听一下。郑豹是什么人？在白渠府待了八九年，长安城的一砖一瓦都摸得清清楚楚，所以很快就带回了消息。

稽圭故作神秘地说："妹妹猜猜。"

"哎呀，姐姐，长安城这么大，我都大门不出、小门不迈的，能猜出啥？姐姐你还是快说吧，急死我了。"庞实见稽圭在卖关子，都着急了。

"玉瑶是位郡主，淮阳王的长女。才貌双绝，皇后说她是长安城第一美女。"稽圭说。

庞实听了都吃了一惊，过了半晌，才说一句："好小子，挺有眼光的啊！"

"汪达在校场比武夺印时，就被这位玉瑶郡主看上，后来汪达征西回来，带合羽在西市又邂逅，两人就这样认识的。"稽圭说。

"难怪哦，达儿每天早出晚归，回到家里都魂不守舍的。原来心都到玉瑶郡主那里去了啊。"庞实说。

"可不是嘛。"稽圭接着说，"最近，他们城内城外到处玩，听曲看戏对弈，去了渭河散步，去了龙首原观景，还去了灞上骑射。"

庞实听了不由得点了点头，说道："有几天他确实出去得早，早餐都没吃，回来也比较晚，说在外面已经吃了饭。"

"对，就是那几天。他出城时，长安城进进出出都不在白渠府的眼皮底下嘛。"稽圭说。

"姐姐，这个淮阳王，我还真没听说过，你打听了吗？"庞实问道。

于是，稽圭把从郑豹那里得到的消息都原原本本地说给庞实听。

庞实听完之后，思索了一下，说道："照这样说的话，这门亲还真不错啊。淮阳王为人低调务实，跟我们家老爷的性格很像。达儿也快十九岁了，该到说亲的年龄了。"

她们年轻的时候私下直呼汪华名字"世华"，到了长安先称"国公爷"，年纪大了，后来慢慢地改称汪华为"老爷"了。

"我已经要郑豹捎信请老爷今晚回来。"稽圭说。

"姐姐考虑得周到。"庞实说。

稽圭犹豫了一下，又说道："只是两个哥哥的亲事都还没定，就定了老三的，建儿和璨儿会不会有什么想法？"

庞实说："我去年就跟老爷提了，儿子们都大了，亲事都得上上心，老爷说他会有安排。今晚老爷回家，我们再问问他。"

晚上，汪华回到府上时，汪达带着合羽玩耍还没回来。汪华听两位夫人把情况前前后后说完之后，沉思了一下说道："本来我想等俊儿再大一点，明年我向皇帝请旨告老还乡，带你们都回歙州去，到了老家再给他们兄弟几个说亲。如果我们在长安给他们说好婚事，若女方家在长安，父母健在，又有兄弟姐妹，在娘家亲人其乐融融，嫁到我们汪家之后，离开父母跟随我们去千里之外的歙州，可能一辈子不再与娘家人见面，我想想都觉得于心不忍。人心都是肉长的，我们的父母都已经不在了，可我们身居都城，仍思念故土的一草一木。我想，她们肯定也思念父母兄妹，也思念长安的风土人情。当年我义无反顾地要来长安，除了向朝廷表忠，让皇帝摒弃猜忌，保障六州不再起烽火，还有一个原因，就是钱任妹妹的父母兄弟都在长安，虽然她常说我在哪里家就在哪里，但是我知道她思念父母，思念兄弟，只是她从不说出来而已。"

说到这里，汪华不由得眼圈儿都红了，想起钱任已经永远离他而去，他的心在痛。

"我们举家迁居长安，从她第一眼见到弟弟钱琪的眼神，我就知道自己没有猜错，时间和距离是永远冲淡不了血缘的。后来，钱老将军被委任为眉州刺史，很少回长安，钱老夫人病逝，钱琪也被派到外地领军，现在朝局稳定，大唐的江山已是铁板一块，皇帝考虑的不再是中原稳定，而是如何对外扩充版图。于是，我就想，合适的时候我们可以回老家了。谁知，钱任妹妹居然离我们而去，你们说长安城还有什么令我们留下来的理由？"

没想到汪华今晚如此多愁善感地跟她俩说了这么多，稽圭和庞实两人都不由得流下了眼泪。是的，歙州还有好多亲人在等着他们。两人都没说话，看着汪华。

汪华端起茶杯，缓缓地喝了一杯茶，说道："现在情况又变了，达儿西征立有大功，朝廷将要重用他，而他也向我表明其志在疆场，我们做父母的怎么不支持呢？我三次向皇帝请辞白渠府统领，皇帝都扣着奏折不批。"

"朝廷重用达儿，跟你请辞统领有什么关系？"庞实疑惑不解。

汪华说："我统领着长安禁军，我儿子在外率领着大军攻城略地，你们认为皇帝会放心吗？"

庞实和稽圭对视了一眼，瞬间明白了。

汪华接着说："当年的秦王可以对每一位将士推心置腹，如今的皇上为了天下稳定就必然会用人而又疑人。河间王李孝恭平定大唐半壁江山，其功甚伟，但如今他深居王府，遣散歌姬，粗茶淡饭，天天读书念经不问世事；翼国公秦琼老将军南征北战立有大功，当年高祖皇帝都说愿意割自己的肉给他食，如今辞去官职在家养病，并向皇帝上书其子不得世袭其爵位；吴国公尉迟敬德将军对皇帝有救命之恩，现今胆小谨慎，开始钻研黄老之术；卫国公李靖，其功劳更不用说，数年前就辞官在家养病，这次皇帝请其西征，回到长安立即交出兵权，说身子不适，要回家养伤。"

汪华看了看两位夫人，问道："我与他们几个人比，在皇帝心目中，谁跟他更亲，谁为其立功更大？"

大家听了，都默不作声。

第十九章　心生退意

汪华回到家跟两位夫人说了本想辞官归隐的想法之后，两位夫人不由得也沉默了。

汪华接着说："当今皇帝乃千古一帝，自登基仅十年时间，便创造了天下盛世，秦、汉、晋、隋，哪位帝王有此才能？！他用人而又疑人，用老人带新人，大胆起用胡人，是真正把大唐作为天下人的朝廷。我们也老了，也该主动退出，把机会交给年轻人！"

"老爷现在的想法就是主动辞官回家，不让自己成为达儿晋升的阻碍？"庞实问道。

汪华点了点头，说道："达儿既然志在疆场，那么就让他大胆地去实现自己的抱负！"

"那其他兄弟怎么办？我们儿子多啊。"稽圭问。

"如果让这些儿子都跟随我们归隐，于心不忍，他们也都文韬武略，志向高远，正逢盛世，若在山野虚度一生，也非我本意。"汪华的内心其实很矛盾，他既希望儿子们个个身居高位为民造福，可面对当前朝廷功臣受猜忌而归隐在家求平安的状况，又不忍让自己儿子们去犯险。

稽圭和庞实都明白了汪华的意思，稽圭说："如果都让他们从军，朝廷岂能全都重用？若个个都是领军大将，皇帝岂能安心？反而会一人犯错，其他兄弟都受牵连。"

庞实跟着说："做武将朝廷不放心，做文臣也一样不会重用，若个个身居高位，胜过朋党。"

汪华说："那就让他们做一些低级文官吧，既是为朝廷效力，也是不虚度一生。"

"这就是老爷让建儿、璨儿他们去六部做文书的原因？"稽圭问。

汪华点了点头："我只是做了个两手准备。做个低级文吏，可进可退，进可继续为朝廷效力，领取俸禄，过着百姓们羡慕的生活；退可随时辞官还乡，朝廷也没什么损失，换个人来做也可以。何况，身居高位，必然勾心斗角，今日赢明日输，或今日败明日胜，只会心力交瘁，日子岂能过得踏实？"

庞实认可地说："老爷说得有理。为朝廷效力，为百姓造福，不一定要身居高位。一个朝廷的运转，需要无数人员在高低不同的职位上做事才行。宰相大人很威风，但是下面没人办事，或者下面没人会办事，他这个宰相即使有天大的能力，也不能为百姓谋来一丝幸福。"

"刚才老爷说自己辞官，让儿子们出仕，那么我们是回歙州吗？"稽圭问。

"你舍得把儿子们放在长安，而我们几个回歙州吗？"汪华笑着反问。

"我可舍不得啊。"没想到稽圭和庞实异口同声。

"他们大了，随他们。先看看皇帝什么时候让我辞官，到时再说吧。"汪华说道，"看来这个辞官不是自己想辞就辞得了的，长安估计还得住一阵子了。"

"那儿子们的亲事是不是得好好考虑了？"稽圭问。

"达儿回来之后，我问问他。先把建儿和璨儿的亲事定了，再接着考虑另外几个。"汪华说。

"你身为白渠府统领对长安城的王公大臣、世族商贾都一清二楚，有没有看到哪家小姐合适建儿的？"稽圭问。

汪华摇了摇头，苦笑着说："刚才不是已经说了，起初都想回歙州的，哪有心思考虑在长安城找儿媳妇啊。我这几天仔细打探一下。"

庞实和稽圭两人只有点头了。

三人刚说完话，汪达带着合羽回来了。大家简单说了几句话，稽圭就让丫环香菱照顾合羽去睡觉。

"达儿最近春风满面，有什么好消息要告诉父亲的吗？"汪华首先开口问道。

汪达一看这架势，就知道自己的事情都被父亲知道了，只好说："认识一个叫玉瑶的姑娘，最近带着合羽常与她一起玩。"

汪华说："玉瑶姑娘家住哪里？她父亲是为官还是为商？"

汪达说："她家住在东市附近，她父亲做什么的，我没问，她也没说。不过，她的言谈举止肯定不是平常人家。"

"她当然不是平常人家啦。"汪华说，"打仗需要知己知彼，才能百战不殆。你跟人家姑娘认识十多天了，都不清楚人家家境，如何更好地长期交往呢？"

汪达红着脸，低着头说："我们……我们只是朋友。"

汪达话刚落音，汪华和稽圭、庞实哈哈大笑起来。

稽圭见汪达年少不经世故，便插嘴说："达儿，你就大胆说话，你喜不喜欢这个姑娘，喜欢的话，我让你父亲上门去给你提亲。"

汪达惊奇地问："父亲认识玉瑶？"

稽圭说："你父亲不认识玉瑶，但认识玉瑶的父亲。"

"真的？"汪达一听激动地站了起来。

汪华呵呵笑着指着汪达对两位夫人说："你看看，这还是骁勇善战的征西先锋将军，这么一点儿定力都没有。"

"窈窕淑女，君子好逑。达儿是真性情，才不像您老谋深算呢。"庞实故意打趣道。

汪达嘿嘿傻笑，又坐下。

稽圭说："达儿，这几日你早出晚归，母亲为你考虑，派人打探了一下玉瑶姑娘的情况。你猜她的父亲是谁？"

汪达问："二娘，玉瑶她父亲是谁？"

"淮阳王。"稽圭说。

"淮阳王？！左骁卫大将军？"汪达对十六卫的情况一清二楚。

"没错，玉瑶郡主正是淮阳王、左骁卫大将军李道明的长女。"汪华补充道。

汪达若有所悟地说："难怪每次与她见面时总是约在东市附近，她也不让我送她到家门口。"

庞实笑着说："那你也不跟踪去打探一下？"

汪达说："这怎么好意思呢。我喜欢的是她的人，她家是什么情况，有何干系？我根本就没考虑过去打探。"

汪华和稽圭、庞实相视苦笑，年轻人都是这样。

"你俩要是情投意合，父亲就去淮阳王府给你提亲。她虽是郡主，但你也是我们大唐将军，门当户对。"稽圭说。

汪达喜欢玉瑶，他也知道玉瑶喜欢他，只是忽然提到提亲，他还没这个思想准备，有些害羞地说："玉瑶尚小，才十五岁。"

"十五岁不小了。长孙皇后与当今天子结婚时才十四岁呢。"稽圭说道。

"当时情况不同。"汪达说，"孩儿想等建立更大功业再娶亲。"

"去提亲不一定马上结婚，可以先把这门亲事定下来，等你想结婚的时候再结，如何？"稽圭说。看来做母亲的都比儿子着急。

"孩儿志在疆场，当前西北战事不断，孩儿随时将随军西征，还是等博取功名回来亲自去淮阳王府提亲。"汪达说。

"达儿有志气！既然你心意已决，为父不为难你。你大胆去拼搏，我和母亲们都支持你！"汪华说。

"谢父亲和两位母亲！"汪达站起来向三人施礼。

话说吐谷浑内乱，各部落首领争权夺位，李世民只得派唐军去援助小可汗诺曷钵。幸好，之前征西时已经把吐谷浑的军队基本打残了，李大亮率领唐军不日就稳定了吐谷浑内乱。李大亮因功而被晋爵武阳县公，授右卫大将军。

长安城，皇宫。

"吐谷浑已经无忧，朕决定封诺曷钵为河源郡王，仍授乌地也拔勒豆可汗，以昭显我大唐对其恩宠，众卿家意下如何？"李世民问道。

殿下大臣一齐称赞陛下圣明。

李世民见列位臣工都无异议，便说："至于代表朝廷前往吐谷浑，持节册拜，赐以鼓纛，哪位卿家愿担此重任？"

长孙无忌出列说话："启禀皇上，臣以为朝廷若派遣宗室大臣为钦差大臣前往，更能彰显天子对乌地也拔勒豆可汗的恩宠，也利于对吐谷浑朝局的稳定。"

"长孙爱卿说得有道理，哪位爱卿请缨？"李世民觉得长孙无忌说得不错，朝廷越显得重视诺曷钵，吐谷浑权贵就会认可诺曷钵的权力，才能保障吐谷浑不再内乱。

宗室大臣见长孙无忌把球踢给他们了，就都不吭声，他们中间不少人既想做事又怕做事。做事能立功，能给自己争脸面，但是事情做得太好，就会怕变成河间王李孝恭那样，能力太强会招来猜忌，最终只能窝在家里小心谨慎过日子；若事情做不好，就会像赤水道行军总管李道彦那样被罢官流放边地。谁也拿不准事情能做好还是做砸，所以这些宗亲大臣都宁愿不做事算了，安安稳稳过日子。

过了半晌，下面的宗室大臣没有一位主动请缨的，坐在上面的李世民显然不高兴了。

"看来宗室大臣更愿意在家喝花酒看歌舞了。"李世民不悦地说。

宗室大臣更加低头不语，吐谷浑远在西北，跋山涉水，路途遥远，路上并不太平，还是装傻自认无能，别去干这份苦差事。

站在下面的淮阳王李道明见皇帝尴尬不悦，而自己身为王爷至今尚未出外建立尺寸之功，便出列说话："回皇上，臣愿前往！"

李世民刚想发火，见李道明主动请缨，立即转忧为喜，还是这位兄弟体恤朕啊。

"淮阳王，你可知吐谷浑远在千里之外，西北黄沙满天，路途辛苦？"李世民故意问道。

"黄沙再大，有我大唐子民安居乐业；路途再远，有我大唐将士浴血奋战。臣请缨持节册封，让吐谷浑沐浴皇恩，也是臣之荣耀，有何辛苦？！"李道明诚恳地说。

"好！就以你为钦差大臣，前往吐谷浑昭宣册封之事。"李世民下旨。

"臣领旨！"李道明领旨，随后回到位置。

"侯爱卿，你是兵部尚书，你认为谁能担任此次护驾将军，护卫钦差大臣前往吐谷浑。"李世民问道。

此时的兵部尚书是侯君集，只见他出列说道："启禀皇上，前征西先锋将军汪达堪当此任！"

淮阳王一愣，没想到这么巧合，侯君集居然推荐汪达为其护驾，内心不由得有点儿喜悦。

只见皇帝在上面点了点头，很是满意，说道："汪达年少俊才，智勇双全，有其父越国公风范，尤其是上次西征击败吐谷浑多支精锐之师，对吐谷浑非常熟悉，堪当此任！"

侯君集说："淮阳王去册封是显示天子对吐谷浑的恩宠，汪达为护军是彰显我大唐威武，威恩并施，吐谷浑各部首领谁还敢乱来？"

李世民听了觉得有理，便问侯君集："汪达现为何军职？"

"启禀皇上，汪达以左卫白渠府正六品飞骑校尉身份夺得征西先锋将军，凯旋之日，兵部已报奏其功勋，授从四品威武将军。只因其母亲病故，他告假在家，兵部暂未正式颁令拜将。"侯君集答道。

李世民想起汪华长夫人钱任在数月前病逝，当时汪达正在征西。想起钱任，李世民不由得想到登基之初，突厥颉利欺长安空虚，率二十万铁骑南下，陈兵渭河，是钱任和庞实护其到便桥上与颉利谈话，也是钱任以神射吓退突厥骑兵。

想到这里，李世民不由得唏嘘，只见他说道："立即颁令拜将，授汪达为亲王护军，即日随钦差大臣淮阳王前往吐谷浑。"

"遵旨！"侯君集领旨。

淮阳王府。

淮阳王散朝回家，居然发现女儿在家。这很是稀奇，自女儿与汪达认识之后，两人可是天天游山玩水的。

他好奇地问道："宝贝女儿，今天回来得这么早？"

玉瑶嘟着嘴巴说："今天没出去。"

"怎么啦？汪达那小子欺负你？"淮阳王吃惊地问道。

"他已经知道我是郡主了，昨天说我欺骗他。我哪里欺骗他了，我只是隐瞒身份而已，他自己也没问我，我难道还主动跟他说我是淮阳王的郡主？"玉瑶有点儿伤心地说。

"对。我女儿怎么会欺骗人呢？只是隐瞒而已，难不成要像他老子在白渠府那样，每个进长安城的人都要查人家十八辈子啊。"淮阳王哄着女儿，说道，"咱们别理他。"

"父王，您说他会不会真的生我的气，真的不来找我了？"玉瑶眼睛都快红了。

看来女儿对汪达感情不是一点点深了，而是很深了。汪达不会这么不懂道理吧？这小子太不像话。不过，小孩子之间有点儿误会，闹点儿小别扭，也很正常。

淮阳王安慰女儿说："宝贝女儿，别伤心，父王给你出气，你想要怎么收拾他？"

玉瑶见父王要收拾汪达，感到报复的机会来了，立即说："他喜欢喝马奶酒，不让他喝；他喜欢吃烤羊腿，不让他吃；他不喜欢喝羊杂汤，就让他喝；他不喜欢吃兔头，就让他吃。"

李道明听女儿这么一说，都忍不住想笑了，这不是小孩子过家家嘛。别人喜欢的，不让他吃，别人不喜欢的，逼别人吃。

玉瑶说完之后，见父王忍不住在笑，便又泄气地说："他不在您左骁卫，您管不了他。"

李道明见女儿一副失望的样子，便从怀里掏出一卷黄绸给玉瑶说："你看看这是什么？"

玉瑶接过一看，惊讶道："父王担任钦差大臣前往吐谷浑？！汪达为亲王护军？！"

"怎么？你说父王能管得了他吗？"李道明说。

"当然管得了。"玉瑶一下子觉得事情太突然，"皇上怎么忽然让父王去那么远的地方呢？是父王要他为您护军，还是他自己请求随驾？"

李道明说："父王常年深居长安，也该为朝廷做点儿事情了，这只是去册封，是个轻松活儿，父王就抢了。"

李道明不能把朝廷的事情跟女儿说，也不能告诉女儿去吐谷浑可能有危险，以免她担心。

他接着说："汪达之前只是个六品飞骑校尉，他哪有资格参加早朝呢？即使他现在是从四品威武将军，也没资格参加早朝的。是兵部尚书侯君集举荐他担任护军的。"

"哦。原来这样啊。从四品也是个不小的官了。"玉瑶说。

"那当然啦。大都督府长史也才从四品，谏议大夫、御史中丞、中书舍人都还是正五品。汪达上次西征立功不少，理所当然。"李道明说，"小小年纪就有此出息，必为国之利器！"

"父王，我要随您去吐谷浑！"玉瑶说。

李道明一愣，这可坚决不能同意，立即说道："糊涂。父王是去给朝廷办事，岂能随便携带家眷呢。千万不能有此想法，否则朝廷会向你父王我问罪。"

玉瑶听父王说得这么严重，只得硬硬地把这个刚刚萌生起来的想法给掐掉。

越国公府。

"碧玉，快去叫三公子出来，宫里来人，要府上赶紧准备，圣旨要到了。"稽圭边吩咐丫环碧玉，边往里走。

"今天真是奇怪了，平时天天往外跑，今天居然懒在房间不出来。"庞实见合羽一个人在玩，便问，"合羽，三哥是不是哪里不舒服？"

合羽走过来说："三哥心里不舒服，生玉瑶姐姐的气了。"

"两人吵架了？"庞实问。

"没有吵架。三哥说玉瑶姐姐骗他，玉瑶姐姐一生气就坐马车走了，他自己也不去追，就伤心了。"合羽说。

"大男子汉还跟小姑娘生气，哪像个将军啊。"庞实边说边往后院走，"我去看看。"

这时，大有去正堂，吩咐人去打开大门，安排越国公府上上下下站立院中等候圣旨。

汪达跟在庞实后面，满脸不高兴地说："三娘，你错怪我了。我没生她气，是她生我气。"

庞实回过头说一句："她生你气也是对的。人家一个小姑娘，凭什么一见面就把家底都告诉你？你没问她，她没对你说，怎么就算是欺骗了呢？"

稽圭在旁边补充一句："达儿，你责怪玉瑶郡主欺骗你，确实是你的不对。长安城每天人来人往，三教九流各色人等都有。如果她在外面轻易露出郡主身份，能安全吗？能自由自在地玩耍吗？如果一开始就知道她是郡主，你还会每天那样肆无忌惮地跟她到处疯玩？"

汪达被两位母亲责怪之后，也觉得自己确实糊里糊涂，确实是自己做得不对。

稽圭见汪达不说话，又说道："要是说玉瑶郡主因没有主动告诉你她是郡主，你就认为她在欺骗你。那么你父亲更应该责怪你三娘，最初与他认识时，你三娘是女扮男装，你父亲好长一段时间都称呼她为庞兄弟。"

稽圭的话音刚落，周围的人都不由得"扑哧"笑了。当年汪华在扬州路上遇到女扮男装的庞实的事情，大家都听过。汪达也忍不住笑了。

庞实说："等下接完圣旨，自己去淮阳王府向玉瑶郡主道歉。"

汪达嘿嘿傻笑着。

大家刚走到正堂，圣旨来了！中书舍人李百药手捧圣旨，在数名侍卫的簇拥下，走进了越国公府。

此时，越国公府里面主事的只能是汪达了，父亲汪华身在白渠府，两位兄长汪建、汪璨已到六部值班。

汪达带领两位母亲和合羽、小汪俊跪在正堂，传旨大臣李百药手捧圣旨面南而立。

"奉天承运，皇帝诏曰：飞骑校尉汪达，骁勇善谋，征西立功居多，特晋封为从四品威武将军。并，为保西北安宁，特诏汪达为护军，护送钦差大臣淮阳王李道明前往吐谷浑进行乌地也拔勒豆可汗册封大礼，即日启程。钦此。"

"臣汪达接旨，吾皇万岁万岁万万岁！"汪达接过圣旨谢恩。

李百药握着汪达的手说："恭贺威武将军，祝将军此行一路顺畅！"

"谢李大人！"汪达也忙客气两句。

李百药与汪华是旧故，两人关系匪浅，他与稽圭、庞实说了几句祝贺话，就告辞回宫了。

李百药离开之后，汪达打开圣旨，左看右看。

稽圭和庞实两人对视了一眼，走了过去。

"今天是双喜临门，一喜是我们三公子是朝廷的威武将军，他父亲这个年纪还只是新安郡副将。二喜是我们的威武将军为淮阳王做护军。皇帝真是英明啊。"稽圭边说边笑。

"大有，去请老爷今晚回来吃饭，我们要好好庆祝一番！"庞实也边走边对站在一旁的管家说。

"是。夫人。"大有应允完就出去了。

忽然，汪达把圣旨卷好放在供案上，走过去拉着合羽就说："合羽，三哥带你出去玩。"

"三哥是要带我去找玉瑶姐姐吗？"合羽睁着大眼睛问。

"就你嘴快。"汪达责怪一声拉着她就往外走。

稽圭和庞实一愣，汪达拉着合羽快走出大门了，才反应过来，庞实高声嘱咐道："今晚要回来吃饭！"

她说完就与稽圭两人哈哈大笑，旁边的丫环也都掩着鼻子笑了。

第二十章　儿女亲家

汪达与玉瑶已经和好如初了，在汪达踏进淮阳王府大门的那一刻，玉瑶瞬间笑了。

三日后，淮阳王李道彦以钦差大臣身份离开长安启程前往吐谷浑，汪达作为亲王护军率三百精骑随驾同行。

"姐姐，皇后身体怎么样？"稽圭刚进府，庞实关切地问道。

原来，长孙皇后一病不起，都快一个月没下床了，太医束手无策。稽圭作为越国公夫人进宫去看望长孙皇后，同时自己精通医学，去看看到底是什么疑难杂症。

钱英作为汪华的原配夫人，结婚之后就理所当然是正室夫人；后来钱英去世，正室之位一直空着，汪华建吴称王时追封钱英为吴王妃，并没另立王妃，直到钱任嫁给汪华，依汪华承诺立钱任为正室夫人；谁知钱任难产而死，越国公府的正室夫人又空缺，于是汪华按着大小顺序，扶稽圭为正室夫人，这样也便于在王公大臣家眷之间走动。长安是大唐都城，也是礼仪之都，重大节日进宫向皇后请安，若派侧室去岂不有藐视之罪？

稽圭坐下来，叹了口气说："病得很严重，人都瘦了一大圈儿。太医说是肝脾不良引起的不适，属于气疾。"

"既然看出了病理，怎么还束手无策呢？"庞实说，"你看出是什么病了吗？"

稽圭说："我给皇后把了一下脉，阴阳不和，脏腑虚弱，不敢乱下结论。太子请求大赦囚徒并度人入道，以期冀蒙福佑，却被皇后断然拒绝。"

"太子两次大病，皇帝分别请道士和天竺高僧为其祈福，很快病愈。太子这样为其祈福，怎可拒绝呢？"庞实说。

"房相现在是太子詹事，他知道太子心意之后，会同朝中大臣上书皇帝，请求大赦天下，为皇后祈福。但是皇后说法律是国家存亡之根本，唯有依法治国才能人人守法，国泰民安。若为了祈福除病，而轻易释放罪犯，尤其是死刑犯，这样只会让罪犯有恃无恐，给社会造成更大的危害。皇后坚决拒绝了。"稽圭把知道的情况告诉庞实。

庞实点了点头说："皇后圣贤，为了江山社稷，宁愿舍弃自己身体。皇帝宽厚爱人，每每遇到重大喜庆之事或祈福健康，就释放天下囚犯，虽有仁爱之心，却让刑法在众人眼中失去了威慑力。尤其是一些杀人犯，侥幸在大赦之中活命，却让被害者家人处于更加悲痛的境地。"

稽圭说："据说有杀人犯被大赦之后，又去杀人越货，被判定死刑关押秋后问斩，谁知还没到上刑台，又赶上大赦了。也有被害者家人见杀人犯大赦，怨不能解，自己持刀去杀掉杀人犯，报仇雪恨。哎，朝廷之事，也不是我等能议论的。皇后这次宁愿自己处于病痛之中，而反对大赦，是维护了法律的公正，她的心思也代表了天下所有受害者家人的心。"

"皇帝见皇后心意已决，也就没有采纳房相等人的意见，但另辟蹊径，已经下令重修了三百九十多座废弃寺庙以此为皇后祈福。"稽圭接着说。

庞实听了，双手合十，祈祷："阿弥陀佛、观世音菩萨，保佑皇后娘娘身体早日康复。"

稽圭见了，也跟着一起祈祷。

西行路上，李道明骑在马上问汪达："威武将军，前面是哪里？"

汪达打马上前一步，回答："王爷，前面就是麦积，有我们的驻军。一路走来，大家也都辛苦了，今晚我们就在麦积过夜，早点儿休息。"

这支钦差队伍一路兼程，对于汪达来说算不上什么，但是对于常年不外出的淮阳王来说确实有点儿辛苦。

淮阳王对西行路线一点儿不懂，一路上全靠汪达告知。他也乐得省心去操心这些小事，正好可以在路途上多观察一下汪达。汪达谈吐有礼、遇事果断、体恤兵卒，就是在感情方面还有些懵懂，几日下来，他也越发喜欢汪达了，觉得自己女儿玉瑶没有看走眼。

"好！今晚就在麦积过夜，烤全羊喝美酒，大家吃个痛快！"淮阳王痛快地说道。

"烤全羊啊。淮阳王，今晚能让我吃个羊腿吗？"汪达赔笑着对淮阳王说。

汪达之前没有与淮阳王接触过，加之淮阳王又是玉瑶的父亲，所以，刚一开始，汪达在淮阳王面前非常谨慎。谁知道，一路上，发现淮阳王为人非常随和，时而跟他说一些奇闻趣事，两人之间的气氛立即轻松起来。淮阳王喜欢读书，正史野史杂书都喜欢读，与汪华爱好相同，所以汪达觉得淮阳王很是亲切。

而淮阳王是爱屋及乌，自己的宝贝女儿喜欢汪达，自己这几日与汪达接触，也觉得汪达这人很合他心意。

汪达又想讨要羊腿吃，李道明故意摇了摇头。

"还不让吃啊？自打长安城出来到现在，你们天天吃烤羊腿，我可是一口都没吃。王爷，您这是在虐待部将。"汪达开玩笑地说。

淮阳王打趣道："威武将军，你知道在我王府里面谁说话最管用吗？"

"不是王爷你吗？"汪达好奇道。

李道明摇了摇头，说："不是的。是我家玉瑶郡主。"

汪达吃惊，说道："王爷真会开玩笑。"

李道明没有跟他争论这个话题，而是得意地说："这次西行，我家玉瑶郡主有令，凡是威武将军喜欢吃的，我不能让你吃；凡是威武将军不喜欢吃的，我鼓励你吃。"

"哎呦，王爷，您就饶过我吧。"汪达哭笑不得。

李道明笑着说："饶过你，可以考虑的。就看你以后表现啦！"

汪达"哎"一声耷拉着脑袋。看来今晚吃羊腿又没戏了。

李道明心里乐呵呵的，没想到汪达这小子，打仗有本事，骁勇善战，读书也不少，跟自己谈古论今无所不知，连说话聊天也都这么投缘。等回到长安城，得找个机会跟他老子汪华好好谈谈了。

长安城。

汪华骑马匆匆回到越国公府。

"老爷回来了。"稽圭迎了上去。

"圭妹，告诉你一个好消息。"汪华乐呵呵地说。

"什么事情让老爷这么兴奋？"稽圭问。

"你猜一下。"汪华边说边接过丫环碧玉端上来的茶杯喝了一口。

"难道皇帝恩准老爷辞官回家了？"稽圭试着问道。前几日汪华说皇帝巡视白渠府时，他私下跟皇帝又提了辞官的事情，说自己身子骨越来越不行了，皇帝当场说了句汪兄的身子骨看起来比朕还硬朗。难道皇帝改变主意了。不然老爷怎么会如此兴奋。

"不是。"汪华喝完茶，把茶杯放到桌子上，"碧玉，你去把三夫人请来。"

碧玉应诺一声就出去了。碧玉是原配夫人钱英的贴身丫环，两人情同手足，钱英过世之后，汪华准其外嫁，碧玉虽然结婚生子，但仍然留在汪家照顾钱英三个儿子。

庞实很快就过来了，欢喜地问道："刚才碧玉说老爷有喜事要告诉大家，什么事情让老爷这么兴高采烈？"

"我刚才猜是皇帝让他辞官回家，他说不是。妹妹你猜猜。"稽圭说。

庞实坐下来说道："姐姐猜不到，我更加猜不到了。还是让老爷赶紧告诉我们吧。"

汪华故作神秘地说："建儿和璨儿的亲事有戏啦！"

"真的？"稽圭和庞实一听都很意外地问。

"上次你们说了这事之后，我就开始留意。你们还没说，还真让我碰巧遇到了。"汪华兴奋地说。真没想到时间过得真快啊，自己儿子都成年要娶亲了。

"谁家小姐？"稽圭抢先问道。

"通议大夫黄左锡大人家的千金。"汪华干脆地说。

稽圭和庞实两人一脸茫然，这个黄左锡大人没有听说过。不过，这也很正常，长安城里官员太多，她两个妇道人家没听过是很正常的。

汪华说："通议大夫是个正四品的散官，这个黄左锡大人武德年间在礼部做过给事，因父亲过世，他就辞官回家守孝，随后他就一直称病在家，皇帝念其是先帝旧臣，就封了他这个散官，每月领些俸禄过安逸日子。黄大人家里就只有这一位千金，今年芳龄十八，眉清目秀，知书达理，琴棋书画样样精通。"

"这正是我们要找的人家，没有权贵身份，看淡名利。老爷是怎么找到这样人家的？"稽圭满意地说。

"你刚才说建儿和璨儿两个的亲事，这个黄大人家里才一个千金啊。"庞实接着说。

汪华说："你们别急，听我慢慢说。这个黄大人，我之前也只跟他见过几面，不熟悉，是建儿自己找到的。"

于是，汪华就把事情的来龙去脉都一一说给稽圭和庞实听。

原来，刑部尚书右丞马庵大人与黄大人是故交，前几日，汪建陪马大人到外面办完事之后，在回来的路上经过黄大人家门，于是就顺道进去小坐了一下。

黄大人见汪建一表人才，谈吐非凡，听说又是越国公家的长公子，并且还未成家也未订婚，便找了个空档让自己女儿黄璟妍隔着屏风偷偷看了几眼，没想到向来挑剔的女儿一眼就相中了汪建。唐朝民风开放，女儿都可以出来见客人的。黄璟妍主动出来向马大人和汪建请安，而汪建居然也看中了黄璟妍，真是缘分。

于是，黄大人就托马大人来问汪华。真是踏破铁鞋无觅处，得来全不费工夫。汪华便与马大人约在今天上午去黄大人家登门拜访。黄大人见越国公亲自上门，也很是意外，觉得汪华对儿子的婚事很重视，便把女儿黄璟妍喊出来见面。汪华一看也很满意。既然儿子自己喜欢，而这女子也确实不错，他就当场答应下来。并说将择黄道吉日让汪建亲自上门提亲，把婚事尽早定下来。

从黄左锡家里出来之后，马大人说前面过两条街就是他家，越国公难得空闲出来一次，不如到他家去喝杯清茶。

自己儿子在马大人手下做文书，汪华能不给马大人这个面子吗？又是通过马大人找到一个这么好的儿媳妇，汪华一口就答应了。

没想到，在马大人家才坐下喝一口茶，一名明艳动人的年轻女子过来请安。马大人说，这是他姐姐家的女儿朱宛涵，芳龄十七，姐夫在征讨刘武周时战死，姐姐病逝，就留下这个女儿自小寄养在他家，他一直当亲生女儿对待，听闻越国公家二公子还未订婚，看是否中意。

原来，马大人之前并不知道汪建、汪璨尚无婚约，他认为越国公府家的公子肯定早就定了人家，到了黄左锡家谈话时才知道他们兄弟都未婚约，便留了个心眼儿，觉得汪建的孪生兄弟汪璨也不错。他与汪华约定去黄家时，便早就做好邀请汪华再去他家的准备。

汪华见马大人搞了个突然袭击，很是意外，便随便问了朱宛涵几句，见她举止优雅，谈吐得体，很是喜欢，于是也答应了下来。

"两位夫人，这两个女孩才貌双全，都出身老实人家，我就没回来跟你们两位做母亲的商量，当场便答应了。"汪华略作歉意地对稽圭和庞实说。

稽圭和庞实听完汪华前前后后把事情说完之后，一起说真是缘分啊。

"我们越国公府哪件事不都是你做主的。有你定就行。"稽圭说。

庞实也赶紧说道："选个黄道吉日，让建儿、璨儿两兄弟同一天把婚事办了！"

汪华笑着说："我也正有此想法。"

淮阳王李道明和威武将军汪达的吐谷浑一行很顺利，早就被唐军打残了的吐谷浑各部落见汪达仅率三百精骑就敢来到这里，更是为唐军的胆量所震撼。大唐天子册封诺曷钵，恩威并施，使吐谷浑上下彻底臣服。作为大唐属国，吐谷浑从此按年纳贡，遵循大唐律法。

一个月后，汪达护送李道明返回长安。而汪建和汪璨两人的婚礼就等着汪达回来举行。

汪华虽不像房玄龄、李靖等人那样出阁拜相，但身为国公爷，又执掌长安禁军，身系长安城所有人的安危，所以长安城王公大臣听闻越国公的两位公子要娶亲，都等着送份大礼。

大唐已经进入盛世，百姓人家儿子娶亲都要大办三天三夜，但汪华却想低调办理，于是他与黄左锡、马庵一商量，没想到他们两个也不提倡大操大办，觉得还是低调点儿好，现在御史跟苍蝇一样到处闯，查找每个大臣的毛病。御史本来是监督和指正别人的，因皇帝对御史弹劾大臣大加赞赏，结果有些御史便千方百计地找各位大臣的毛病，芝麻大的事情都能举一反三地变成大事。于是，汪建和黄璟妍、汪璨和朱宛涵的婚礼就非常简单地举行。朝中大臣一律不邀请。

汪建和黄璟妍两人本来就一见钟情，结婚之后更是恩爱有加；而汪璨和朱宛涵两人，虽然尚未见面就被父辈订下了亲事，但两人婚前短短数次见面，心有所属，结婚之后也都情投意合。汪华和稽圭、庞实见了都乐在心里。

"达儿，两位哥哥已经成家，你是不是也该考虑一下婚事了？"一家人坐在一起说话，稽圭问汪达。

汪达看着大哥大嫂、二哥二嫂恩爱的样子，自己也不由得脑海里浮现出玉瑶的笑脸，但是他强烈抑制着，他的志向是扬鞭走马在疆场上建功立业，如今皇帝有意重新开通汉朝时期的丝绸之路，西域各国之间战事不断，唐军随时会再度西征。想起当年霍去病横扫匈奴壮志凌云"匈奴未灭，无以家为"，汪达更是满腔热血。

想到这里，汪达说："二娘，我还想等等再结婚。"

庞实说："还等啊，大哥、二哥都快做父亲啦，你也不小了。找个日子，让你父亲亲自去淮阳王府提亲。"

汪达看了一眼父亲，忙说："谢谢父亲和二娘、三娘操心孩儿之事。父亲当年与母亲们结婚都已年近三十了，孩儿还小。近来西北战事不断，朝廷随时将发兵征讨，孩儿想建功立业，再定婚事。"

汪华说："你还跟我比？当年父亲是什么情况，你现在又是什么情况。岂能比较？你可以晚结婚，但是两家之间的至少得把亲事给订了吧。这样也算是给玉瑶郡主一个交代。"

汪达说："我已经与她说好了，等西北平定之后，我与她结婚，在长安踏踏实实过日子。反正她年纪还小。"

"你们两个孩子之间约定怎么行呢？儿女婚事得'父母之命，媒妁之言'才行。"稽圭说到这，看着汪华，"老爷，我认为还是您亲自去与淮阳王把这个事情定下来，相互交换生辰八字，有个婚约才行。"

"二娘，真的不必，玉瑶会等我的。淮阳王也说了，让我放心去建功立业，玉瑶还小，他还舍不得出嫁呢。"汪达说。

"玉瑶郡主年纪不小了。长乐公主、皇帝的嫡长女，十二岁就下嫁齐国公长孙无忌的嫡长子长孙冲。"庞实插话道。

"算了。既然达儿心意已决，我们也不勉强。玉瑶郡主是个好姑娘，她能不顾儿女私情而支持达儿去建功立业，实属难得。"汪华见汪达再次表态暂不结婚，就只得说，"达儿志存高远，令为父欣慰。"

汪达见父亲遵循他的意见，则感激地说："多谢父亲理解！"

汪华继续说："很多人建功立业就是为了谋取高官显爵，这是不可取的。立功业是为了江山社稷、天下苍生，可去争；若谋取高官显爵是为了个人名利，则不可争。"

说到这里，汪华看了一下众人，继续说道："趁着今天大家都在，为父就多叨唠几句，希望你们能时时铭记在心。"

"父亲放心，我和弟弟们一定铭记。"汪建作为大哥，率先说话。

"我们都铭记。"汪璨、汪达等众兄弟一起说。

大家刚说着话，忽然窗外传来阵阵丧钟声，不一会儿宫里快马来报，皇后殡天了！

汪华立即与六子汪逵、七子汪爽赶往白渠府，要加强长安城宿卫。稽圭和庞实作为国公夫人都得进宫守灵。

一代贤后长孙皇后因病于贞观十年六月在立政殿崩逝，终年三十六岁。

长孙皇后，隋朝右骁卫将军长孙晟之女，唐朝宰相长孙无忌同母妹。八岁丧父，由舅父高士廉抚养，十四岁嫁李世民，武德元年册封秦王妃。武德末年，竭力争取李渊及其后宫对李世民的支持，玄武门之变当天亲自勉慰诸将士，之后拜太子妃。李世民登基册封其为皇后。在后位时，善于借古喻今，匡正李世民为政的失误，并保护忠正得力的大臣。先后为李世民诞下三子四女。

长孙皇后喜爱看书籍图传，即便是梳妆打扮时也手不释卷。成为皇后后依然如此。经常与丈夫李世民一起共执书卷，谈古论今，从容以对，发表独特见解，对李世民与朝政大有裨益。

长孙皇后生性简约，不喜欢浪费，所需的东西，够用就可以。对于皇子要求也很严格。她经常训诫诸位皇子，要求他们以谦恭节俭为先。长孙皇后御下平和，从不无故令人有冤。李世民长年行军打仗，脾气难免急躁。后廷之人常因小事触怒李世民。

长孙皇后深谙李世民脾性，总能让在气头上的丈夫熄灭雷霆之怒。有一次李世民一匹心爱的骏马突然无病死掉了，李世民一气之下要杀掉养马的宫人，长孙皇后并没有直接为宫人求情，而是对丈夫谈起了两人曾经共同读过的一个故事："过去齐景公因为马死了要杀人，晏子就请求列举养马人的罪过，说：'你养的马死了，这是你的第一条罪；让国君因马死而杀人，老百姓知道了，必定埋怨我们的国君，这是你的第二条罪；诸侯听到这个消息，必定轻视我们的国家，这是你的第三条罪。'齐景公听后便赦免了养马人的罪。陛下曾经在读书时看到过这典故，难道忘了吗？"李世民听了妻子的这番话后自然会意，养马宫人也因此得以免罪。

养马人这样的宫人只是皇宫内苑里极其卑微的人物，但长孙皇后仍然以她的仁慈智慧照拂着他们，不因他们地位卑微而轻视他们的性命，正是因为有这样一个宽和明理的女主人，才能使得宫内没有任何冤屈。

李世民和长孙皇后情义深重，对于妻子的家族也十分恩宠。长孙无忌与李世民为布衣之交，又是皇后胞兄，还是辅佐元勋，李世民视其为心腹，让他自由出入皇宫内室，对他的待遇群臣无人堪比。几度想要任命他为尚书右仆射，却遭到长孙皇后的反对，她觉得自己身为皇后，家族的贵宠已极，不愿意家族子弟遍布朝廷。于是再三阻挠丈夫授予哥哥大权，李世民认为长孙无忌才兼文武，没有听从。但长孙皇后异常坚定，在无法说服丈夫的情况下，转而私下命令哥哥让他坚决辞职，拗不过妻子的坚持，李世民只得解除长孙无忌尚书右仆射的官职，但却将他升为从一品的开府仪同三司，让长孙无忌享受高官厚禄但不管事。长孙皇后这才满意。

长孙皇后对外戚之事一直以前代为鉴，临终前仍然不忘嘱托丈夫不要给予她的家族太多。她认为自己的家族有幸结为皇室姻亲已经是很大的荣幸了，但他们并非都是才德出众之人却身居高位，所以很容易遇到危险，想要长久无忧，就不能让他们担任要职。长孙皇后对于家族的看法再联系日后之事，足见她的非凡远见和智慧。

长孙皇后病逝后，封其谥号文德皇后，葬于昭陵，李世民伤心欲绝，在以后的岁月里，每每想起她就流下思念的眼泪。

第二十一章　高昌野心

西域各国之间战事频繁，西突厥、高昌国、回纥、薛延陀、焉耆国、龟兹、吐蕃等国之间相互攻伐，或夺城池，或夺牛羊，或以大欺小，或以多欺少。李世民有意经略西北，与中亚诸国贸易往来打通丝绸之路，便下旨令右卫大将军李大亮为主将、威武将军汪达为副将率唐军两万镇守吐谷浑西部，防止西域诸国兵犯城池，待西域诸国相互征战筋疲力尽之时便发大军一举灭之。

贞观十年，朝廷下旨，改军府为折冲府，以折冲都尉为长，果毅都尉为副。全国共设六百三十四府，关内有二百六十一府，分统于中央各卫。折冲府分上、中、下，上府一千二百人，中府一千人，下府八百人。二百人为一团，团有校卫；五十人为队，队有队正；十人为火，火有火长。每人自备武器、粮食、衣服。二十岁入军，六十岁免役。每年冬季，折冲都尉率自己所属人马训练。府兵轮流到京城宿卫，按路程远近分番轮流，五百里内为五番，五人一组互轮，每五个月上番一次，一千里内为七番，一千五百里内为八番，二千里内为十番，二千里外为十二番。每番一个月。

因长孙皇后病逝，李世民思念甚深，常独自坐在长孙皇后的寝宫发呆，群臣担心皇帝为此伤身伤神有误国家社稷，则提议向天下选妃，征召美貌女子入宫。自皇帝登基以来，遵照长孙皇后提议，不仅未向天下选妃，而且还遣散了八百名宫女出宫。李世民准奏，因听闻宫人私下传闻故荆州都督、应国公武士彟家有女儿才色双绝，便召入宫来。武氏之女年仅十四，果然举止端庄仪容绝美，李世民甚为喜欢，便封为五品才人，赐号"武媚"。

武媚为唐朝开国功臣武士彟次女，母亲杨氏出身于隋朝皇室。武士彟从事木材买卖，家境殷实。隋炀帝大业末年，李渊任职河东和太原之时，因多次在武家留住，因而结识。李渊在太原起兵反隋以后，武家曾资助过钱粮衣物，唐朝建立以后，曾以"元从功臣"历任工部尚书、黄门侍郎、判六尚书事、扬州都督府长史，以及利州、荆州都督等职，贞观年间，累迁工部尚书、荆州都督，封应国公。武士彠在贞观九年逝世后，武媚不久便随母亲从荆州搬回长安居住。

吐谷浑，且末河唐军大营。

"报！"

汪达正与李大亮在中军大帐里面说话，探子快马来报。

"启禀大将军和威武将军，前方五十里发现高昌兵马掩旗而来！"探子匆匆说道。

"多少人？"李大亮问。

"五六万！"探子说。

"主将是谁？"李大亮问。

"兵马太多，不敢靠近，又掩旗而来，不知道是谁。"探子说。

"再探！"李大亮说。

"遵令！"探子走了出去。

李大亮看了一眼汪达，说道："曲文泰终于耐不住了！"

"十天前他们还在与龟兹交兵，这么快就打完了？"汪达疑惑道。

"高昌兵马众多，可能是那边的战事刚停，这边就立即发兵过来。曲文泰一直向东扩，现在见吐谷浑可汗年幼，而吐谷浑兵力尚未恢复，便来偷袭。"李大亮说。

正说着话，另有探子走了进来报告："启禀大将军和威武将军，高昌与龟兹已于三日前休战言和。"

"果然。"李大亮说，"曲文泰与龟兹停战，就立即发兵东进，想给我们来个措手不及。"

说到这里，李大亮说："威武将军汪达听令！命你领三千精兵陈于雁林口，非我将令不可出战！"

"末将听令！"汪达领命而出。

西晋末年五胡乱华，群雄逐鹿，柔然攻高昌，立阚伯周为高昌王，建高昌国阚伯周死后，儿子阚义成继位。之后阚义成的兄长阚首归弑杀阚义成，篡位。不久阚首归被高车王阿伏至罗所杀。后来张孟明、马儒相继为王，被国人弑杀；高昌人推举马儒长史曲嘉为王，是为阚氏高昌、张氏高昌、马氏高昌、曲氏高昌四代政权，曲氏享国最久。曲嘉王时，焉耆危难之际向高昌曲嘉王求救，曲嘉王派次子为焉耆国王，高昌势力开始壮大。

此时高昌国王正是曲文泰，他于贞观四年到唐长安，看到城邑萧条，远不如当初他在隋洛阳城看到的富丽堂皇，认为唐朝并不怎样，便决定不再臣服于唐朝，自行取消岁贡，阻挡西域通道，抢劫商队。而大唐此时要忙于其他战事，西域又有数国与大唐结好，可以相互制衡西北局势，所以对曲文泰的无礼一直容忍着。

高昌与龟兹交战并不是大事，打打停停很多年，反正是你吃不了我，我也吃不了你。而正在此时的吐谷浑却被唐军彻底打垮，再无精锐之师，又见唐军驻军仅两万人，不足为虑，便暗下决心想奇袭吐谷浑扩大疆域，建立与大唐真正可以抗衡的势力。

曲文泰并没有经天纬地之才，却又想建立宏图霸业，而高昌国朝局并不稳定。曲文泰的父亲曲伯雅最识时务，在多次被突厥欺压的情况下，主动依附中原，向隋朝纳贡称臣，求得了平安，并娶隋朝宗室女华容公主为妻。但因高昌国周围强国林立，为求生存，曲伯雅还向铁勒纳贡，结果造成百姓赋税加重，大业十年，引发暴乱，曲伯雅被逐，此时隋朝自身难保，也无暇顾及。幸亏后来在西域诸国的帮助下，曲伯雅又登上王位，开始向唐朝纳贡。

曲文泰登基之后，一直想改变高昌国的命运，无奈西域各国都是在拼杀中成长起来的，大家势力都半斤八两，就这样胶着了十余年。这次他觉得吐谷浑是块儿好啃的肥肉，于是不顾群臣反对，执意发兵。高昌是个高度君主集权的王国。军国大事，几乎全部由国王专断，所以即使群臣反对也没有用。

于是，曲文泰令右卫将军葛庭昌老将军为征东大元帅，领精骑五万，掩旗潜行，直扑吐谷浑且末河唐军大营。只要攻破唐军大营，就如入无人之境，整个吐谷浑无兵马能抗衡。

高昌国武将最高将领是左右卫将军，掌管兵马，按规定均由王子担任，因葛庭昌为曲文泰妻兄，而葛家世代为将，当年曾助三王子曲文泰继承王位，立有大功，而曲文泰为防止自己儿子将来争夺王位，则让世子曲智盛担任左卫将军，让妻兄葛庭昌担任右卫将军。

葛庭昌虽不愿与唐军为敌，但见国王执意要为，也不得不挂帅出征。

"父亲，前方就是雁林口，过了那片山林就是唐军大营。"女儿葛武芳骑在马上对葛庭昌说。葛武芳是葛庭昌的爱女，芳龄十八，从小喜欢舞枪弄棒骑马射箭，十四岁就随父亲出征，有勇有谋，这次她任征东先锋。

"唐军大营有什么动静？"葛庭昌问。

"刚才探子来报，毫无动静，应该是未发现我军动向。"葛武芳说。

"唐军在这里过了几个月安逸日子，以为我高昌还在与龟兹作战呢。"葛庭昌说。

"是否命令将士加速前进，一举踏平唐营？"葛武芳胸有成竹地说。

"展旗！加速前进！"葛庭昌举着手中的鞭子往前一挥。

大军立即把掩藏的军旗展开，催马快进！

高昌国兵马以骑兵为主，而这次征东的是精锐之师。随葛庭昌出征的，有先锋将军葛武芳，伏波将军马勇、奋威将军张阒。

大军刚走三里地，前方树林里突然闪出一支唐军，千人而已，但是树林中隐隐约约藏有兵马，无法估计人数。

只见汪达手提虎头亮银枪，跨着千里追云驹，走了出来。

"何方兵马在此放肆？！"汪达一声厉喝。

葛武芳打马一看，嘿，这唐军将领英俊帅气，便答道："我乃高昌国征东大军，听闻吐谷浑朝政凋敝，君臣不和，我王特令我等率大军前来解救百姓疾苦！"

汪达一听，冷笑，出兵攻打别人还说得这么好听，便说："吐谷浑乃我大唐属国，沐浴天恩，君臣和睦，百姓安居乐业，你等速速退兵，回禀高昌王，你们的心意我领了。"

"退不退兵，不是你说了算，而是我说了算。"葛武芳边说边亮出手中雪山长蛇枪。

看来这女子是准备与他大战一场了。汪达心里默想，大将军有话在先，无他军令不可开战。雁林口是重要关口，岂能让他们过去。这女子长得眉清目秀，高昌国既然派她为先锋，肯定不简单，不能轻视。

"小姑娘，报一下你的名字，看本将军有没有兴趣点拨你一下。"汪达故意拖延时间，李大亮此时正在做迎战准备。

"休得猖狂！"葛武芳听对方居然说点拨她，则喝道，"你听好喽！本将军乃高昌王征东大元帅麾下先锋将军葛武芳！"

原来她就是葛武芳，汪达心里嘀咕，葛武芳能征善战，他本以为是个五大三粗的丑婆娘，没想到长得如此艳丽照人。

汪达说："葛小姐还是回家绣绣花吧，打打杀杀的事情还是请令尊葛老将军出来。"

"你休得放肆！"葛武芳听了就要提枪来战。

汪达远远用手一摆："停！"

他得拖延时间，没有命令不能开打，否则李大亮就会对他军法处置。更何况自己手里就三千兵马，怎能与对方五万大军打呢。只能智取，不能强攻。

"死前有何遗言？！"葛武芳喝道。她见汪达小视她，心里非常不爽，她得教训这个人。她自己也觉得奇怪了，以前与别人交战，不管别人如何讥讽，她都无所谓，而这次怎么这么在乎这个人说的话呢？生怕被对方瞧不起了。

"你还不知道我的名字，这样就打起来，多没劲儿啊。"汪达说道。

"那你叫什么名字？"葛武芳问。

"听好喽。"汪达故意清了清嗓子，此时两人相隔百步远，说道，"我乃大唐威武将军汪达！"

汪达这个名号在西域各国早已知晓，当年就是他为征西先锋将军，一路过关斩将，夺下吐谷浑一座座城池，追着吐谷浑可汗伏允到处跑。

原来是他？！葛武芳内心不由得颤动了一下，居然这般英武潇洒、气宇轩昂！正好今天可以好好比试比试。

想到这里，葛武芳就准备打马上前。这时，征东大元帅葛庭昌和伏波将军马勇、奋威将军张阆已经赶到。

葛庭昌对葛武芳低声说了几句，葛武芳点了点头，便对汪达说："我高昌国与大唐素来交好，请汪将军看在两国友邦的份上，莫要插手我高昌国与吐谷浑之间的矛盾。"

汪达见葛武芳如是说，就已经猜着他们已经探到李大亮的大军动向，想做个试探而已。于是便说："本将军刚才已经说了，吐谷浑乃我大唐属国，吐谷浑一切军政要务均为我大唐要务，任何人侵犯吐谷浑就是等于向我大唐宣战。我大唐百万大军绝不轻饶任何外敌！"

这时，高昌奋威将军张阔上前说话："喂。你这唐军小毛孩，大言不惭，夸夸其谈。有本事过来跟你张爷爷我大战三百回合。"

汪达说："张矮子，瞧你那熊样，还想跟我大战三百回合？能过我三十招，本将军让你过这个雁林口。"

还真别说，张阔虽然是骑在马上，但是仔细一看，个子还真不高。汪达说完之后，周围的士兵都忍不住笑了。汪达回头观望，幸好后方升起了狼烟，李大亮已经做好了准备，通知他可以出手了。

高昌兵刚刚赶来，声势浩大，气焰嚣张，万万不可与其决战，唯有拖延时间，耗其斗志才是上策。

但葛庭昌是沙场老将，势必想一鼓作气攻下唐营。现在唯一的办法就是给其以威慑，不敢轻易过这个雁林口。想到这里，汪达打马上前。

"张矮子，过来吧！"汪达再次故意嘲笑对方。

张阔恼羞成怒，挥舞着大长刀杀了过来。汪达二话不说，举枪就战。

葛庭昌也早就听过汪达，刚才就是他故意让张阔先上阵来试试汪达的武功，看看唐军到底如何。

张阔是高昌有名的猛将，有三国张翼德之勇，力大无穷，曾手撕战马，威风十足。

他挥着大刀用力向汪达砍去，汪达举枪一档。

"铛——"震得虎口发麻。汪达没想到对方力气这么大，幸好自己用了五成力，刚才小看这个矮子了。既然比气力，那就看看谁的力气大。

汪达天生神力，武功又得父亲真传，立即用足十成力气，举枪与张阔大战。

天下武功唯快不破。汪达手上的那杆银枪不仅让张阖眼花缭乱，而且力道如排山倒海，不到二十回合，张阖就被汪达打得毫无招架之力。正在他无计可施之际，汪达的银枪从他的额前掠过，头盔被挂在了枪上。

"怎么样？还打吗？"汪达举着枪问道，枪上挂着张阖的头盔。

在一旁观战的葛庭昌等人惊吓一跳，张阖的武功在高昌军中那是响当当的，没想到今日在唐军汪达面前仅二十招就被打得落花流水。

张阖回过神来，刚才汪达的那一枪，其实是可以要了他的性命的。见此，他只得灰溜溜地败下阵来。

伏波将军马勇与张阖是结义兄弟，见张阖败下阵来，便打马上前，要替兄弟出这口恶气。

汪达骑在马上，见马勇提枪冲来，便道："站住！报上你的名来。本将军不与无名之辈交战。"

马勇喝道："高昌王伏波将军马勇！亮枪！"

看来马勇求战心切，话音刚落，人已到了跟前。

汪达早有防备，举枪就战，三个回合就摸出了马勇的路子，力道没有张阖强，但招式比张阖狠，两人两马两枪杀得天昏地暗！

要震撼住高昌军，就必须给他们个下马威。汪达不动声色，手中银枪耍得虎虎生威。到了二十回合，汪达找了个机会，用力举枪向马勇劈去，马勇见速度太快躲闪不及，只得举枪往上一挡。

"嘶——"马勇的坐骑一声惨叫，跪在地上。

没错，坐骑跪在了地上。刚才汪达用了十成力气往下狠狠劈去，马勇没有躲过，只得用力迎接，枪是挡住了，但是这倒海移山之力让坐骑无法承受得住。

马勇也差点儿摔在地上，观战的葛庭昌一惊，生怕汪达再刺一枪，那么马勇命就休也。而葛武芳此时却是另一番心情，面对汪达那英武之姿和盖世武功，不由得从惊叹到惊喜，面颊不轻易地浮上红晕。

汪达并没有乘机去要马勇的性命，反而是打马后退几步，让马勇自行起来。

马勇骑着马仓皇败下阵去，还没走到张阖身边，一口鲜血吐了出来。

观战的高昌兵都不由自主地往后退了两步，唐将太威猛了，他们不由得都胆怯起来。

"哈哈哈——"汪达大笑，随后把枪往高昌兵一指，喝道，"你们谁还敢来？！"

只见高昌兵不由得又后退了两步。

葛庭昌再看旁边女儿，发现女儿满脸温柔充满爱慕地看着汪达，这是女儿葛武芳从来没有流露出来的表情。再看远处，唐军狼烟四起，看来早就有了准备，偷袭已经不可能了。

他唤了一下女儿："芳儿。"

葛武芳马上回过神来，提枪就说："父亲，我去会会他。"

"不用了，他们早就做好了准备。天色已晚，还是安营扎寨，来日再战。"葛庭昌做事向来稳重，尤其是他本人一直就不想与唐军为敌。

葛武芳点了点头，说道："汪达，你不要嚣张，今日天色已晚，我们明日再战！"

汪达见小姑娘吓得不敢上阵，是在找借口给自己下台，便说道："随时奉陪！"

说完右手一挥，树林中的唐军立即无影无踪。

葛庭昌见唐军如此神速，也不由得暗自惊叹，只得命令士兵选址安营扎寨，并做好防卫，防止唐军夜袭。

"威武将军，今日旗开得胜，震慑了葛庭昌老儿，只要我们守住雁林口，他们就无法前进。"李大亮说。

"过几天他们要是探到了我们的底细，会不会进攻呢？"汪达问道。

李大亮说："这个难说。葛庭昌这个人做事稳重，多次要高昌王曲文泰与周围诸国结好，待国富兵强再对外征战。无奈，高昌国所处的地理位置不同，它不打别人，别人就要主动打它，西域各国为了各种利益，相互征讨，而葛庭昌却又不得不领兵到处征战，疲于奔命，难道他还想再添我们强大的唐军作为对手吗？"

汪达说："这难说啊。他既然出兵了，岂能无功而返，也得向曲文泰有个交代。"

李大亮说："你说的不无道理。曲文泰居然让其率五万大军前来，肯定要捞点油水回去才行。但皇上的意思是让我们能不打仗尽量别打，待时机成熟再一举歼灭。"

汪达说："跟他和谈。"

"和谈？"李大亮说，"怎么和谈？"

汪达说："我们可以与其决战，但若要取胜必定会造成很大损失，胜也只是惨胜。皇帝肯定不愿意看到这样的结果，所以，即使我们打赢，功劳不仅没有，反而会有罪。既然如此，不如就与葛庭昌和谈，正如你刚才说的，葛庭昌并不想与我们唐军为敌，我们给他找一个可以应付曲文泰的理由就行。"

李大亮说："什么理由能让曲文泰放弃吐谷浑呢？"

汪达说："不是他放弃吐谷浑，而是他能吃的下吐谷浑吗？今日小战，他两员大将都已败在我手，若再与我们决战，折兵损将，连这个雁林口都通不过，他回去更加无法交代。"

李大亮说："那就试试。只要把他们挡在雁林口即可。"

汪达对李大亮耳语几句，随后说道："明天我再出阵去与他们会会，您做好掩护就行。"

李大亮说："还是给你三千兵。"

汪达手一摆，很干脆地说："不用，明天我单枪匹马。"

第二十二章　西域情缘

早上，汪达一个人骑着马来到高昌营前喊话："请高昌王右卫大将军葛庭昌老将军出来答话。"

营前哨兵立即赶到中军大营禀告，葛庭昌带着女儿葛武芳骑马出营。汪达昨天打败他手下两员大将，而又手下留情饶了他们性命，这种人值得与他谈谈。

"汪将军，唤老夫出来有何话谈？"葛庭昌昨日已经见识了汪达的武功，对这位少年英才很是赏识，但是两兵交战各为其主。

"葛老将军，贵国连年征战，百业凋敝，刚刚与龟兹打完一仗，听闻损兵万余，为何蒙蔽心智要出兵吐谷浑，与我大唐为敌呢？我大唐本与贵国乃友邦，而贵国曾多次欺我商旅，大唐天子宽仁如海，从未计较。而今日不思贵国自身实力，却莽撞挑衅，难道伏允的例子你们都忘记了吗？"汪达说道。

伏允原是吐谷浑可汗，多次侵犯大唐边境，结果李世民出兵征讨，把吐谷浑从邦国变成了属国，而伏允本人被部将杀害。这仅仅是两年前的事情而已。葛庭昌怎能忘记？大唐雄兵仅仅数月就攻占整个吐谷浑，他对大唐的战斗力能心里没有数？

只见葛庭昌说道："吐谷浑曾多次欺我高昌，羞辱我王，如此大仇岂能不报？"

汪达说："老将军差也。俗话说，冤冤相报何时了？何况欺辱贵国的伏允早已归西，所有恩怨难道还不可以一笔勾销？当今吐谷浑可汗已为我大唐河源郡王，谨慎规矩，教化百姓，正是贵国与其结好的大好时期，岂能再起兵戈呢。"

"父债子还，当今吐谷浑可汗诺曷钵乃伏允孙子，自当要承担此责任。"葛庭昌觉得汪达说的有理，但自己岂能被这个年轻小伙教训呢？

"葛老将军，您可能还没弄明白一件事情，如今的吐谷浑已经不是之前的吐谷浑了。伏允时期的吐谷浑是独立的王国，但如今吐谷浑的每一寸土地都已属于我大唐，吐谷浑的每个百姓都是我大唐子民。"汪达说，"如果葛老将军执意要与我大唐为敌？请问高昌王有多少兵马？难道比当年的吐谷浑还强大？"

葛庭昌被汪达问得一时哑口无言，站在一旁的葛武芳看着眼前的汪达越发欣喜，没想到他不仅武功了得，而且还这么善于言辞，连一向能言善辩的父亲都被他问住了。

汪达见葛庭昌无话可说，则继续说道："我大唐天子为何能威加四海，靠的还不是以德服人？当年颉利可汗见我天子初登九五，率二十万铁骑南下，陈兵渭河，欺我长安，我天子威武，仅以钱氏神射而震撼颉利，令其仓皇而逃。随后，我天子不计前嫌，与其结好。后来，突厥内乱，颉利可汗被我大唐卫国公李靖元帅俘获押至长安。我天子数其有五大罪，但仍宽厚待人，赐给良田美宅，授其右卫大将军，令其安享晚年。葛老将军，您说，此等欺辱，我天子都能容忍，何愁四海不归依，天下不安宁？贵王不思百姓疾苦，而连年征战，岂是治国安邦的长久之策？葛老将军乃贵王肱股大臣，应该上谏贵王息兵止战，睦邻友邦。"

葛庭昌见汪达说的句句在理，这也是他曾劝谏高昌王的话，与大唐只有结好，不能结仇，否则后果不堪设想。

葛庭昌说："汪将军年纪轻轻能有如此见地，令老夫钦佩。"

"葛老将军过奖了，在下只是就事论事，也不希望双方兵戎相见，陷百姓于水火。两邦友好，和平共处，不仅是你我心愿，更是将士们的心愿、百姓们的心愿。"汪达说。

葛庭昌见汪达说的确实在理，便问道："当年有两名低级文官护卫大唐天子在渭河会见颉利可汗，其中一名以神射而震突厥，老夫后来也听闻此两人均为越国公夫人。将军也姓汪，老夫冒昧问一句，大唐越国公、左卫白渠府统军汪华是将军何人？"

汪达说："越国公乃在下家父。渭河神射之人乃在下家母，另一位乃在下三娘。"

葛庭昌一惊，原来眼前这名英武小将军是大唐越国公汪华之子，将门虎子，果然名不虚传。

葛庭昌说："久仰久仰。令尊令堂在大唐乃传奇人物，西域诸国也都知晓，老夫仰慕已久。刚才冒昧，不知将军乃越国公公子。失敬失敬。"

两名本来要率兵沙场对决之人，居然如此客客气气地拉起了家常，真是少见。

汪达谦虚地说："家父教导我等兄弟，不可借父辈名望去博取功名。"

葛武芳在一旁听得更是欣喜不已。

"令尊率土归唐之大义，令老夫敬佩。今日能得见其公子，真是欢喜。"葛庭昌诚意地说。

"在下替家父谢过老将军。家父常教导我等兄弟，国家的和平安康和百姓的安居乐业远远大于个人的名利。"汪达说。汪达见葛庭昌尊重其父亲汪华，便不称其葛老将军，而是直接称呼老将军，显得更加亲切，拉近了两人之间的距离。

"越国公高义！"葛庭昌说，"汪将军今日唤老夫出来，就是希望老夫退兵吗？"

"正如老将军所言，在下是来与您谈和的。"汪达说，"只是在下也明白，这样无缘无故地退兵，老将军回去也没法向高昌王交代。"

汪达已经说到了葛庭昌的心坎儿上了，本来这次征东就是不情愿的，只是王命难违。偷袭唐营的机会已经泡汤，如果与唐军激战，势必会损失惨重，能夺下吐谷浑几座城池倒还好说，若一城一池都未攻下，那么自己回去势必会被那些文官权贵们上奏罢官夺职，严重点儿的话，其他王子就会乘机夺权，与世子抗衡，引起国内朝局动荡。

这些，他昨晚就想到了，只是高昌王想不到而已。

葛庭昌说："汪将军所言极是。老夫戎马一生，图的是天下太平，没想到，东征西讨，天下反而更不太平。若汪将军能有两全其美之计，既能让两军休战，又能让老夫体面地班师，感激不尽。"

汪达说："如果老将军真有此想法，三日之后，在下一定会给老将军一个非常满意的答复。"

葛庭昌说："原来汪将军尚无良计？"

汪达笑了笑说："已胸有成竹，只是时机未到，请老将军耐心等待。"

"那好，老夫等你三天。"葛庭昌爽快地说。

于是，三人各自返回营地。

"父亲，汪达会有良计吗？"回到中军大帐，葛武芳问父亲葛庭昌。

刚才自己与汪达谈话时，女儿的表情，他通过眼角余光已经看得清清楚楚。女儿年已十八，曾为其提了几门亲事，都没被她看上，一一拒绝。而女儿这两天见到汪达的表现，他已经猜着，女儿对这位大唐威武将军心生爱意了。只是不知汪达是否已经娶妻成家了，若能结秦晋之好，倒是一件美事！

他没有直接回答女儿的话，而是反问："芳儿，你觉得汪达此人如何？"

葛武芳没想到父亲居然问她这个问题，不明白父亲到底是什么意思，便红着脸说："文武双全。"

"这样评价太简单了。"葛庭昌说，"昨天的武功，今天的谈吐，为父很欣赏这小子。"

说到这里，葛庭昌看着葛武芳认真说道："若是没有婚配，能做我的女婿，我葛庭昌此生无憾啊。"

"父亲，说什么胡话呢？"葛武芳害羞地说道。

"哈哈哈哈——"

葛庭昌大笑，随后说道："芳儿在父亲面前不要害羞。只要他没有婚配，父亲一定会想办法成全你这段姻缘。"

葛武芳低头轻声说道："只要他有意，女儿不在乎他是否已经娶妻。"

原来女儿是认定汪达了，只要能嫁给汪达，做不做正室都不在意。葛庭昌明白女儿是动了真心了。

他说道："那可不行，父亲不能让芳儿受委屈。"

葛武芳低头不语。葛庭昌心里有谱了，正想转移话题谈些别的，伏波将军马勇和奋威将军张阖走了进来。

两人向葛庭昌施礼之后，分别坐了下来。

"马将军，伤势好些了吗？"葛庭昌关心地问。

"谢大元帅惦记，已经好多了。没想到汪达这小子居然有如此神力。"

马勇说。

"那就好。这几天好好休息，你这是内伤，不要动刀动枪。"葛庭昌嘱咐道。

"大元帅，汪达那小子唤你出营说了什么？"张阙问道。

"他希望两军言和。"葛庭昌说。

"两军言和？他是怕我们大军压境，害怕了吧。"张阙说，"他想得挺美的。"

"张阙，不许你这样说他。"葛武芳见张阙对汪达冷言冷语，又这小子那小子地叫着，心里很不是滋味。

"说他又怎么啦？怕他什么？唐军就两万人马。"张阙不服气地说。

"昨天他还放过你一条命。"葛武芳向来不喜欢张阙这个人，自恃孔武有力，常在军中横行跋扈。

听到葛武芳揭他的伤疤，他恼羞成怒，站了起来："他有本事跟我再战。"马勇在旁边拽他衣襟都没用。

"死吹牛皮。你有本事再去试试，小心命休矣。"葛武芳也嘴不饶人。

"别吵了。"葛庭昌见两人一言不合吵了起来，立即呵斥。

张阙身份特殊，妹妹是世子曲智盛的妻子，虽然张阙人长得矮小丑陋，可他妹妹却貌若天仙。曲智盛本对葛武芳有意，曲文泰也有意巩固自己这个儿子的地位，也希望葛庭昌把爱女葛武芳嫁给曲智盛，谁知葛武芳一百个不乐意嫁给这个文弱无能的表哥。葛庭昌也觉得自己女儿若嫁给曲智盛肯定没有幸福可言。曲智盛不但无能没有才干，而且喜欢美女珠宝，成天饮酒作乐。张阙妹妹张丽艳因为貌美被曲智盛看上并宠幸。而最近，张丽艳总给曲智盛吹枕边风，想让自己哥哥张阙升任右卫将军，美其名曰自己人对巩固世子地位更放心。

曲智盛虽有此心，但葛庭昌是自己舅父，在高昌国立有大功，若无过错，岂能轻易罢免呢？于是，张阙就想给自己找找机会。

葛武芳和张阙见葛庭昌呵斥，也只得闭嘴。

葛庭昌说："我军出发时，唐军就已知晓，并早就做好迎战准备，已经失去了偷袭唐营深入吐谷浑腹地的机会。"

"难道我们就此撤军？"张阚问。

"不！"葛庭昌态度坚决地说。他不能让张阚抓住他的把柄。

他看了葛武芳一眼，用眼神暗示了女儿，接着说道："本帅将寻找机会，一举攻破唐营。"

"刚才大元帅是怎样回答汪达和谈的？"张阚抓住这个问题不放。

"我说给他三天时间退兵，否则我将率军踏平雁林口。"葛庭昌说。

"汪达是如何说的？"张阚继续问。

"他说了交战对双方都不利，希望我们慎重考虑。"葛庭昌继续瞎编着话应付张阚，"同时，他说他两万唐军可以以一敌百，我们高昌兵远道而来战斗力势必减少。仍然劝我们和谈。"

马勇插话说："我认为汪达确实有和谈之意，否则昨日决战不可能手下留情。唐军以逸待劳，我军长途奔袭而来正是疲惫之际，他们完全可以趁机与我们作战。"

"我看不是。"张阚否定道。他一是立功心切，二是想一洗昨日之羞辱。汪达当着那么多高昌兵的面仅二十招就把他打败，如此下去，他以后如何在将士面前立威？

葛庭昌问："张将军有什么新的看法？"

张阚说："我认为唐军根本就没有所谓的两万人，可能连一万人都不够。他们故意布好疑兵，意在迷惑我军。汪达出战与我们单挑，就是想以此向我们施压，让我们知难而退。这实际上是唐军用他们的强项对我们的弱项。领兵打仗，岂能靠匹夫之勇？靠得是兵强马壮。我高昌兵个个都是马背上长大的，比中原唐军要强百倍。汪达他再有本事，我派百个兄弟上去，派千个兄弟上去，他即使武功再高，双拳难敌四手。"

张阚说到这里，看了一下葛庭昌等人，接着说："我们就应该率大军压过去，踏平唐军大营！决不能坐失良机！"

张阚说得也不无道理，领军打战不是拼个人武功，而是讲究的团队作战。很多会领军打仗的将军并不一定个个都是武功高超，而是指挥得当，谋略得当。

葛庭昌认为张阚吃亏还没吃够，便问："张将军认为此战应该如何打？"

"直接全军开进，雁林口肯定没多少唐军。"张阖胸有成竹地说。

"好！张将军有胆识！"葛庭昌夸赞道。

葛武芳在旁边听得都着急了，五万骑兵真压过去，汪达的唐军能吃得消吗？两军酣战，将死多少将士啊。但她不能阻止张阖。

"什么时候出发？"葛庭昌问道。

张阖见葛庭昌采纳他的意见，更觉得自己了不得，便看了一眼马勇，问道："兄弟，你再休息一天，明天上战场如何？"

马勇拍了拍胸脯说："没问题。"

张阖点了点头，说道："明日。"

葛庭昌说道："既然张将军如此胸有成竹，这场战争不如就由张将军指挥吧。"

张阖听葛庭昌这么说，才意识到自己刚才越级了，忙站起来说："请大元帅恕罪，刚才是末将自卖自夸，望大元帅见谅。末将愿听从大元帅调遣。"

葛庭昌微微一笑，你张阖再牛，还得要讲规矩的。他微微摆手道："张将军不必自谦。"

葛庭昌说完，走到大元帅案几前，大声喝道："张阖、马勇、葛武芳听令。明日辰时，张阖为前军领兵两万率先突袭雁林口；马勇为左军领兵一万，从左翼策应前军；葛武芳为右军，领兵一万，从右翼策应前军。本帅领兵一万，机动驰援。务必攻破唐军大营！"

"遵令！"葛武芳、张阖和马勇一齐接令！

唐军雁林口大营。

李大亮与汪达正在看着且末河地域的沙盘。

"汪达，你说葛庭昌会不会突然发兵突袭呢？"李大亮有些担忧地问。

"除非张阖要求出兵，否则葛庭昌不会轻易出兵。"汪达说，"从昨日葛庭昌没有直接率兵攻打雁林口，而选址扎营，加上今天上午我与他的一席谈话，我可以相信，他绝对不会发兵。"

李大亮点了点头，说道："确实如此。雁林口的防卫绝不能松懈！我再给你增加五千兵马。"

汪达摆了摆手，说道："不用。我已经布置妥当。人少更适合作战。"

李大亮满意地笑着说："有你做副将，我所有的操心都是多余的。"

汪达谦虚地说："等葛庭昌退兵了，大将军再夸我吧。"

"好！"李大亮爽快地说，"葛庭昌退兵，我送你一坛好酒！"

"好！一言为定！"汪达听说有好酒，乐了。

正在这时，一名兵卒走了进来。

"启禀大将军和威武将军，抓住一名敌军探子。"兵卒说。

"带进来！"李大亮说。

说完，一名高昌兵打扮的人走了进来，后面跟着两名唐兵。奇怪的是，高昌兵并没有被捆绑起来。

汪达仔细一看，这不就是葛武芳吗？

"葛将军，你居然来我营地刺探军情？"汪达问道。

"我要是来刺探军情，还会被他们抓住吗？话说他们又有能耐抓得着我吗？"葛武芳看着汪达说道。

汪达指着她对李大亮说："大将军，她就葛庭昌的女儿葛武芳。"

"哦。前锋将军。巾帼不让须眉，了不起！"李大亮见葛武芳亲自来唐军大营，必定有重要事情，忙让兵卒退了下去。

"葛武芳见过李大将军。"葛武芳微微施礼。

"葛女将来到我营，请问有何事？"李大亮问。

"李大将军，我奉父帅命来告诉你们，张阚执意要出兵攻打雁林口，时间定在明日辰时，请你们提前做好准备。"葛武芳说。

"不是说好先休战三天，三天之后给你们一个很好的答复吗？"汪达说道。

"父帅也想两邦交好，两军休战，但事与愿违，请李大将军和汪将军谅解。"葛武芳说。

葛武芳说完，看了看汪达，又看了看李大亮，鼓起勇气对李大亮说："李大将军，能否容许我与汪将军单独说几句话？"

李大亮见葛武芳双颊绯红，瞬间明白了什么意思，忙说："好！好！我现在就出去。你们随便聊。"

李大亮说完就走了出去。就留下汪达和葛武芳两人。

葛武芳的事迹，他曾有听闻，如今见她明艳动人，也不由得有点儿心慌意乱，但一想到远在长安的玉瑶郡主，不由得又平静下来。

高昌国的王都就在高昌城，交河城和田地城为高昌国两大重镇。三支商旅悄悄地分别进入了高昌城、交河城和田地城，不到半天，三个城里都在风传突厥与贺鲁要联兵攻打高昌，军队都已经出发了，高昌王曾轻视突厥可汗欲谷设。

不到半天，王宫里面的曲文泰就听到消息了，吓了一跳，曲文泰确实是轻视过欲谷设，去年欲谷设攻打焉耆时，要曲文泰出兵相助，而曲文泰却与吐蕃在打仗，哪里腾得出手来？

曲文泰忙准备派人出去打探，谁知交河城和田地城分别派人来禀告，说城里到处传言突厥发兵直向高昌城奔来，路上的商旅都看到了突厥大军。

曲文泰越想越害怕，这可如何是好，高昌城的兵力有限，如何能应付得了突厥大军呢？

世子曲智盛忙提议快请葛庭昌回师救援。曲文泰犹豫不决，征东大军刚出去，不捞块儿肥肉回来，心里不甘心啊。

很快，城令来报，满城都是商铺关门，商人和百姓赶着出城，拦也拦不住，说突厥这次是带领十万铁骑过来，要踏平高昌城，他们要提前逃命。

曲文泰心里更加没谱，想派探子去打探清楚，但是曲智盛天生胆小愚弱，一个劲儿地求父王快搬救兵，等探子查看到消息之后，突厥兵已经到了城下了，一切都晚了。

曲文泰六神无主，安全为上，只得急匆匆地传旨，让葛庭昌立即回师。

第二十三章　妙计退兵

唐军雁林口大营

"威武将军，恭喜恭喜。"李大亮走了进来。

"大将军，高昌兵明日将进攻雁林口，喜从何来？"汪达问道。

李大亮见汪达故意装糊涂，便笑着说："老夫是过来人，威武将军就不要跟我装糊涂啦。葛姑娘是高昌巾帼英雄，才貌俱佳，真是难得，其门庭显赫，与你是门当户对！"

汪达见李大亮一语点破，则有点儿害羞地说："大将军说哪里话，她只是跟我随便说几句话而已。"

李大亮说："威武将军要好好把握机会。若能在西域演绎一段情缘，那真是为我大唐添彩啊。"

姜是老的辣，李大亮对儿女情长见多了。

汪达说："大将军不要开玩笑，我已心有所属。何况高昌与大唐迟早要交战，岂能娶敌国女将为妻。"

李大亮听了连连摇头，说道："令尊当年在歙州连娶三女，一时传为佳话；后来又在长安城校场比武夺亲，也是轰动华夏四海。虎父无犬子，威武将军怎能心系一人呢？老夫前后都娶妻纳妾八人。"

李大亮说到这里，故意靠近汪达神秘地说："人家送了一个这么大的礼给你，你还不感激人家？你可知道人家是冒着犯通敌之罪来给你送信的，就凭这一点，你就不能辜负人家。"

汪达说："又不是我让她来的，是她自己主动来的。"

在外行军打仗本来就很无聊，平时士兵们喝酒吹牛谈女人。反正已经做好军事防备准备，碰巧遇到一件这样的事情，李大亮岂能放过，必须拽着这个话题好好聊聊。

李大亮说："我大唐与高昌迟早要开战不假，若你与葛小姐联姻，让葛庭昌归顺我大唐，你想想高昌还有谁能领兵打仗了？到时我们唐军一到，他们就立马开城投降，不费一兵一卒，你功就大了！"

汪达心想，李大亮说的也不无道理，只是自己岂能辜负玉瑶呢，绝然不可。

李大亮见汪达没说话，以为他心动了，便接着说："葛庭昌是高昌宿将，曾多次劝谏曲文泰与大唐结好，今日之举，更是说明他有心向唐。你应该好好把握这个机会。葛氏一门在西域根深叶茂，与其联姻，其利不言而喻。"

汪达没有说话，他没法向李大亮解释，年轻人的感情，老年人不懂。于是他便转移话题问道："不知道高昌城现在是什么状况？"

李大亮说："你放心，那几个人是我花两年时间训练出来的，常以商旅做掩护，在高昌城、田地城、交河城都有很强的关系网，散播消息轻而易举。"

原来，唐军西征时，李大亮留下声援吐谷浑新可汗慕容顺，为了获取西域各国情报和策应突发情况，组建了一支小规模的斥候，平时以商旅身份穿梭于西域各地城邦之间，暗中送出各种有价值的消息。高昌兵快到达且末河时，李大亮就立即安排斥候进入高昌三城放出突厥与贺鲁联军攻打高昌的消息。因这是假消息，必须在最短的时间之内形成最大的效应，需令曲文泰真假难辨，否则时间一长，就会露馅儿。所以，安排的这支小分队，利用早就埋下的关系网，迅速把消息传出，很快就令曲文泰上当了。

汪达说："大将军未雨绸缪。"

李大亮说："这是皇上的旨意，我可不敢居功。不过，你若也能未雨绸缪，嘿嘿嘿，那就更好了。"

李大亮边说边故意用手指了指葛武芳营地的方向。

汪达笑了笑没有说话。

葛武芳乔装潜入唐军营地被张阆发现了。

今天在中军大帐里面，葛武芳与他争吵，令张阆觉得不同寻常，便派人暗中盯着葛武芳，果然，到了夜晚葛武芳悄悄出营。

于是，张阆就走进了马勇的营帐。

"兄弟，出大事了。"张阉说。

"怎么啦？这么神神秘秘地。"马勇正躺在床上休息，忙坐起来问。

"葛武芳勾结唐军，我刚才亲眼见她乔装进入唐营。"张阉说。

马勇与张阉是异姓兄弟，他一下子瞪大眼睛，都不敢相信。

"兄弟，这可不是开玩笑的话。你确定没看错？"马勇问道。

"千真万确。"张阉肯定地说。

马勇若有所思，点了点头，说道："今天她在大帐跟你争吵，就是在维护汪达那小子。难道她看中那小子了？"

"那小白脸，长得那么帅，武功又那么高，能不把她给迷住么？"张阉说。

"眼下该怎么办？"马勇问道，"不知道大元帅是否也知情。"

"我看他们父女早就投敌了。葛老头数次劝谏我王与唐朝结好，这次我王就是故意派他来攻打唐军的，目的就是让他与唐军结仇。"张阉说，"没想到，刚来这里，就与唐军勾搭上了。"

马勇说："以前打仗，哪次不都是他女儿葛武芳打头阵的？而这次居然让你做前军，她堂堂先锋将军只做策应，这难道不是他阴谋。"

张阉用拳头力锤在桌子上，恍然大悟道："原来葛老头让我去送命。真够毒啊。"

"那现在怎么办？"马勇问道，"如果你不担任前军攻打雁林口，你就是违抗军令。他可以按军法处置你。"

"我们的军事部署，唐军已经知晓，势必已经做好了应对准备。"张阉说。

"要不我们今晚提前发兵攻打雁林口。"马勇一拍桌子就说，"你我三万兵马一起进攻，打唐军一个措手不及。"

张阉听了不由得点了点头，随后又摇了摇头，说道："此举不妥，手无葛老头军令，私自调兵出战，是死罪。"

"怕个鸟！"马勇一激动就站了起来，"只要我们打了胜仗，还怕他什么鸟军令。你立了大功再到我王面前参他一本。右卫将军就是你的啦！"

张阉不由得热血沸腾，一握拳头说道："好！就说唐军来劫营，我们倾巢而出！"

"就这么定了。我们立即集合兵马！马上出发！"马勇说完披上铠甲。

两人一齐向外面走去。

高昌兵中军大帐。

"他说他还没有妻室。不过已经有心爱之人，在长安。"葛武芳略有害羞地告诉父亲葛庭昌。

大唐男女开放，见到喜欢的人，不分男女都会主动向对方表白，葛武芳从小在西域长大，对男女之情更是大胆。刚才潜入唐军大营见到汪达，除了告诉高昌兵明日将攻打雁林口，还私下问汪达是否已经有婚配。

"好啊！"葛庭昌听了，暗自高兴，"真是天赐良缘。"

葛武芳说："看他那样子，他很爱那个人。"

葛庭昌摆了摆手说："女儿，你喜欢他，为父也喜欢他。他那么优秀，出身显贵，从小在长安长大，如果没有好姑娘与他结好，倒不正常啊。日久生情，他现在远在西域，就是你的机会。"

葛武芳没想到父亲这么开明。

葛庭昌又说："你娘是高昌第一美女，当时去你外祖父家提亲的人络绎不绝，我也去了，没看上。我不甘心，又去，仍不搭理。于是，我就寻找各种机会接近你娘，就这样三番五次下来之后，最终把你娘给打动了。为父认为，感情方面的事情，只要认准了，就去争取，不达目的不罢休。"

葛武芳见父亲居然还说起追求母亲的事情，笑着说："难怪母亲说父亲是个认死理的人，认准的事就不放手。原来说的是这个啊。"

葛庭昌很自豪地说："没有我死皮赖脸地缠着你母亲，怎么会有你这么棒的女儿呢？！"

葛武芳得到父亲的鼓励，笑开了花。

一名兵卒匆匆进来报告："禀报大元帅，唐军劫营，奋威将军和伏波将军已经带领兵马出营迎战！"

"怎么一点儿动静都没有？"葛庭昌问。

"唐军悄悄地来，我军悄悄地出。"兵卒禀告。

"走。出去看看！"葛庭昌带上头盔就往外走，葛武芳跟在后面。

"父亲，唐军不可能来劫营的。一定是张阚的阴谋。"葛武芳跟在后面边走边说。

"看看再说。"葛庭昌急匆匆地往营地外走。

高昌兵营分三处驻扎，葛庭昌的营帐居中，葛武芳的营帐与其相邻，张阚的营帐在东侧，马勇的营帐在西侧。葛庭昌走到外面一看，东西两侧兵营已经倾巢而出，而唯独自己的兵马守在营地不动。

"唐军在哪儿？"葛庭昌喝问。

"已经跑了。奋威将军已经率兵去追了。"兵卒回答。

"为何不击鼓？"葛庭昌问道。敌军来劫营，按照常规必须击鼓告知全营。

"不清楚。奋威将军只让小的禀告大元帅，唐军劫营，他率兵去追杀了。"兵卒小声地说。

"岂有此理！"葛庭昌立即传令，"中军大营所有将士听令，无本帅军令严禁出营，看守营地，不可中敌人调虎离山之计。"

说完，葛庭昌对女儿葛武芳说："你坐镇营地，我去接应他们。"

"不！父亲。我去。你在营地。"葛武芳抢着要去。

"不！这种情况，我亲自去更合适！"葛庭昌说完，对女儿嘱咐一句，"你刚才是去唐营察看敌情。"

葛武芳明白父亲的意思。

于是，葛庭昌领着三千名兵马匆匆往雁林口赶去。

雁林口是唐军大营的门户，也是第一道防线，由汪达亲自率兵驻守。

高昌兵安营扎寨之后，汪达就安排了人潜伏在高昌兵营附近观察着营地一举一动，一有异动立即来报。同时，汪达在雁林口外围设置了多道障碍物阻挡高昌骑兵通过。

虽然，汪达与葛庭昌已经约好三日之后给出答复，但是兵不厌诈，防患于未然，唐军对高昌兵的监视一直没有松懈。所以，当张阚与马勇聚集高昌兵时，潜伏在树林里的唐军通过微弱的灯火观察到高昌兵不停窜动，就已经猜着敌军将发起夜袭。于是，立即把消息报告了汪达。

雁林口是唐军的地盘，这里的一草一木都清清楚楚。

当高昌兵从十里外的营地赶到雁林口时，唐军早就做好了准备。高昌兵仗着人多，往雁林口奔来，却一步步进入了唐军事先设计好的圈套中。

当大约三四千高昌兵通过预先设计好的防线时，躲在周围的唐军立即升起拒马桩，这些拒马桩原来就是掩埋在土里，只需要通过绳子简单操作，就立即让拒马桩竖立起来。

一排排坚固的拒马桩立即挡住了后面高昌兵前进的步伐，先头的高昌兵陷入唐军包围之中，进退两难。

唐军万箭齐发，很快就让前面的高昌兵倒在血泊之中，而后面的高昌骑兵在黑暗中尝到了拒马桩的厉害，吃尽苦头。

唐军的拒马桩不是单独孤立的，也不是一排排独立的，而是前后十几排组合在一起，骑兵强大的冲击力都无法把其冲倒，一匹匹战马被穿在拒马桩上，挡住了后面骑兵的脚步。

唐军利用熟悉的有利地形，利用弓箭远距离不停射杀。

正在张阆进退两难之际，葛庭昌带着三千骑兵过来接应，见损失惨重，立即鸣金收兵。

"来人，把张阆给我拿下！"回到中军大营，葛庭昌立即命令兵卒把张阆绑起来。

"大元帅，我不服！"张阆大声呼喊。

"不服？！你想怎么才服？"葛庭昌怒道，"没我军令，私自带兵出战，我可以立即杀了你，以正军法！"

"唐军来劫营，我只是率兵追击！"张阆狡辩道。

"信口雌黄！"葛庭昌指着张阆说，"你以为本帅是聋子吗？唐军劫营我怎么就一点动静都没听到？唐军劫营，你为何不击鼓告知？！"

这时，马勇清点完兵马，走了进来汇报："禀告元帅，已经清点完毕，共死伤五千余人！"

"五千余人！张阆，你好大方啊，两个时辰就让我高昌国损失了这么多兵力。我们跟龟兹打了三个月都没死这么多人。"葛庭昌怒道。

张阚见损失这么多兵，一下子也不敢说话了。

葛庭昌乘机追问："马勇，今晚出兵是谁的主意？"

马勇一下子也懵了，私自开战已经是违反军令，又打了败仗损失惨重，两罪相加，必是死罪。他低头不敢说话。

"马勇，你要仔细回答，私自带头出兵，死罪！"葛庭昌补充道。

是马勇纵容出兵的，但是张阚下的令，两人只想到打赢的好处，没想过打败的下场。

"唐军劫营，是我带兵追击，张将军怕我孤军作战，便出兵声援我。"马勇主动把责任都揽在自己身上。他是明白人，如果自己承担责任，张阚肯定会通过妹妹的关系救自己。如果张阚是主谋，那么两人都没好下场。

"原来如此！"葛庭昌说，"来人，把马勇给我绑起来，把两人关押起来，待我上奏我王再做处理。"

"不服！"张阚仍然高声喊叫，"葛庭昌，你勾结唐军！"

葛庭昌盯着他，喝道："你再说一遍，张阚，你诬陷本帅，我可以立即砍了你！"

"我看见葛武芳溜进唐军大营，还有其他兄弟也看到了。你狡辩不了的。"张阚豁出去了。

"啪！"葛武芳用力把剑拍在案几上，指着张阚说道："张阚，你不要血口喷人！我是潜入唐营察看敌情，便于天亮之后决战！"

"察看敌情？！你骗谁？"张阚岂能相信葛武芳的话。

"知己知彼，百战不殆。作为领军将军，你连最基本的作战常识都不懂，身为奋威将军，你不觉得丢人吗？"葛武芳理直气壮地说道。

"你进了唐营到底干什么，当然你说了算。我看你跟汪达就是私下勾结！"张阚嘴不饶人。

葛武芳冲过去就想给张阚一巴掌，被葛庭昌给挡住了。

葛庭昌说："本帅命先锋将军葛武芳深入敌营，刺探敌情，我们天明进攻时能避开唐军伏击。你今日私自鲁莽出兵陷入唐军圈套，损失惨重，难道不是教训吗？还不明白吗？"

张阚见葛庭昌这么说，一时哑口无言，自己确实没有提前了解唐军情况而盲目出兵的。打败仗，就没有任何理由来解释。

这时，天色已经放亮，葛庭昌正准备让人押他们下去。王城使者匆匆赶来，传达突厥和贺鲁联兵进攻高昌王城，令葛庭昌立即回师救援。

话说，葛庭昌接到高昌王曲文泰的旨意之后，匆忙拔营回师。在路上，葛庭昌忽然想起，这应该就是汪达说的退兵之计。回到王城，当然没有突厥和贺鲁的军队，曲文泰也觉得自己一时鲁莽匆匆让葛庭昌回师，但大军都已经回来，也没办法了，只能自认倒霉上当。

曲文泰听了葛庭昌征东事宜，又把张阚和马勇传来对质，最终不管张阚和马勇如何狡辩，终究他们打了败仗，本要下令关押张阚和马勇，后来世子曲智盛出面多次求情，说现在正是用人之际，事情也就这样过了，张阚和马勇仍然官居原职。

高昌有了与唐军在且末河雁林口的这一战，暂时老实了一阵子。

长安城。越国公府。

"合羽，乖宝贝。"汪华看到爱女合羽在荡秋千，兴匆匆地走过去，夫人稽圭和庞实跟在后面。

"父亲，今日满面春风，一定有大喜事！"合羽走过来拉着汪华的手笑嘻嘻地说。

"你猜猜。猜中了，父亲带你去一个好地方玩。你肯定喜欢。"汪华笑着说。

"父亲，您先告诉我去什么好地方，我再猜。"合羽又长高了，都到汪华下巴了。

"你这个小精灵鬼。"汪华打趣道。

"合羽，二娘告诉你，你外祖父回长安啦！"稽圭说。

"外祖父回来了？父亲，是真的吗？"合羽激动得都差点儿跳了起来。她已经好长时间没有见到外祖父了。

汪华点了点头说："是真的。今天早朝的时候，我还与您外祖父见面了呢！"

"太好啦！父亲，我要去见外祖父。"合羽兴奋地说。

"别急。你外祖父这次回长安就不外出了，皇帝已经恩准他辞官回家养老。皇帝还下旨改封你外祖父为巢国公，加食庐州实封六百户，还要给他另外再修一座大大的巢国公府！"汪华说。

"太高兴了。外祖父身体还健朗吗？"合羽关心地问。

"健朗得很。这一路还都是骑马回来的。"汪华说，"等会儿你就能见到他了。哥哥们都回来，我们一起去外祖父家。"

"好勒！香菱，赶紧给我换衣裳，最漂亮的那件。"合羽说完就往自己房间跑去。

"都快及笄之年，还跟个小孩子一样。"庞实在后面笑着说。

见合羽走了，汪华说："刚才在朝堂之上还见到鄂国公尉迟将军，他刚从宣州回来了。说与铁佛兄他们常常一起出去钓鱼。"

尉迟敬德自那次在酒席之上与任城王李道宗争执，被皇帝李世民训斥一番之后，彻底变了，谨慎胆小，老老实实，再也没有领兵出征，也没有身居要职。为了江南稳定，皇帝于贞观十一年诏令他出任宣州刺史，并改封为鄂国公。他在宣州待了两年，皇帝念其家人都在长安，便召他回京，改任郧州都督，郧州离长安仅数百里，往返长安也方便。

"他这刺史当得挺自在。"稽圭说，"铁佛兄他们可好？"

汪华说："当然好啦。无官一身轻，钓钓鱼，打打猎，悠闲自在。"

原来，汪华当年在歙州的一帮子兄弟汪铁佛、汪天瑶、程富、任贵等人先后辞官回家，不再问世事，过着悠哉生活。

"对了，刚才我去胡国公府看望了一下胡国公夫人，秦公子怀道，比我们合羽还小，才十二三岁，但学问不简单，谈吐非凡。秦夫人说不希望儿子像他父亲那样舞枪弄棒博取功名，做个普通人更好。"稽圭说。

"普通人的生活也是很幸福的！"汪华说。

胡国公秦琼因长年征战，多次身负重伤，晚年卧病在床，贞观十二年病逝，李世民追赠其为徐州都督，陪葬昭陵。并命人在秦琼墓前造石人马，用以彰显其战功。后来，秦琼之子秦怀道，早年担任过皇帝侍卫武官千牛备身，后期只担任过从七品下的绵州司士参军、从六品上的常州义兴县令等低级官职。

　　当年不少名将功臣，有如尉迟敬德这样被派往外地任职，有如秦琼这样陆续离开了人世，他们的家眷有的迁回故乡，有的还留在长安。那些留在长安的，汪华就常让两位夫人到这些人家里多走动，串串门，看望他们。

第二十四章　无力胜天

诺曷钵在大唐朝廷的扶持下，逐渐肃清朝政，完全摆脱了以往连年征战和内耗，经过数年精心治理，百姓日益安康。诺曷钵已经成年，相貌堂堂、英俊潇洒，在部属的点拨下，决定前往长安入朝请婚，与大唐结翁婿之好，保其世代罔替。

话说，诺曷钵请得入朝觐见的圣旨之后，便带上随从数百人和大量金银财宝，踏上了前往长安之路。诺曷钵一路上走走停停，花了一个月时间终于到了长安，见到长安都城之繁华不由得惊叹不已。

诺曷钵进了皇宫拜见了天子，并说明来意之后，就出宫了。长安云集天下各种各样奇珍异宝、山珍海味和各色人等，尤其是来自东夷、高丽、安南等各种物件，令这位偏居西域的吐谷浑小可汗诺曷钵闻所未闻，见所未见。

拜完天子，见眼下天子无大事召宣，诺曷钵便在近臣慕容风的陪同下一一拜见王公大臣，望他们能在朝堂之上多为吐谷浑美言。

近臣慕容风是诺曷钵堂叔，对其忠心耿耿，常为其出谋划策。这次来长安主要也是慕容风的主意。

淮阳王李道明是诺曷钵唯一认识的宗室王爷，当年是李道明受皇命持节册封诺曷钵为河源郡王、乌地也拔勒豆可汗。

这天，诺曷钵在慕容风的陪同下，带着厚厚的礼物去拜访李道明，刚到门口就遇到了从外面回来的玉瑶郡主。

玉瑶凤眼含春，长眉入鬓，风华绝代，倾城倾国。蓦然之间，诺曷钵被眼前的这位郡主给迷住了，天啦，世间还有如此美貌女子，夫复何求？

诺曷钵欣喜若狂，而在一旁的慕容风早就看在眼里，记在心上。

李道明见诺曷钵登门拜访，也很是高兴，三人聊得很开心。

回到客栈，慕容风问诺曷钵："可汗看上了淮阳王府的那位郡主？"

诺曷钵说："没想到天下竟有如此绝色女子，能娶得美人，即使不要这个可汗也心甘情愿。"

慕容风说："可汗此言差矣，您是可汗才可有机会娶得此美人，若您什么都不是，美人岂能瞧得上您？"

"王叔说得有理。"诺曷钵说。

"刚才微臣已经打听清楚，此郡主名叫玉瑶，是淮阳王长女，才艺双绝，长孙皇后曾多次夸赞。至今尚未婚配。"慕容风介绍。

"王叔，我娶她如何？"诺曷钵问。

"别急。我想办法通过关系让皇帝知道你喜欢玉瑶郡主，得由皇帝定夺。"慕容风说。

"丞相宣王说我必须娶个真公主才行。"诺曷钵说，"皇帝岂会把自己的女儿嫁给我？！"

"可汗说得对。丞相宣王之言不可听之。自前朝隋文帝时期开始，和亲的公主都不是皇帝的亲生女儿，选的是宗亲之女，再册封为公主。在汉朝，对外和亲更是选个宫女来冒充公主。如今，我吐谷浑已成为大唐属国，当今天子更不会把自己的女儿下嫁给你，我已打听皇帝的女儿里面未婚配的均还年幼。"慕容风说，"不过，当今天子有意经略西北，扩大唐朝疆域，为让诸国知其对吐谷浑的尊重，也为显其对你的恩宠，必定会从李氏宗室里面挑选女子与你和亲。"

吐谷浑虽然稳定，因诺曷钵立为可汗时年少，朝政由丞相宣王慕容图突把持。慕容图突自恃拥立诺曷钵有功，对政见相左者进行打压。诺曷钵这次请婚，也是希望加强自己的权力。

诺曷钵说："王叔，玉瑶郡主之事，就拜托你了。"

"微臣会想法成全可汗的这段姻缘。"慕容风说。

皇宫，御书房。

李世民翻看着宗正卿送来的李氏宗室各户子女名单，发现要么已经嫁人，要么已经婚配，要么就是年纪太小。原来宗室王爷听闻吐谷浑可汗诺曷钵来长安请婚，都舍不得把自己女儿嫁到那么偏远的西域，于是在诺曷钵到来之前便纷纷为只要年龄十岁以上未出嫁的女儿把亲事定了。

看来看去，李世民正愁挑不出合适的和亲公主时，淮阳王李道明的长女玉瑶郡主的名单出现在眼前，未婚配，十八岁。

玉瑶比诺曷钵的年龄还大两岁，李道明心想宗室女子那么多，皇帝也不会选个大姑娘嫁给吐谷浑可汗，更何况玉瑶与汪达两人情投意合，在长安城王公大臣大家早就知晓了。李道明哪里想到，其他宗亲王爷早就暗自把自己那些十几岁的女儿都许配人家了。皇帝向来以仁爱人，怎能为了和亲而拆散别人婚事呢？而玉瑶虽然与汪达情投意合，山盟海誓，但是终究没有订婚，皇帝也并不知道他们之间这些情情爱爱的事情。

没有合适的，年龄大些就大些吧。李世民立即传旨让李道明进宫。

李道明进宫向皇帝行了君臣之礼，李世民亲切地请李道明坐着说话。

李道明看到皇帝御案上摆着的族亲属籍，心里不由得"扑通扑通"地跳了起来，莫非皇上选中自家女儿了。

李世民说："听闻前日诺曷钵去了你的王府？"

李道明心里再次狂跳，看来是真的，便说："是的。他只是例行上门拜访而已，就简单说了几句话。"

外臣来到长安拜访王公大臣已经是惯例，无可厚非。

"你与诺曷钵数年前就已认识，也算是渊源。你认为诺曷钵此人如何？"李世民问道。

李道明更加重了自己的猜测，只得根据自己的观察实事求是地说："生性懦弱，胆小谨慎，魄力不足，文武一般。"

李世民点了点头说："朕与他谈话时也看出来了，你评价得很得体。这也可能与他从小生存的环境有关。他祖父伏允兵败被杀，父亲常年在中原为质，好不容易夺得可汗之位，又被部属杀害。这种环境，在诺曷钵的心里造成极大影响。目前吐谷浑朝政由丞相宣王慕容图突把持，他岂能不胆小谨慎？！"

说到这里，李世民看了看李道明，说道："若能有个好贤内助，悉心辅助，假以数年，还是会有所作为的。做个守成可汗也是一件美事。"

李道明听出了皇帝的意思，要有人辅助诺曷钵有所作为，在朝政之中有自己的决策权，保住吐谷浑各部落内部稳定。这可能也是皇帝选中诺曷钵的原因，胆小而没有魄力，朝廷可以利用诺曷钵可汗控制吐谷浑各部落，而诺曷钵又没有能力摆脱朝廷的控制。慕容伏允和高昌王曲文泰就是因为有点儿小能耐，所以后来与朝廷作对。说白了，诺曷钵是个很好的傀儡。

李道明说："皇上深谋远虑，乃吐谷浑之福，大唐之福。"

李世民见铺垫也做得差不多了，便说："朕想册封玉瑶为公主，下嫁诺曷钵。今天找你来商量一下。"

李道明瞬间觉得眩晕，玉瑶是他的心肝宝贝啊，他怎么会同意呢？但是他敢反对皇帝吗？

"皇上，玉瑶年长诺曷钵可汗，不合适。"李道明说，"何况她已经与汪达两人已订终身。"

李道明连说两个理由来推脱。

李世民早就猜着李道明会找借口拒绝，但是没想到是这个借口。

他说道："才年长两岁而已，不足为虑。她与汪达之间可是真事？为何这里面没有登记？"

王室子女的生辰、婚配都要及时禀报给宗正寺，由宗正卿核对登记造册。而玉瑶因没有与汪达正式订立婚约，这里面当然没有记载。

宗正寺，管理皇族、宗族、外戚的谱牒、守护皇族陵庙等皇族事务。因为唐代道教是国教，所以宗正寺还管理道士、僧侣。河间王李孝恭曾担任宗正卿，长孙无忌长子长孙冲娶李世民嫡长女长乐公主李丽质，曾担任宗正少卿。

李道明说："他们两人情投意合，相恋已久，早就准备正式订立婚约，无奈汪达一直在西北领军未回长安，所以这事情就一直拖着。"

李道明又赶紧补充一句："不过，我与越国公都已经应允了这门亲事。"

李世民盯着李道明说："乱说话就是欺君之罪。只要没有在宗正寺登记就一律不予承认。皇族宗室子女婚约岂能儿戏？"

李道明不由得额头冒汗，玉瑶确实是没有与汪达正式订立婚约，无论自己如何解释都属于狡辩，说错话就真是欺君之罪了。如今皇上对宗室管制越来越严，稍有不慎就会夺爵问罪发配边地。

李世民见李道明无话可说，便接着说："诺曷钵不管如何，他也是朕册封的河源郡王，是吐谷浑的可汗，玉瑶嫁给他，委屈她了吗？"

李道明只得说："那是玉瑶的福气。"

"就是嘛，诺曷钵虽然没有什么雄才大略，但人却长得英俊潇洒。你也去过吐谷浑，那里不同于突厥草原，也不是贫瘠之地。"李世民不想用君威压制李道明，终究是要把人家的女儿拿去和亲，得安慰人家。

李道明此时的脑海里哪里还能听得进其他的话，暗自伤心女儿马上就要嫁到千里之外。李世民说什么，他就只有点头称是。

"玉瑶是个好姑娘，才艺双绝，当年文德皇后多次称赞，她通情达理，下嫁吐谷浑，对稳定西北，造福百姓，其功大也。"李世民说，"朕决定册封玉瑶为弘化公主。弘化，在佛教中是弘法度化之意，也有弘扬大唐王法、教化吐谷浑百姓之意。"

文德皇后，即长孙皇后。长孙皇后病逝之后，谥号文德皇后。

"谢皇上隆恩！"李道明见皇帝心意已决，无力胜天。

随后李道明担忧地问："只是越国公那边该如何交代？"

"国有国法，家有家规。你们之间属于私定儿女之情，又未在宗正寺报备，越国公是明事理之人，他岂会以此介怀呢？"

"但愿如此。"李道明说。

"对了。既然玉瑶与汪达曾有情分，朕忽然想起一件事，有必要告诉你一声。"李世民猛然想起一件事，说完就到书架上翻找奏折。

李道明不明白李世民要说汪达的什么事情，只得坐在那里看着李世民翻找。

过了一会儿，李世民拿出一份奏折，递给李道明，说道："这是李大亮数日前从西北军营送来的奏折，你仔细看看。"

原来，李大亮上奏了西北诸事，高昌国内部斗争激烈，右卫将军葛庭昌受到世子曲智盛派系的打压，纵容伏波将军马勇和奋威将军张阚等人在军中扩充势力，并不断寻找证据意图搞垮葛庭昌。葛庭昌虽是高昌王曲文泰妻兄，但是葛庭昌多次劝谏其与大唐结好，令曲文泰生厌，加之葛庭昌妹妹已经病逝，曲文泰又立新后，对新后言听计从，所以葛庭昌在高昌岌岌可危。因上次且末河雁林口之战，李大亮派遣汪达多次私下与葛庭昌联系，劝其归顺大唐。但葛庭昌一直犹豫不决，不想背叛高昌。李大亮在奏折中说道，自雁林口之战，葛庭昌也对汪达赞赏有加，葛庭昌女儿葛武芳心许汪达，葛武芳多次前往唐营找汪达，两人风花雪月，情意绵绵。李大亮还说，若朝廷准许汪达与葛武芳成亲，葛庭昌必反高昌效忠大唐。葛庭昌是高昌长城，只要葛庭昌归唐，夺取高昌如拾草芥。

李世民见李道明已经看完，便说："汪达早已移情别恋，心有所属，你回去也劝一下玉瑶。"

李道明不知道自己是怎么走出皇宫的，坐在轿子里糊糊涂涂地回到了淮阳王府。

他伤心自己的女儿要远嫁吐谷浑，他更伤心汪达欺骗了玉瑶感情这么多年。

他坐在椅子上发愣，他不知道该如何去面对玉瑶，他不知道该如何去对玉瑶提及这两件事。

"父王，在想什么呢？"玉瑶兴奋地跑了过来，依靠在李道明的身边。

李道明看着常常在自己身边撒娇的女儿，心如刀绞。

显然，玉瑶并没有注意到李道明的痛苦，还以为是父王处理政务太累了，她激动地说："今日汪达给我来信了，还让商队给我带来了西域最新鲜的葡萄。"

李道明用双手扶着玉瑶的肩膀，痛苦地说："女儿，我的好玉瑶，我们以后不要再说汪达好吗？永远不要再提他。"

玉瑶内心一颤，担心地问道："父王，怎么啦？汪达怎么啦？"

她看到父亲伤心的眼神，她还以为汪达出了什么意外。

"没什么。"李道明心痛地说，"只是父王不想再听到他的名字，也不想让我的玉瑶再提及他，他不值得我女儿惦记他、爱着他！"

玉瑶看到李道明这么伤心，眼泪"哗"地流了出来说："父王，您快告诉我，汪达到底怎么啦？你为什么要这样说她。"

"玉瑶，汪达与你有多久没有见面了？"李道明问。

"去年开春时他回过一次长安，至今有十六个月十三天没有见面了。"

玉瑶每天数着与汪达分别的日子。

"女儿，父亲跟你讲，你一定要振作。"李道明盯着女儿说。

玉瑶点了点头。

"他已经爱上了高昌国女将葛武芳，两人在一起有两三月了。吐谷浑可汗来朝请婚，皇帝已经选定你为和亲公主。"李道明狠着心把两件事一起说了出来。

玉瑶看着淮阳王，目瞪口呆，接着身子一歪，倒在了地上。

"快，快，快把郡主扶到床上去。"李道明没想到女儿会直接晕倒，忙唤身边的丫环过来。

丫环们忙慌乱地半扶半抬把玉瑶送进了房里，安排在床上躺下。

过了一会儿，玉瑶睁开眼，见李道明坐在床边，说："父亲，我没事，躺一会儿就好。"

李道明见到女儿这副模样，眼睛都红了，慌忙离开了房间。

御书房。

"真没想到，事情还有这么凑巧啊。"李世民对魏征、长孙无忌说。

"请问皇上，何事如此兴奋？"魏征问道。

"刚才房相来说，他在路上遇到慕容风，说起和亲之事，慕容风说诺曷钵在淮阳王府一眼就看上了玉瑶郡主。"李世民说。

"那真是缘分。"长孙无忌说，"玉瑶年已十八，尚未婚配。这真是上天注定。"

"没错。就是上天注定的。"李世民说，"为了彰显大唐对吐谷浑的厚爱，玉瑶的身份得变一变。"

魏征和长孙无忌一脸茫然，不明白皇帝说的意思。

李世民说出自己的想法："诺曷钵为何要来朝请婚，不就是为了提高他在吐谷浑的威信吗？和亲公主的身份就至关重要，是宗室之女，还是天子之女，可有天壤之别啊。"

长孙无忌瞬间明白了皇帝的意思，便说："皇上圣明。若玉瑶乃皇上亲生骨肉，诺曷钵回到吐谷浑局面将大为改观。"

魏征忙说："恭喜皇上，喜得公主。"

李世民哈哈大笑，三人不由得都笑了起来。

"长孙兄，麻烦你去一趟淮阳王府。"李世民对长孙无忌意味深长地说。

长孙无忌当然明白皇帝的意思，忙领旨出宫。

"魏爱卿，你去驿馆找一下慕容风。"李世民说。

魏征也明白皇帝要他去干什么，于是也领旨出宫。

这时，侯君集从外面走了进来，向李世民行了君臣之礼。

李世民说："侯爱卿，李大亮所说之事，你这几天考虑之后，有何想法？"

侯君集说："禀皇上，臣以为李大亮所说可以准予。这是一箭三雕之事。一是成全了汪达与葛武芳的姻缘；二是得到葛庭昌这位高昌国大将，当然，葛武芳也是一名了不得的女将；三是削弱高昌国军事实力，将来我唐军可以不费吹灰之力灭之。"

"朕也是这样想的。"李世民说，"葛庭昌归唐，可封其为靖远大将军，让其居鄯州。"

侯君集说："皇上此举甚好。"

李世民接着说："朕亲自下旨为汪达赐婚，准其在鄯州举行婚事，朝廷派特使出席，并在长安赐其将军府邸。"

侯君集忙说："这是皇上对汪达之恩天高地厚。"

李世民思索了一下，说道："至于高昌国，你整顿兵马做好准备，我们将择日出征！"

"臣遵旨！"侯君集领旨。

他正准备退出，李世民又叫住他，说道："你等一下。朕还有话说。上次你说卫国公不肯把兵法全部教授于你，朕已经传他进宫问话了，他说传授给你的兵法知识，做兵部尚书足够了。我再问他，他就装糊涂，说身体不行。你就别管他了。"

侯君集点头说："臣明白了。"

原来，侯君集见卫国公李靖兵法超群，便向其请教兵法，李靖总是找借口推托。后来侯君集求皇帝出面，李靖不敢违抗圣旨，只得传授兵法给侯君集，但到了精要部分就闭口不说，没有倾囊相授。于是，侯君集就向皇帝告状，说李靖不肯多教他兵法，有谋反之心。皇帝便问李靖，李靖说所教兵法做个兵部尚书足够，除非他侯君集想谋反。李世民见两员大将都私下相互撕咬，也就只好装糊涂算了。

朝会。

长安城四品以上官员全部入殿参加，诺曷钵和慕容风也在人群中。

"今日朝会只商议两件事，并且都是婚事，大喜之事。"李世民坐在帝王宝座上微笑地说。

殿下群臣恭恭敬敬地听着。

"河源郡王诺曷钵牧守吐谷浑，数年来立有大功，近日入朝请婚，望与朝廷结翁婿之好，朕很欣慰。"李世民说。

诺曷钵请婚之事，群臣早已知晓，很多大臣都在私下里讨论皇帝这次得从哪里找个待嫁的公主出来。尤其是宗室成员，个个都暗自庆幸自己早做了打算。这不，诺曷钵入朝有一段时间了，天天在长安街东看看西看看，到处游玩，大家早就在暗中观察了，觉得人长得还不错，只是文弱了点儿，缺少英武之气。吐谷浑，蛮荒之地，谁愿意把自己的女儿送去遭罪？！

"朕亲身骨肉养育宫中十八年，虽有不舍，但为彰显我大唐对吐谷浑子民的恩宠，特赐弘化公主与河源郡王诺曷钵成婚！"李世民说。

殿下群臣瞬间糊涂了，皇帝亲生女儿？十八岁？弘化公主？怎么从未听过？

正在群臣交头接耳相互打听之际，弘化公主玉瑶从殿外身着盛装缓缓走来。

群臣中的汪华一下子傻眼了，这不就是自己三子汪达情投意合的玉瑶郡主吗？

群臣也目瞪口呆，又瞬间明白了，一起高呼："皇上万岁，大唐万岁！"

李世民见大家都识时务，待弘化公主在他宝座一侧站立之后，接着说："昨日西北来报，高昌国右卫将军葛庭昌已归顺我朝，朕已授其靖远大将军，迁居鄯州。"

"贺喜皇上！大唐万岁！"群臣又一齐唱赞。

李世民笑着说："这只是第二件大喜事的引子。"

群臣又一次糊涂，葛庭昌归唐是件可喜可贺的大事啊，皇上居然轻描淡写，说这还只是引子，那后面的事情才是皇上关心的。

李世民见有大臣又开始私下交头接耳，便清了清嗓子说道："越国公汪华听旨！"

汪华出列："臣接旨！"

"令郎威武将军汪达与靖远大将军葛庭昌之女葛武芳情投意合，朕愿成其鸾凤之好，特赐汪达与葛武芳成婚！"李世民说。

蒙在鼓里汪华只得领旨谢恩，但他从皇帝这两个钦定的婚姻中已多少猜着了些什么。

第二十五章　平定高昌

"大将军，你害死我了！"汪达怒气冲冲地走进李大亮营帐。

"什么事情把你弄成这样？"李大亮看着汪达。

"你害死我了。你有没有给皇帝上奏说我和葛武芳的事情？"汪达生气地问道。

"对啊。我说了啊。说你们两个日久生情，情投意合，乃天作之合。"李大亮说，"这说错了吗？"

"说错啦！"汪达一副要哭的表情，"我什么时候跟葛武芳日久生情了？你哪里见到我与她情投意合了？"

李大亮一脸懵懂的样子："你俩难道不是吗？"

"我的大将军呢。你误会啦！"汪达说，"葛武芳每次来找我，我只是把她作为朋友聊天而已，我跟她说的最多是我与玉瑶的爱情。"

"你俩常常河边牧马，有说有笑，就是聊你与别的姑娘的事情？那她怎么还常常来找你，还给你送好吃的，她要是几天没来，你就总惦记着。"李大亮晕乎乎地了，年轻人的事情难道真是看错了？

"朋友。我跟她只是朋友。现在一切都晚了。"汪达伤心地说。

"怎么晚了？"李大亮问，"等等，你刚才说的玉瑶又是谁？"

汪达气愤地耐着性子解释："玉瑶是淮阳王的郡主，我与她在三年前就相识相爱，我们私订终身，我原计划在这西北博取功名之后，回去迎娶她。可你好，居然给皇帝上折子，说我与葛武芳情投意合，现在皇帝已经册封玉瑶为弘化公主下嫁吐谷浑可汗诺曷钵，下旨让我与葛武芳成婚。玉瑶，我对不起你，我负你啦！"

汪达说完就哭天喊地。玉瑶一直是他的精神支柱，他一直等着平了西北就回去娶她，与她一起登泰山观日，去杭州观海，去赤壁怀古，去扬州看花。如今，一切都没有了。

李大亮这时才意识到，自己一味想到如何早日夺取高昌，误会了汪达的感情。看到汪达伤心的样子，他恨不得抽自己两巴掌。

等到汪达冷静之后，李大亮问道："这些消息你是怎么知道的？"

"三日前，皇帝在朝会上宣布赐婚之后，我父亲觉得事情蹊跷，散朝之后便去了淮阳王府。"汪达把事情前前后后说了出来。

知子莫过父，汪华在朝会上觉得事情蹊跷，他相信自己儿子是个对感情负责的人，即使与葛武芳情投意合，也会光明正大地把这件事情在信中告诉家人和玉瑶，绝对不会偷偷摸摸。

散朝之后，汪华想在路上找淮阳王私下聊聊，但是淮阳王不搭理他。此时已被册封为弘化公主的玉瑶入住宫里，等待吉日送往吐谷浑与诺曷钵完婚。汪华到了淮阳王府吃了闭门羹。汪华不甘心，他不愿意让自己儿子被人冤枉。于是他就站在淮阳王府等。

直到天黑，淮阳王见汪华还没走，只好请他进来，把如何得知汪达与葛武芳的事情说了出来。汪华当场对淮阳王说，老夫愿用这辈子的声誉来为儿子担保，他儿子一定是被误会了。并说，现在皇帝已经赐婚，木已成舟，天命难违，但是他也要证明这件事情，只希望两个年轻人将来虽相忘于江湖，但从此相互没有了误会，这辈子也就没有了亏欠。

于是，汪华回到府上立即把发生的事情原原本本地写在信上，用八百里加急送到西北军营。

李大亮听了之后，说道："你有越国公这样的父亲，真是福气啊。八百里加急送来，难怪这么快，都赶在皇帝圣旨前面。"

"我父亲说，现在木已成舟，只希望问心无愧。"汪达说，"父亲在信中说淮阳王告诉他，玉瑶万念俱灰，曾想自杀，被淮阳王苦苦哀求才罢手，但天天郁郁寡欢。父亲担心她还会走极端，希望我能自证清白，即是让我不负移情别恋之名声，更是告诉玉瑶，我从来就没有背叛她，我一直爱着她，让她为了民族大义，为了江山社稷，一定要勇敢地快乐地生活。"

李大亮听了汪达所说，为此震撼，汪华不仅仅是为了自己儿子的名声，更会为了和亲成功，为了江山稳固。若弘化公主一时糊涂，做了傻事，自杀身亡，于她自己香消玉殒，于国家来说，天子尊严尽失，和亲之事将成为丑闻传遍天下，吐谷浑权贵对诺曷钵有恃无恐，吐谷浑又将陷入内乱。

"汪达，实在对不住。我现在就写信给你父亲和淮阳王，上奏给皇上，是我误会你了。"李大亮惭愧地说。

"不。大将军，此事千万不要给皇帝上奏解释。你会有失察之罪的。"汪达说。

"汪达，我本来就是失察啊。我毁了你与玉瑶的好姻缘啊。"李大亮惭愧地说。

汪达说："不是你。是我与玉瑶自个段了这段姻缘的。若之前我遵循父亲的意见，与她早把婚约定了，到宗正寺登记了，皇帝也不会把她赐给诺葛钵。这是天意。"

李大亮说："但我终究让玉瑶误会你了啊。"

此时的汪达已经冷静很多了，他说："你只要把情况写清楚，让我父亲、让淮阳王、让玉瑶知道就行。我只求她别再伤心，只求她知道我在鼓励她好好生活。"

李大亮说："好的。我马上写，你再让人八百里加急送回长安。"

汪达说："等等。为了自证我的清白，我已经让人去请葛武芳了。她应该一会儿就到，你可以亲口问她，我与她见面是谈情说爱，还是跟她讲我与玉瑶的故事。"

"汪达，我相信你。"李大亮说。

"还是让她告诉你。"汪达像脱虚一样躺在椅子上，有气无力。

葛庭昌在得到朝廷的承诺之后，已经带着女儿葛武芳归顺大唐，就暂住在唐军大营，准备过几日前往郜州。

见葛武芳还没来。李大亮就问汪达："那你与葛武芳的婚事怎么办？"

汪达说："我能怎么办？父亲在信中说，顺应天命，以大局为重。"

过一会儿，葛武芳来了，她此时并不知道长安的事情，汪达此前并没有跟她说，只是让人请她到李大亮这边来。

李大亮为了证明汪达清白，于是很认真地问了葛武芳很多问题，葛武芳也一五一十地回答。虽然她每次与汪达见面，汪达都跟她说他与玉瑶的故事，但是她喜欢听。她觉得汪达是个重情重义的人，这种人更值得托付终身。她甚至假想，只要在汪达身边，即使只做个给他端茶倒水的小妾都乐意。

随后，李大亮亲笔向汪华、淮阳王和玉瑶写上道歉书，让汪达派人八百里加急送回长安。

公元 640 年，贞观十四年二月，大唐天子李世民遣左骁卫将军、淮阳王李道明及右武卫将军慕容宝携带大批物资护送弘化公主入吐谷浑与诸葛钵可汗成婚。

万事俱备，只欠东风。李世民在完成对高昌国的战略布局之后，决定主动发起军事进攻。

李世民任命刚改任为吏部尚书的侯君集为交河道行军大总管，左屯卫大将军薛万均为副总管，镇军大将军契苾何力为葱山道大总管，靖远大将军葛庭昌为副总管，威武将军汪达为先锋，率二十万大军讨伐高昌。此时，李大亮已调回长安，由葛庭昌接任其镇守西北之责。

高昌王曲文泰听闻唐军出兵，还自以为是地对群臣说："中原距离高昌有七千余里，有沙漠两千里，冬冷夏热，没有水草，大军难以前行。若唐军强行军至高昌二十天内粮草必然用完，那时候与唐军接战一定打败他们，所以没有什么好担心的。"

谁知，仅半个月时间，汪达已率军夺取高昌重镇田地城，侯君集率领大军已抵达碛口。面对唐军压境，高昌兵节节败退，高昌王曲文泰束手无策，终因过度担心恐惧而猝死，世子曲智盛仓皇继立。

侯君集送书劝曲智盛投降，谁知曲智盛身边将领张阐和马勇等人力劝死战到底，说唐军远道而来，不宜久战，只要坚持数月，其粮草必定供给不上，自会退兵，并派人前往西突厥请求乙毗咄陆可汗欲谷设出兵救援。

侯君集见劝降不成，便命各路大军发起猛攻，很快把高昌重镇交河、田地、高宁、临川、横截、柳婆、泞林、新兴、由宁、始昌、笃进、白力等四十六镇尽数拿下。

大军围困高昌王城。

高昌新王曲智盛只得开城门投降，高昌境内尽归大唐，曲智盛被押解至长安，李世民下旨改高昌为西州。西突厥乙毗咄陆可汗欲谷设屯兵可汗浮图城，意图声援高昌，结果高昌被迅速攻灭，唐军乘胜夺取浮图城，李世民下旨改可汗浮图城为庭州。

公元 640 年，贞观十四年九月，大唐置安西都护府，将此前高昌掠夺的焉耆土地和百姓归还焉耆，授唐高祖女儿庐陵公主驸马游击将军乔师望为首任都护，汪达为镇西大将军领兵驻守。

位于大唐西南的吐蕃赞普松赞干布见吐谷浑与唐和亲受益颇多，大唐不论军事上还是经济上都已经达到空前强盛，便再度派使者前往长安向李世民请婚。

松赞干布是一位传奇性的人物，公元 617 年，隋义宁元年，松赞干布诞生于亚隆札对园的降巴木决岭王宫。父亲朗日松赞是吐蕃王朝第三十二代赞普。当他三岁的时候，其父率兵灭掉了苏毗部落，统一了西藏高原，由一个山南地方的小邦首领一跃成为吐蕃各部的君主。松赞干布是朗日论赞的独生子，是吐蕃赞普的合法继承者，他从幼年起就接受骑射、击剑、武术等方面的严格训练，十岁以后已经成为武艺超群的勇士。他熟悉历史英雄传说，吐蕃民歌，长于诗歌创作，常常在宴会上即兴赋诗，有文武兼备之才。朗日论赞在封赏上触犯了旧贵族的利益，引起吐蕃旧臣的不满，因之心怀怨恨，阴谋叛乱。

公元 629 年，贞观三年，旧贵族一起举兵进行叛乱，朗日论赞被人谋害。年仅十二岁的松赞干布，在这突如其来的危机时刻，在他叔父论科耳和宰相尚囊等亲信大臣的拥戴下，登上赞普宝座，并很快平定内乱，削弱很多旧贵族势力，巩固了自己的权力。公元 633 年，贞观七年，为适应形势，松赞干布把都城从山南琼结，迁到逻些，国力日益强盛，松赞干布连年征战，把国土扩展到青海南部。

松赞干布对于盛唐有着深远的仰慕之情，并于贞观八年，派使者赴长安求婚，被李世民拒绝。贞观十二年，松赞干布曾攻打吐谷浑，兵犯松州，被唐军击败，率部退出党项、白兰羌及青海地区，遣使谢罪。贞观十四年，松赞干布见吐谷浑请婚成功，便再度派出使者前往长安请求和亲，希望通过和亲手段来加强与中原的沟通，从而在商贸、技术、物资等各个方面与大唐达成合作，为吐蕃谋得实际利益。

此时，吐蕃已非昔日之邦，军事力量日益强盛，加之吐谷浑成了大唐属国之后，大唐疆土与吐蕃接壤，吐蕃常出兵骚扰边地，而唐军赶来则又立即撤退。松赞干布避实击虚，不与唐军正面对决，却也始终不让大唐边境安宁。吐蕃地处高原，易守难攻，受环境等多种因素，唐军无力主动攻入吐蕃境内彻底击败吐蕃军队。李世民见其主动依附，也有心笼络，便答应了和亲之举。

可问题来了，前一年吐谷浑和亲之时，皇族宗室已纷纷把稍有年龄的女儿出嫁的出嫁、订婚的订婚，早就名花有主。李世民也不愿意把自己的女儿送到那么偏远的逻些去，何况自己的女儿十一二岁就都已经许配出去了，十三四岁就结婚了。

南北朝时期北方关陇集团势力显赫，八大柱国，李氏有其二，分别是李虎家族和李弼家族，李虎家族后来的代表人物就是大唐开国皇帝李渊，李弼家族后来的代表人物就是隋末瓦岗寨首领李密。到了唐朝，李弼这支逐渐凋零，李虎这支根深叶茂，因为大多跟随李渊起兵，或响应起兵，或李渊顾及血缘感情等多种原因，个个身份显贵，封王封公，不计其数。但是即使是如此庞大的宗室人群，居然也找不到适龄的和亲公主。

最后，在多方打听之下，终于从远支里面找到一个名叫李雪雁的女子，聪慧美丽，知书达理，是江夏王李道宗养女，李世民册封其为文成公主。

贞观十五年正月，江夏王李道宗为送亲特使护送文成公主前往吐蕃与松赞干布成婚。二十五岁的松赞干布迎娶文成公主后，中原与吐蕃之间关系极为友好，使臣和商人频繁往来。松赞干布十分倾慕中原文化，他脱掉毡裘，改穿绢绮，并派吐蕃贵族子弟到长安读书。松赞干布与文成公主和亲，开创了唐蕃交好的新时代。

吐谷浑可汗诺曷钵迎娶弘化公主之后，李世民改封其为青海王，诺曷钵在吐谷浑的威望得到急速上升，为分拆丞相宣王慕容图突的权力，诺曷钵授慕容风为威信王，在慕容风的帮助下开始逐步肃清慕容图突的势力，而慕容图突暗自聚集力量计划反击。

汪达在讨伐高昌之前，受皇命迎娶葛武芳为妻，葛武芳对汪达体贴入微，两人很快就如胶似漆。葛庭昌见两个年轻人恩爱浓浓，也就心满意足，向朝廷请旨辞官在家。西北分别由安息都护乔师望领兵居西州，镇西大将军汪达率主要兵力居鄯州。

这日，汪达正在将军府陪葛庭昌和葛武芳说话，兵卒快马来报。

"禀大将军，吐谷浑内乱，丞相宣王慕容图突谋反，青海王已下落不明。"兵卒禀报。

鄯州兵力东是看守吐谷浑，西是守护安西诸镇。汪达忙问道："几日的事情？"

"三日前，我军得知消息星夜来报。伏俟城已被奸臣慕容图突占领。"兵卒说。

"回营！"汪达说完就站起来。

"我跟你去。"葛武芳说。

汪达点了点头，两人向葛庭昌说了两句，就立即快马加鞭赶往鄯州唐军大营。

诺曷钵下落不明，那么玉瑶下落如何？汪达的担心越来越强烈。

原来，慕容图突一次无意中听属下说，去年青海王诺曷钵与弘化公主举行成婚大典之时，李道明私下叫弘化公主"女儿"，当时也没在意，这名属下对中原礼仪不懂，还以为这是中原做叔伯的对侄女的爱称，是一种拉近两人感情的称呼。慕容图突知道这消息之后，就觉得事情蹊跷，他对中原礼仪还是很懂的，于是便暗中调查，并派人潜入长安城去打听。慕容图突的人以报答淮阳王两次前往吐谷浑为借口，在长安数次去淮阳王府看望李道明，最终李道明一次酒后失言，说出弘化公主并非皇帝亲生女儿，而是他的爱女。

慕容图突拿到证据之后，立即向诺曷钵兴师问罪，认为诺曷钵辜负了吐谷浑百姓。而诺曷钵好不容易掌握了一点儿权势，也不甘示弱。

于是，慕容图突想利用在城外祭山的时候，让其两个弟弟把诺曷钵擒获送给吐蕃，借刀杀人。幸亏诺曷钵安插在慕容图突的人提前告知阴谋，诺曷钵惊恐万分，无计可施，而威信王慕容风正在外地，只得请求弘化公主。弘化公主得知消息，果断劝诺曷钵连夜逃出王城投奔鄯州，请求唐军镇压慕容图突。于是，诺曷钵带着弘化公主和护卫连夜逃亡。而慕容图突见自己阴谋泄露，决定亲自下手，率兵攻入王宫，才发现诺曷钵仅在一个时辰之前已经逃出了王城，于是下令立即追击，格杀勿论。

汪达与葛武芳赶到军营，在听到了各路收集的消息之后，立即派出人马寻找青海王的下落。

汪达想到弘化公主，他认为若有难，玉瑶肯定会想到他的。只是，不知道她是否与青海王一起逃出。

"你说青海王会来鄯州吗？"葛武芳骑在马上问。

"他肯定会来。鄯州唐军大营离他最近。"汪达骑在马上回答道。

"他这个傀儡国王，还不如干干脆脆完全归附大唐得了，做个太平王爷自自在在，何必这样提心吊胆天天遭罪。"葛武芳说。

"这是朝廷的决定。当年打下吐谷浑，要是像高昌那样，直接推翻他们小朝廷，设置几个州郡，就没有这么费心。"汪达说到这里就想起，要是这个吐谷浑半傀儡国不存在的话，也就不会出现他们可汗和亲之事，想起玉瑶跟着诺曷钵这个无能之辈，他就觉得窝火。

两人正说着，前方有一骑兵奔来。

"启禀大将军，前面发现数人，其中一人说是青海王。"兵卒说。

"走，一起去看看。"汪达鞭子一挥，冲到前面去了。

上次与弘化公主见面，还是在文成公主入吐蕃时，诺曷钵和弘化公主还特意给文成公主在吐谷浑修建了行宫，文成公主在那里休息了一个月有余。作为礼节，汪达和葛武芳特意来拜见了文成公主和江夏王，见到了弘化公主，但是两人都没有机会私下说一句话。葛武芳也就是在那一次见到了弘化公主，她后来对汪达说，弘化公主可惜了。

远远地，汪达看到了马上的弘化公主，虽然她已经换了容装，但是只要看一眼，在再多的人群中，他都会认出来，昔日他俩多少次一起骑马在渭河边漫步。

青海王诺曷钵即使见到了唐军，还惊魂未定。原来，一路上护他和弘化公主出城的近百名亲卫，为保护他俩快走，悉被后面追兵杀死。直到进入了鄯州，追兵才不敢过来。

汪达和葛武芳在马上分别向青海王、弘化公主施礼之后，便护着他们往城里去。

"芳妹，你先行一步，去禀告刺史杜大人，我与青海王随后就到。"汪达对葛武芳说。这是遵循朝廷文臣武将和地方州郡与属国之间的职权关系。

葛武芳点头立即策马先行。

鄯州刺史杜凤祥以礼仪迎接了青海王和弘化公主，并安顿好。

杜凤祥与汪达商议，由汪达率军会同威信王慕容风的兵马一起征讨丞相宣王慕容图突，并由杜凤祥向朝廷上书说明事情缘由。

一个月之后，以汪达为征讨主将联合威信王兵马一举击败宣王慕容图突，斩首慕容图突和他两兄弟，夺回伏俟城，迎回青海王和弘化公主。

在伏俟城回鄯州城的路上，汪达和葛武芳骑马走在大军前面。

"这几天见你与弘化公主在一起有说有笑的，你们说些什么？"汪达好奇地问。

葛武芳一脸灿烂地说："不告诉你——"

第二十六章　汪七公子

长安这几日可热闹了。

一场文武招亲让长安城的王孙公子蠢蠢欲动。

在一座小院里，每天都有一群人高兴而来，失望而归。

进入小院的人必须具备一个条件，或是四品以上官员子弟，或持有三品以上官员的推荐函。当然，五官端庄和未婚是先决条件。

院内空地在百步之外悬空吊着一个箭靶，下面有人通过绳子可以操作箭靶上上下下左左右右不停地移动，来人需要手持弓箭向箭靶连射十箭，且箭箭都中红心，方可通过初试。仅凭这一关，刷掉了一大批前来求亲者。这算是武试。

武试过关，就是文试。文试就是由招亲小姐的丫环出题，答对者均留下作为擂主。后来者，通过丫环的文试，就以文攻擂，擂主争夺赛的题由招亲小姐的另外一个丫环出题，擂主和攻擂者抢答，胜出者作为下一轮擂主，如此反复，三日之后，最后擂主再接受招亲小姐亲自出题，通过者，便可抱得美人归。

如此复杂的文武招亲，最终留下来的，必定是家世显赫、武功一流、才学盖世的佼佼者。

这日，汪华的七子汪爽正带着白渠府的兵卒巡视城防，张三宝把这个事情告诉了他。

"谁吃了饭没事干，女子都没见着就去求亲，万一是个丑八婆怎么办？到时退都退不掉。"汪爽听张三宝说了这事之后，觉得现在天下太平了这些王孙公子闲得慌，偏要去找这份刺激。

"七公子，你可不能这样讲啊。"张三宝说，"可惜我不够条件，不然我也想去呢。"

"张三宝，这个女子有什么稀奇的？你们怎么都贴着脸想去啊？"汪爽觉得很好奇。

"七公子，我跟你说啊。"张三宝见汪爽问他，便一本正经地回答，"这个女子叫闵婉玕，其父亲是闵璋。闵璋其人上知天文下知地理，精通五行八卦，知晓阴阳学说，早年出道时，在江湖上与李淳风、袁天罡，并称为'天学三杰'。只因喜过闲云野鹤的日子，从不与官员交往，逐渐被世人淡忘，无人知晓其故事，但是在士林之中一直流传着闵璋的传说。上个月，闵璋突然来到长安见了李淳风和袁天罡，李淳风见到其女儿闵婉玕说了一个词'子孙昌隆'，袁天罡说了一个词'福慧双修'。你想想，就凭两位大师这评价，谁耐得住呢？你富贵，不算什么本事，你子孙代代富贵，那才叫真厉害！"

张三宝边说边夸赞。

听说李淳风和袁天罡都夸赞，汪爽觉得这女子还真不简单，好奇地问："你们有人见过这个闵婉玕吗？"

"我们是啥？白渠府的人，除了皇宫禁内，还有哪个我们见不着的人？"张三宝很自豪地说。

这话汪爽相信，白渠府统领长安城禁军，负责一切长安城城内和城外三百里的安全，进入此范围的人，只要想查，必定会翻出他们的祖祖辈辈？

"长得怎样？"汪爽问道。

"赛西施，胜貂蝉。"张三宝夸赞道。

汪爽呵呵笑道："三宝，你就瞎扯吧，世间哪有此女子，西施、貂蝉你也没见过。"

张三宝一脸认真地说："确实很漂亮。我也没读过什么书，找不出词来形容。"

张三宝见汪爽已经充满好奇了，便说："七公子，文武招亲昨天已经开始了，你今天赶紧去试试，抱得美人归，说不定越国公喜笑颜开，不再伤心啊。"

说到父亲，汪爽不由得叹气说："家父与二娘从小青梅竹马，感情非平常夫妻可比的。二娘病逝，先他而去，他能不悲伤之极吗？这半年来，他都没笑过，人都消瘦了很多。"

原来，汪华二夫人稽圭在半年前因病离世，短短数年，两位夫人钱任和稽圭都离他而去。因过度悲伤，汪华告假在家休息已有大半年了，而稽圭亲生的儿子五子汪逊和六子汪逵也均告假在家守孝。李世民又下旨让汪建和汪璨重回白渠府与汪爽三人共掌军务，以长子汪建为主，以汪璨和汪爽为副。李世民对汪华说，白渠府交给你们父子，我心里踏实。

"你六个哥哥都已娶妻生子，而你也老大不小了，该结婚了。"张三宝与汪爽两人玩得好，说话也就很直接，私下里也不怕说错话。

汪爽想了想说："我明天去看看，能否成功就只有看运气了。"

张三宝说："别啊，明天就结束了。说不定你与闵小姐有缘呢。"

汪爽解释道："作战讲究策略，现在去即使我侥幸得胜夺擂成功，还需要面对一些人来攻擂。还不如我明天下午去，直接把那个擂主干掉，岂不省事？！"

张三宝听了点了点头夸赞道："七公子高明。"

汪爽说："你去帮我打探清楚，看看他们是如何比文的。"

张三宝说："不用去打探了，我已经知道了，比文就是从《大学》《中庸》《诗经》《史记》等先秦和两汉经史子集里面出题，范围很广。"

汪爽说："看来这不比考状元容易。"

张三宝说："可不是嘛。状元就只考文，不考武。"

武德五年，高祖皇帝为了维护自己的统治，能达到长治久安，延续了隋朝的科举制度，下诏开科取士，广招天下贤才。揽括天下英才。

在封建社会，科举制度是一个相对公平的人才选拔制度，也是众多贫苦子弟除了从军之外的另外一条通往仕途的通道。凡是读书人都可以参加科举考试博取功名，设定五个选拔环节，第一试为童子试，第二试为院试，通过院试的童生都被称为"生员"，俗称"秀才"，算是有了"功名"，进入士大夫阶层；有免除差徭，见知县不跪、不能随便用刑等特权。秀才分三等，成绩最好的称"廪生"，由公家按月发给粮食；其次称"增生"，不供给粮食，"廪生"和"增生"是有一定名额的；三是"附生"，即才入学的附学生员。第三次考试叫乡试，只有获得秀才资格才可以参加，所有通过乡试的叫举人，是被荐举之人。其中乡试里边的第一名叫解元，第二名称为亚元，第三、四、五名称为经魁，第六名称为亚魁。第四次晋京考试叫会试，由有举人功名的人参加，通过会试的称为贡士，是进贡给天子的士子之意。贡生里边的第一名叫会元；到皇帝那儿的考试叫殿试，通过殿试的叫进士，进士里边的第三名探花，第二名榜眼，第一名状元。但是，当时科举制度尚未完善，草昧初开，并无定制，参考之人只要是无功名之人均可参加。武德五年，中国历史上第一位状元是被因上疏而被免官的孙伏伽。状元孙伏伽后来官居大理寺卿。

"那更要去试试了。"汪爽说。汪爽这人越是难事越感兴趣。

"好！七公子威武！明天我陪你去！"张三宝说。

"就这样说定了，但是你先别告诉我大哥、二哥。"汪爽嘱咐道。

张三宝明白汪爽的意思，故意很严肃地说："末将遵令！"

文武招亲设在长兴坊的一座小院里，小院雅致，分前后两院，前院是武试，后院是文试。不少挑战失败的王孙公子并没有离开，而是留在院中看热闹。前院，见别人箭中红心，连连喝彩，若射偏，则遗憾叹息；后院，挑战者每答对一题，则掌声不断，如答错或未在规定时间内给出答案，众人则拍腿惋惜。

汪爽在张三宝的陪同下来到小院门口，递上腰牌，守门老汉看了一眼，便请他们进去。

汪爽是趁着巡查之际抽空过来的，戎装在身。

院内都是王孙公子，大家都识得汪爽，相互打了招呼。汪爽就见一名英俊少年正在拉弓射箭，连中五发，可惜在第六发时，由于吊在空中的箭靶移动太快，射偏了，虽在红心边上，但不在红心范围之内，只得落败。

前面还排了两个人，汪爽便站在一旁看着，其中一名是郡王的世子，一名是都督的公子，两人身份都不简单。郡王世子先上，他拉弓射箭，汪爽认识他，曾是皇帝身边的侍卫，他很冷静地一箭一箭射出，射完五箭，他并没有急着接着射，而是停了下来，舒缓了一下筋骨，再射出五箭，果不其然，箭箭命中红心，顺利过关，周围人忙夸赞小郡王是李广再世。

小郡王跟大家谦虚了几句，被丫环领着乐呵呵地进后院去。原来，过不了前院的武试，就不能进到后院去，即使是去看热闹也不行。后院看热闹的都是通过武试却又在文试里面刷下来的。大伙坐在里面，边喝茶边聊天，见到有人来攻擂，就一齐鼓掌。

小郡王武试比完，接着就是都督公子，这个都督公子长得高大威猛，汪爽知道这人的父亲曾跟随皇帝南征北战立有不小功勋，现在被封到南边做都督，但是家眷都留在长安。这位公子显然对自己的武功非常自信，他射箭速度又快又准，一连八箭，箭箭命中靶心，周围的人一起喝彩。但是，一旁的汪爽不由得有点儿为这个都督公子暗自紧张，吊在空中的靶子移动得越来越快，毫无规律，而这人过于自信，一种炫耀的神色，这样的话，后面两箭可能会失误。果不其然，都督公子在射出最后一箭时，吊在空中的靶子突然停止了移动，这完全超出了都督公子的判断，就这样，即使他射出的箭飞快，但还是钉在了红心外面。唉，周围人都不由得惋惜起来。都督公子气得把手中的弓箭往地上一甩，就走了。

轮到汪爽，因为三哥汪达的名头在长安城太响，有人说："汪七公子，你三哥可是我大唐有名的镇西大将军，当年校场比武夺印，可是艺压群雄。今日，你也来给我们亮儿招绝活。"

汪爽谦虚地说："各位兄弟过奖了，我汪爽哪能跟三哥比，今日也只是跟大家一起凑凑热闹。我赢了，请所有人去喝酒。"

众人一起喝彩！

有人问："汪七公子，你可得提前说清楚，是这个武试赢了请大伙儿喝酒，还是武试、文试都赢了，抱得美女归，再请大伙喝酒呢？"

汪爽爽快地说："武试赢了，就请这里的每位兄弟喝；都赢了，就请整个院里的人喝。"

"好！"大家一起鼓掌，说，"就这么定了！"

汪爽简单地活动了一下筋骨，便拿起弓箭试了试，觉得这弓箭很称手，一看就是难得的好弓箭。

他对旁边操作靶子的人说："可以了。"

两名拉着绳子的人立即拉动靶子快速移动。

他通过前面三个人射箭的情况，已经发现了一个很重要的信息，不仅要观察靶子移动的方向，更重要的是注意两个操作绳子的人双手动作。他们双手细微动作就能决定靶子移动是快是慢、是左还是右，是上还是下。这需要飞速的反应能力才能在瞬间把箭射出。

汪爽根据自己的判断，射出一箭，果然没错，再射出一箭，还是没错。他心里有底了，自己的观察没错。在射到第五箭时，他故意往回走，再返身一箭射去，居然死死钉在红心上。

他刚才这一险招，博得周围连连喝彩。风头出一下就行，别总摆谱，容易失误。于是，他又规规矩矩地射出五箭。十箭全部命中，大家一起鼓掌称赞。

"快看，十箭是个圈儿!"有人一下子看出来了，原来汪爽射出的十箭是有规律的，竟然在红心里面围成了一个圈儿。一语道破，大家惊得目瞪口呆，随后就是一阵喝彩。什么神射啊，什么虎父无犬子啊，什么不去疆场可惜了啊，什么长安第一神箭手，等等，反正就是一个劲儿地夸。

张三宝跟在汪爽后面也觉得无比自豪。

随后，汪爽跟着丫环进了后院，才发现擂主是怀化大将军的公子司徒长英，而刚才进去的郡王世子却坐在案几上喝茶，原来他在闵小姐丫环出题这个环节败下来了。

闵小姐坐在帘子后面，若隐若现。院中有一个设计得很巧妙的滴水计时方式。

"这位将军请!"汪爽因是戎装出行，所以丫环这样称呼他，把他引到一个位置坐下。

汪爽落座之后，丫环说："将军，您好，我叫芙蓉，您准备好之后就告诉我，我们就开始。"

汪爽笑了笑说："也没什么需要准备的，芙蓉姑娘，我们开始吧。"

芙蓉说："我们先考诗歌，我说上句，将军对下一句，并要说出，出自何人和题名。"

汪爽点了点头。

芙蓉说："凤兮凤兮归故乡。"

汪爽答："遨游四海求其凰。出自司马相如的《凤求凰》。芙蓉姑娘，好彩头！"

众人一听这开头好，真是好彩头啊！一齐鼓掌喝彩！

芙蓉笑了笑，接着说："日月之行，若出其中。"

汪爽答："星汉灿烂，若出其里。曹孟德的《步出夏门行·观沧海》。"

芙蓉说："秋风起兮白云飞。"

汪爽答："草木黄落兮雁南归。汉武帝《秋风辞》。"

芙蓉再出题："一朝别后，二地相悬。只说是三四月，又谁知五六年？"

汪爽答："七弦琴无心弹，八行书无可传。九连环从中折断，十里长亭望眼欲穿。卓文君《怨郎诗》。"

"好！"汪爽刚说完，大家一齐喝彩！答得爽快！

芙蓉又说："薄帷鉴明月，清风吹我襟。"

汪爽答："孤鸿号外野，翔鸟鸣北林。阮籍的《咏怀》。"

芙蓉说："薄伐猃狁，至于大原。"

汪爽答："文武吉甫，万邦为宪。《诗经·小雅·六月》。"

因《诗经》作者无从考证，所以也就不要指出为何人创作。

芙蓉连出六题，汪爽都是随口说出，就觉得这小将军真不简单。

她接着出题："朔方烽火照甘泉。"

汪爽一愣，居然出这题，这是卢思道的诗，卢思道是在隋开皇时期过世，这么近代的诗都拿出来，很让人意外。因为此时唐朝长安文风已起，大家追求先秦两汉的风骚。

台下人一听，不少人都蒙了，想不起来，这属于典型的偏题，就是故意刷人下去的。

汪爽笑了笑说："长安飞将出祁连。卢子行《从军行》。"

卢思道，字子行。

见芙蓉姑娘点头，知道汪爽答对了，台下又是一阵喝彩。

芙蓉见这样不行，便决定换一种出题方式，她说："将军，现在我们换一种考法，我说下句，你说上句。题名和作者就不用答了。"

别看这方式，很多人对诗词，看到上句就能顺利对出下句，但是看到下句不一定能快速说出上句。这要是说慢一点儿，过了约定时间，就算答不上了。

"好的。听芙蓉姑娘安排。"汪爽说。

"请注意。"芙蓉说，"朝游江北岸，夕宿潇湘沚。"

这是曹植的诗，只见汪爽答："南国有佳人，容华若桃李。"

芙蓉说："风霜凛凛兮春夏寒，人马饥豗兮筋力单。"

汪爽心想，这丫鬟不简单，竟然熟悉蔡文姬的《胡笳十八拍》，不简单。

便答道："塞上黄蒿兮枝枯叶干，沙场白骨兮刀痕箭瘢。"

芙蓉接着说："今我来思，雨雪霏霏。"

汪爽答："昔我往矣，杨柳依依。"

芙蓉指着院中墙角的藤草，便对汪爽说："请将军以此为题，说出《诗经》中的一首诗。"

汪爽一想，《诗经》中讲到草木的不少，而这种草俗称蔓草，对了，《诗经》里面有首《野有蔓草》最为恰当。于是站了起来，走到藤草前，脱口而出："野有蔓草，零露溥兮。有美一人，清扬婉兮。邂逅相遇，适我愿兮。野有蔓草，零露瀼瀼。有美一人，婉如清扬。邂逅相遇，与子偕臧。"

说完之后，汪爽明白芙蓉出此题，是另有深意，便向芙蓉施礼："谢芙蓉姑娘。"

丫环芙蓉回礼道："将军博闻强记，奴婢叹为观止。"

说完，丫环回到帘子后面，与闵小姐耳语了几句，就走了出来："将军，我们小姐说，你可以攻擂了！"

"好！汪七公子威武！"众人一齐鼓掌。

汪爽道了一声谢，就走到怀化大将军公子司徒长英前面，双手抱拳施礼道；"司徒大公子好！"

司徒长英也抱拳回礼道："汪七公子好！"

司徒长英坐在擂主的位置上，汪达回到攻擂的座位上坐下。司徒长英是昨天下午攻擂成功，今天上午连胜了三名攻擂者，自信满满。

还是由芙蓉主持擂台赛，她分别向司徒长英和汪爽施完礼，问道："两位公子，请问准备好了吗？"

司徒长英很自信地说："我早已经准备好了，看汪七公子是否需要休息一会儿。"

汪爽说："谢谢。可以开始。"

芙蓉介绍比赛规则，她说："攻擂第一轮，擂主出上一句诗词文章，攻擂者接下一句。连续六道题都答对，再进入第二轮。"

芙蓉见两人都点头，就说："请擂主出题。"

众人一齐看着司徒长英，这夺擂赛比刚才的答题环节可要精彩得多。

作为擂主司徒长英来说，这是身为擂主的优势，自己可以找非常难的题出来难住对方。

只见司徒长英说："维申及甫，维周之翰。"

汪爽答："四国于蕃，四方于宣。"

两人对的其实是《诗经》里面一个典故，讲申伯和甫侯是大贤人，是辅佐王室的栋梁，藩国以他们为屏蔽，天下以他们为墙垣。

司徒长英接着说："岂曰无衣？与子同裳。"

汪爽豪气地答道："王于兴师，修我甲兵，与子偕行！"

司徒长英说："天命玄鸟，降而生商，宅殷土芒芒。"

汪爽接："古帝命武汤，正域彼四方。"

司徒长英说得快，汪爽也答得快。

"晨兴理荒秽，带月荷锄归。"司徒长英说出了陶渊明的《归园田居》。

出对了，汪爽微笑，自己喜欢陶渊明的诗，答道："道狭草木长，夕露沾我衣。"

司徒长英又说："秋鬓含霜白，衰颜倚酒红。"

居然来了首隋代的诗歌，汪爽脑筋一转，立即想起："别有相思处，啼鸟杂夜风。"

还有最后一题，司徒长英若难不住汪爽，那么汪爽就顺利地进入第二轮与他对决了。

司徒长英停顿了一下，他在想，该找个什么样的难题呢？

他犹豫了一下，说出："貌丰盈以庄姝兮，苞温润之玉颜。"

这是宋玉的《神女赋》。几乎在座的人都读过此文，但是能背诵里面句子的，应该是少之又少。

汪爽略一思索，接上："眸子炯其精朗兮，瞭多美而可视。"

刚说完，众人一片喝彩。汪爽顺利进入了攻擂的第二轮。

这时，两名丫环过来分别给两人奉上茶水。汪爽喝完，见丫环芙蓉又到帘子后面与闵小姐商量。

过了一会儿，芙蓉走过来说："小姐说，第二轮，就行飞花令，出一个字，两位公子分别说一句含此字的诗词，擂主先说，攻擂者跟上，如此反复，直至一方词穷或一方在滴出五滴水仍未跟上。"

有三个人盯着滴水计时工具在看，水通过竹管均匀滴出，不快不慢。

众人一听，这跟行酒令差不多，很有意思。几个王孙公子还私下下注买谁赢谁输了。

见两人听明白，芙蓉指着旁边的假山说："就以'山'为题，小姐规定只能从《诗经》中给出答案，若说错，则算失败。"

很多人认为就在《诗经》中找带"山"的诗歌，岂不简单。其实，错了。你想想，满脑子装了那么多诗歌，先秦、两汉、魏晋南北朝，还有隋代的，带"山"字的诗歌能少吗？但记得多，也容易混淆，若一不小心就把记忆里的非《诗经》诗歌说出来，岂不就失败了？

芙蓉说："请擂主开始。"

司徒长英开口就说出："习习谷风，维山崔嵬。"

汪爽接着说："秩秩斯干，幽幽南山。"

司徒长英说："山有榛，隰有苓。云谁之思？西方美人。"

汪爽说："山有扶苏，隰有荷华。"

司徒长英接着说："山有乔松，隰有游龙。"

这两句对的是同一首诗，叫《山有扶苏》，汪爽说了上句"山有扶苏，隰有荷华"，司徒长英立即想到诗歌后面还有一句"山有乔松，隰有游龙"。

汪爽说："我徂东山，慆慆不归。"

司徒长英刚开口说："若有人兮山之阿……"

忙自己否定："错。陟彼北山，言采其杞。"

原来"若有人兮山之阿"出自屈原的《九歌·山鬼》，不属于《诗经》，幸好他反应快，立即纠正过来。

汪爽略一思索说出："山有枢，隰有榆。山有栲，隰有杻。山有漆，隰有栗。"

他一口气把整首诗都背了出来，免得像刚才那样，自己说了前一句带"山"的，司徒长英就跟上诗中另一句带"山"的。

司徒长英见汪爽把整首诗说了，便说："锡之山川，土田附庸。泰山岩岩，鲁邦所詹。"也把《閟宫》里面两句带"山"的都说了。

这飞花令斗得越来越精彩，众人忘记叫好，都屏气凝听。

汪爽说："帝省其山，柞棫斯拔，松柏斯兑。"

司徒长英说："陟彼南山，言采其蕨。陟彼南山，言采其薇。"又把《草虫》中的两个"山"句说了，想堵住汪爽。《草虫》全文是：陟彼南山，言采其蕨；未见君子，忧心惙惙。陟彼南山，言采其薇；未见君子，我心伤悲。

汪爽也直接说出《蓼莪》整首诗，里面也含两个"山"字："南山烈烈，飘风发发。民莫不穀，我独何害。南山律律，飘风弗弗。民莫不谷，我独不卒。"

司徒长英不甘示弱，立即也说出《晨风》全诗："山有苞栎，隰有六駮。未见君子，忧心靡乐。山有苞棣，隰有树檖。未见君子，忧心如醉。"

汪爽脑筋一转，说出："殷其雷，在南山之阳。"

"南山"两字提醒了司徒长英，他眉头一皱，说出："节彼南山，维石岩岩。节彼南山，有实其猗。"

汪爽又跟上带"南山"的："南山崔崔，雄狐绥绥。鲁道有荡，齐子由归。"

司徒长英停顿了一下，滴完了三滴水，才说出："信彼南山，维禹甸之。"

汪爽想了一下，说出："山有嘉卉，侯栗侯梅。山有蕨薇，隰有杞桋。"

司徒长英突然卡住了，摇着脑袋使劲儿想，众人都跟着紧张起来，他刚准备张口，旁边的丫环说："时间到。"

司徒长英一下子靠在椅子上，他输了！

众人一齐喝彩，但另外有几个人因为刚才押错了赌注，正在唉声叹气。

芙蓉见汪爽赢了，便对他兴奋地说："恭喜汪七公子。"

她刚才听汪爽与司徒长英对话，也就跟着大家这样称呼他。

汪爽对她微微一笑，站起来向司徒长英施礼："司徒兄，承让！"

"汪兄弟，佩服佩服！愚兄学艺不精，恭喜你！"司徒长英站起来，虽然输了，但还是很大度地祝贺。

司徒长英请汪爽坐到擂主的位置。

芙蓉对众人问道："还有参加文试的吗？"

众人说："没有啦！赶紧让闵小姐出来，给擂主出题吧！"

只有最后一位擂主才有资格接受闵小姐的出题考核。

芙蓉对身边一名丫环说了一句，那个丫环跑到前院去，随后立即又回来，对芙蓉摇了摇头。天色已晚，确定没有人再来参加比赛了。

芙蓉走到帘子后面，又跟闵小姐说了几句。

这时，只见帘子缓缓卷起，一位风华绝代的女子映入眼帘，周围的人和景，瞬间黯淡失色。众人瞬间目瞪口呆，汪爽也一时愣在那里，连呼吸都不敢重一点。

闵小姐殷殷走来，对着汪爽微微说道："死生契阔，与子成说。"

汪爽愣了一下，旁边的芙蓉拽了一下他衣裳，忙反应过来说："执子之手，与子偕老。"

闵小姐向汪爽深深行了一下夫妻之礼，娇羞地说道："愿得一人心，白首不相离。"

说完，两颊绯红地离开。

芙蓉兴奋地说："恭喜汪七公子！明日即可来下聘书！"

众人见闵小姐出来跟汪爽只说两句话，就招亲完成了，他们还没看够呢，不由得都遗憾地说："闵小姐这就算出题考完啦？"

文武都比了，还要比啥？随后，大家纷纷祝贺汪爽喜得美人。

汪爽兴奋地说："兄弟们，走，我请大家喝酒！"

第二十七章　忠武将军

越国公府。

汪建从外面兴高采烈地匆匆回府。

"父亲，大喜事！"汪建见到汪华正坐在花园里与三娘庞夫人说话，便激动地说道。

"建儿，什么大喜事，把你乐成这样。"庞实问道。此时，汪华二夫人稽圭已经病逝，汪华身边仅剩三夫人庞实，为应付朝中各种礼节，汪华又扶庞实为正室夫人。庞实与汪华邂逅相识，两人和如琴瑟、相濡以沫，她曾多次随汪华出征，为汪华统领江南六州和建吴称王立有汗马功劳。

汪华看着自己这个已经做父亲的长子，他感到自己很幸福，儿女们已个个长大成人，且都孝顺懂礼，看着汪建激动的神色，他能猜出是什么大喜事。

"皇帝已经下旨，授三弟为会州刺史，督西北兵马，拜护国大将军！"汪建说。

原来，汪达近两年多次随唐军出征，分别在兵部尚书行军大元帅李勣、新任安西都护郭孝恪的统领下，攻克西域龟兹、贺鲁、薛延陀、西突厥等诸国，立有赫赫战功。朝廷为表彰其功勋，特授汪达为会州刺史，拜护国大将军，领大军镇守西域！

汪华很欣慰地对庞实说："这个从小调皮捣蛋的三小子终于有出息了。"

庞实说："我们这些儿子都很有出息，就是你一直压着他们不让出征作战，否则个个都是大将军。"

汪华摆了摆手说："有一个儿子这样就行了，建儿他们这样也挺好的，至少我很喜欢他们现在这种生活。达儿太累，行军打仗，我们都经历过。但是，他喜欢那种生活，我们做父母的也就只好支持他。"

汪建插话道："西北安宁了，三弟也就轻松些。"

汪华说："你给我写信，告诉他，不打仗了，在家给我多生几个孙子。"

汪建笑着说："好的。你都十几个孙子了，还催着生啊。"

庞实笑着说："老爷，若不是你给他们早分家，另置了房子，你这个小小的越国公府早就被这些孙子闹翻了。"

汪华哈哈大笑，随后说："今晚就让他们来这里闹闹，这几天太清净，我都不自在了。建儿你等会儿要大有去送信，让他们今晚都回来吃饭。"

汪建笑着说："父亲这几天身体好多了，人逢喜事精神爽。"

汪华看了一眼附近的丫环，再看了一眼汪建，汪建会意了一下，向丫鬟们挥了下手。丫环们心神领会地离开。

汪华见只有自家三人，则对汪建说："明天我向皇帝上份谢恩折，你替我送去，折子里面我会讲到因年老体弱已不适合掌管白渠府，另外会说你和璨儿、爽儿资历尚浅，不适合接任我位，恳请到六部任职。"

庞实不解地问："你已经多次请求辞官回家，皇帝都没同意，怎么又上折子呢？"

汪华笑了笑，说道："这次情况不同。你想想，我掌管长安禁军，我儿子领兵十万镇守一方，皇帝会怎么想？皇族宗室会怎么想？另外那些文武大臣会怎么想？"

汪建点了点头说："孩儿明白父亲的意思。"

汪华对汪建说："让你去六部做个普通的文书而不掌管白渠府，确实是委屈了你，但是希望你能理解，父亲都是为了你们好，以后你们就会彻底明白的。"

汪建说："父亲多虑了，其实在六部也挺好的，轻松自在，没有那么多操心事。"

汪华笑了笑说："上次皇帝诏三品以上大臣的长子都进东宫辅佐太子，为父故意称病回家，请你代我执掌白渠府，目的就是不希望你进入东宫。"

汪建说："太子失德，皇帝对魏王愈加宠爱了。"

汪华说："有前车之鉴。储君之位众王子都窥觎，而魏王李泰最重，这不是好的征兆。皇帝命忠诚正直的魏征大人为太子太师辅佐太子，而魏大人数次称病请辞，是皇帝坚持让他留下来的。皇帝有心保全储君之位不易主，但是树欲静而风不止，情况很不妙。为父让你远离东宫，也不与任何王子结交，就是希望你与兄弟不要涉入其中，以免惹火烧身。如今天下太平，王侯将相不一定比儿孙绕膝的田舍翁幸福。"

庞实和汪建认真听着，朝廷这几年关于太子李承乾失德与魏王李泰争宠的各种事情闹得满城风雨，皇帝李世民文治武功古往今来无人能及，面对儿子们却无能为力，甚至在某种程度上，也学起了自己父亲高祖皇帝那样装糊涂。

"这次我奏折里面不提辞官回家，只说年老体弱不合适掌管白渠府而已。"汪华说，"辞官提多了，皇帝也会生气的。"

汪建说："父亲这样处理很合适，皇帝兴许就答应了。"

汪华说："掌管白渠府太久了也不是好事，容易疏忽大意，说不定皇帝内心里面也想换人了。"

庞实和汪建点了点头。于是三人又说了一会儿别的事。

太子李承乾是李世民与长孙皇后的嫡长子，因生于太极宫承乾殿，故以此殿为名，取名李承乾，由当时初登九五的唐高祖李渊为这个皇孙亲赐。也因"承乾"此名，曾让当时身为太子的李建成十分不快，认为"承乾"二字虽为宫室之名，然而用作人名时却有着无比深意，承乾，有承继皇业、总领乾坤之意。

玄武门政变之后，李世民登基称帝，册封年仅八岁的李承乾为皇太子，并请名臣李纲担任太子太师教导太子。

李承乾和李泰两人之间的表现，让李世民的内心越来越矛盾，但是他不想废掉太子，又对李泰越来越喜欢，于是李泰的野心也是越来越大，李承乾与李泰开始暗自较劲。

汪华的这次上奏，很快就被批复了，李世民下旨改任汪华为右卫积福府折冲都尉，授忠武大将军；授汪建为朗州都督府法曹，汪璨为费州涪川令，汪爽为右卫积福府飞骑校尉。

"老爷，建儿和璨儿一下子都外放到千里之外任职，我还真舍不得。"庞实说。

"去外地也好，这是好事。都长大了，到外面去历练历练。"汪华说。

"英姐姐的三个儿子都放到外面去了，我不能照顾他们，我怕对不起英姐姐。"庞实眼泪都快流出来了。汪建、汪璨和汪达都是汪华原配夫人钱英所生，钱英离世时，三个小孩尚在襁褓之中，都是二夫人嵇圭和三夫人庞实视为亲生儿子一样抚养的。虽然，这三个儿子都已经长大成人结婚生子，但是现在让他们都离开身旁，确实不舍。

汪华说："兄弟们都不在长安，我更放心些。现在广儿在礼部，逊儿在兵部，遂儿在户部当差，他们都在身边，三天两天地带着孙儿们回来看我们，你不会孤独的。"

庞实说："你都这么一大把年纪了，皇帝还把你放到积福府去，一个月都不一定能回来一次，我担心你。"

汪华说："担心我什么？我身体健朗得很。爽儿不也跟我一起嘛。皇帝其实还是为我考虑了的。"

自从嵇圭病逝，儿子们都成家搬到外面去住，越国公府也越来越冷清了，汪华又要去四百里外的积福府当差，庞实更是觉得孤独。

"我跟爽儿说一声，让婉玗回来住，她也快分娩了，正好你可以好好照顾她。"汪华说。

庞实说："上次我就跟爽儿说了，他说八弟太小，让我悉心照顾俊儿。"

汪华说："上次是上次。这次不一样了，他自个都不在家，能放心？还得你这个做娘的来照顾才行。正好你照顾婉玗，让俊儿多读书，别让他成天舞枪弄棒的。"

说到这里，汪华拍着庞实的手说："你有空多去看望巢国公，他已是古稀之年，身体能这样，已经很不错了。合羽陪他快一年了，也去看看我们女儿吧。"

原来，巢国公钱九陇回到长安不久，身体不太好，钱琪等人都被外放到外地任职，巢国公府就他一个老人与一群仆人在家，合羽孝顺，见外祖父孤独，就干脆搬过去住，可以天天陪外祖父说说话。

"对了，说到这个女儿，年龄也大了，你是不是也该考虑为她订门亲事了？"庞实说。合羽虽然是汪华与钱任亲生的女儿，但是庞实也把她当作自己的亲女儿一样看待。

汪华说："前日我去见她时，与她的外祖父谈了此事，巢国公说他心里已有安排，等时机成熟，会告知我们。"

说到这里，他笑着对庞实说："老人家的眼光不会差的，有他给我们把关，更放心。"

"他老人家的眼光要是差的话，当年怎么会把自己的掌上明珠嫁给你这个已经有三个老婆的人呢。"庞实故意打趣道。

汪华哈哈大笑。

不几日，汪建和汪璨都带上家眷去外地赴任了，汪华也带上汪爽去右卫积福府。

折冲府是唐代府兵制基层组织军府的名称。折冲府分上、中、下三等，上府一千二百人，根据情况有时会增至一千五百人，中府一千人，下府八百人，所属的兵士通称卫士。每府置折冲都尉一人，为折冲府的最高军事长官，左右果毅都尉各一人，别将、长史、兵曹参军各一人，这是府一级的组织。府以下，三百人为团，团有校尉及旅帅；五十人为队，有队正、副；十人为火，有火长。

汪华为右卫积福府折冲都尉，是整个折冲府的最高军事长官，下设四个军团，汪爽担任第一军团的校尉。

右卫积福府在长安之西，位于岐州，扼守险关，拱卫着长安通往西域的西大门，同时又可随时北上宿卫皇帝离宫九成宫，那是每年夏天皇帝带着后宫避暑的地方，往往一住就是数月。所以，汪华从左卫白渠府调任到右卫积福府，责任同样重大，掌管的都是左右卫禁军。

话说，汪华这天正在积福府军营驻地练剑，汪爽匆匆跑来。

"父亲，出大事了！太子谋反，幸好发现及时，已被捉拿！"汪爽说。

汪华不由得一惊，手中的剑差点儿掉在地上，他总是隐隐约约觉得太子迟早会出事，没想到居然出这么大的事情，忙说道："你快说说情况。"

原来，魏征病逝之后，太子李承乾身边缺少有威望的正直忠臣，就变得更加无法无天。在李唐的宗室亲王中，高祖李渊的第七子汉王李元昌也是一个活宝，他与李世民是同父异母兄弟，李渊称帝时封其为鲁王，李世民登基之后，改封其为汉王，他没有能力，毫无建树，天天不干正事。李元昌和李承乾臭味相投，经常在一块儿玩打仗的游戏：各自统领一队人马，披上铠甲，手执竹枪竹刀冲锋厮杀。手下人个个被刺得浑身是血，可他们却不亦乐乎。要是有人不愿参与游戏，就会被绑在树上毒打，以致被活活打死。

对于太子的所作所为，李世民当然是忍无可忍，屡屡流露出了废黜之意。李承乾知道自己彻底丧失了父皇的信任。他思来想去，最后决定孤注一掷，发动政变。他暗中组织了一个一百多人的刺杀团，头目有左卫副率封师进、刺客张师政、纥干承基三人。刺杀团的任务首先是干掉李泰，其次是伺机刺杀太宗李世民。

为了保证政变成功，李承乾又秘密联络了一帮王公大臣，这里面的人身份个个不简单。比如：汉王李元昌，开国元勋侯君集，身为东宫侍卫的侯君集女婿贺兰楚石，禁军将领李安俨，杜如晦之子、娶李世民的女儿城阳公主的驸马都尉杜荷、母亲贵为李世民的姐姐长广公主的开化公赵节，等等。

这帮人歃血为盟，发誓同生共死。杜荷对李承乾说："我最近仰观天象，发现有变化之兆，我们应该立即采取行动，殿下只要声称突发重病、生命垂危，皇上一定亲来探视，到时候计划必能成功！"

就在太子集团蠢蠢欲动之际，齐王李祐起兵造反的消息传到长安，李承乾冷笑着对身边众人说："东宫的西墙，距大内不过二十步，我们要是想干大事，岂能轮到他一个小小的齐王！"

然而，李承乾万万没有料到，他的"大事"最终就是坏在这个齐王李祐身上。李承乾及其党羽还没来得及动手，一场灭顶之灾便已从天而降。

齐王李祐是李世民的第五子，贞观十年授齐州都督。和李承乾一样，这个李祐也是一个飞鹰走马的纨绔子弟，偏偏皇帝派来辅佐他的长史权万纪又是一个性情偏狭、极端严厉之人。于是，李祐和权万纪便经常死磕，双方矛盾愈演愈烈，李祐一怒之下杀了权万纪。由于担心皇帝追究，加之左右的怂恿，李祐索性起兵造反。但是李祐毕竟不是一个做大事的人，所以叛乱很快就被平定。李祐被押赴长安赐死。李祐败亡后，朝廷按照连坐之法，追查他在长安的余党，事情竟然牵连到了太子的手下纥干承基。朝廷立刻将纥干承基逮捕，关进了大理狱，准备处以死罪。死到临头的纥干承基为了自保，不得不主动上告，把太子党的政变阴谋一股脑儿全给抖了出来。齐王李祐刚刚伏诛，太子谋反案旋即爆发！在如此接踵而来的重大打击面前，李世民顿时心如刀绞、五内俱焚。

汪华得知汉王李元昌、开国元勋侯君集、杜如晦之子驸马都尉杜荷都已经被押入大牢，想到侯君集当年统率大军攻灭东突厥、大破吐谷浑，想到杜荷的父亲杜如晦为皇帝出谋划策，如今卷入到政治风波之中，不仅个人性命难保，还要连累家族。

他叹了一声，看着汪爽，说了一句："看来，我的选择没有错啊。"

汪华不由地想起在白渠府时，太子、魏王、齐王等多次派身边的人私下拜访他，要送他厚礼，太子和魏王还多次亲自表示与他私交。但是，汪华每次都装糊涂，并把情况原原本本地禀告给皇帝。没想到，自己刚离开白渠府没多久，朝廷就发生了这么大的事情。

第二十八章　九宫留守

公元643年，贞观十七年四月，李世民召集了长孙无忌、房玄龄、萧瑀、李世等宰辅重臣，以及大理寺、中书省、门下省的主要官员，对太子谋反案进行会审。审理结果，此案证据确凿，李承乾罪无可赦。

尽管这样的结果早在李世民的意料之中，可事到临头，李世民还是感到了无比的心痛和无奈。他神情黯然地问大臣们："该如何处置承乾？"

群臣面面相觑，没人敢发话。太子谋反是帝国政治中最严重、最恶劣、最敏感的事件，这种事情谁敢替皇帝拿主意？朝堂上一片沉默。最后，终于有一个小官站了出来，打破了这种难挨的沉默。这个人叫来济，是隋朝名将来护儿的儿子，时任通事舍人。他对皇帝说："陛下不失为慈父，太子得尽天年，则善矣！"他的意思很明白，就是希望保住李承乾一命。这样的答案当然也是李世民想要的。

四月六日，李世民颁下诏书，废黜太子李承乾，将其贬为庶民，囚禁在右领军府。不久后将其流放黔州。后来，李承乾在这边瘴之地度过了两年生不如死的岁月，于贞观十九年抑郁而终。

处置完李承乾，接下来就轮到他那帮党羽了。李安俨、杜荷、赵节等人全部被斩首，但是另外两个人，李世民却想对他们网开一面。

一个是汉王李元昌。李世民打算饶他不死，无奈群臣极力反对，李世民只好将李元昌赐死于家中。

另一个就是侯君集。刚刚逮捕侯君集时，李世民就对他说："朕不想看到你在公堂上遭刀笔吏的侮辱，所以亲自审问你。"但是不管李世民怎么审，侯君集就是拒不认罪。最后他的女婿贺兰楚石跳了出来，把老丈人与太子暗中勾结、策划政变的经过一五一十地向朝廷揭发了，侯君集无话可说，只好低头认罪。

李世民念在侯君集跟随自己多年，而且是开国功臣，打算法外开恩，饶他一命。然而满朝文武却一致反对。李世民没办法，只好将他斩首，家产抄没，妻儿流放岭南。

太子出局后，魏王李泰踌躇满志，自以为储君之位非他莫属。而李世民确实也属意于他。无论从哪一方面来看，李世民一直都觉得这个儿子最像自己，有志向、有韬略、有智慧、有才情，由这样一个儿子来继承帝业，应该是没有什么放心不下的。更何况，李泰是嫡次子，眼下承乾既然已经废了，由李泰来继任储君，就是理所当然、名正言顺的事情，相信那些一贯坚持嫡长制的朝臣们也没什么话可说了。

基于这样的考虑，李世民终于向李泰当面承诺准备立他为太子。与此同时，李世民也就此事与朝臣们进行了商议。但是大大出乎他意料的是，朝臣们在新太子的人选上却产生了重大分歧。

大臣们分成了两派。中书侍郎岑文本、黄门侍郎刘洎等人力挺魏王李泰；而司徒长孙无忌、谏议大夫褚遂良等人却提出了另一个人选，年仅十六岁的晋王李治。

褚遂良甚至在私下里提醒皇帝：如果一定要立魏王，晋王的人身安全必定会受到威胁。换言之，一旦魏王当上天子，李承乾和李治很可能都会被他斩草除根。

李世民不得不承认褚遂良的担忧是有道理的。以李泰的性格和手段，他完全有可能在当上皇帝后铲除所有政治上的异己。犹豫再三之后，李世民终于决定放弃魏王，改立晋王。他随后便在朝会上当众宣布："承乾悖逆，泰亦凶险，皆不可立。"

公元 643 年，贞观十七年四月七日，李世民亲临承天门，下诏册立晋王李治为太子。

数日后，李世民下令解除了李泰的雍州牧、相州都督、左武侯大将军等一应职务，降爵为东莱郡王。原魏王府的官员，凡属李泰亲信者全部流放岭南。不久，李世民又改封李泰为顺阳王，将其迁出长安，徙居均州的郧乡县。名曰改封，实则与流放无异。

短短数日，长安城惊心动魄，翻天覆地。远在右卫积福府的汪华认为事情终于平静之时，居然又出现了一件瞠目结舌之事。

数年前，贞观十七年正月，魏征病死，李世民非常伤心，为此废朝五日，亲自上门哀悼，并追赠魏征为司空、相州都督，赐谥号"文贞"。可以说对魏征是至上荣耀。

李世民下诏厚葬魏征，但魏征的妻子裴氏以魏征生平生活简单朴素，豪华的葬礼不是亡者之志为由拒绝。裴氏只用小车装载魏征灵柩，李世民召文武百官出城相送，并亲自刻书碑文。

魏征死后，李世民经常对身边的侍臣说："用铜镜可以端正自己的衣冠，以古史作为镜子，可以知晓兴衰更替，以人作为镜子，可以看清得失。我经常用这样的方式防止自己犯错，但现在魏征去世，我少了一面镜子。魏征去世后朕派人到他家里，得到他的一页遗表，才刚起草，字都难以辨识，只有前面几行，稍微可以辨认，上面写道：'天下的事情，有善有恶，任用善人国家就安定，任用恶人国家就衰败，公卿大臣中，感情有爱有憎，自己憎的就只看见他的恶，自己爱的就只看见他的善。爱憎之间，应当审慎，如果爱而知道他的恶，憎而知道他的善，除去邪恶不犹豫，任用贤人不猜忌，国家就可以兴盛了。'遗表的大意就是这样，然而朕思考这事，自己恐怕不能避免魏征所说的这些过错。公卿侍臣，可以把这些话写在手板上，知道朕有过错一定要进谏。"

同年二月，李世民命阎立本画二十四功臣像置入太极殿凌烟阁，魏征位列第三。

现在，太子谋反之事处理完之后，李世民突然觉得魏征这个人有点儿不对劲了。

原来，魏征在死之前曾经向李世民秘密推荐当时的中书侍郎杜正伦和吏部尚书侯君集，说他们有当宰相的才能。可是在魏征死后，杜正伦因为负罪被罢免，侯君集因参与谋反而被斩首。李世民开始就怀疑魏征这位他认为很老实的人在朝廷有营私结党的嫌疑。很快，李世民又得知消息，魏征曾把自己给皇帝的谏词给当时史官褚遂良观看。李世民怀疑魏征故意博取清正的名声，心里很不高兴。先前李世民已经同意把衡山公主许配给魏征长子魏叔玉，这时也后悔了，下旨解除婚约。到后来他越想越恼火，竟然命人砸掉了魏征的墓碑。

　　一段君臣佳话，没想到居然落到这样的地步，真是令人唏嘘。

　　当汪华得知李世民砸掉魏征墓碑的消息时，他把自己一个人关在房间里整整一天，连饭都没吃。

　　长安，越国公府。

　　汪华与家人们在一起谈话。管家大有在三十步外禁卫，任何人不能靠近房间。

　　汪华若与家人聊一些隐私话题时，为防隔墙有耳，总是做好防备，不准旁人靠近。

　　"老爷这几个月不在长安，可是躲了清净。"庞实说。

　　"我终于明白父亲为了我们家人安全的良苦用心了。"四子汪广说。

　　"亏你才知道，你弟弟们都比你明白。还常抱怨在礼部当差很无聊。"汪广是庞实的亲生儿子，所以庞实对他说话也就很直接。

　　汪华说："你在礼部真要是觉得无聊，就跟我去积福府，让你七弟回来。"

　　汪爽与汪广是同胞兄弟，汪广是兄长。

　　汪广说道："算了，我还是不去了。七弟干得好好的，我可不能抢他的饭碗。"

　　汪爽说："四哥，父亲说的是真话。我现在要回长安陪婉玗，处贯尚在襁褓。你去陪父亲。"

　　原来，汪爽妻子闵婉玗已经为其生下一子，取名处贯，不到半岁。

　　汪广见父亲点头，便说："好吧。我正好可以出长安城自由自在地走走。"

　　说到这里，汪广忽然想起什么，说道："许敬宗编写的《武德实录》，我们礼部很多人看了，都觉得有胡编之嫌，皇帝还认为不错，奖赏了他，让他继续编写《贞观实录》。"

　　汪爽问："他怎么胡编了？"

　　"谁跟他关系亲近，他就在文中死劲儿鼓吹，小战役都能说成决定性的大战役；与他关系不好的，很多事情就一笔带过。"汪广说，"连父亲在里面都是寥寥几笔带过。"

　　汪广气愤不平地说。

汪遽说："怎么能这样呢？实录就得实事求是地记录才行。"

汪逊说："我早就听说了，当初他负责编修的时候，我就跟父亲说了，他还私下收别人钱财。"

汪华听了说："若论起辈分他可比我们高啊，是我们长辈呢。当年他见时任左监门大将军的巢国公钱老将军深受高祖皇帝宠信，便把自己女儿许配给钱老将军为妾。"

"许敬宗比你都小，他女儿才多大啊。多亏他女儿早逝，不然我见到他都得叫他老祖宗。"汪爽说。

汪爽说得没错，许敬宗的女儿嫁给钱九陇为妾，而汪华娶钱九陇女儿钱任为妻，这一算，许敬宗比汪华高两辈，比汪爽高三辈了。汪华因耻与许敬宗交往，平时相见也只是官场上的礼节，而许敬宗见汪华不与其结交，便在修国史时，故意掩盖汪华的功绩。

作为天子，李世民关心的就是自己如何英武神明夺得大唐天下，并且合法继承帝位就行，其余的各文臣武将的事迹并没有精力去仔细对照。何况太子事件已经弄得他疲惫不堪。

汪华摆摆手说："不说此事。我们不要去在乎这点虚名，一个人的功过是非，是在老百姓心里的，秦始皇当年把自己的功绩都刻在巨石上，现在还能看到吗？国史修编，是各朝各代的大事，数十年数百年后，自然会有人来纠正的。"

"父亲说得对。侯君集那么在乎名望的人，结果呢，还不是斩首，全家发配岭南。"汪爽说。

"侯君集为国立功，却不懂得谦和，骄横跋扈，皇帝当年把他从兵部尚书改任为吏部尚书，其实就是有所暗示。他在讨伐高昌时，居然私藏高昌王宫的珍宝，被人告发，按律当斩。皇帝念其是秦王府旧人，只是把他下狱。没多久，皇帝赦免其罪。谁知，他满肚子怨恨，居然与李承乾勾结，意图谋反。尽管皇帝还想免其死罪，但是群臣可不乐意了，非杀掉他不可。为什么那么多大臣都希望他死呢？还不是因为他平日太过于张扬。"汪逊边说边摇头，"他做人做到这个地步，也很悲哀，即使当年位高权重，又有何用呢？"

庞实在一旁听了说："侯君集那是罪有应得。可惜的是杜相长子杜构，袭封莱国公，因剿匪有功，官至慈州刺史，本来前途大好，可惜因弟弟杜荷参与李承乾谋反而受牵连，也被流放岭南。"

杜如晦两个儿子，长子杜构袭莱国公，次子杜荷娶李世民女儿城阳公主，最终落到这样的下场。真是令人惋惜。

汪华叹息一声，说道："杜相在天有灵知道此事，也都会流泪。必定后悔当初没让两个儿子做普通人过平凡日子。"

在座的汪广、汪逊、汪逵、汪爽和小汪俊不由地都沉默不语。

其实，朝廷功臣和其子孙的变故，这仅是刚刚开始。后来，在汪华去世后的仅十余年时间，不少功臣及子孙因牵涉朝政而未善终，包括一代名相房玄龄的爱子、娶李世民第十七女高阳公主的驸马房遗爱被杀，平阳昭公主驸马柴绍的次子、娶李世民第七女巴陵公主的驸马柴令武被杀，高士廉长子、娶李世民第九女东阳公主的驸马高履行被贬，等等，尤其是权臣长孙无忌被夺官而自杀身亡，子孙流放边地。而卫国公李靖、胡国公秦琼、鄂国公尉迟敬德、河间王李孝恭等人明哲保身，低调为官处事，子孙绵延。

汪华看了一眼窗外，确定周围无人，便说："为父当年率土归唐之后，就想做一布衣百姓，却因各种缘由，来到京城，深入宦海，既要不让皇帝失望，为朝廷效力，也要学会保护好大家。有个秘密藏在我心里快二十年了，现在你们都很稳重了，本来想找机会等你们兄弟们都在一起时，我再跟你们讲。不过，现在也是告诉你们几个的好时机。"

见到父亲如此严肃地要说出埋藏近二十年的秘密，几个儿子不由地都屏住呼吸，认真倾听。

汪华说："当年天子初登九五，突厥颉利可汗兵犯长安，我奉命率兵外出迷惑突厥大军，而你们两位母亲为皇帝护驾前往便桥，只留下你们与母亲稽氏在府。结果，右骁卫独孤云为替封德彝老头报杀子之仇，率兵围攻越国公府，护卫死战不敌，杀入府内。"

说到这里，汪广等人眼前不由得浮现出当年那场血腥之战，敌人的刀剑就在他们数步之外，而他们当时都只是十岁左右的孩子。

汪华说："你们与母亲稽氏个个手握利剑，视死如归，恶人再往前一步，你们就将上前与他们厮杀。在千钧一发之际，幸好中郎将常何率兵来救，你们才免遭恶人伤害。后来常何向皇帝禀报此事，并说了他进门时看到你们手握利剑不惧强敌的场景。皇帝听后，说了一句，小小年纪就如此了得，长大之后如何得了，我儿能驾驭得住吗？"

"砰"，庞实的茶杯掉在地上，显然她被汪华这句话吓着了。

"这话你怎么知道的？我怎么从来没听你说起？"庞实来不及捡地上的杯子，急忙问道。

汪爽走过去把茶杯捡起来。

"当时皇帝说这话的时候，身边有几名近臣，其中一名后来偷偷告诉我。"汪华说，"这人是谁，当时我就承诺不会告诉第二个人。泄露圣言，是死罪。"

汪华接着说："匹夫无罪，怀璧其罪。从那以后，我就处处掩盖你们的才华，让大家知道，你们不是宝玉，而是普通的石头。那次文武招亲，爽儿出尽风头，为父担心了很长时间，所以就一直把你留在身边，就是怕你在外犯错，被人抓住把柄而带来灾祸。"

汪爽听了忙说："孩儿让父亲担忧了。"

汪华笑了笑说："你给我带回一个好儿媳妇，为父高兴。只是以后你尽量别再出风头。"

汪爽说："孩儿明白。等父亲告老还乡时，我也辞官回歙州陪你。"

汪华听了笑着说："你要真这么想，你母亲可高兴了。为父说这些，不是说让你们都不当官回老家去。小隐隐于野，中隐隐于市，大隐隐于朝。男子汉大丈夫还要为天下苍生谋福利嘛。为父只是提醒你们，只要老老实实做人，踏踏实实做事，不去攀附权贵，就不用担心。身正不怕影子斜。"

汪爽与兄弟们点头明白。

第二天，散朝之后，李世民留汪华到御书房单独说话。

"汪兄，在积福府还习惯吗？"李世民问。私下场合，李世民对汪华常以兄称之。

"谢皇上挂念，积福府相对清闲，正适合老臣。"汪华说。

"你执掌白渠府十八年，长安城从未出现任何变故，总是能及时发现隐患，防患于未然，朕高枕无忧。你才刚刚离开数月，就出现承乾这逆子之事，朕才知道，这十八年来你付出了太多的努力。"李世民说。

汪华只得说："护卫皇帝，宿卫京城，老臣鞠躬尽瘁、死而后已。"

李世民说："朕过数日就要去九成宫避暑，你就别回积福府了，随朕一起去九成宫。有你在身边，朕心里才踏实。"

汪华说："谢皇上。老臣荣幸之至。"

这时，李世民向旁边的太监招了一下手，太监走到侧殿去，很快就领着一名年轻貌美女子走了过来。

那女子走到皇帝面前，行礼道："民女拜见皇上。"

"免礼，这就是朕跟你说的越国公。"李世民指了指旁边的汪华。

那女子忙向汪华行夫妻之礼，汪华见了慌忙阻挡，说道："姑娘，老夫担当不起。"

李世民见汪华惊慌失措的样子，笑了起来，说："汪兄，这女子姓张名瑾，其父亲张燮将军在讨伐罗艺时壮烈牺牲，朕让蓬州当地州府悉心照顾其母女两人，如今年方十八，尚未婚配，上月才奉召来京。朕见她性情温和，知书达理，念你如今仅庞氏一人在室，特赐她于你为妾，伴你左右，照顾起居，让你安享晚年。"

汪华听了忙说："张姑娘正是青春年华，而老臣已年迈体弱，万不可辜负张姑娘。"

李世民说："汪兄老当益壮，万不可推辞。张姑娘仰慕你威名已久，也愿在你左右。"

随后，张瑾深深施礼，莺莺说道："望越国公成全。"

汪华见此，也只好作罢，向皇帝行礼："谢皇上隆恩。"

李世民见汪华答应，哈哈大笑："择日不如撞日，今日乃黄道吉日。你速速回府准备，朕随后安排人送张氏过去。"

汪华谢恩退出。

出了宫门，汪华快马加鞭回到府上，忙向庞实解释此事，他担心庞实不高兴。

谁知，庞实听了拍手叫好，说道："皇上这事办得漂亮。老爷生龙活虎，我已经是老妪之人，早就应该纳新人回来照顾你。"

汪华赔笑着说："夫人不会是故意取笑老夫吧？"

庞实说："我是恭喜老爷，我以前就跟你说，府里几个丫环不错，你选一个或者都选了纳入偏房，你严词拒绝。多亏是皇帝赐婚，你不敢抗旨。"

汪华说："夫人不生气就好。"

庞实笑了笑，对一旁的大有说："快让人抓紧布置，新人马上就要来了。"

越国公府上下赶紧忙前忙后。没多久，大有跑来告诉汪华，圣旨来了。

汪华忙让大有去打开中门，通知上下赶紧到中堂接旨。

不一会儿，内侍太监手捧圣旨进来，站在中堂，面南宣读：

"奉天承运皇帝诏曰：上柱国、越国公、忠武大将军汪华，忠心辅国，今特诏为九宫留守，以辅朝政。赐其妻并受五花冠一品服。钦此。"

汪华接旨谢恩。

内侍太监说："恭喜越国公双喜临门，老奴先走了，你们赶紧收拾吧，新人张夫人马上就到。"

说完就出门离开。

汪华刚送走太监，皇帝送亲的轿子已经到了。

庞实忙迎新人入府，安排拜天地、行大礼。

第二十九章　忠勤大唐

九成宫位于岐州麟游县，海拔三千余尺，夏无酷暑，气候凉爽宜人。九成宫坐落在杜水之北的天台山，东障童山，西临凤凰山，南有石臼山，北依碧城山，一派青山绿水、明媚秀丽的风光，周围古树参天，整体温度比长安城要低十余度左右，是避暑胜地。

九成宫始建于隋文帝开皇十三年二月，竣工于开皇十五年三月，开始名叫"仁寿宫"，是文帝的离宫。李世民于贞观五年修复扩建，更名为"九成宫"，"九成"之意是"九重"或"九层"，言其高大，又俗称"九宫"。

公元581年，隋文帝杨坚建立了隋王朝，定都长安。杨坚为避长安酷暑，诏令天下，绘山川图以献，营建离宫。

开皇十三年，隋文帝杨坚为营造避暑离宫，征调几万人投入了这项浩大的工程。依山傍水修筑了内外城，内城以天台山为中心，在天台山东南角修建东西走向的大殿，在四周建有殿宇群，整整历时两年多才完工。文帝杨坚见到完工之后的样子，称赞不已，于是把这座盛饰至极的避暑离宫命名为仁寿宫，取"尧舜行德，而民长寿"之美意。

隋亡唐兴，贞观五年，李世民下诏改仁寿宫为九成宫，修葺九成宫、增建禁苑、武库、官署，置九成宫总监管理宫室。此后，每年酷暑之际，若无特殊国事，李世民便要携带后宫和未成年王子、公主到这里避暑。

依照皇帝诏令，汪华携新婚五夫人张瑾，带上四子汪广和宣武将军郑豹，领着三千名御林军，护送皇帝、众后宫嫔妃和小皇子小公主一路前行，来到了九成宫。

汪华指挥汪广和郑豹更换九成宫防卫，增加巡逻点，一切安排妥当才放心。

这日，皇帝与众嫔妃在花园看侍卫骑马玩耍。皇帝李世民以善射为名，身边侍卫都是他亲自挑选出来的骑马射箭高手。

大家正在看在兴头上，内侍牵出一匹马，对皇帝说："皇上，这是西域宝马，唤名'狮子骢'，使者数日前进献至宫中，个性暴躁，无人能驯服它。太子说皇上身边侍卫个个不仅是神射手，也是驯马高手，特送来驯服。"

李世民见"狮子骢"比平常千里马要高大，则问侍卫们说："你们谁愿意上去试试？"

一名侍卫走上前，说："臣愿一试。"

李世民说："好！"

内侍把马牵给侍卫，侍卫靠近马，想先抚摸熟悉一下，再骑上去，刚把手伸过去，谁知，"狮子骢"脖子一甩，重重地打在侍卫手上，长啸一声："嘶——"

把这名侍卫吓得连连后退。

李世民见这马果然烈性，来了兴趣，便站了起来，对身边侍卫说："你们谁要是能驯服它！朕赏金百两！"

侍卫试图再靠近，无奈这马通人性，知道这人要驯服它，一阵咆吼，吓得那侍卫都不敢再往前一步。

另外有侍卫说："你下来，我试试。"

谁知那侍卫也没成功，差点儿被"狮子骢"咬伤。

侍卫轮番上阵，结果不是被那"狮子骢"咬伤、踢伤了，就是从马背上掀了下来，一个个狼狈不堪。

李世民看了愁眉紧锁，问身边的侍卫们："还有谁敢来驯服它吗？"

侍卫们没有一个人敢吱声。

这时候，一名嫔妃走了出来，说："陛下，只要给我三样东西，我愿意一试！"

李世民仔细一看，是武才人，颇感兴趣地问："你一个弱女子，能行吗？"

原来武媚被召进宫之后，李世民封其为才人，被称为武才人，但是她没宠幸几天，就被冷落了。自长孙皇后离开之后，李世民已经从民间召选了不少佳丽充实后宫，武才人虽然貌美，但也只是偶尔得幸被侍寝。

"陛下，女子就不能驯马吗？"武才人从容地答道。

"那你需要哪三样东西？"李世民问。

"一条铁鞭，一个铁锤，一把匕首。"武才人说。

"你要这些东西有什么用呢？"李世民疑惑地问。

武才人不慌不忙地说："马就是让人骑的。它不让我上马，用蹄子踢我，我就用铁鞭抽；再不服，就用铁锤敲它的头；还不服，那我就用匕首杀了它！"

"好！"李世民叫人给她拿来了这三样东西。

只见，武才人手执钢鞭，腰插铁锤、匕首，一步一步向"狮子骢"走去。那马蹶起蹄子不让她靠近。武才人举起铁鞭，对着"狮子骢"重重地抽了几鞭子，趁机骑了上去。

"狮子骢"哪里肯就范，它纵身跃起，开始狂奔乱跳，想要把武才人从背上掀下来。武才人俯下身子，左手紧紧抓住缰绳，右手从腰里掏出铁锤，对着"狮子骢"的头狠狠地敲下去。

一阵狂痛，"狮子骢"发出一声哀嘶，立即变老实，就乖乖地听从她的摆布。

武才人的举动，让围观的人瞠目结舌，都被震惊了。

李世民见此情形，也不由得站了起来，没想到自己后宫居然还有如此胆量的女子，不由得刮目相看。

此时，站在远处看到此场景的汪华不由地对身边的汪广说："这个武才人不简单啊！以后我们父子可要更加小心谨慎。"

汪广听了，连连点头。他也被刚才这一幕给震撼了，他从未见过一名女子，这样有勇有谋，且手段刚烈凶狠。

果不其然，这个武才人经过数十年的奋斗，最终成为中国历史上唯一女皇帝——武则天。

正在大唐经略西域时，在大唐的东北方悄然发生了一件大事。

公元642年，贞观十六年，渊盖苏文杀死高句丽荣留王，立高宝藏为王，并自封为"大莫离支"摄政。"大莫离支"相当于宰相之位。

渊盖苏文是渊太祚的长子。渊太祚先后是高句丽平原王和婴阳王的莫离支。渊太祚的父亲渊子游也是高句丽的莫离支。渊盖苏文家族在高句丽非常有权势。

荣留王高建武于公元 618 年登基，他对唐朝和百济，都实行和解政策。唐高祖曾遣特使册封高建武为"辽东郡王"，册封百济武王为"带方郡王"、新罗真平王为"乐浪郡王"。辽东半岛三国均开始使用大唐的年号，认大唐为宗主国。自此，相互征战的三国接受大唐朝廷的调停，进入相对稳定的状态。

为稳定政权交替，高句丽荣留王晚年和他的大臣们想计划除掉一些高句丽内部颇有势力的将领，并准备第一个干掉对其王位最有威胁的渊盖苏文。不料荣留王的计划被渊盖苏文得知。渊盖苏文用计杀死了荣留王和百名大臣，并将荣留王分尸。

随后，渊盖苏文自封为"大莫离支"，立荣留王的侄子高宝藏为高句丽的国王，并由自己摄政。宝藏王形同虚设，兵权国政皆由渊盖苏文独揽，成为了渊盖苏文的傀儡。

唐朝得知这一消息后，有大臣曾建议攻打高句丽，教训渊盖苏文，但李世民却说趁国丧期间攻打并不合适。到了贞观十七年，李世民开始考虑对高句丽动武，并想下令先让契丹和靺鞨偷袭高句丽，长孙无忌建议先与高句丽假装关系亲密，再伺机趁其不备攻之，李世民接受了他的建议。

过了没多久，新罗善德女王派来使者，说高句丽联合百济攻打新罗，并请求大唐出兵援助。李世民派使者到高句丽，下令高句丽和百济停止攻打新罗，渊盖苏文直接拒绝了。李世民见渊盖苏文如此嚣张跋扈，便决意攻打高句丽。

于是，李世民下令征集战船，屯兵辽河岸边，渊盖苏文见势不妙，便立即派使者前往长安上贡求和。

"高句丽攻打新罗，表面上是不给我大唐面子，实际上，高句丽欲控制整个朝鲜半岛和辽东半岛。如果得逞，一定会向我们发起挑战，到时，局面更加不好控制。在大唐统治的范围内，绝不允许有这样的势力出现。朕绝不接受渊盖苏文求和，此乱臣贼子必须消灭。"李世民看完奏折对身边几名随驾大臣说，"立即传旨长安拘留来使，朕要部署三军，亲征高句丽！"

随驾大臣高士廉说："高句丽远在数千里之外，皇上乃千金之体，万不可去遭此辛苦。可选一行军总管，节制各路兵马，即可平定辽东。"

自登基以来，尚未领兵出征的李世民，眼见四方已定，仅辽东区区三小国未平而已，决定让自己去练练手。

他说："朕意已决，明日卿等随驾回长安。"

高士廉等人只得领旨。

李世民见汪华立在一侧，便说："后宫嫔妃及皇子公主尽数留在这九成宫，交由汪爱卿宿卫，非朕亲旨，任何人均不可离开。"

汪华忙领旨："臣遵旨。"

李世民要出征数月，认为只有把后宫宿卫交给汪华才更踏实。而且九成宫远离长安，不会受到其他势力的伤害。

李世民招了一下手，内侍捧出一个精美盒子。

李世民说："朕征辽期间，爱卿与房玄龄共掌朝政，长安城的十六卫府兵马均由爱卿节制，此乃调兵兵符，若有意外，爱卿可便宜行事！"

汪华和周围近臣都感到非常意外，长安城十六卫府兵是保障大唐江山的基础，此前兵符从未离开皇帝之手。这次皇帝亲征，把后宫眷属交给汪华宿卫已经很意外了，居然还把十六卫兵符交给汪华，可见皇帝对其信任已经超越任何人。

汪华诚惶诚恐地接过李世民亲手递给他的兵符，说道："臣定当不负皇上厚望！"

李世民用坚定的眼神告诉他，朕信任你！

二十多年来，汪华的一言一行，都让他相信，在前太子谋反、新太子初立、其余皇子蠢蠢欲动、部分权贵大臣也暗寻对策这样错综复杂的环境下，只有汪华能让长安城某些权欲之火熄灭。

汪华双手捧着兵符，说道："启禀皇上，臣有一事相求，万望皇上恩准！"

高士廉等近臣一愣，汪华还想跟皇帝提什么条件？

李世民说："汪爱卿，但说无妨。"

汪华说："皇上此次亲征，乃我大唐之壮举。老臣生有八子，除第八子年仅十四，其余七子均已成年，也略懂文武。求皇上能恩准老臣八子随驾出征，为国立功！"

李世民听懂了汪华的意思，便说："汪爱卿心意，朕已明白。汪达乃我大唐护国大将军，镇守西域不可无他。你小儿子年纪尚小，还是让他留在长安。留守九宫，宿卫长安，你也不可没有贴心之人，汪广还是留在你身边。另外五子就让他们到兵部报到，随军出征！"

"谢皇上！"汪华见皇帝明白他的心思，也不由地松了口气。皇帝把家眷都交给自己了，若不能主动让皇帝也捏着点儿自己的软肋，哪能过踏实日子。

高士廉等人不由得都暗暗敬佩汪华的为人处世之道。

公元644年，贞观十八年冬，李世民带着大批朝廷重臣和皇太子李治离开长安，缓慢向高句丽的边境进发。房玄龄和李大亮留守都城长安。

贞观十九年新年，李世民下令以张亮为平壤道行军大总管，常何、左难当为平壤道行军副总管，冉仁德、刘英行、张文干、庞孝泰、程名振为总管，率近五万精锐之师，乘战船从莱州出发，渡黄海向平壤进发。

与此同时，以李勣为辽东道行军大总管，江夏王李道宗为辽东道行军副总管，张士贵、张俭、执失思力、契苾何力、阿史那弥射、姜行本、曲智盛、吴黑闼为行军总管隶之，率六万兵马从陆地向辽东进军。

李世民对这场战争的胜利充满信心，认为胜券在握。他认为隋炀帝没有完成的心愿，他必定能实现。

贞观十九年刚开完春，李世民离开洛阳，前往征伐高句丽的唐军大本营。萧瑀被留下来看守洛阳。到了定州后，李世民让太子李治留下负责兵马的后勤任务。与李治一齐留守定州的还有高士廉、刘洎、马周、张行成、高季辅。李世民带着长孙无忌、岑文本、杨师道继续前行。岑文本在幽州病逝。

与此同时，李勣和李道宗已先与李世民越过辽河，并在贞观十九年夏攻下盖牟城。在海路，张亮已越过渤海并攻下卑沙城。为了震慑高句丽，张亮派先遣船队到鸭绿江入海口，但并没有按李世民最先要求的进一步向平壤进发。很快，李勣和李道宗将隋炀帝曾久攻不下的辽东包围，并在李世民到来时拿下了辽东，白岩城城主孙代音请降。随后李世民开始向安市城进军。

在攻安市城前，李世民就得知安市城地势难攻，安市城主杨万春机智勇敢，有一支强大的守城部队。渊盖苏文摄政高句丽后，杨万春拒绝接受渊苏盖文摄政。渊苏盖文曾发兵攻打安市城，但没有成功，因此只好让杨万春继续担任其职务。

李世民打算先攻打较为容易的建安城。只要拿下安市城南边的建安城，安市城也就不攻而破。李勣对此表示反对。他认为如果李世民先攻建安城，安市城就会切断唐从辽东的供给线使唐陷入被动。于是李世民决定还是先围攻安市城。

当李世民和李勣的部队到达安市城后，安市城的守城者见到李世民的旗帜就在城墙上大声谩骂，李世民大怒。李勣于是请求李世民拿下安市城后坑杀全城百姓。这使得安市城的守卫者更加奋力抵抗唐军。就这样李勣一时间拿不下安市城。

一天，李世民带领侍卫察看敌情时，听到从安市城中传出杀鸡宰猪的声音，告诉李勣说高句丽人可能在宴请守城部队准备突袭。

李勣于是作好了高句丽会在晚上突袭的准备。果不出所料，安市城当晚真的对唐进行了突袭。不过早有防备的李世民，亲自率兵击退了高句丽的进攻。

与此同时，李道宗开始在安市城的东南构筑一个用于进攻安市城的土山。为此，安市城也不断加高东南边的城墙。双方这样对峙了两个多月，李道宗的土山已经高到可以看到安市城的里面。

李道宗和他的手下傅伏爱登上了土山顶。忽然，土山出现了倒塌，并倒在了安市城的城墙上。安市城的城墙也因此倒塌。傅伏爱这时却擅离职守。高句丽趁乱发动进攻占领了土山，并使其成为安市城防守的武器。李世民一怒之下，公开处死了傅伏爱并下令对土山进行疯狂攻击。不过打了三天也没拿下来。李道宗于是赤脚向李世民请罪。李世民念其不易，便宽恕了他。

随着冬天的临近，唐军供给也开始匮乏，战争时间越发超乎预期。

公元645年，贞观十九年十月十三日，李世民下令撤退。

李世民在从辽东撤退的时候，强迫辽东的居民迁往唐的地域内。大约有七万高句丽人从辽东迁入大唐境内。李世民在过辽河的时候，遇到了泥沼。动用了一万人填平泥沼后，唐军大部队才通过辽河。一些士兵因此在寒冬等待时被冻死。

贞观十九年十二月，在定州到并州的路上，李世民病痢，在并州修养了几个月后才回到长安。回到长安后，李世民将一般政事交由了太子李治处理。

李世民很后悔发动了这场战争，说要是魏征还活着，魏征一定会劝阻他不要发动这场战争。魏征贞观十七年病故后，李世民因废太子李承乾谋反之事，曾怀疑他与侯君集和杜正伦结党，而毁掉自己亲自撰写的魏征墓碑。忏悔后，李世民下令重建魏征的墓，并召见和奖赏了魏征家眷。

李世民征讨高句丽，从离开长安到回到长安，前后近两年时间。而这么长的时间里，汪华执掌十六卫兵马，加强巡逻，日夜操劳，未有丝毫大意，换来长安城井然有序，皇宫安若磐石。

汪华把兵符交给李世民时，李世民握着他的手连连点头，不容易啊，两年了，多少个日夜，汪华的头发又白了许多！

李世民亲笔写下"忠勤"两字，对汪华说："汪兄对朕之忠心，对大唐之忠诚，朕将让子孙后代铭记于心。忠勤两字，当之无愧！"

汪华见皇帝如此真情，手捧"忠勤"两字，谢皇帝隆恩！

第三十章　魂归江南

汪华交完兵符，又向皇帝递上辞呈。李世民舍不得其辞官，但见他近两年宿卫长安，留守九宫，确实辛苦，便准其告假在家休息，朝中有事再传旨召唤。

汪华诸子征辽回来，均各回原任，不久朝廷传旨，授汪华四子汪广和五子汪逊均为左卫府飞骑尉，六子汪逵为薛王府户曹，七子汪爽为岐王府法曹。

五夫人张瑾嫁于汪华之后，于贞观十九年生一子，汪华已是花甲之年，老来得子甚是欢喜，认为这是自己一辈子遵循王道、顺应天命，上天所赐，便取名为"献"。

"献"，有"庄严奉送"之意，他希望儿子将来也能用终生才智为天下苍生谋福祉；同时，"献"有"贤者"之意，则希望这个小儿子将来能成为造福天下苍生的贤达之人。

告假在家，闲暇无事，汪华不仅可以含饴弄孙，也可以天天逗弄这个小儿子，心情格外舒爽，容光焕发。

一日，汪华正与儿孙们在花园里玩耍，管家大有跑来禀告，合羽小姐回来了。

原来，巢国公钱九陇在离世前，在征得汪华应允之后，把合羽许配给他熟悉多年的部将之子，这部将为人低调，现为正议大夫，其子好读诗书，为人谦和，与合羽同岁。合羽嫁过去之后，夫妻两人恩恩爱爱，甚是幸福！

巢国公钱九陇于贞观十九年走过了他不平凡的一生，享年七十三岁，皇帝追赠其为左武卫大将军、潭州都督，赐谥号"勇"，陪葬高祖献陵。

合羽过来跟汪华说了几句话，就拉着张瑾到一旁说话去了。

合羽与张瑾年龄相仿，在一起倒有不少话题聊，实是母女之辈，却情同姐妹。

汪华继续逗着儿孙们玩，仿佛回到了自己童年在歙州登源里的日子。

汪华告假在家不久，朝中又发生了一件大事。

李世民回到长安没多久，就接到陕州人常德玄告发郧国公刑部尚书张亮私养义子五百人，蓄意谋反。李世民立即命中书令马周调查此事，而与张亮关系密切的江湖骗子也均作证说张亮确实要谋反。

张亮出身贫贱，年轻时以务农为业。隋朝末年，李密率领瓦岗军在荥阳、开封一带征战，张亮前去投奔，因战功而升为骠骑将军。武德元年，张亮随李勣投降唐朝，被任命为郑州刺史。后来，张亮得到房玄龄的推荐，被秦王李世民召入天策府，担任车骑将军，逐渐被李世民视为心腹之人。

玄武门之变，张亮因功被封为右卫将军、怀州总管、长平郡公。贞观五年，张亮担任御史大夫，改任光禄卿，进封鄅国公，此后又历任豳州、夏州、鄜州三州都督。贞观十一年，改封郧国公。贞观十四年，张亮入朝担任工部尚书。贞观十五年，改任太子詹事，又出任洛州都督。

贞观十七年，李世民将二十四位功臣的画像挂在凌烟阁，张亮位列第十六位。不久，陈国公侯君集因罪被杀，张亮因曾检举侯君集，得到李世民的嘉奖，并改任刑部尚书，参预朝政。贞观十八年，李世民征讨高句丽，张亮被任命为平壤道行军大总管。贞观十九年，张亮率兵从东莱渡海至辽东，攻陷卑沙城，屯兵于建安城下，大破敌军。

一名被皇帝赏识，视为心腹之人，为大唐立有赫赫功勋之人，居然想谋反？李世民很是不信。如今天下安稳，大唐江山稳固，兵马掌控在皇帝一人之手，张亮从贫贱之人升至国公，执掌大唐刑法，位极人臣，还有什么没满足的？凭什么谋反？

任何一个正常人都知道，谋反无异于飞蛾扑火。私养五百义子能成何大事？尽管张亮本人确实收养了一些人做义子，但怎么凑也凑不够五百人。若说勾结某皇子企图动摇储君，这个倒还合理。就凭两个江湖骗子就能证明张亮谋反？

李世民尽管让马周找到了言辞凿凿的证据，但是他相信张亮说的话。就在李世民想饶张亮一命之时，谁知朝中群臣蜂拥上书，要判张亮死罪。李世民也没想到群臣居然都想让张亮立马死掉，迫于压力，他只得派长孙无忌、房玄龄到狱中与张亮诀别。随后张亮被押到长安西市斩首，并没收家中全部财产。

越国公府。

汪广陪着父亲在长廊上看着天上的星星。

"真没想到张亮居然就这样被杀了。"汪广回到府上与父亲说起此事。

张亮被审查时，汪华就已经知道消息，只是自己也没有证明张亮清白的证据，也无力为天。

汪华说："张亮不是死于谋反，而是死于他自己的言行，身为国公，位居尚书，还与小人结交，能不被小人陷害？"

汪广说："听说他夫人也不检点，常与外人往来，令不少大臣耻于与张亮同朝。"

汪华说："一个人不管是高官还是庶民，都要自正其身，远离小人，教化家人，才能长久。他必定是在私下场合说了一些话，这些话的后果可大可小，甚至只是随口一说，但是某些小人为了自身利益，便会无中生有，添油加醋，最终让其致命。"

汪华语重心长地说："尤其是高官显爵，窥觊之人众多，在位者虽高高在上，但处在众目睽睽之下，稍有不慎，就会被周围人拉下来，别人爬了上去。张亮深受皇帝宠信，不仅对家眷缺乏管教，自己也常与小人往来，甚至在群臣面前以大功臣自居，岂能好景常在？所以他这次被小人举报谋反，听说除一个反对，在朝其他大臣均上言斩立决！"

"凌烟阁二十四功臣，两员大将被斩首抄家。当年皇帝要给父亲画像时，父亲连上三道奏折婉拒，如今看来，那些虚名与身家性命比起来又算得了什么呢？"汪广说。

汪华说："载于史书，刻于石上，还是上了凌烟阁，都不如活在天下苍生的心里。为父一生也仅仅是做了几件小事而已，不可与那些为大唐开疆辟土的武将和运筹帷帐的文臣相比。历史长河中文臣武将如浩瀚星空中的繁星，也正因大大小小各种星星存在，星空才变得如此璀璨！"

日月如梭，转眼到了贞观二十三年春天。

此时，大唐国力空前强大，各藩国尊称李世民为"天可汗"，周边各国和部落纷纷归附。

"父亲，三哥这次担任平西先锋大将军，彻底平灭了西域诸国，来信说过一阵子就回长安看您。"汪逊扶着汪华在花园里散步，手里拿着汪达写来的书信。

"那就好。他在西域已经待了十多年了，上次回来还是什么时候？"汪华问。

"父亲，您不记得了？"汪逊说。

汪华摇了摇头说："老糊涂了。你们兄弟，去年这个回来看我，今年那个回来看我，都记乱了。"

汪华边说边用手指了指白花花的脑袋。

"二娘病逝，三哥带全家回来住了一个月。"汪逊说。

汪华点了点头："那是贞观十五年，都快八年了，我那两个孙子处惠、处哲应该都长成小伙子了吧。"

汪逊说："是的，父亲。三哥在信中说，处惠、处哲都快有他高了，骑马射箭都是好手。"

汪华说："那就好。是该回来看看了。"

汪华边说边坐在花园的一把椅子上。此时已是开春，阳光明媚，晒着太阳异常暖和。

"今日三月三，是上巳节。合羽说今天要过来与我们一起饮宴，怎么还没到啊？"汪华问道。

"已经来了，还带了好酒。现在正带着小孩们在前院玩。大有已经安排酒菜了，等一会儿都到这花园饮宴。"汪逊说。

农历三月三日，在魏晋时，被定为上巳节，此时天气已经暖和，大地回春，草长莺飞，柳绿花繁，正是大家外出郊游的好时节。同时，相传三月三是黄帝的诞辰，中国自古有"二月二，龙抬头；三月三，生轩辕"的说法。农历三月三日，也是道教神仙真武大帝的寿诞。真武大帝全称"北镇天真武玄天大帝"，又称玄天上帝、玄武、真武真君，生于上古轩辕之世，农历三月三日。所以，这一天，亲朋好友一起相聚，在水边饮宴，到郊外游春，以缅怀始祖功德。

正说着话，大有就领着仆人来到花园，开始铺摆桌儿。

汪华坐在椅子上与汪逊继续说话。

"我在长安的几个知己，河间王已于贞观十四年病逝，房相去年就病逝了。那次我生病时，皇上还派他过来看望我，看起来当时他身子骨比我强，没想到，居然走到我前面了。现在就留下靖公，为父走不动了，你和兄弟们有空就替我去看看他。"汪华掰着手指说。

河间王李孝恭于贞观十四年暴病身亡，年五十岁。诏赠司空、扬州都督，陪葬献陵，谥号"元"，配享高祖庙庭。

一代名相房玄龄于贞观二十二年七月病逝，终年七十岁。李世民为之废朝三日，赠太尉，谥曰"文昭"，陪葬昭陵。

"我昨天路过他的府邸，顺道进去看望了他，身子骨跟你差不多，走几步就没力气。他还说，过几天坐轿子过来找你，与你谈兵法。"汪逊说。

"好，好。他是兄长，不用他来，我去就行。"汪华笑着说。脑海里不由得又浮现出当年在石头城与李靖结识的场景。

"皇上自从辽东回来之后，身子骨也不太好，现在常常卧病在床。"汪逊说。

"昨日皇上派了内侍过来看我，内侍也把皇上的病情告诉我了。"汪华感叹道，"当今皇上是千古一帝！"

他看着汪逊说："如果不论君臣，我与他才是真正的知己。他懂我，我也懂他。虽然他做了一些他也不想做的事情，但是我理解他，任何人处于他那位置也会那样去做的。"

两人正说着，大有把酒桌摆好。庞实带着儿孙们都拥进了花园，住在长安的儿子、女儿、儿媳、女婿、孙子、孙女、外孙都来了。

合羽招呼着众人坐下，随后又走过来与汪逊一起扶着汪华在主位坐下。

大家说笑着，举杯欢呼着。

觥筹交错，其乐融融。

酒席之余，大有安排人把酒桌撤走，庞实陪汪华坐在花园里，儿孙们在一起嬉戏。

汪华与庞实并排坐着，看到儿孙们欢悦嬉闹，露出幸福的微笑。

他恍惚回到了歙州登源里父母带着他与两个弟弟在门前嬉戏的场景。

他看了看庞实，握着她的手，慢慢地幸福地闭上了双眼。

贞观二十三年三月三日，汪华在亲人的陪伴下，带着微笑，离开了人世，享年六十四岁。

李世民闻之悲痛，予东园秘器，赐谥号"忠烈"，根据汪华遗愿，恩准回歙州老家安葬。

李世民念汪华忠心为国，特追封汪华曾祖父汪泰为昭佑侯，祖父汪勋明为广济侯，父亲汪僧莹为灵明侯；追封汪华原配夫人钱英为一品忠烈夫人，钱任为一品忠猛夫人，稽圭为一品忠慧夫人；加封庞实为忠勇夫人，张瑾为忠节夫人。又以汪达征西功劳最大，命其袭越国公爵，加封上柱国。其余诸子均赐官拜爵。

一个月后，四月二十三日，李靖逝去，享年七十九岁。李世民册赠司徒、并州都督，谥号"景武"，陪葬昭陵。

两个月后，五月二十六日，李世民因病驾崩于翠微宫含风殿，享年五十二岁，在位二十三年，庙号太宗，葬于昭陵。

三年后，即永徽三年，汪华棺椁在诸子孙的护送下，与钱英、稽圭、钱任三位夫人合葬于歙州云岚山。

汪华又回到了他的故土，长眠在生他养他的那方土地，永远活在每一个人心中！从此，千百年来他一直守护着这方土地，护佑着这里的一切苍生万物！

附：汪华历代册封

【唐朝】

武德四年（621年），汪华率土归唐，唐高祖李渊册封其为"越国公"。

贞观二十三年（649年），汪华病逝，唐太宗李世民赐其谥号"忠烈"。

【宋朝】

大中祥符三年（1010年），宋真宗册封汪华为"灵惠公"。

政和七年（1117年），宋徽宗册封汪华为"英济王"。

宣和四年（1122年），宋徽宗加封汪华为"显灵英济王"。

乾道四年（1168年），宋孝宗册封汪华为"信顺显灵英济广惠王"。

嘉定四年（1211年），宋宁宗改封汪华为"昭应显灵英济广惠王"。

淳佑八年（1248年），宋理宗册封汪华为"昭应显灵英济威信王"。

淳祐十二年（1252年），宋理宗改封汪华为"昭应广灵显德英烈王"。

宝佑三年（1255年），宋理宗又改封汪华为"昭应广佑显圣英烈王"。

宝佑六年（1258年），宋理宗再次改封汪华为"昭忠广仁显圣英烈王"。

德祐元年（1275年），宋恭宗改封汪华为"昭忠广仁武神英圣王"。

【元朝】

至正元年（1341年），元顺帝册封汪华为"昭忠广仁武烈英显王"。

【明朝】

洪武四年（1371年），明太祖朱元璋册封汪华为"汪公圣主洞渊大帝"。